HERA LIND

Vergib uns unsere Schuld

Roman nach einer wahren Geschichte

DIANA

Vorbemerkung

Dieses Buch erhebt keinen Faktizitätsanspruch. Es basiert zwar zum Teil auf wahren Begebenheiten und behandelt typisierte Personen, die es so oder so ähnlich gegeben haben könnte. Diese Urbilder wurden jedoch durch künstlerische Gestaltung des Stoffs und dessen Ein- und Unterordnung in den Gesamtorganismus dieses Kunstwerks gegenüber den im Text beschriebenen Abbildern so stark verselbstständigt, dass das Individuelle, Persönlich-Intime zugunsten des Allgemeinen, Zeichenhaften der Figuren objektiviert ist.

Für alle Leser erkennbar erschöpft sich der Text nicht in einer reportagehaften Schilderung von realen Personen und Ereignissen, sondern besitzt eine weite Ebene hinter der realistischen Ebene. Es findet ein Spiel der Autorin mit der Verschränkung von Wahrheit und Fiktion statt. Sie lässt bewusst Grenzen verschwimmen.

Sollte diese Publikation Links auf Webseiten Dritter enthalten, so übernehmen wir für deren Inhalte keine Haftung, da wir uns diese nicht zu eigen machen, sondern lediglich auf deren Stand zum Zeitpunkt der Erstveröffentlichung verweisen

Verlagsgruppe Random House FSC® N001967

9. Auflage
Originalausgabe 12/2019
Copyright © 2019 by Diana Verlag, München,
in der Verlagsgruppe Random House GmbH,
Neumarkter Straße 28, 81673 München
Umschlaggestaltung: t.mutzenbach design, München
Umschlagmotive: © GettyImages/Julian Elliott, robertharding, d3sign;
Shutterstock/A StockStudio, Media Whalestock, lunamarina,
Ruzanna Baghdasaryan, ARTEM VOROPAI
Satz: Leingärtner, Nabburg
Druck und Bindung: GGP Media GmbH, Pößneck
Printed in Germany. Alle Rechte vorbehalten
Zitat auf Seite 392 mit freundlicher Genehmigung aus Erich Fried:
Es ist was es ist. Liebesgedichte Angstgedichte Zorngedichte
© 1983, 1996 Verlag Klaus Wagenbach Berlin
ISBN 978-3-453-29224-6
www.diana-verlag.de

Dieses Buch ist auch als E-Book lieferbar.

1

*Eine ostdeutsche Kleinstadt,
nennen wir sie Thalheim, März 1981*

»Nebenan war wohl jemand nicht so beliebt. Das sind ja nur Plastikblumen.« Mit einem Seitenblick auf das Grab rechts von uns bückte sich meine Schwiegermutter und schob einen der prächtigen Kränze in die Mitte der überbordenden Blumenpracht auf dem Grab meines Mannes. Hundert dunkelrote Rosen sprengten den Rahmen dessen, was bei einer Beerdigung hier in der DDR so üblich war. Sorgfältig drapierte Christa die weißen Bänder mit goldener Schrift über dem frisch aufgeschütteten Grabhügel ihres Sohnes. Andächtig las sie vor:

*»Ein letzter Gruß zum Abschied.
Deine Frau Carina und die Kinder
Maximilian, Sabine und Tommi«*

Obwohl wir ihren Sohn gerade erst beerdigt hatten, lag auch ein Hauch von Stolz in ihrer Stimme.

»Bei Manfred hieß es eben ›Nicht kleckern, sondern klotzen‹.« Sie blinzelte eine Träne weg.

Ich sah den letzten Beerdigungsgästen nach, die den Friedhof verließen. Es waren Hunderte gewesen: Parteigenossen, Freunde, Nachbarn, Ärzte, Krankenschwestern – alle, die ihm während seiner schweren Krankheit beigestanden hatten.

»Es ist schön, dass du es einrichten konntest, Christa.« Liebevoll sah ich meine Schwiegermutter an, die es sich nicht hatte nehmen lassen, für die Beerdigung ihres älteren Sohnes aus dem Westen anzureisen. »Wie schade, dass Georg nicht mitkommen konnte.« Georg war Manfreds jüngerer Bruder, den ich noch nie gesehen hatte. Wahrscheinlich würde ich ihn auch nie kennenlernen, schließlich stand die Mauer zwischen uns.

Christa seufzte. »Er hat keine Einreisegenehmigung bekommen. Du weißt ja, er arbeitet bei einem namhaften Autohersteller der BRD.«

»Ich weiß. Bei Volkswagen in Wolfsburg. Von so etwas können wir hier nur träumen.«

Schweigend standen wir eine Weile am Grab, Schulter an Schulter.

»Wie kommst du jetzt klar, Carina?« Christa wischte sich die Augenwinkel. »Und wie wird es mit den Kindern weitergehen?«

»Wir werden es schon irgendwie schaffen.« Neben aller Trauer und Beklommenheit machte sich auch Erleichterung in mir breit. »Die letzten zwei Jahre seiner Krankheit waren die schwersten meines Lebens.«

»Das kann ich mir vorstellen.« Christa sah mich mit rot geweinten Augen an. »Du warst immer so ein fröhlicher Mensch, aber nach diesem schweren Schicksalsschlag ... Dabei bist du erst sechsunddreißig!« Sie drückte mir den Arm und lächelte unter Tränen. »Danke für alles, was du für meinen Sohn getan hast!«

»Das war doch selbstverständlich!« Noch einmal warfen wir einen Blick auf sein Grab, das so auffallend prächtig war, dass das daneben tatsächlich fast schmucklos wirkte.

Ich straffte die Schultern und atmete tief durch. »Leb wohl, Manfred.«

Manfred war Parteimitglied gewesen. In der Firma, in der ich als Sachbearbeiterin beschäftigt war, war er mein Chef gewesen, anfangs noch mein heimlicher Geliebter, dann mein rechtmäßiger Ehemann und sechzehn Jahre älter als ich. Das war zunächst unfassbar aufregend, andererseits hatte er mich im Laufe unserer achtzehnjährigen Ehe immer nur wie ein kleines Mädchen behandelt. Er war der Vorgesetzte, ich seine Untergebene und später die Kinder seine Befehlsempfänger. Die Krankheit hatte ihn hart und unerbittlich gemacht – und die Kinder und mich mürbe. Schließlich: ein Herzinfarkt und zwei Schlaganfälle mit bleibenden Folgen. Meine Familie hatte diese Ehe nie befürwortet, meine Eltern waren noch nicht mal zu unserer Hochzeit gekommen. Ich seufzte laut.

Es war vorbei. Von nun an würde ich mein Leben wieder selbst in die Hand nehmen.

Langsam verließen Christa und ich den Friedhof. Mit meinem Trabi fuhren wir zu unserer alten Villa am Rande der Kleinstadt, wo die Trauergäste bereits mit den Kindern warteten.

»Es war wirklich eine schöne Trauerfeier. Am meisten hat mich beeindruckt, dass alle Blumen und Kränze echt waren.« Während wir über das Kopfsteinpflaster knatterten, klammerte sich Christa krampfhaft an die Halteschlaufe. Sie schien Angst zu haben, dass der Trabi gleich auseinanderfiel.

Fast musste ich lachen. »Was hast du denn gedacht? Dass sie aus Plaste seien?«

»Na ja, in der DDR ist ja wirklich manches eher schäbig...« Mit einem Blick auf die schmucklosen Häuser fiel sie in verlegenes Schweigen.

»Wir haben immer gut gelebt«, verteidigte ich mich. »Aufgrund von Manfreds politischer Position hat es uns an nichts gefehlt. Er hat sich hier wohlgefühlt, und ich hatte immer so eine positive Einstellung zum Leben, dass mich selbst Plastikblumen nicht unglücklich gemacht hätten!«

Christa schien sich ihrer Vorurteile zu schämen. Schnell wechselte sie das Thema.

»Der Gefangenenchor aus *Nabucco*, das war sehr ... würdevoll.« Sie räusperte sich. »Verdi vom Tonband abzuspielen ... War das deine Idee?«

»Ich fand es angemessen. Bei den vielen Menschen in der Trauerhalle.« Ich lächelte schwach. »Du nicht?«

Christa suchte zögernd nach Worten.

»Na ja, ich hätte etwas Christliches erwartet, aber das wäre wohl nicht so passend gewesen?« Mit der freien Hand presste sie die Handtasche an sich. »Andererseits ...« Ihre Stimme schwankte. »Manfred war mal so ein frommer Junge! Wir waren ja alle sehr katholisch in Oberschlesien. Ich sehe ihn noch vor mir, an seiner ersten Heiligen Kommunion. Und kurz nach dem Krieg, als wir nach Niedersachsen geflüchtet waren ... Ach, das war nicht leicht, die beiden Jungs ohne Vater aufzuziehen.« Sie ließ den Taschenbügel aufschnappen und suchte nach einem Taschentuch. »Mein Mann ist ja im Krieg gefallen, ich war noch früher Witwe als du, und mir hat der Glaube immer Trost und Kraft gegeben. Auch Manfred und Georg fanden Halt in der Kirche. Sie waren Messdiener, bekamen so Struktur und Ordnung und klare Moralvorstellungen nahegebracht.«

Wir hielten vor einer roten Ampel. Ich sah sie von der Seite an und legte die Hand auf ihre.

»Ich weiß, Christa. Aber mit seinem Umzug in die damals neu gegründete DDR hat sich das ja für Manfred erledigt.«

Manfred war von Niedersachsen, wo Christa bereits eine Ausbildungsstelle bei der Polizei für ihn besorgt hatte, spontan mit einem Freund in die gerade neu gegründete DDR gefahren, um dort beim Aufbau zu helfen. Die beiden jungen Männer wurden begeisterte Kommunisten und kehrten nicht mehr in den Westen zurück.

In Thalheim bekam der engagierte Manfred die Möglichkeit, eine Ausbildung im Hochofenbetrieb zu machen und später zu studieren, schon bald arbeitete er als Ingenieur im Hüttenkombinat, trat in die SED ein und konnte so eine Bilderbuchkarriere beginnen. Wie sehr Christa und der kleine Georg, der damals erst zehn war, darunter litten, nun auch noch ihn verloren zu haben, war ihm nicht bewusst. Er hatte den Krieg und die Nachkriegszeit hautnah erlebt und war ganz beseelt von dem Gedanken, einen neuen sozialistischen Staat mitzugestalten. Religion? Fehlanzeige.

»Heute ist in der DDR wirklich kaum noch jemand katholisch«, erklärte ich meiner Schwiegermutter.

»Und du, Mädchen?« Christa drückte meine Hand. »In dieser Trauerphase könnte dir der Glaube doch helfen!«

»Ach Christa.« Ich legte den ersten Gang ein und atmete tief durch. »Das war für uns lange kein Thema.« Feiner Nieselregen hatte eingesetzt, und der Scheibenwischer quietschte auf der beschlagenen Scheibe.

Ich setzte den Blinker und bog in unsere ruhige Seitenstraße ein. Unsere alte Villa lag versteckt am etwas vernachlässigten Stadtpark. »Meine Eltern waren früher auch eifrige Kirchgänger. Und ich verstehe das auch mit dem Halt und der Struktur.« Ich wollte meine Schwiegermutter nicht kränken und suchte nach diplomatischen Worten. »Aber mit der Jugendweihe sind wir automatisch ins hiesige System gerutscht.

Meine Schwester und ich sind in guten Anstellungen im Kollektiv tätig, weißt du. Das ist jetzt unser Halt und unsere Struktur. Es geht uns prima, wir sind nicht in der Partei, aber wir sind eben auch keine bekennenden Katholiken mehr. Das wird hier nicht gern gesehen, verstehst du?«

Während ich rückwärts einparkte, schwieg meine Schwiegermutter. Ich öffnete das schmiedeeiserne Gartentor, das leise quietschte. An den Rändern des Gehweges lag schmutziger Altschnee. Wann war dieser Garten zum letzten Mal grün gewesen, wann hatten hier Vögel gezwitschert und wann die Kinder sorglos gespielt? Vor meinem inneren Auge sah ich Manfred im Rollstuhl auf der Terrasse sitzen, uns alle mit seiner schlechten Laune terrorisieren. Manfred war ein schwieriger Patient, ungeduldig mit den Kindern und oft auch ungerecht gegen mich. Plötzlich überkam mich der heftige Wunsch, die kleine alte Villa mit der negativen Energie zu verkaufen und mit den Kindern noch mal ganz neu anzufangen. Aber das behielt ich natürlich für mich, um meine Schwiegermutter nicht zu verletzen. Ich atmete tief durch.

Spontan umarmte sie mich. »Du wirst das schon hinkriegen, Mädchen. Ich werde dir und den Kindern weiterhin Pakete schicken.«

»Danke, Christa. Du bist die beste Schwiegermutter der Welt. Eigentlich ja Ex-Schwiegermutter.« Ich lächelte schwach.

»Ja, aber nur weil Manfred jetzt tot ist, werde ich dich und die Kinder doch nicht im Stich lassen!«

Sie hielt mich ein Stück von sich ab und betrachtete mich liebevoll.

»Und ich wünsche dir von Herzen, dass es irgendwann wieder einen Mann in deinem Leben geben wird. Einen, der auch altersmäßig zu dir passt. Du bist viel zu jung und hübsch, um lange allein zu bleiben.«

Sofort hatte ich einen dicken Kloß im Hals. Welche Ex-Schwiegermutter sagt so liebe Sachen?

»Komm, lass uns reingehen.« Ich drückte Christa die Hand. »Drinnen warten die Trauergäste auf Kaffee und Kuchen.«

Als der Besuch gegangen war, machte sich in unserer maroden Villa eine Mischung aus Erleichterung und bedrückender Stille breit.

»Was ist, Kinder, wollen wir am Wochenende den Garten wieder in Schuss bringen und die Schaukel aufhängen?«

»Kein Bock.« Maximilian schob die langen Haare aus der Stirn und verzog sich in sein Zimmer, wo er lustlos mit dem Tischfußball spielte, den Oma Christa ihm zu seinem siebzehnten Geburtstag aus dem Westen geschickt hatte. »Am besten wir verkaufen die Bude.«

Die vierzehnjährige Sabine saß mit angezogenen Beinen auf dem Sofa und war in ein Pferdebuch vertieft. »Nicht böse sein, Mama, aber da haben wir einfach keine guten Erinnerungen daran. Ständig mussten wir die bescheuertsten Arbeiten verrichten, und Papa hat uns angeschnauzt und herumkommandiert.«

Nur der kleine Tommi begriff mit seinen fünf Jahren noch nicht so recht, was passiert war. Er tollte mit seinen Matchboxautos im Garten herum und machte laute Motorengeräusche – erstaunt, dass ihn niemand zur Ruhe mahnte.

»Darüber habe ich auch schon nachgedacht.« Ich sah mich in den hohen Räumen um. »Und wisst ihr was? Mit dem Geld für das verkaufte Haus richten wir uns eine völlig neue Wohnung ein. Mitten in der Stadt. Nur wir vier. Was haltet ihr davon?«

Freudiges Indianergeheul war die Antwort. Meine drei Kinder umarmten mich stürmisch. Wir waren frei. Wir würden neu anfangen. Wir würden es schaffen.

2

Thalheim, Juni 1981

Als nunmehr alleinerziehende Mutter arbeitete ich sechs Stunden täglich in einer Abteilung des Werkes, in der auch Wohnungen und Ferienplätze vergeben wurden. Deshalb war es ein Leichtes, schnell eine passende Wohnung im Stadtzentrum zu bekommen.

Durch meinen verstorbenen Mann genoss ich nach wie vor so manche Privilegien. Wir erhielten Witwen- und Waisenrente, den Trabi durfte ich behalten, die Kinder gingen in die Schule, und der Kleine war ganztägig im Hort untergebracht. Alles war nun fußläufig erreichbar, und die Stadtwohnung verfügte über eine sonnige Dachterrasse mit Blick auf die benachbarte Kirche.

Eines Sonntagvormittags telefonierte ich mit meiner Schwiegermutter Christa in Hannover. Wie immer hatte sie mich pünktlich nach der Messe angerufen.

»Wie geht es euch, ihr Lieben?«, fragte sie warmherzig. »Habt ihr den Umzug gut überstanden? Sind unsere Westpakete angekommen?«

»Ja, vielen Dank. Es ist so wunderbar, dass ich alles mit dir besprechen kann. Ich bin so froh, dass ihr uns nicht vergessen habt, Georg und du.«

»Aber wie könnte ich, Carina?« Christas liebe Stimme tat mir unglaublich gut. »Wir wissen, wie anstrengend Manfred sein konnte. Du warst seine große Liebe, auch wenn er dir das nie so richtig zeigen konnte.«

»Schon gut.« Ich steckte mir eine Zigarette an, Peter Stuyvesant aus dem West-Paket meiner Schwiegermutter. Bei Manfred hatte ich nicht rauchen dürfen. »Er war ja auch wirklich ein toller Mann. Die Krankheit hat ihn zermürbt. Und Geduld war eben noch nie seine Stärke.« Gedankenverloren blies ich den Rauch auf die Dachterrasse hinaus. Die weißen Gardinen blähten sich im Wind, und von der nahe gelegenen Kirche schlug es gerade verhalten zur Wandlung. Ein wohltuendes Geräusch. Es erinnerte mich an meine Kindheit.

»Vermisst ihr die Villa am Stadtrand denn nicht? Was machen die Kinder in den Sommerferien?«, erkundigte sich Christa.

»Ehrlich gesagt, vermisst sie niemand von uns.« Ich knipste einige verwelkte Stängel aus meinen Balkonblumen. »Die Kinder und ich genießen es ...« – ich wollte nicht taktlos sein, wusste aber, dass ich es ungehindert aussprechen durfte – »... einfach wieder wir selbst sein zu können. Wir gehen regelmäßig ins Schwimmbad und fahren Rad. Die Großen entdecken mit ihren Freunden die Stadt, und Klein Tommi und ich machen es uns hier gemütlich.«

Erstaunt lauschte ich dem feierlichen Gesang, der nun aus der Kirche zu mir herüberdrang. War das »Großer Gott, wir loben dich?« Wie lange hatte ich das nicht mehr gesungen? Eine Gänsehaut überzog mich, und ich spürte eine undefinierbare Sehnsucht.

»Und deine Familie?«, hakte Christa nach. »Haben sich die Wogen inzwischen geglättet?«

Ich drückte die Zigarette aus und rieb mir fröstelnd die Arme.

»Nicht wirklich. Sie haben sich noch nicht mal bei mir gemeldet.«

Seit meiner Hochzeit mit Manfred war das Verhältnis zu meinen Eltern und meiner Schwester Elke sehr abgekühlt. In den Augen meiner Familie war er ein herrschsüchtiger Patriarch gewesen, der mich und die Kinder nur schlecht behandelt hatte. Sie nahmen es mir alle übel, ihn geheiratet zu haben, und unterstellten mir, dass ich es nur wegen der Privilegien getan hätte. Ihre Unterstellung hatte mich sehr verletzt. Während seiner Krankheit hatten sie mir und den Kindern nicht beigestanden, und auch jetzt nach seinem Tod erwarteten sie wohl, dass ich den ersten Schritt machte. So gesehen stand ich meiner Schwiegermutter Christa, die im Westen lebte und die ich genau zweimal im Leben gesehen hatte, nämlich bei unserer Hochzeit und auf der Beerdigung, näher als meiner Familie, die in derselben Stadt lebte. Mit Christa konnte ich ewig telefonieren, und sie nahm regen Anteil an unserem neuen Leben.

»Sag mal, läuten bei dir gerade die Glocken?«

»Ja, wir sind direkt neben die Kirche gezogen, in die ich damals als Kind gegangen bin.«

»Wie schön, Carina! Ich habe hier in der Gemeinde so viele Freunde«, schwärmte Christa. »An Fronleichnam bin ich in der Prozession mitgegangen, das war wunderschön, alles voller Blumen! Pfingsten haben wir einen Seniorenausflug ans Steinhuder Meer gemacht, und das Sommerkonzert mit dem Kirchenchor hat mich so beseelt … ich wünschte, du würdest auch wieder zur Kirche gehen. Es würde dir helfen, mein Kind.«

Während ich die Balkonblumen wässerte, fiel mein Blick erneut auf den benachbarten Kirchturm, über den die weißen

Wolken zogen, sodass es aussah, als würde er in meine Richtung fallen. »Ja, das könnte ich eigentlich tun«, hörte ich mich zu meinem eigenen Erstaunen sagen. Bis heute war dieser Kirchturm für mich nichts anderes gewesen als ein Turm, von dem es zu jeder halben und vollen Stunde läutet. Unser Leben in der DDR war schon lange von Atheismus geprägt. Bereits meiner Mutter war mit dem Verlust des Arbeitsplatzes gedroht worden, wenn ich nicht zur Jugendweihe ginge, und so hatte sich unser christlicher Glaube verloren wie Spuren im Sand. Maximilian und Sabine waren zwar noch christlich getauft, aber der kleine Tommi schon nicht mehr.

Und nun schwärmte meine Schwiegermutter von ihrem erfüllten Leben in der Christengemeinde: »Das ist auch eine Familie, Carina, vergiss das nicht!«

Gerade öffneten sich die Kirchentüren, und die festlich gekleidete Gemeinde quoll unter brausenden Orgelklängen heraus auf den Vorplatz. Ich beugte mich über das Balkongeländer. Dazu hatte ich früher gehört, vor so vielen Jahren! Wie schön das gewesen war, vom netten alten Pfarrer an der Kirchentür verabschiedet zu werden. Aber die Frau in der weißen Bluse, war das etwa …?

»Ich muss auflegen, ich habe eine alte Freundin entdeckt! Tschüss Christa, ich melde mich. – Dorothea?!«

Ich winkte zögerlich, und die Gestalt blickte sich suchend um.

»Dorothea! Hier oben!«

Jetzt schaute sie herauf, legte die Hand schützend vor die Augen und erkannte mich! »Carina?! Was machst du denn da oben?«

»Ich wohne hier! Komm rauf!«, bedeutete ich ihr mit beiden Händen.

Mein Herz klopfte, als ich zur Wohnungstür lief und auf den Türöffner drückte. »Dorothea, was für eine Freude!« Sofort lagen wir uns in den Armen, als wären wir die letzten zwanzig Jahre nicht getrennt gewesen.

»Kommst du gerade aus der Messe?«, fragte ich völlig überflüssigerweise, als ich sie in die Wohnung zog. »Ich habe euch singen gehört! Ist das immer noch derselbe Kirchenchor, in dem wir damals gemeinsam waren?« In meine Wiedersehensfreude mischte sich plötzlich ein undefinierbares Schuldgefühl. Im Gegensatz zu mir war Dorothea der Gemeinde immer treu geblieben.

Dorothea, inzwischen an die vierzig, wirkte sehr ernst und hatte schon leichte Falten um die Mundwinkel. Das Mädchenhaft-Sorglose von früher war strengeren Zügen gewichen. Es war sicher nicht leicht, hier als bekennende Christin zu leben. Sie trug das früher zu lustigen Zöpfen geflochtene Haar als strengen Dutt im Nacken.

»Ich habe gehört, dein Mann ist gestorben? Mein herzliches Beileid.«

Sie umarmte mich lange. »Ihr habt ihn ja nicht christlich beerdigt?!«

»Nein. Es war eine sozialistische Bestattung, du weißt schon, in der städtischen Trauerhalle. Die war brechend voll, und meine Schwiegermutter konnte es kaum glauben, dass die Blumen echt waren«, sprudelte es aus mir heraus. »Aber lass uns von alten Zeiten erzählen! Hast du ein paar Minuten?«

Kurz darauf saßen wir schon mit einem Glas Dujardin aus dem schwiegermütterlichen Westpaket auf der Dachterrasse. Dorothea schwang sanft in der bunten Hollywoodschaukel vor und zurück, sie trug einen dunkelblauen Faltenrock, und ihre Füße steckten in praktischen Schnürschuhen.

Im Gegensatz zu mir, die ich mit Stolz westliche Jeans trug, um meine Figur zu betonen, war ihr Mode offensichtlich egal.

»Schön hast du es hier! Tolle Möbel. Sind die Vorhänge neu?«

Im Westfernsehen antwortete die Frau in der Werbung: »Nein, mit Perwoll gewaschen!«, aber das hätte Dorothea nicht verstanden, vielleicht wusch man damit auch nur Pullover.

»Ja, wir haben gut einkaufen können«, antwortete ich vage. Ich wollte ihr nicht gleich auf die Nase binden, dass wir durch den Verkauf der Villa und durch die guten Beziehungen zum Parteisekretär ordentlich im Intershop zugeschlagen hatten.

Schnell trank ich noch einen Schluck Cognac und beugte mich interessiert zu ihr hinüber.

»Wie geht es dir? Bist du verheiratet? Hast du Kinder?« Neugierig musterte ich die ehemalige Kirchenfreundin, mit der ich ganze Predigten verkichert hatte.

»Nein.« Dorotheas Blick glitt über die Fotos von meinen Kindern und über das silbergerahmte Bild von Manfred mit schwarzem Trauerflor über dem Klavier.

»Ich habe nie geheiratet und demnach auch keine Kinder.« Sie zuckte mit den Schultern. »Es hat sich einfach nicht ergeben. Der Richtige war nie dabei.«

Insgeheim fragte ich mich, ob das nicht auch ein bisschen daran lag, dass sie so gar nicht sexy aussah. Aber vielleicht wollte sie auch keine Signale an die Männerwelt senden.

Dorothea hatte wie meine Familie mit Argwohn auf meine Beziehung zu Manfred reagiert. Der war schließlich anfangs noch anderweitig verheiratet gewesen. Als er dann geschieden war, und wir offiziell – wenn auch nicht kirchlich – heirateten, hatte sich Dorothea wie meine Eltern und Elke gänzlich von mir abgewandt.

Und nun saßen wir hier und baumelten mit den Beinen.

Doch nachdem wir die letzten zwanzig Jahre ausführlich hatten Revue passieren lassen, war die alte Vertrautheit wiederhergestellt.

Inzwischen hatte ich einen Eiskaffee gemacht und mit Sprühsahne aus dem Intershop verziert. Sogar Eiswürfel klirrten im Glas.

»Wie kommst du denn zurecht mit deiner Trauer und Einsamkeit?« Dorothea sah mich prüfend an. »Betest du?«

Verlegen rührte ich in meinem Glas. »Du bist heute schon die Zweite, die mich das fragt.«

»Wer noch?«

Ich lachte verlegen. »Meine Schwiegermutter hat mir eben am Telefon von ihrer Kirchengemeinde vorgeschwärmt.« Nachdenklich sah ich den Eiswürfeln beim Schmelzen zu. »Der Glaube gibt ihr so viel Kraft und Trost.«

Dorotheas Gesicht strahlte plötzlich Zuversicht und Wärme aus. »Da kann ich ihr nur beipflichten! Du musst dir doch Gedanken darüber machen, was mit Manfreds Seele im Jenseits passiert!«

»Ähm ... nein?« Ehrlich gesagt, war das gerade mein kleinstes Problem. »Ich mache mir viel mehr Gedanken um die Kinder: ob Max wohl eine gute Ausbildungsstelle findet, ob Sabine gut durch die Pubertät kommt und natürlich um meinen kleinen Tommi, der den Tod seines Vaters noch gar nicht richtig begreift.« Ich räusperte mir einen Kloß von der Kehle. »Da fühle ich mich manchmal ganz schön allein gelassen, weißt du! Meine Freunde von früher weinen mir auch keine Träne nach.« Ich zog die Nase hoch und wischte mir verlegen über die Augen.

»Der Herr vergibt allen, die abtrünnig geworden sind!« Dorothea nahm meine Hand und drückte sie. »Finde zu ihm zurück, Carina! Du wirst spüren, wie sehr Gott dich immer noch liebt!« Plötzlich rutschte sie ganz an den Rand der Schaukel, sodass sie fast herausfiel. »Komm, lass uns das Vaterunser beten! Dein Leben wird einen tieferen Sinn bekommen!« Das hatte etwas rührend Komisches, und ich wusste nicht, ob ich lachen, weinen ... oder beten sollte.

»Dorothea ...« Das war mir jetzt wirklich unangenehm.

»Vater unser im Himmel, geheiligt werde dein Name, dein Reich komme, dein Wille geschehe, wie im Himmel, so auf Erden ...«, begann Dorothea inbrünstig.

»Ach Dorothea, ich weiß nicht ...« Unwillig entzog ich ihr die Hand. Wie peinlich war das denn! Das ganze Gerede von Gott brachte mich jetzt auch nicht weiter. Ich wäre am liebsten in Tränen ausgebrochen.

»Bitte, überfall mich jetzt nicht so damit. Ich bin die letzten zwanzig Jahre gut ohne deinen Gott ausgekommen.«

Dorothea durchbohrte mich mit ihren Blicken. »Aber jetzt fühlst du dich einsam und allein, das hast du gerade selbst erzählt!«

»Ja schon, aber ... Ich habe gar keine Beziehung mehr zu Gott. Ich habe wirklich ganz andere Sorgen.« Was wusste Dorothea schon davon, wie es ist, den Alltag mit drei lebhaften Kindern ganz allein bewältigen zu müssen? Und das als berufstätige Frau?

»Jesus sagt, kommt her zu mir alle, die ihr mühselig und beladen seid.«

»Ja, ich weiß, aber vom Singen und Beten werden meine Ängste auch nicht kleiner. Weißt du, wenn ich nachts allein im Bett liege, sehe ich oft die Wände auf mich zukommen ...«

Dorothea sah mich an. »Der Herr ist mein Hirte, mir wird nichts mangeln. Er leitet mich auf grüner Au und führt mich zum Ruheplatz am Wasser. Er stillt mein Verlangen, er leitet mich auf rechten Pfaden. Muss ich auch wandern in finsterer Schlucht, ich fürchte kein Unheil, denn du bist bei mir. Dein Stecken und Stab trösten mich. Du deckst mir den Tisch vor den Augen meiner Feinde.«

Plötzlich spürte ich, wie mir die Tränen in die Augen schossen. Dorothea hatte meinen wunden Punkt getroffen. Ich fühlte mich allein, ganz auf mich gestellt, und hatte schlaflose Nächte bei der Vorstellung, meine drei Kinder allein großziehen zu müssen. Für mich war das Leben mit sechsunddreißig schon zu Ende!

»Du salbst mein Haupt mit Öl, du füllst mir reichlich den Becher. Lauter Güte und Huld werden mir folgen mein Leben lang, und im Haus des Herrn darf ich wohnen für lange Zeit.«

Wir schwiegen eine Weile, und ich ließ die tröstlichen Worte auf mich wirken.

»Psalm 23«, brach es schließlich aus mir heraus, als hätte jemand auf einen Knopf gedrückt.

»Das weißt du noch?« Dorothea strahlte mich an.

»Ja.« Ich lachte verlegen. »Das kommt jetzt alles wieder hoch.« Ich wischte mir über die Augen. »Haben wir das nicht mal gesungen?«

»An das gesungene Wort erinnert man sich viel besser als an das gesprochene«, bestätigte Dorothea. »Das geht direkt in die Seele. Felix Mendelssohn-Bartholdy hat das ganz wunderbar vertont.«

Sie summte die Melodie, und ich wurde ganz wehmütig.

»Kennst du das andere noch?«, bedrängte ich sie. »Das mit den Engeln?!«

»Denn er hat seinen Engeln befohlen über dir …«, sang Dorothea.

»Dass sie dich auf den Händen tragen«, fiel ich mit ein. »Dass sie dich behüten auf allen deinen Wegen…«

Die Erinnerungen überrollten mich wie eine Lawine. Plötzlich war ich wieder das kleine Mädchen, das zwischen seinen Eltern behütet in der Kirche saß und seine Sorgen und Nöte Gott anvertrauen konnte. Und niemand war mir böse, denn ich hatte noch keinen Fehler gemacht.

»Komm doch nächsten Sonntag einfach wieder mit!« Auch Dorothea hatte unser Gespräch sehr bewegt.

»Ich weiß nicht … Sie werden mich dafür verachten, dass ich abtrünnig geworden bin. Da kann man nach so vielen Jahren doch nicht so einfach wieder auftauchen?«

Dorothea legte den Arm um mich. »Doch«, sagte sie schlicht. »Genau dafür ist Kirche da. Du bist herzlich willkommen.«

Als Dorothea weg war, blieb ich völlig aufgewühlt zurück. Was war das denn jetzt gewesen? Wieso hatte mich dieser Psalm so vom Hocker gerissen? Bestimmt war ich als junge Witwe nur besonders anfällig für so eine Gefühlsduselei. Aber ich wollte so gern wieder irgendwo dazugehören …

Die Kinder kamen vom Spielen nach Hause, und schnell ging es wieder um alltägliche Streitereien und Haufrauenpflichten. Max war aufmüpfig und roch nach Alkohol. Sabine pubertierte heftig und ließ alles stehen und liegen. Und Tommi war ein überfordertes Kleinkind, das ich in der Badewanne erst mal gründlich abschrubben musste, weil er mit dem Fahrrad hingefallen war.

Als ich die Meute dann endlich im Bett hatte und allein im Wohnzimmer saß, überkam mich wieder dieses Gefühl von Einsamkeit, diese Sehnsucht nach Gemeinschaft. Warum in die Ferne schweifen, wenn das Gute liegt so nah? War das Zufall oder Fügung, dass wir direkt neben die einzige katholische Kirche im Ort gezogen waren?

Ich biss mir auf die Lippen und horchte tief in mich hinein. Wäre das nicht ein guter Neuanfang? Könnte ich nicht in der Gemeinde wieder Fuß fassen? Würden meine Freunde von früher sich mir wieder zuwenden?

Wie zur Bestätigung läuteten die Abendglocken, und die Amseln in den benachbarten Dachrinnen sangen ihr Lied. Ein plötzlicher Friede breitete sich über mich wie eine weiche Decke. Einer Eingebung folgend stand ich auf, ging auf den Speicher und durchsuchte die Umzugskisten, die ich nicht mehr hatte auspacken wollen. »Alter Kram«, stand darauf. »Zu schade zum Wegwerfen.«

Und da war sie, meine alte Kinderbibel. Auch das dünne ledergebundene Gebetbuch fiel mir in die Hände. Vorsichtig blies ich den Staub vom Einband und blätterte in den dünnen, vergilbten Seiten. Ein vertrauter Geruch schlug mir entgegen, und auf einmal waren die letzten zwanzig Jahre wie weggewischt. Das rote Bändchen markierte eine bestimmte Seite. Wie magisch zog mich die kleine schwarze Schrift an. Mein Daumen fuhr über ein Gebet, das wie für mich geschrieben zu sein schien. Der Text war mir so vertraut, als hätte ich ihn gestern zum letzten Mal gelesen.

»Herr unser Gott, wer auch mit dir gebrochen hat, er kann zu dir zurück. Denn nichts ist unheilbar vor dir, unwiderruflich allein ist deine Liebe. Wir bitten dich, erinnere uns an deinen Namen, damit wir uns zu dir bekehren. Sei unser Vater. Immer von Neuem schenk uns das Leben, wie ein unverdientes Glück, von Tag zu Tag und für alle Zeiten.«

Wie von Zauberhand gelenkt hatten meine Finger genau

diese Seite aufgeschlagen. Ich presste das Gebetbuch wie einen verlorenen Schatz an meine Brust und nahm auch die Bibel mit ins Wohnzimmer. Statt wie sonst den Fernseher einzuschalten und auf die erlösende Müdigkeit zu warten, las ich mit wachem Geist und warmem Herzen die Bibelstellen, die mich meine Kindheit hindurch begleitet hatten. Sie brachten etwas Verschüttetes in meiner Seele zum Klingen. Und auf einmal überkam mich eine Zuversicht und Freude, die ich seit frühen Kindheitstagen nicht mehr gekannt hatte. Die Sorgen und Ängste, die Trauer – sie waren wie weggeblasen. Alle Irrungen und Wirrungen glätteten sich wie ein wild rauschender Wasserfall, wenn er in einem tiefen stillen See aufgeht, dessen Wasser so klar ist, dass man bis auf den Grund sehen kann. Da war sie wieder diese undefinierbare Sehnsucht, die ich heute auf dem Balkon gespürt hatte. Die Sehnsucht nach Sinn. Je mehr ich las, desto stärker spürte ich es, dieses unverdiente tiefe Glück, wieder dazugehören zu dürfen. Kompromisslos. Ohne erst um Verzeihung bitten zu müssen.

Und plötzlich formten meine Lippen erst unbeholfen, dann immer flüssiger, das Vaterunser, das ich am Nachmittag noch verweigert hatte. In diesen Worten war ja alles drin!

Vater unser im Himmel, geheiligt werde dein Name. Dein Reich komme, dein Wille geschehe, wie im Himmel, so auf Erden. Unser tägliches Brot gib uns heute, und vergib uns unsere Schuld. Wie auch wir vergeben unseren Schuldigern. Und führe uns nicht in Versuchung, sondern erlöse uns von dem Bösen. Denn dein ist die Kraft und die Herrlichkeit, in Ewigkeit. Amen.

Auf einmal konnte ich es wieder auswendig. Es war nie verloren gegangen. Es war tief in meiner Seele verankert, und ich konnte es hervorholen, ohne dass es sich fremd anfühlte.

Plötzlich fühlte ich mich leicht und frei. Ich spürte die Anwesenheit Gottes, seine helfende Hand, und hatte keine Angst mehr vor dem Alleinsein. Sie würden mich wieder in ihre Gemeinschaft aufnehmen.

Was sollte ich mich grämen und mir Sorgen machen, wenn Gott doch meinen Weg vorgezeichnet hatte! Ich konnte mich doch getrost hineinfallen lassen in seine Liebe. All die Worte aus den Predigten von damals kamen wieder in mir hoch, aber diesmal begriff ich ihren Sinn, denn ich war erwachsen geworden.

3

Thalheim, Juli 1981

Am darauffolgenden Sonntag saß ich tatsächlich neben Dorothea in der Kirche! Einerseits war ich euphorisch über diese plötzliche Wendung in meinem Leben, andererseits war ich doch verlegen. Natürlich spürte ich die Augen der Anwesenden, die prüfend auf mir ruhten. Viele Gemeindemitglieder kannte ich noch von damals. Im Gegensatz zu mir hatten sie ihr Fähnchen nicht nach dem sozialistischen Wind gedreht. Bestimmt mussten sie wegen ihrer christlichen Gesinnung so manches erleiden. Ein bisschen schämte ich mich meiner Vorteile, die ich durch unsere Linientreue errungen hatte. Sie hatten sicher alle keinen Trabi, kein Telefon und erst recht keine schicke neue Wohnung mit Dachterrasse. Vielleicht hatten sie auch schlechtere Jobs, vielleicht durften ihre Kinder nicht studieren. Ich hatte mir darüber noch nie Gedanken gemacht.

Während wir sangen, spähte ich verstohlen über die licht gewordenen Reihen.

»Alles meinem Gott zu Ehren,
in der Arbeit in der Ruh.
Gottes Lob und Ehr zu mehren,
ich verlang und alles tu.
Gott allein nur will ich geben,

> *Leib und Seel, mein ganzes Leben!*
> *Gib o Jesu Gnad dazu,*
> *gib o Jesu Gnad dazu!«*

Die Melodie war mir so altvertraut wie der Duft von Weihnachten. Beherzt sang ich mit, zuerst mit wackeliger Stimme, dann immer überzeugter.

Auch wenn der eine oder andere mich kurz skeptisch musterte: Niemand zeigte mir die kalte Schulter. Dorothea schien sie bereits alle eingeweiht zu haben: Da kommt eine verlorene Tochter zurück. Erweist euch als wahre Christen. Nehmt sie mit offenen Armen auf. Und das taten sie!

Bei der Wandlung knieten wir andächtig nieder. Es läutete die Glocke, die ich genau vor einer Woche zum ersten Mal wahrgenommen hatte. Der heilige Moment. Mich überzog eine Gänsehaut. Ich starrte auf meine gefalteten Hände, während die Gemeinde murmelte:

> *»Herr ich bin nicht würdig,*
> *dass du eingehst unter mein Dach,*
> *aber sprich nur ein Wort,*
> *so wird meine Seele gesund.«*

Natürlich ging ich nicht mit zur Kommunion. Dazu bedurfte es doch einer längeren Zeit der Besinnung. Irgendwann würde ich vielleicht wieder zur Beichte gehen, und wenn ich mich wirklich würdig fühlen würde, auch zur Heiligen Kommunion. Aber so weit war ich noch lange nicht. Es war ein heiliges Sakrament, das man sich erst wieder verdienen musste.

Ich würde auch die Kinder wieder zu Gott und in den Schoß

der Kirche zurückführen. Das würde ihnen Heimat geben und ihrer Seele Frieden.

Nach dem letzten Lied »Großer Gott wir loben dich!«, das mir die Tränen in die Augen trieb, schritt ich an Dorotheas Seite wieder ins Freie.

Der Pfarrer, ein untersetzter Herr mittleren Alters mit fast weißen Haaren, nahm beherzt meine Hand und schüttelte sie lange: »Schön, dass Sie da sind, Frau Kramer. Ich habe schon viel von Ihnen gehört. Herzlich willkommen in unserer Gemeinde!«

Mit diesen Worten begrüßten mich auch die anderen Gemeindemitglieder, die plaudernd draußen auf dem Kirchplatz in der Sonne standen.

»Carina! Schön, dass du da bist!«

Keiner sagte: Was willst du denn hier? Oder: Jetzt wo dein Mann tot ist, kommst du wieder angekrochen?! Nein, sie ließen mich ihre sprichwörtliche Nächstenliebe spüren. Als wenn der Julitag nicht schon strahlend genug gewesen wäre, zog sich mein Herz zusammen vor Glück. Es war die richtige Entscheidung gewesen!

Auf einmal war ich nicht mehr allein! Auf einmal tat sich eine ganze Gemeinde für mich auf! Auf einmal spürte ich, wie ich aufgefangen wurde, von einem unsichtbaren Netz der Freundschaft!

»Wer ist der Pfarrer?«, fragte ich Dorothea, die mich die paar Schritte nach Hause begleitete.

»Ein Spätaussiedler aus Schlesien«, gab sie zurück. »Günther Perniok. Netter Mann. Lebt hier mit seiner Haushälterin Eva Maria, ich glaube, das ist seine Schwester.«

»Und woher kannte der mich? Wieso war der so nett zu mir?«

»Jeder Christ ist in unserer Gemeinde willkommen.« Dorothea zwinkerte mir zu. »Ich bin so froh, dich verlorenes Schäfchen wieder in unserer Herde zu haben!«

»Mäh«, machte ich, und dann mussten wir beide lachen.

»Geh du da meinetwegen hin, wenn es dich glücklich macht, Mama. Aber mich kriegst du nicht in die Kirche.« Maximilian schraubte im Garagenhof an seinem Moped herum, als ich wie auf Wolken heimgeschwebt kam, immer noch das Lied auf den Lippen. Mit ölverschmiertem Gesicht spähte er unter seinem schmutzigen Hinterrad hervor: »Du siehst echt cool aus. Solltest dich öfter mal so in Schale werfen! Geiles Kostüm!«

»Aber Max! Gott schaut doch nicht auf die Schale, sondern auf den Kern!« Ich lachte geschmeichelt. Früher hätte es das nicht gegeben, dachte ich, dass am hochheiligen Sonntag Mopeds repariert werden. Aber das ist meine Schuld; ich habe den Kindern keinen Glauben vorgelebt.

»Mir egal, worauf Gott guckt. Ich muss jedenfalls den Bock hier flottkriegen!« Pfeifend kroch Max wieder unter das Rad. »Nachher fahr ich mit meinen Kumpels zum See!«

»Mach das, mein Großer. Aber bitte ohne Alkohol.« Beseelt entschwand ich nach oben in die Wohnung, wo Sabine auf den kleinen Tommi aufgepasst hatte. Einträchtig saßen sie auf der Dachterrasse und spielten »Mensch ärgere dich nicht«.

»Kinder, es war einfach nur wunderschön!« Ich zog meine weißen Handschuhe aus und legte sie sorgfältig auf die Garderobenbank. »Habt ihr nicht Lust, nächsten Sonntag in die Messe mitzukommen?«

»Max sagt, das ist voll langweilig«, krähte Tommi. »Da wird nur gesungen, gebetet und geredet, Kinder verstehen das nicht.«

»Nein, das stimmt überhaupt nicht!« Ich zog meinen kecken Dreikäsehoch zu mir und strich ihm über den Kopf. »Im Gegenteil! Erstens gibt es vor dem Hochamt eine Kindermesse, und zweitens dürft ihr danach im Gemeindehaus spielen! Die Schwester vom Pfarrer hat eine Gitarre und singt mit euch am Lagerfeuer. Wenn du brav bist, kannst du später sogar Messdiener werden!« Ich schilderte dessen Aufgaben in den schillerndsten Farben. »Du darfst zur Wandlung die Glocke läuten und zu besonderen Anlässen den Weihrauchtopf schwenken. Und du hast ein langes weiß-rotes Gewand an!«

Sofort war mein jüngster Sohn Feuer und Flamme. »Da will ich hin!«

»Und du, Sabine, kannst in der Jugendgruppe mitmachen und im Chor mitsingen.«

Und auch meine vierzehnjährige Sabine war noch offen für solche Dinge. Sie sehnte sich ebenfalls nach Gemeinschaft und Geborgenheit. Ich holte meine Kinderbibel hervor, und gemeinsam blätterten wir darin. Die vielen bunten Bilder waren mir so vertraut!

»Wisst ihr, es tut mir furchtbar leid, dass ich euch das jahrelang vorenthalten habe.« Begeistert erzählte ich meinen Kindern die Geschichten und Gleichnisse, an die ich mich noch erinnerte. Beide hingen an meinen Lippen. »Mami, das sollten wir öfter tun. Endlich hast du mal wieder Zeit für uns. Bitte sprich weiter!«

Und so gingen wir am nächsten Sonntag schon zu dritt in die Kirche.

Sabine und Tommi fanden schnell Anschluss bei den Gleichaltrigen. Sie lernten die Lieder und Gebete, spielten im

Gemeindehaus und durften sogar die Kollekte einsammeln, was sie mit Freude und Stolz erfüllte.

»Ich möchte so gern Ministrant werden!«, bettelte Tommi.

»Dazu musst du erst mal getauft werden!«, gab ich zu bedenken. »Sabine, du bist ja noch getauft, aber unser Tommi ist ein kleines Heidenkind.« Liebevoll drückte ich meinen blonden Jungen an mich.

Pfarrer Günther Perniok war bereit, meinen jüngsten Spross zu taufen. »Ich kann ihn an Weihnachten in unsere Gemeinde aufnehmen, ganz feierlich, während der Christmette. Er wird unser lebendes Christkind.« Er lächelte gütig.

Mir wurde ganz warm ums Herz. »Das wäre wunderbar!«

»Und auch Sie und Sabine nehmen wir gern wieder im Schoß der Kirche auf, wenn es Ihnen wirklich ernst ist!«

»Das ist es, Herr Pfarrer.«

»Haben Sie Ihr Gewissen erforscht, und fühlt es sich für Sie richtig an?«

»Ja.« Ich nickte voller Überzeugung. »Es ist das Richtige. Es ist wie Heimkommen.«

»Wenn Sie jetzt wirklich wieder den christlichen Glauben leben wollen, sollten Sie aber auch in Ihrem häuslichen Umfeld ein Zeichen setzen.« Mahnend hob der Pfarrer die buschigen Brauen.

»Wie meinen Sie das?«

»In einem christlichen Haushalt sollte ein Kreuz hängen. Sie wollen Ihren Glauben doch nicht verheimlichen? Seien Sie aufrecht und stark wie damals die ersten Christen im alten Rom!«

»Oh.« Ich fasste mir an den Hals. Früher hatte ich sogar eines an einer kleinen goldenen Kette um den Hals getragen. Aber die war genauso verloren gegangen – so wie die anderen sichtbaren Zeichen meines Glaubens.

»Hätten Sie vielleicht eines für mich, Herr Pfarrer? Ich werde es gern in der Wohnung aufhängen. Es darf auch nur ein ganz kleines sein.«

Traurig schüttelte er den Kopf. »Hier in der Diaspora sind Kreuze schwer zu kriegen. Es gibt ja auch keine Devotalieungeschäfte mehr. Aber im Dorf Lemmerzhagen, neben der ehemaligen Klosterkirche St. Eckhard, ungefähr zwanzig Kilometer südlich von hier … Kennen Sie die Gegend?«

»Ja, vom Wandertag mit der Schule. Da sind doch auch das Tiergehege und ein altes Gasthaus namens Deppe? Da haben wir als Schüler Räuber und Gendarm gespielt!«

Der Pfarrer schmunzelte. »Ja, da liegt auch ziemlich versteckt am Waldesrand ein Priesterseminar. Das kennt kaum jemand, und das ist auch besser so. Aber da würde ich es mal versuchen.« Er lachte schelmisch. »Fahren Sie mit Ihren Kindern hin und verbinden Sie das Nützliche mit dem Angenehmen!«

Ich fragte mich, was für ihn das Nützliche und was das Angenehme war, aber ich tat wie geheißen.

Auf mein Klingeln an der Klosterpforte öffnete eine Nonne in schwarzer Tracht. Ich fühlte mich wie in einer anderen Welt. Dass es so was hier überhaupt noch gab!

Die etwa fünfzigjährige Nonne sah mich fragend an.

»Guten Tag, wie kann ich Ihnen helfen?«

Ehrfürchtig trat ich einen Schritt zurück. »Bitte entschuldigen Sie die Störung. Wissen Sie, ich suche überall ein Kreuz, doch in ganz Thalheim und Umgebung ist keines zu finden. Herr Pfarrer Perniok von der Gemeinde zum guten Hirten meinte, ich könnte es hier mal versuchen.« Ich schluckte. Verlegen knetete ich meine Hände. Wenn mich Manfred so sehen könnte, würde er bestimmt in höhnisches Gelächter ausbrechen. Doch ich straffte die Schultern. Dies hier war meine Entscheidung. Der Eintritt in ein neues Leben, mein selbstbestimmtes Leben.

Als hätte die Nonne meine Gedanken erraten, glitt ein Lächeln über ihr blasses Gesicht. Sie öffnete die schwere Tür vollends. Suchend schaute sie zum Parkplatz hinüber, auf dem nur einsam mein Trabi parkte. »Sind Sie allein?«

»Ja, die Kinder spielen im Tiergehege. Ich habe ihnen Geld für Ziegenfutter gegeben. Ich schätze, die sind eine Weile beschäftigt.«

»Kommen Sie herein.« Sie ließ mich eintreten.

Ich betrat einen Vorraum zur Klosterkirche, der mit Marmor verkleidet war. Es roch nach Weihrauch und altem Gemäuer. An der einen Wand stand eine hölzerne Wartebank, an der anderen befand sich eine Bank vor einem kleinen Altar, auf der man knien konnte. Die Nonne griff zu einem an der Wand befestigten Telefon und sprach mit klarer Stimme hinein: »Herr Pater, hier ist eine Dame, die sucht ein Kreuz.«

Sie bekreuzigte sich vor dem kleinen Altar, nickte mir zum Abschied stumm zu und verschwand hinter einer eisernen Pforte.

Ich entschied mich für die Wartebank.

Nach einer Weile öffnete sich die eiserne Pforte wieder, und er stand vor mir:

Ein großer schlanker Mann mit kurz geschnittenem dunkelblondem Haar in einer bodenlangen schwarzen Soutane mit weißem Stehkragen. Leuchtend braune Augen musterten mich interessiert und zugewandt. Als ich erschrocken aufsprang, stahl sich ein warmes Lächeln auf sein ebenmäßiges Gesicht, und zwei tiefe Grübchen kamen zum Vorschein. Meine

Beine wurden weich wie Pudding, und ich musste mich gleich wieder setzen.

Was für ein wunderschöner Pater! Ein Heiliger, direkt aus dem Himmel. Und das mir!

Ich starrte ihn mit offenem Mund an, und mein Herz setzte einen Schlag aus. Augenblicklich setzte ein Fluchtreflex ein, doch diese überirdische Erscheinung stand mit dem Rücken zur Tür.

»Wie kann ich Ihnen helfen?« Seine Stimme war ein wohlklingender Bariton.

Ich schluckte trocken.

»Ich … suche ein Kreuz.« War ich das, die da so krächzte?

»Dann kommen Sie mal mit. In der Sakristei dürfte es noch welche geben.«

Beschwingt eilte er vor mir durch den altehrwürdigen Säulengang.

Unsere Schritte hallten auf dem Marmorboden wider. Von den Wänden schauten heilige Märtyrer herab, und die leidende Mutter Gottes hielt den toten Jesus auf dem Schoß.

Mein Herz klopfte zum Zerspringen. Wo war die Nonne hin? In ihrer Anwesenheit wäre mir wohler gewesen!

Der schöne Geistliche öffnete eine Tür, und schon standen wir in einem Raum voller Kirchengewänder, Kerzen, Kelchen und Monstranzen. An den Wänden hingen wieder Bilder von Heiligen, aber auch mehrere Kruzifixe. Es roch nach Weihrauch und Myrrhe.

»Ich bin Pater Raphael von Ahrenberg.« Der freundliche Mann in der schwarzen Soutane streckte mir die Hand hin.

»Carina Kramer.« Mir schoss die Röte ins Gesicht. Ich fühlte seinen festen Händedruck und wollte ihn gar nicht mehr loslassen. Meine Knie zitterten wie die einer Sechzehnjährigen in der ersten Tanzstunde. Warum schaute der mich so an? Ein unfassbar herzliches Lächeln kam aus unfassbar traurigen Augen.

Es traf mich bis ins Mark. War der hier etwa eingesperrt?

»Kommen Sie, setzen wir uns doch.« Der Pater zeigte auf eine Sitzecke mit zwei samtbezogenen Stühlen. »Erzählen Sie mir ein bisschen von sich. Warum suchen Sie ein Kreuz?«

Stockend und unendlich verlegen erzählte ich ihm von meinem Sinneswandel und meiner Rückkehr zum Christentum. Meine Augen füllten sich mit Tränen, als ich ihm von der langen Leidenszeit meines Mannes berichtete. »Erst jetzt begreife ich, wie viel Kraft und Trost mir die Kirche zurückgegeben hat. Ich habe mich zwischenzeitlich so verzweifelt und alleingelassen gefühlt. Und jetzt möchte ich einfach für mich und die Kinder ein Zeichen setzen. Auch andere sollen ruhig sehen, dass wir bekennende Christen sind.«

Die Augen des Paters ruhten voller Anteilnahme auf mir.

»Ich freue mich so sehr, dass Sie den Weg zu uns gefunden haben.« Mit seinen langfingrigen, schmalen Händen holte er ein großes Kruzifix von der Wand, an dem ein goldener Christus hing. »Dieses hier könnte ich Ihnen geben.«

»Das ist ... Ich finde ... Bitte nehmen Sie das nicht persönlich ...« Es tat mir weh, diesen netten Menschen so enttäuschen zu müssen. »Da soll eigentlich kein toter Christus drauf sein. Das ist ein bisschen viel auf einmal ... auch für die Kinder.«

Ein amüsiertes Lächeln umspielte seine viel zu sinnlichen Lippen, und wieder bekam er Grübchen auf den Wangen. Er hängte das Kreuz zurück und bot mir Gelegenheit, sein edles Profil mit der randlosen Brille zu begutachten.

Ich knetete verlegen die Hände. »Wir waren jahrelang auf

dem sozialistischen Trip und wollen erst mal klein anfangen. Also vielleicht lieber ein einfaches, schlichtes. Mein Jüngster ist ja erst sechs, und ich will nicht, dass er schlechte Träume hat.«

»Tja.« Suchend sah sich Pater Raphael um. »Alle Kruzifixe, die wir haben, sind MIT Corpus Christi. Und die anderen sind noch viel größer. Tut mir leid.«

»Wofür steht eigentlich dieses INRI?« Ich trat einen Schritt zurück.

»Das I ist eigentlich ein J. Jesus von Nazareth, König der Juden. Das R steht für Rex. König.«

Verwirrt betrachtete ich die Buchstaben. Das überraschte mich. Ich kannte ziemlich viele Schäferhunde namens Rex, und erst jetzt wurde mir klar, dass die alle König hießen.

Andächtig betrachtete ich die vorhandenen Kreuze in der Sakristei. An der Längswand hing so ein INRI in seiner ganzen Pracht, bei dem man jede einzelne Rippe sehen konnte. In seinen Händen und Füßen steckten riesige Nägel, aus denen Blut quoll. Er hatte den Kopf gesenkt, auf dem eine adventskranzgroße Dornenkrone saß. Jeder einzelne Blutstropfen sah so echt aus, dass ich mich abwenden musste. Nein!, dachte ich. Nicht schön. Das müssen die Kinder wirklich nicht jeden Tag sehen.

Der Pater sah mich mit einer solchen Herzenswärme an, dass es mir schwerfiel, mich zu verabschieden.

»Dann ... will ich Sie auch nicht weiter stören. Die Kinder werden schon nach mir suchen! Sie füttern nämlich die Ziegen, aber irgendwann wird das ja auch langweilig.« Verlegen strich ich mir den Rock glatt. »Aber Danke für Ihre Zeit und ... Gottes Segen.«

Was sagte ich denn da? Gottes Segen? Das war doch bestimmt sein Text!

Der Pater geleitete mich durch dunkle Gänge zurück ans Tageslicht. Ein Blick auf den einsamen Parkplatz sagte mir, dass mich die Kinder noch nicht vermissten. Nur der Trabi harrte meiner Wenigkeit.

»Ah, Sie haben ein Auto!« Der Pater war freudig erstaunt. Seine Stimme war auch hier draußen noch genauso wohltönend wie drinnen in der Kirchenakustik. Sie schien mich zu umarmen. Ich hatte so etwas noch nie erlebt – so eine warme Stimme, die mich mit aufrichtigem Interesse umfing. Und er schien Zeit zu haben! Alle Zeit der Welt. Für mich kleine unbedeutende Sachbearbeiterin, die ihm das Herz ausgeschüttet hatte.

»Ja, ähm ... ich fahre damit in ein paar Wochen zur Kur«, entfuhr es mir. »In den Harz.«

»Das freut mich sehr für Sie. Bitte erholen Sie sich gut.« Einer plötzlichen Eingebung folgend, griff er in seine Jackentasche und überreichte mir ein winziges Kofferradio. Es war so klein, dass es in meine Handtasche passte. Ich sah ihn perplex an.

»Wenn ich Ihnen schon kein passendes Kreuz geben kann, möchte ich Ihnen wenigstens mein Radio leihen. Für die Kur.« Seine Gesichtszüge wurden ganz weich, und seine Augen ruhten fürsorglich auf mir. »Sie werden endlich mal Zeit für sich haben. Genießen Sie es.«

»Aber ... Ich kann das unmöglich annehmen!« Das Radio fühlte sich in meinen Händen an wie glühende Kohlen. »Es ist Ihr persönliches Radio, Sie werden es doch sicher vermissen.«

»Es tut gut, Zeit in völliger Stille zu verbringen.« Der Pater trat einen Schritt zurück. »Sie können es mir ja nach der Kur zurückbringen.« Spitzbübisch lächelnd stand der schöne Pater in der Kirchentür. »Ich werde solange für Sie beten.«

»Dann … werde ich Ihnen eine Ansichtskarte schreiben.« Ich machte ein paar Schritte rückwärts und wäre fast über einen Stein gestolpert. »Aus der … hoppla … Kur. Und sage ganz herzlich Danke schön.«

Wie von der Tarantel gestochen, riss ich die Tür meines Trabis auf und fuhr mit quietschenden Reifen davon. Erst als ich die Landstraße erreicht hatte, merkte ich, dass ich die Kinder vergessen hatte.

4

Bad Berneburg, Oktober 1981

»Carina! Kommst du mit? Wir gehen Kastanien und Bucheckern sammeln!«

Martina, meine Zimmergenossin bei der Kur in Bad Berneburg, steckte fröhlich den Kopf zur Tür herein. Wir verstanden uns blendend und hörten ständig Musik aus dem kleinen Kofferradio. Sie war wie ich alleinerziehende Mutter und kam aus Bad Merseburg. »Was machst denn du schon wieder? Schreibst du an deinen Pater?«

Neugierig näherte sie sich und spähte wie ein Kiebitz auf die wenigen Zeilen, die ich, auf der Fensterbank sitzend, auf die Rückseite einer bunten Ansichtskarte gekritzelt hatte.

Hastig schob ich die Karte unter meine Strickjacke. Ich spürte, wie mir die Röte ins Gesicht schoss. »Geht ihr ruhig. Ich komme gleich nach.«

»Kann ich dir irgendwie helfen ... Ich meine, bei der Formulierung?« Martina grinste mich eine Spur zu neugierig an. »Nicht dass der arme Mann denkt, du willst was von ihm!« Gespielt theatralisch schlug sie ein Kreuz, faltete anschließend die Hände und verdrehte die Augen zum Himmel. »Vergiss nicht, er ist ein Gottesmann.« Doch mir kam dieser leise Spott völlig fehl am Platz vor!

Natürlich hatte ich ihr längst von meiner wunderbaren Begegnung mit ihm erzählt, nicht zuletzt wegen des Radios, das wir Tag und Nacht nutzten. Wie Teenager auf Klassenfahrt hatten wir schon halbe Nächte im Schlafanzug in unserem Zimmer vertanzt. Zurzeit waren wir völlig süchtig nach den Songs von ABBA.

»*Thank you for the music*« zum Beispiel. Und »*I have a dream*«.

Wieso ich bei diesen Texten an den Pater denken musste, war mir ein Rätsel.

»Martina, bitte!« Ich wies mit dem Kinn auf die Tür. »Viel Spaß beim Bucheckern Sammeln!«

»Grüß Euer Merkwürden schön von mir!« Die Tür fiel ins Schloss, und Martina entfernte sich fröhlich pfeifend. »Dancing Queen ...«

»Den Teufel werde ich tun«, entfuhr es mir eine Spur schärfer als beabsichtigt. Kopfschüttelnd vertiefte ich mich wieder in mein Geschreibsel. War das auch nicht zu plump oder anbiedernd? Würde ich ihm damit nicht zu nahe treten? Würde er mich belächeln?

Meine Finger umklammerten die Ansichtskarte, und zum hundertsten Mal las ich prüfend die wenigen Worte, die ich bereits an ihn geschrieben hatte.

»Lieber Pater Raphael,
noch einmal möchte ich mich für das Kofferradio bedanken,
das hier fast Tag und Nacht zum Einsatz kommt. Es hat mir
so gutgetan, mit Ihnen zu reden. Vergessen Sie mich nicht.
Ich möchte wieder und wieder mit Ihnen sprechen dürfen. Auch
wenn mein eigentliches Anliegen nicht erfüllt werden konnte,
hat mich doch die Begegnung mit Ihnen erfüllt und mein Herz
erwärmt. Ich freue mich auf ein Wiedersehen und grüße Sie
herzlich aus Bad Berneburg, wo ich viel zu oft an Sie denke.
Ihre Carina Kramer«

Nein, den letzten Satz kritzelte ich durch. »Wo ich viel zu oft an Sie denke!« Carina, geht's noch? Und führe uns nicht in Versuchung! Aus dem Gekritzel malte ich kunstvoll einen Tannenzapfen. Bescheuert.

Nachdenklich schaute ich aus dem geöffneten Panoramafenster unseres Kurheimes auf die bunte Hügelkette des Harzes, wo die Bäume bereits in hellem Gelb und sattem Rot leuchteten. Der Altweibersommer trotzte dem Oktober noch herrlich warme Tage ab, und die schräg stehende Nachmittagssonne tauchte die Lärchen in flüssiges Gold. In mir breitete sich eine merkwürdige Freude aus.

Hatte ich einen Freund gefunden? Ganz für mich allein? Er mochte mich, das hatte ich an seinem Blick gesehen. Ich trank einen großen Schluck Kräutertee, um mich zu beruhigen. Dann noch einen. Wieder dieses seltsame Ziehen und Sehnen, aber mit einem ganz klaren Gesicht vor Augen. Waren diese Zeilen neutral genug? Auf keinen Fall wollte ich Pater Raphael zu nahe treten! Ich respektierte seinen geistlichen Stand. Andererseits war es mir ein tiefes Bedürfnis, ihm diese Worte zu schreiben. Aber einem Freund durfte man doch solche Ansichtskarten schreiben, oder? Mit gemalten Tannenzapfen drauf! Ich unterdrückte ein Kichern. Er würde sie hoffentlich nicht gegens Licht halten und lesen, was ursprünglich da gestanden hatte? Und wie er sich über mein Auto gefreut hatte! Fast so, als hätte er Lust, einmal mit mir darin einen Ausflug zu machen.

In diesem Moment wusste ich einfach, dass alles wieder gut werden würde. Alles war einfach nur himmlisch! Eigentlich war der ganze Tag besser als Weihnachten und Ostern zusammen.

Endlich raffte ich mich auf, steckte die kostbare Postkarte in einen Umschlag und warf sie unten in der Halle in den Briefkasten. Danach gesellte ich mich zu den anderen, die fleißig Bucheckern, Kastanien und Eicheln sammelten. Ich selbst pflückte herrliche Gräser, die ich später in ein Stück Holz steckte. Unter Anleitung einer Gestalttherapeutin bastelten wir viele kleine Kunstwerke. Obwohl ich den Tischschmuck eigentlich für meine Familie gemacht hatte, ertappte ich mich dabei, ihn innerlich Pater Raphael zu schenken. Er sah wirklich wunderschön aus und war als Dankeschön fürs Radio bestimmt. Gott, ich war doch nicht etwa verliebt?

»Carina! Post für dich!« Martina winkte beim Mittagessen im Speisesaal mit einem edlen Briefumschlag. »Wenn das mal nicht von Euer Merkwürden persönlich ist!« Sie hielt den Brief hoch über den Kopf, sodass alle schon die Hälse danach reckten.

Ich sah auf, und das Essen blieb mir im Halse stecken. Etwa von ihm? So schnell? Ich fühlte mich wirklich wie in einem Mädchenpensionat. Ich spürte, wie es mich innerlich fast zerriss vor Freude! Mein Herz raste wie ein D-Zug. Der schöne Pater musste wirklich postwendend geantwortet haben! Ich entriss meiner Zimmergenossin den Brief und verzog mich damit in unser Zimmer, das ich von innen abschloss. Dieser kostbare Moment gehörte mir ganz allein. Carina!, ermahnte ich mich selbst. Sei nicht albern. Er ist ein Pater.

Na und? Aber er ist ein Mensch! Und was für ein netter!

Mit zitternden Fingern riss ich den gefütterten Briefumschlag vorsichtig auf, dessen Absender das Priesterseminar war: »Philosophisch Theologische Ausbildungsstätte der katholischen Kirche Gera.

Orden der Brüder Jesu: BJ Brüder Jesu« war in kunstvoll

ineinander verschlungenen Buchstaben auf der Rückseite eingeprägt.

Auf feinem Büttenpapier, dessen Briefkopf denselben Absender aufwies, stand mit grüner Tinte in gleichmäßiger Schrift:

Liebe Frau Kramer,
haben Sie recht herzlichen Dank für Ihre schöne Postkarte
aus dem Harz. Gottes Güte geht manchmal eigenartige Wege,
die gerade deshalb immer wieder überraschend zu tiefer Freude
führen. Vertrauen Sie Ihre Sorgen deshalb immer wieder Gott
an und lassen Sie sich durch Ihren Glauben von Sonntag zu
Sonntag tragen. Es ermutigt und stärkt uns sehr, Gott zu ehren
und Ihm den Vorzug zu geben. Und noch etwas erscheint mir
wichtig. Lassen Sie sich nie die Überzeugung nehmen, schenkend zu sein, in allem was Sie tun und tun müssen. Denken Sie:
Das tue ich für Dich, für die Kinder, für die Menschen,
die ich vor Augen habe, für Christus. Mit diesem Geheimnis
des Herzens hält man sich stets über Wasser. Man weiß um die
innere Fähigkeit, liebend zu sein. Ich wünsche Ihnen und Ihren
Kindern einen großen Reichtum an Zuversicht und Freude.
  Seien Sie herzlich gegrüßt,
  Ihr Pater Raphael von Ahrenberg

Wieder und wieder las ich diese Zeilen, drückte den kostbaren Brief an meine Brust und starrte gedankenverloren in die herbstliche Pracht hinaus. Was für ein Geschenk war diese Freundschaft! Dieser wunderbare Pater schien mich zu verstehen – nach nur einem Gespräch, das wir in der Sakristei geführt hatten. Es erfüllte mich mit Stolz, dass er mich so ernst nahm, dass ich ihm solche Zeilen wert war. Unwillkürlich musste ich lächeln. Ich schien ihn ja auch irgendwie beeindruckt zu haben!

Vielleicht hatte ich ihm auch gutgetan? Bestimmt war der Pater genauso einsam wie ich in seinem dunklen, kalten Gemäuer. Er dürfte etwa vierzig sein. Seit wann er wohl in diesem Orden war? Meine Wangen glühten, und auf einmal spürte ich, wie mir die Tränen in die Augen traten. Der brauchte doch bestimmt auch einen Vertrauten genau wie ich! Es könnte doch eine rein platonische Freundschaft werden. Einfach nur edel und rein!

Die ganze Kur über schwebte ich vor Glück. Mit Martina und den anderen lachte ich viel, wir tanzten ausgelassen zu der Musik aus dem kleinen Radio und wanderten täglich stundenlang durch die Natur. Als ich nach drei Wochen wieder nach Hause kam, war ich bestimmt zehn Jahre jünger und zehn Kilo leichter geworden.

»Gut siehst du aus!«, begrüßte mich Dorothea am ersten Sonntag nach meiner Rückkehr. »Diese Kur hat wie ein Jungbrunnen auf dich gewirkt! Hast du dich etwa verliebt?«

Mein Gesicht brannte. Stand mir das so deutlich auf der Stirn geschrieben? Aufpassen, Carina!

»Quatsch. Wir waren nur Frauen.« Ich erzählte unverfänglich von unseren Wanderungen und nächtlichen Pyjama-Partys. Doch dann konnte ich mich einfach nicht mehr bremsen. »Sag mal, kennst du einen Pater von Ahrenberg?«, fragte ich sie so beiläufig wie möglich.

»Nicht persönlich.« Dorothea verstaute ihr Gebetbuch in der Handtasche und legte die Stirn in Falten. »Ich weiß, dass ein gewisser Pater Raphael von Ahrenberg im Priesterseminar St. Eckhard als Dozent tätig ist. Unser Pfarrer Perniok zitiert in seinen Predigten manchmal aus seinen Schriften. Er sagt, das ist sehr zeitgemäßes Christentum, was dieser Pater von Ahrenberg da lehrt. Wieso fragst du?«

»Och, nur so.« Hastig fuhr ich mir über das Gesicht, das flammend rot geworden war. »Ich wollte nur wissen, um was für eine Art Orden es sich eigentlich handelt. Ich kenne mich da gar nicht aus. Es gibt Franziskaner, glaube ich, die ziemlich locker drauf sind, schließlich gibt es das gleichnamige Bier ...«, versuchte ich das Thema zu verallgemeinern.

Dorothea sah mich ziemlich erstaunt an und schüttelte den Kopf.

»Dafür, dass du erst so kurz wieder zum Christentum zurückgekehrt bist, hast du dich ja schon gut informiert.«

Ich machte den Mund auf, um etwas zu sagen, brachte aber kein Wort heraus.

»Also dieser Pater von Ahrenberg gehört dem Orden der Brüder Jesu an.« Dorothea musterte mich prüfend. »Ist wirklich alles in Ordnung mit dir?«

»Und was ist das so für ein Orden? Ich habe da während der Kur ein Buch gelesen, das lag da in der Bibliothek rum ...«, flüchtete ich mich auf neutralen Boden. »Und da drin stand auch ein Beitrag von diesem äh ... Pater von Ahrenberg, den ich aber nicht so ganz verstanden habe.« Oje. Hoffentlich strafte Gott diese Lüge nicht, indem er dafür sorgte, dass sich der Boden unter mir auftat, und ich versank.

Dorothea schien sich zu freuen, dass ich mich neuerdings mit geistlicher Literatur beschäftigte. Als eifrige Katholikin hatte sie einiges dazu zu sagen.

»Soviel ich weiß, laufen die Brüder Jesu anders als die Franziskaner meist in Zivil herum. Sie wohnen auch nicht in Klöstern, sondern lehren an Universitäten und Schulen, oft studieren sie neben Theologie auch noch ein weltliches Fach wie Medizin oder Philosophie. Es sind also ziemlich gebildete und schlaue Mönche.«

»Und sind die alle Priester, oder sind da auch ein paar Weltliche dabei?« Leise Hoffnung keimte in mir auf.

Dorothea schüttelte den Kopf. »Dummerchen! Sie verpflichten sich bei Eintritt in den Orden zu Ehelosigkeit, Armut und Gehorsam – besonders zu Gehorsam gegenüber dem Papst. Und dieser Pater von Ahrenberg ist ein geweihter Priester. So viel weiß ich sicher.«

Ich schluckte. »Aha.« Schnell räusperte ich mir einen Kloß von den Stimmbändern.

»Dann mach es mal gut, meine Liebe. Wir sehen uns nächsten Sonntag in der Kirche!«

Noch am selben Nachmittag schnappte ich mir meinen kleinen Tommi und fuhr hinaus nach Lemmerzhagen zum Priesterseminar St. Eckhard. Mit wildem Herzklopfen stand ich vor dem schmiedeeisernen Tor und ließ Tommi auf die Klingel drücken, die durch die leeren Gewölbe schepperte und die Sonntagsstille zerriss.

Wieder öffnete mir die blasse Nonne und lächelte uns fragend an.

»Ich wollte nur schnell etwas zurückbringen, das mir Pater von Ahrenberg geliehen hat!« Als müsste ich meine neutralen, korrekten Absichten beweisen, legte ich den Arm um mein Alibi, den ahnungslosen Tommi. »Würden Sie das Pater Raphael geben?«

Unwillkürlich biss ich mir auf die Lippen. Nein!, schrie eine innere Stimme. Ich will nicht, dass diese Nonne ihm das Radio bringt. Ich will es ihm selbst zurückgeben!

Lieber Gott, mach, dass sie sagt, sie darf das gar nicht oder so.

»Pater Raphael ist gerade beim Rosenkranzgebet in seinem Zimmer. Warten Sie bitte, ich rufe ihn an.« Sie griff zum Wandtelefon und sprach hinein:

»Herr Pater, hier ist die Dame mit dem Kreuz.«

Aha. Ich war hier also schon ein Begriff.

Aufatmend sank ich auf die hölzerne Wartebank, während Tommi neugierig die Heiligenbilder betrachtete. Besonders der mit dem feuerspeienden Drachen kämpfende heilige Michael hatte es ihm angetan. Damit konnte ich meinen jüngsten Spross eine Weile bei Laune halten, während der Pater vermutlich seinen schmerzensreichen Rosenkranz zu Ende betete.

Als er im schmiedeeisernen Tor erschien, blieb mir das Herz stehen. Diesmal trug er einen schwarzen Anzug, der seine hochgewachsene, schlanke Figur noch besser zur Geltung brachte. Statt des weißen Stehkragens trug er einen schwarzen Rollkragenpullover. Ein absolut weltlicher Pater! Ganz so als hätte er geahnt, dass ich komme, als wollte er ein Zeichen setzen. Sein Haar war etwas gewachsen und wellte sich der damaligen Mode entsprechend über dem Rollkragen. An Kinn und Schläfen war ein dunkler Bartschatten zu sehen. Er sah unfassbar schön und männlich aus. Ein Lächeln umspielte seine Mundwinkel, als er uns begrüßte.

»Frau Kramer! Und wer bist du, junger Mann?«

»Das ist Tommi, mein Jüngster. Sag dem Pater Guten Tag und nimm die Hände aus den Hosentaschen.«

Tommi starrte die schöne Erscheinung ehrfürchtig an.

»Es freut mich, euch wohlbehalten hier zu sehen!« Sein Händedruck war kräftig und ein kleines bisschen zu lang.

»Stören wir auch nicht?« Verunsichert wich ich seinem Blick aus.

»Aber nein. Ich bin gerade mit dem Rosenkranzgebet fertig, und vor der Abendandacht ist noch Zeit für einen Tee. Kommt mit! Schwester Kunigunde macht dir bestimmt einen Kakao, junger Mann. Ich freue mich doch, wenn ich so netten Besuch bekomme!«

Wieder schritt er vor uns durch die kalten, dunklen Klostergänge, aber diesmal führte er uns nicht in die Sakristei, sondern in sein privates Arbeitsgemach. Es war spartanisch, aber sehr ordentlich eingerichtet. Ein wuchtiger dunkler Schreibtisch stand an der Wand, mit einer Schreibmaschine und einer alten Bauhaus-Lampe von Christian Dell. Sie tauchte seine geistlichen Schriften in ein warmes Licht. Übervolle Bücherregale bedeckten die Wände, nur das schmale Fenster gab einen Blick auf die inzwischen fast kahlen Bäume draußen am Parkplatz frei, auf dem einsam mein schmuckloser Trabi stand. Der Pater steckte einen Rosenkranz ein, der noch auf der mit Samt bezogenen Betbank vor einem Marienbild lag.

»Schluss für heute.«

Er zeigte auf zwei Schalensessel, zwischen denen ein altmodischer Nierentisch stand. »Bitte, setzt euch doch. – Schwester Kunigunde?«, wandte er sich an eine Gegensprechanlage. »Machen Sie uns einen Tee und dem jungen Mann hier einen Kakao?«

»Selbstverständlich, Herr Pater.«

Plötzlich packte mich heftige Eifersucht auf die blasse Nonne. Auch wenn sie fünfzig war: Die durfte ihm Tee machen und ich nicht!

»Ich wollte Ihnen Ihr Radio zurückgeben.« Emsig begann ich in meiner Handtasche zu wühlen. »Und ich habe Ihnen eine Kleinigkeit gebastelt ...« Plötzlich kam ich mir vor wie ein übereifriges Kind. Ob der hochgebildete Geistliche überhaupt etwas mit meiner Gräser-Wurzel-Komposition anfangen konnte? War das nicht komplett lächerlich?

»Das hat die Mama für dich gemacht«, krähte Tommi naseweis. »Ich durfte es noch nicht mal anfassen!«

»Das ist wirklich sehr … schön.« Um Pater Raphaels Mundwinkel zuckte es, als er meine Bastelei vorsichtig an sich nahm und auf seinen Schreibtisch stellte. »Das werde ich mir beim Arbeiten immer ansehen.« Seine Augen ruhten wohlwollend auf dem Machwerk, für das ich Tage gebraucht hatte. Dann sah er mich an, und ich musste den Blick senken.

Es klopfte. Die Nonne brachte Tee und Kakao.

»Und hier sind auch noch ein paar Kekse, Herr Pater.« Leise schloss sie die Tür wieder hinter sich. Tommi saß auf dem Fußboden und mampfte Kekse, während der Pater und ich in den Schalensesseln saßen und an dünnwandigen Tassen nippten. Ich hatte meine enge Jeans an und schlug die Beine übereinander. Und auch er nahm eine lässige Haltung ein. Sofort kamen wir wieder ins Gespräch – wie zwei alte Freunde.

Eine wunderbare Vertrautheit breitete sich zwischen uns aus wie ein weicher Teppich. Ich merkte gar nicht wie die Zeit verging, bis Tommi ungeduldig an meinem Jackenzipfel zog.

»Wann gehen wir endlich nach Hause?«

»Gleich, mein Herz. Die Mami muss noch ganz kurz was mit dem Pater besprechen.«

»Laaangweilig …«

Bitte sei keine Spaßbremse!, flehte ich innerlich. Der Pater schien Gedanken lesen zu können.

»Ich hätte auch noch West-Schokolade, junger Mann.«

Aus seiner Schreibtischschublade zauberte der Pater eine Tafel zartlila Milka hervor. Sowie ein buntes Bilderbuch mit Heiligengeschichten. Aus dem Augenwinkel sah ich ziemlich viele Beulenpestkranke, Blinde, Lahme und Aussätzige. Jesus legte allen die Hand auf und rettete sie – sogar das tote Mädchen, um das die Eltern weinten, wurde auf einmal wieder lebendig.

»So ein tolles Bilderbuch!«, machte ich Tommi die Lektüre schmackhaft. »Schau mal! Jesus, wie er übers Wasser geht!«

Tommi staunte nicht schlecht. »Wieso kann der das?!«

»Weil er Gottes Sohn ist. Schau, und das ist Petrus. Der kann dann auch übers Wasser gehen, solange er nur fest daran glaubt.«

Der Pater hatte so eine nette Art, mit meinem Sohn zu reden, dass ich mir für eine Sekunde vorstellte, er wäre Tommis Vater.

»Der Glaube kann Berge versetzen, weißt du.« Ein winziger Blick in meine Richtung.

»Tommi, sag schön Danke.« Mir schoss die Röte ins Gesicht.

»Danke«, brummte Tommi mit vollem Mund und ließ Schokokrümel auf den Teppich des Paters fallen.

Ich bekam eine Zigarette der Marke Peter Stuyvesant angeboten. Ganz gentlemanlike gab er mir Feuer. Ich musste mich zwingen, seine Hand mit den schönen schlanken Fingern nicht zu berühren, als er das Feuerzeug nah an meinem Gesicht klicken ließ.

»Milka – die schickt uns die Oma auch immer«, bemerkte Tommi fachmännisch.

Ich erzählte von Christa, meiner Schwiegermutter, die bei Hannover wohnte, von deren Sohn Georg, den ich noch nie gesehen hatte, die uns aber beide ständig Westpakete schickten. Er beschrieb mir daraufhin lebhaft seine Mutter Gertrud, die in Trier bei Koblenz wohnte.

»Meine Mutter ist eine ganz wunderbare, aber sehr resolute Frau. Sie ist hochmusikalisch und spielt in der Kirche die Orgel. Ich soll schon als Knabe recht schön gesungen haben, und sie hat mich dann ganz leise begleitet ...«

Das konnte ich mir lebhaft vorstellen!

»Ja, und sie hat mir dann auch den Weg in den Orden geebnet. Der Glaube hat uns in der Nachkriegszeit sehr gestärkt, die Kirche hat uns immer Halt gegeben!«

»Genau wie bei meiner Schwiegermutter ... also Ex-Schwiegermutter Christa«, warf ich ein. »Warum lebt Ihre Mutter im Westen?«, erkundigte ich mich neugierig.

»Sie konnte rüber, nachdem sie das Rentenalter erreicht hatte. Sie lebt jetzt bei einem Onkel von mir, der Arzt ist.«

»Fällt es ihr denn nicht furchtbar schwer, auf ihren einzigen Sohn zu verzichten?«

Meine Wangen brannten. Wie konnte die Frau in den Westen gehen, wo der schöne Raphael hier hinter doppelten Mauern lebte – hinter Klostermauern und hinter denen der DDR?!

»Wir haben durchaus eine sehr innige Beziehung.« Sein Blick wurde weich. »Aber mit meinem Eintritt ins Kloster habe ich mein Leben Gott geweiht. Da spielen weltliche Mauern keine Rolle mehr.«

Er nahm eine Flasche aus dem dunklen Schrank und schenkte uns Cognac ein.

»Wenn einem so viel Gutes widerfährt, das ist schon einen Asbach Uralt wert«, krähte Tommi altklug. Wir mussten lachen.

»Das hat er aus dem Westfernsehen. Bitte verraten Sie uns nicht, aber wir schauen das regelmäßig.«

»Beichtgeheimnis.«

Wir prosteten und lächelten uns verschwörerisch an.

Ob ich je bei ihm beichten würde? Wie würde sich das anfühlen? Und vor allen Dingen, WAS würde ich ihm beichten müssen? Dass ich Gefühle für ihn hatte?

»Dann habe ich noch eine Halbschwester aus erster Ehe meines verstorbenen Vaters, die bei Stuttgart wohnt«, erzählte der Pater weiter. »Marie ist elf Jahre älter als ich. In den Kriegswirren lernte mein Vater nach der Kriegsgefangenschaft meine Mutter Gertrud in Leipzig kennen und ließ Marie und ihre Mutter Klara im zerstörten Stuttgart zurück. Ich habe Marie nur ein einziges Mal gesehen, und da war ich vier. Das war auf der Beerdigung unseres Vaters. Tja.« Er schaute auf seine Hände. »Da habe ich als ahnungsloser Knabe das *Ave Maria* gesungen, wie meine Mutter mir immer wieder erzählt. Ganz engelsgleich und rein, so ihre Worte.«

Ich sah ihn mit hochgezogenen Brauen an.

Welche Mutter lässt ihren Vierjährigen am Grab des eigenen Vaters ein *Ave Maria* singen?

Aber ich wollte nicht in ihn dringen. Schnell kippte ich den Cognac hinunter, und der Pater schenkte sofort nach.

»Also lauter Westverwandtschaft«, schmunzelte er. »Nur wir sitzen hier in der Diaspora.«

»Dafür müssen wir umso mehr zusammenhalten«, rutschte es mir heraus. Am liebsten hätte ich seine Hände genommen. «Nur die Harten kommen in den Garten.«

»Mama?«, krähte Tommi mit vollem Schokoladenmund. Er lag inzwischen auf dem Teppich und gab sich gerade die volle Kreuzigung mitsamt allem, was ihr vorausging – Schweißtuch der Veronika, Geißelung, Simon von Cyrene ... Eigentlich keine Lektüre für den inzwischen Sechsjährigen. Lesen konnte er ja noch nicht. Nur Bilder schauen.

»Warum muss dieser Mann für Jesus das Kreuz tragen?«

»Weil Jesus eine Pause braucht.«

Ich lächelte den Pater verbindlich an und sandte Tommi unauffällig einen Blick, der ihn sofort und für den Rest des Nachmittags verstummen ließ.

Wir unterhielten uns so vertraut und fröhlich, als wären wir schon lange gute Freunde. Ich fühlte mich unendlich wohl in der Gegenwart dieses klugen, gebildeten Mannes. Als die große Wanduhr, deren Pendel Tommi fasziniert betrachtete, fünf Uhr schlug, hatte Tommi die gesamte Tafel Schokolade verputzt, und Jesus war inzwischen von den Toten auferstanden.

»Oje, hoffentlich wird ihm heute Nacht nicht schlecht.« Ich packte meinen Sprössling und säuberte ihm mit meinem Taschentuch den Mund.

»Hier, nehmen Sie das.« Der Pater reichte mir ein frisch gestärktes Leinentuch, das zusammengefaltet in seiner Schublade gelegen hatte.

»Nicht doch, das ist doch viel zu schade...« Nicht dass er darin seinen Rosenkranz oder seine Hostien aufbewahrte oder so.

»Für Ihren Jungen ist mir nichts zu schade.« Er bedachte mich mit einem vielsagenden Blick.

»Ich wasche es natürlich und bringe es zurück!«

Haha!, frohlockte ich innerlich. Wieder ein Grund für einen Besuch im beschaulichen Priesterseminar.

»Oder umgekehrt«, sagte der Pater. »Wenn ich demnächst in der Stadt bin, schau ich mal bei euch vorbei. Ich will eure tolle Dachterrasse mit der Hollywoodschaukel doch auch mal sehen.«

5

Thalheim, 11. November 1981

An einem regnerischen Dienstag stand mein wundervoller Pater wenige Wochen später bei uns vor der Tür. Leider kein Dachterrassenwetter, aber dafür Kuschelwetter! Er war ganz in Zivil: Lederjacke, Rollkragenpullover, Jeans und Stiefel. Er nahm sich den Helm ab und versuchte, seine Haare zu bändigen, die in alle Richtungen abstanden. Wieder hüpfte mir das Herz, als ich ihn in dieser männlichen Kluft vor mir sah. Es gab einen Gott! Gerade hatte ich einen Kuchen aus dem Ofen geholt und riss mir hastig die Küchenschürze herunter.

»Nicht erschrecken«, grinste er. »Ich bin mit dem Motorrad hier. Oh, das riecht ja fantastisch. Erwarten Sie Besuch?«

»Äh ja ... Ich meine natürlich Nein. Wir haben immer dienstags Kuchen, nicht wahr, Kinder?«

Ich wusste nicht wohin mit der Schürze und warf sie verlegen über einen Stapel Klamotten, der sich im Flur türmte.

»Sind Sie wirklich mit dem Motorrad hier?«

»Na ja, ich habe ein paar Hausbesuche gemacht, und an der Uni war ich auch. Hören Sie? Ihr Sohn Maximilian probiert das Gefährt schon aus. Ich habe ihm erlaubt, eine Runde im Hof damit zu drehen.«

Unten hörten wir es knattern. Max ließ den Motor aufheulen und gab Gas.

Mir blieb der Mund offen stehen. Das hätte Manfred nie erlaubt! Aber so gewann man das Herz eines Siebzehnjährigen. Hastig schloss ich das Fenster, um den Benzinqualm auszusperren.

»Und du musst Sabine sein«, begrüßte der Pater freudig meine Tochter, die neugierig aus der Küche kam. Auch ihre Augen weiteten sich beim Anblick unseres Überraschungsbesuches.

Das also war Mamas neuer platonischer Freund, von dem sie schon berichtet hatte! Ich hatte meiner Sabine im Vorfeld erklären müssen, was »platonisch« bedeutete.

»Man mag sich wie Bruder und Schwester, aber man ist natürlich nicht verliebt.«

Ihr Blick aus klugen Mädchenaugen besagte, dass sie mir kein Wort glaubte. Sie hatte ja gesehen, welch lebensfrohe Frau aus ihrer trauernden Mutter in letzter Zeit geworden war. Und das mitten im November.

»Liebchen, bringst du uns Tassen und Kuchenteller? Und das frisch gestärkte weiße Taschentuch, das auf der Anrichte liegt?« Unwillkürlich strich ich mir über die Haare und kickte meine Pantoffeln unter die Garderobe. Schnell schlüpfte ich in meine coolen Pumps.

Perfekte Hausfrau, die ich war, konnte ich ihm sein Taschentuch in einem 1a-Zustand zurückgeben.

Kurz darauf saßen wir am Wohnzimmertisch und tranken Kaffee. Zum Glück hatte ich diesen selbst gebackenen Kuchen auf Lager. Insgeheim hatte ich mir gedacht, eine kluge Jungfrau muss gerüstet sein, und in letzter Zeit oft gebacken. Ich hatte mir nichts mehr gewünscht, als dass mein schöner Pater wirklich eines Tages in unserer Mietwohnung auftauchen würde.

»Hast du Lust, was zu spielen?« Tommi kam treuherzig mit einem »Mensch ärgere dich nicht«-Spiel aus seinem Zimmer.

»Aber Tommi, der Pater hat sicher keine Zeit …«

»O doch, warum eigentlich nicht. Komm her.« Pater von Ahrenberg legte den Arm um meinen kleinen Sohn. »Ich hab das schon ewig nicht mehr gespielt, da hab ich richtig Lust drauf!«

Ich musste mich in den Arm kneifen, als wir wenig später zu viert mit den bunten Spielsteinen über das Spielfeld zogen, laut lachten und einander mit Lust und Wonne vom Brett fegten.

»Sechs! Ich darf raus!«, freute sich der Pater. »Aber ich verschon dich ausnahmsweise, Tommi, und ziehe lieber mit dem anderen Genossen hier weiter.«

Unsere Blicke trafen sich wie bei einem eingespielten Ehepaar.

Natürlich ließen wir Tommi mit seinen »roten Genossen« gewinnen, dicht gefolgt von Sabine, mit ihren »gelben Genossen«.

»Und, wollt ihr jetzt nicht ein bisschen nach draußen gehen?«, regte ich an.

»Mama! Hast du schon vergessen? Heute ist doch Martinstag!«

Sabine holte ihre selbst gebastelte Laterne hervor. »Schauen Sie mal, Herr Pater. Wir gehen heute beim Martinsumzug mit!«

»Ach ja richtig!« Mit einer Mischung aus Erleichterung und nervöser Anspannung half ich Tommi beim Anziehen und schob die Kinder mitsamt ihren Laternen zur Wohnungstür hinaus. »Aber passt bitte mit dem Feuer auf, hört ihr?«

Draußen war es verdächtig still. »Max?«, rief ich hinunter in den Hof.

»Er wird doch nicht mit Ihrem Motorrad weggefahren sein?«

Fröstelnd zog ich die Strickjacke enger um die Schultern.

»Und wenn schon.« Pater von Ahrenberg lehnte sich entspannt an die Fensterbank und steckte sich eine Zigarette an. »Ich habe vollstes Vertrauen in den Jungen.«

Auf einmal waren wir allein in der Wohnung. Hastig räumte ich die Küche auf, und er griff ganz selbstverständlich zum Geschirrtuch. Wir plauderten angeregt, und im Nu waren wir mit dem Abwasch, der alle Verlegenheit überspielte, fertig.

»Noch einen Tee?«

»Ja, bitte.«

Da saßen wir. Am Wohnzimmertisch. Die Spielfiguren standen noch auf dem Spielbrett, die roten und gelben brav in ihren Häuschen, die grünen und blauen wild verteilt. Zwei Figuren waren umgefallen.

Mit zitternden Fingern stellte ich sie wieder auf. Ich schaute in seine braunen Augen, in denen sich der Schein der Tischlampe spiegelte.

»Es ist schön, Sie zum Freund zu haben.«

»Ja.« Pater Ahrenbergs lange schlanke Finger halfen mir, die Figuren wieder in die Verpackung zu räumen.

»Ich fühle mich auch sehr wohl bei Ihnen. Also, in Ihrer Gesellschaft. Sie sind eine sehr warmherzige, natürliche Frau.«

Schweigend räumten wir das Spiel weiter auf, ganz darauf konzentriert, dass sich unsere Finger nicht berührten.

»Es sind sehr schöne Gespräche.«

»Ja.«

»Und wir haben auch den gleichen Humor.«

»Das stimmt.«

»Sie sind so etwas wie eine Schwester für mich geworden.«

Pater von Ahrenberg räusperte sich. »Ich habe hier ja leider keine Verwandten. Meine Halbschwester in Stuttgart kenne ich kaum.«

»Ich hatte auch nie einen Bruder.« Hastig sprang ich auf. Mir wurde diese Nähe gerade zu viel. Nervös stellte ich die Kuchenteller in den Schrank, die unter meinen zitternden Fingern klirrten.

»Lassen Sie mich helfen.« Sofort war er zur Stelle. Er war einen Kopf größer als ich und kam locker an das oberste Fach.

Da standen wir. Auch nicht besser.

»Setzen wir uns doch aufs Sofa. Da ist es gemütlicher.«

»Gern.«

Wir schwiegen. Die Wanduhr tickte.

»Wenn einem so viel Schönes widerfährt …«

Ich holte den Cognac aus dem Schrank.

»Lassen Sie mich einschenken.«

»Tolle Gläser. Mundgeblasen?«

»Ja die sind noch von meinem verstorbenen … Manfred hatte gute Kontakte, und wir bekamen manchmal besondere Sachen.«

»Weil Sie eine besondere Frau sind.«

Wir tranken. Unten hörte man die Kinder singen. Leise sangen wir mit. »Sankt Martin war ein guter Mann, hat Kleider nicht, hat Lumpen an …«

»Wieso hat Sankt Martin Lumpen an?«

»Nein, das war der Bettler. Im Schnee saß, im Schnee saß ein armer Mann …«

»Ja, wie jetzt?« War ich etwa schon ein bisschen beschwipst?

»Sankt Martin hat seinen Mantel mit einem Schwert geteilt.«

»Lernt man so was eigentlich auch im Theologiestudium?«

»Na ja, der Legende nach. Eigentlich eine ziemlich bescheuerte Aktion.«

»Mantel zerstören ist echt nicht cool. Und so was bringen wir unseren Kindern bei?«

Wir sahen uns an und fingen beide an zu lachen.

»Schwierige Sache, diese vielen Heiligen. Da kann man schon mal was verwechseln.«

»Ja.«

»Hoffentlich klingelt jetzt keiner und will Süßigkeiten.«

»Dann machen wir einfach nicht auf.«

»Nein.«

»Wollen Sie …«, fingen wir beide gleichzeitig an.

»Sie zuerst.«

»Nein, Sie.«

»Noch Tee?«, fragte ich und schwenkte die leere Kanne.

»Eine Zigarette?« Der Pater hielt mir ein Päckchen mit Stuyvesant hin. Seine langen schlanken Finger zitterten.

»Oder Cognac?«

»Oder alles zusammen?«

»Wir sollten …«

»Wir sollten nicht …«

Das Feuerzeug klickte, und in seinen Augen züngelte der Widerschein der Flamme.

Das erinnerte mich ein bisschen an Adam und Eva und die Sache mit der Schlange.

Schnell inhalierten wir den Rauch und bliesen ihn gegen die Gardinen.

»Eigentlich ist gar nicht gut, was wir hier tun.« Der Pater sah mich eindringlich an. »Die Leute, die mich zu Ihnen haben gehen sehen, könnten ganz falsche Schlüsse ziehen.«

Und Gott erst!, dachte ich. Gott sieht alles. Auch Patres, die zu alleinstehenden Frauen gehen und vorher Siebzehnjährige mit ihrem Motorrad bestechen.

Ich starrte auf das Vorhangmuster und sah den Rauchschwaden hinterher.

»Ja«, erwiderte ich nur.

Pater Raphael hob den Blick und sah mir ins Gesicht. »Aber Sie sind mir eine so gute Freundin geworden, dass es mir schwerfiele, auf meine Besuche hier zu verzichten.«

Ich nickte. »Das wäre schade.«

»Ich habe mich fast ein bisschen an Sie gewöhnt.«

»Wir tun ja nichts Verbotenes.«

»Nein.«

Nun war es an ihm, einsilbig zu sein. Ich holte tief Luft, und dann sprudelte es nur so aus mir heraus:

»Ich meine, ich hatte auch manchmal Angst davor, dass Sie denken, ich könnte denken ... Also dass vielleicht die Leute denken ...« Ich verstummte und drückte die Zigarette aus. »Also, was ich sagen will, ist, dass ich schon mal darüber nachgedacht habe, wie es wäre, wenn Sie nicht wären, was Sie sind.«

Der Pater sah mich abwartend an. In seinen braunen Augen lag nichts als Wärme, Güte und ... Nein, ich wagte nicht, es Liebe zu nennen. Es war ... Zugewandtheit. Freundliches Interesse. Wertschätzung. Nicht mehr und nicht weniger.

Ich schluckte und biss mir auf die Lippen.

»Aber Sie müssen einfach Pater sein, das geht einfach nicht anders.«

»Nein?« Er pflückte sich einen Tabakkrümel von der Unterlippe. »Wie das?!«

Ich presste die Lippen zusammen. »Ich bin zu dem Schluss

gekommen, dass Sie sowieso viel zu schade sind für eine Frau«, brach es schließlich aus mir heraus.

Plötzlich mussten wir beide lachen. Draußen war es dunkel geworden, feiner Sprühregen perlte vom Küchenfenster.

»Das stand noch nie zur Debatte.« Der Pater erhob sich. »Gute Nacht ... Freundin. Es ist Zeit für mich zu gehen.«

»Sie kennen das? Ich liebe Reinhard Mey.«

»Ich auch.«

»Wieder eine Gemeinsamkeit.«

»Ja dann ... Also bis zum nächsten Mal. – Wo kann ich noch schnell den Tee loswerden?«

»Lassen Sie!« Übereifrig sprang ich auf. »Ich mach das schon.«

»Das können Sie nicht für mich machen.« Er grinste spitzbübisch. »Ich will den Tee loswerden, den ich schon getrunken habe!« Er erhob sich und verschwand im Gästeklo. Hoffentlich hingen da frische Handtücher!

Ich stand im Flur wie ein kleines Mädchen und schlug mit der Stirn gegen die Wand.

Fröhlich pfeifend kam er wieder heraus und zog sich seine schwere Motorradkluft an. Den Helm behielt er etwas ratlos in der Hand.

»Ihr Sohn ist anscheinend noch nicht zurück?«

»Das steht zu befürchten.«

Wie jeder weiß, gab es damals noch keine Handys, mit deren Hilfe man seinen siebzehnjährigen Sprössling auf der Stelle nach Hause hätte zitieren können.

»Oh«, sagte der Pater und schaute auf die Uhr. »Ich habe heute die Abendmesse zu lesen. – Wie komme ich denn jetzt heim?«

»Ich fahre Sie natürlich«, beeilte ich mich zu sagen. »Und meinem Max zieh ich die Ohren lang.«

»Es reicht, wenn er mir das Motorrad zum Kloster bringt.«

Als wir in meinem Trabi saßen, schwiegen wir. Ich hatte mich schockverliebt! Was sollte ich denn jetzt machen?! Konzentriert fuhr ich durch die dunkle Novembernacht. Hoffentlich hatte ich nichts kaputt gemacht mit meinem Gerede. Zu schade für eine Frau! Was war das denn für ein albernes Geschwätz! Vielleicht hatte der Pater nun keine Lust mehr auf eine Fortsetzung unserer Freundschaft?!

Der Trabi fuhr knatternd auf den verwaisten Wanderparkplatz. Regentropfen fielen in schwarze Pfützen. Da lag das Kloster, abweisend und wuchtig. Gleich würde er hinter den dicken Mauern verschwinden. Ich fürchtete mich vor der einsamen Rückfahrt, dem Chaos meiner Gefühle.

»Da wären wir.« Tapfer schluckte ich einen riesigen Kloß hinunter. Gleich würde die blasse Nonne ihn sich krallen. Wer wusch ihm eigentlich die Unterhosen?

Wieder schnürte mir Eifersucht die Kehle zu.

Pater Raphael drückte die Beifahrertür auf. Mein Herz trommelte. Das war es jetzt gewesen. Ende der Pater-Romanze. Carina, mach dass du nach Hause kommst!, zog ich mir insgeheim selbst die Ohren lang. Lass den Mann in sein Gotteshaus gehen und führe ihn nicht in Versuchung. Sondern erlöse ihn von dem Bösen. Nämlich von dir.

Einer plötzlichen Eingebung folgend, ließ er sich noch mal in den Sitz zurückfallen und drehte sich zu mir. Ich konnte sein Gesicht im fahlen Schein der Klosterlampe nur schemenhaft erkennen. Aber sein Geruch war mir schon so vertraut wie der meiner Kinder.

Plötzlich nahm er meine beiden Hände und führte sie an seinen Mund.

Auch wenn der sie nicht berührte, spürte ich den angedeuteten Kuss trotzdem.

»Sie sind mir sehr wertvoll.«

Mit diesen Worten stieg er endgültig aus.

Meine Hände brannten wie Feuer. Ich war unendlich glücklich.

Es folgte eine heitere, sorglose Zeit. Noch nie war ein verregneter November so wunderbar gewesen. Wir telefonierten täglich und schrieben uns Briefe. Mindestens zweimal in der Woche kam er auf einen Sprung bei uns vorbei, und wenn es nur fünf Minuten waren. Pater Raphael war ein fester Bestandteil meines Lebens geworden, und umgekehrt war es genauso.

Max hatte einen kleinen Unfall mit dem Motorrad gehabt, nur eine kleine Delle, doch der Pater hatte nicht ein böses Wort darüber verloren. Stattdessen hatte er immer ein offenes Ohr für die Kinder.

Inzwischen hatte ich jeden Tag frischen Kuchen im Ofen – nur für alle Fälle. Die Kinder fanden stets eine fröhliche Mutter und eine aufgeräumte Küche vor. Die Niedergeschlagenheit nach Manfreds Tod hatte sich verzogen wie eine Schlechtwetterfront, und auch wenn der Pater und ich nie wieder romantisch wurden: Es blieb dieses Gefühl der Leichtigkeit, die Lust am Leben. Raphael war mein heimlicher Erzengel.

Im Lauf der Zeit erfuhr ich mehr über ihn. Raphael war einer der besten Schüler seines Jahrgangs gewesen und schon früh entschlossen, dem Orden der Brüder Jesu beizutreten. Fast schon aus Trotz, denn er war von seinem Lehrer vor der Klasse gehänselt worden: »So ein Hirtenspieler, so eine schöne

Stimme, immer in die Kirche gehen, mit Muttern an der Orgel das Ave Maria singen … Ahrenberg, du Frömmling!«, hatte der Lehrer gespottet. Oder vielmehr gedroht? »Entweder du machst kein Abitur, oder du bist mit achtzehn nicht mehr katholisch.«

»Wollen wir wetten, dass beides geht?«, hatte Raphael siegessicher geantwortet.

Er legte ein Einserabitur hin. Der Eintritt in den Orden garantierte ihm, nicht zum Militär und nicht in die Partei zu müssen, sondern Theologie und Philosophie studieren zu können. Er war der ganze Stolz seiner Mutter, die nach Eintritt ins Rentenalter zu ihrem sehr viel jüngeren Bruder nach Trier gezogen war. Klaus Göbel hatte sich als angehender Arzt zusammen mit seiner Frau in den Westen abgesetzt. Nur Pater Raphael blieb im Osten, und weil er ein geselliger Mensch war, freute er sich, wenn er anderen eine Freude machen konnte. Gaben für die Kirche verschenkte er an seine Mitmenschen, von denen er wusste, dass sie keinen Zugang zu Westwaren hatten. Und so zweigte er manchmal auch für uns etwas ab. Zum Beispiel Lederhandschuhe für Max, da der sich beim Unfall mit dem Motorrad des Paters Schürfwunden an den Händen zugezogen hatte.

Wenn er jetzt zu Besuch kam, stellte er sein Motorrad immer unauffällig hinter einem Bretterschuppen ab. Es musste ja nicht jeder mitkriegen, wann er wie lange da war.

»Pater Raphael, ich werde an Weihnachten getauft! Du musst unbedingt kommen!« Aufgeregt zupfte Tommi an seinem Ärmel. »Es wird ein ganz besonderer Festgottesdienst! Ich möchte, dass du mein Taufpate wirst! Bitte sag Ja, Pater Raphael! Alle sollen dich sehen!«

Der Pater und ich schauten uns an, und in diesem Moment wusste ich, dass wir eine Grenze überschritten hatten.

»Das geht leider nicht, mein Junge.« Pater Raphael wich seinem Blick aus. »Ich habe Weihnachten bei uns im Orden die Messe zu lesen.«

Die darauffolgende Stille enthielt alles, was zwischen uns ungesagt geblieben war.

Ich kann mich nicht öffentlich im Kreise deiner Familie blicken lassen, sagte sein Blick. Die Leute reden sowieso schon. Dann verabschiedete er sich abrupt, strich dem kleinen Tommi, der nichts verstand, noch mal über das blonde Haar und gab mir förmlich die Hand.

»Danke für alles, Frau Kramer. Ich bin dann mal weg.«

Und dann war er weg.

Und meldete sich nicht mehr. Tage und Wochen verstrichen. Bei jedem Klingeln an der Wohnungstür zuckte ich zusammen. Bei jedem Läuten des Telefons stürzte ich zum Apparat. Kam der Briefträger, riss ich ihm schon im Treppenhaus die Post aus der Hand. Doch nichts. Paterpause. Kein Lebenszeichen.

Weihnachten kam und ging, ohne dass mein schöner Geistlicher sich bei den Feierlichkeiten blicken ließ. Er schickte nur einen förmlichen Gruß auf vorgedrucktem Büttenpapier mit ganz vielen Segenswünschen. An Tommi gerichtet. Nicht an mich.

Dafür tauchten meine Eltern und meine Schwester Elke beim feierlichen Taufgottesdienst auf, was für mich etwas sehr Tröstliches hatte. Dass ich zurück zur Kirche gefunden hatte, fanden sie zwar merkwürdig, aber auch rührend. Sie genossen den Gottesdienst und sangen inbrünstig die alten Weihnachtslieder mit. Tommi war der strahlende Mittelpunkt und Dorothea seine Taufpatin. Anschließend gab es bei uns zu Hause eine perfekte Weihnachtsgans, an deren Zubereitung meine Sabine mit Interesse und Geschick mitgewirkt hatte.

Während sich unsere wiedervereinte Familie den Weihnachtsbraten schmecken ließ und die Kinder später ihre Geschenke auspackten, plauderten wir über alles Mögliche.

Von dem Pater ließ ich kein Sterbenswörtchen verlauten und die Kinder auch nicht.

6

Thalheim, Ende Dezember 1981

Nach den Weihnachtsfeiertagen trat eine schreckliche Leere ein. Der Jahresausklang war kalt und grau, unsere kleine Stadt versank in schmutzigen Schneehaufen, die sich an den Gehsteigrändern türmten. Und in meiner Seele sah es ähnlich trist aus. Den Baum hatte ich gerade abgeschmückt. Dafür war es zwar noch etwas früh, aber mir war danach. Ich putzte wie verrückt – nicht zuletzt auch um »seine« Spuren zu beseitigen. Die Weihnachtstanne stand kahl auf der Dachterrasse, ein paar einsame Lamettafäden flatterten im Wind und schienen sich an die spröden Äste klammern zu wollen wie ich mich an Raphael. Gab es einen trostloseren Anblick als ausgesperrte, abgeschmückte Weihnachtsbäume auf verwaisten Dachterrassen? Fröstelnd zog ich meine Strickjacke enger.

Seit Wochen hatte sich mein lieber Pater nicht mehr gemeldet, was bestimmt auch richtig und gut für uns beide war – trotzdem spürte ich, dass er an uns dachte.

Warum tat er uns das an? War das wirklich Gottes Wille? Dass zwei Menschen sich nicht gernhaben durften? Obwohl sie sich so viel zu sagen hatten? Und einander so guttaten?

Während ich frustriert mit dem Staubsauger in der Wohnung herumfuhrwerkte und etwas heftiger als nötig gegen Stuhl- und Tischbeine stieß, rief ich mich selbst hart zur Ordnung. Dabei war mir gar nicht bewusst, dass mir die Tränen liefen. War es Zorn, Verletztheit oder einfach nur Sehnsucht nach seiner Nähe, seinen lieben Augen, seiner warmen Stimme? Seinem aufrichtigen Interesse?

Was hast du denn gedacht, Carina! Er ist ein Ordensmann, seit einundzwanzig Jahren Bruder Jesu und hat nie im Leben eine Frau angerührt. Es war zu viel, was da passiert ist, lass ihn in Gottes Namen ziehen!, ermahnte ich mich.

Das zornige Gebrüll des Staubsaugers spiegelte meine innere Zerrissenheit perfekt wider.

Das eine oder andere herumliegende Spielzeug musste ebenso dran glauben wie einzelne Schuhe, die ich wütend hin und her stieß. Nur vor dem Bilderbuch mit den Heiligengeschichten hatte der Staubsauger Respekt. Danach bückte ich mich und betrachtete verklärt die Szene mit der wundervollen Brotvermehrung. Lieber Gott, wäre es nicht Zeit für das nächste Wunder?, schlug ich stumm vor. Zum Beispiel, dass Erzengel Raphael plötzlich auf der Matte steht? Er muss auch gar kein Brot vermehren oder Wasser in Wein verwandeln, er könnte doch bloß mal unverbindlich fragen, wie es mir geht.

Plötzlich hielt ich inne. Hatte es geklopft? Ich trat den Staubsauger aus. Stille. Carina, du fängst langsam an zu spinnen! Einsame Menschen bilden sich alles Mögliche ein.

Doch da klopfte es wieder. Leise, aber irgendwie … dringlich.

Lieber Gott, mach, dass er es ist, ich flehe dich an, bei allen Heiligen. Nur dieses eine Mal noch. Ich spürte, wusste einfach, dass er es war!

Augenblicklich begann mein Herz zu rasen. Erwartungsvoll riss ich die Tür auf. Es war Vormittag, und es hätte auch der Schornsteinfeger, der Briefträger oder die Nachbarin von unten sein können, die ein Ei ausleihen wollte.

Es war aber ... ER. Der Engel Raphael, das achte Weltwunder. Gott hatte meine Gebete erhört.

Nur: Wie sah er aus? Blass und traurig stand er auf der Fußmatte, die ich eben noch mit Wut gegen die Wand geschlagen hatte. Hatte ihm die Trennung auch so zugesetzt?

»Carina, ich meine Frau Kramer. Ich wollte kurz ein frohes neues Jahr wünschen.«

Ich stand da, im Küchenkittel und auf den Staubsauger gestützt. Witwe Bolte hatte schon bessere Tage gesehen. Ach nein, ich war ja Witwe Kramer.

Wortlos trat ich beiseite und ließ ihn herein.

»Die Kinder sind Schlittschuhlaufen oder rodeln. Und ich ... Ich bin auch nicht auf Besuch eingestellt«, stammelte ich verlegen. »Bitte setzen Sie sich.«

»Nein, ich bleibe lieber stehen. Es geht auch ganz schnell. Das hier habe ich nachträglich zu Tommis Taufe mitgebracht.« Er reichte mir ein liebevoll verpacktes Geschenk, und als ich es nicht nahm, legte er es verlegen auf die Garderobenbank.

»Ich wollte Ihnen nur sagen, dass ...«

»Ja?!« Ich schob den Staubsauger wie ein Schutzschild vor mich.

»Carina, es ist nicht gut, was wir da tun. Sie wissen es, und ich weiß es auch.« Mein lieber Pater fuhr sich traurig durchs Haar und durchmaß mit langen Schritten meine frisch gesaugte Wohnung. »Sie denken zu viel an mich, und ich denke zu viel an Sie. Ich kann an diesem Haus nicht vorbeigehen oder vorbeifahren, ohne zu Ihnen und den Kindern hinauf zu wollen.« Pater Raphael blieb stehen und sah mich unendlich traurig an: »Und wenn es nur für fünf Minuten ist. Aber das ist nicht ... gesund. Es ist gegen mein Gelübde. Ich habe mich da in etwas verrannt ... und Sie vielleicht auch.«

Wieder lief er nervös auf und ab und raufte sich das Haar. Noch immer stand ich mit dem Staubsauger da.

»Es ist eine Sackgasse, die ich schnellstens verlassen muss.« Er lehnte den Kopf an den Wohnzimmerschrank. »Bitte helfen Sie mir dabei.«

Am liebsten hätte ich ihn von hinten umarmt und mein Gesicht an seinen breiten Rücken gepresst. Stattdessen klammerte ich mich an den erkaltenden Staubsauger.

»Wir haben Weihnachten ohne Sie gefeiert. Mein kleiner Tommi hat stillschweigend auf seinen neuen großen Freund verzichtet, der ihm immer so viel von Jesus erzählt hat, und seine Taufe allein durchgestanden.« Ich fuhr mir mit dem Handrücken übers Gesicht. »Warum tauchen Sie jetzt hier auf, wenn Sie das alles nicht mehr wollen?«

Ich sah, wie seine Schultern zuckten. Weinte er etwa? Mein Herz setzte einen Schlag aus.

Als er sich wieder zu mir umdrehte, schimmerten seine Augen tatsächlich verdächtig feucht. »Ich will nicht unglücklich werden. Und ich möchte Sie nicht unglücklich machen, Carina. Deshalb dürfen wir uns nicht mehr sehen.«

Ich nickte mechanisch wie ein Wackeldackel auf der Hutablage und fixierte den kalt glänzenden Küchenfußboden. Was hatte ich denn erwartet? Dass er mir einen Heiratsantrag machen würde?

Gott, Carina, reiß dich zusammen!, schnauzte ich mich insgeheim an. Sei du die Stärkere. Der arme Mann ist ja völlig gebeutelt. Du warst verheiratet, bist dreifache Mutter, und er hatte bis jetzt nur seine Heiligen Schriften. Er ist mit so einer Situation doch hoffnungslos überfordert. Jetzt mach es ihm nicht so schwer, sondern lass ihn gehen.

Pater Raphael löste sich von dem Schrank, kam ein paar

Schritte auf mich zu und wollte meine Hand nehmen. Stattdessen umfasste er das Staubsaugerrohr wie eine Haltestange.

»Ich wollte Ihnen immer ein guter Freund sein, denn ich habe Sie wirklich gern.«

Seine Finger glitten über das Metall und näherten sich meinen ...

»Viel zu gern.«

Letzteres hatte er so leise gehaucht, dass ich es fast nicht verstanden hätte.

Mein Herz raste. Die Uhr tickte. Ich wusste überhaupt nicht, was ich sagen sollte!

Eine unendliche Traurigkeit erfasste mich. War das das Ende unserer zarten Freundschaft, die so unschuldig begonnen hatte?

Ich schluckte und blinzelte die aufsteigenden Tränen weg.

»Natürlich«, hörte ich mich sagen. Meine Stimme klang wie ein alter Trabi, der nicht anspringen will. »Sie sind ein Gottesmann, und ich respektiere das.« Ich wandte mich ab und sagte leise: »Ich wollte Sie eigentlich nur liebhaben wie einen Bruder, aber ich ...« Meine Stimme schwankte bedenklich. »Es könnte sein, dass ich doch mehr für Sie empfinde als erlaubt, sonst würde ich Sie doch nicht so schrecklich vermissen, nicht wahr?«

Ich fuhr mir schnell mit dem Kittelzipfel über die Augen.

»Aber ich möchte Sie nicht unglücklich machen.« Ich räusperte mich tapfer und zwang mich zu einer aufrechten Haltung. »Also wäre es vielleicht besser, wenn Sie jetzt gehen ... Also ich meine, das ist nicht nur vielleicht besser, sondern BESTIMMT besser, es ist BESTIMMT Gottes Wille.«

Noch während ich sprach, fiel der Staubsauger klirrend zu Boden. Unsere Hände hatten sich miteinander verschränkt, und unsere Körper berührten sich zum ersten Mal. Plötzlich zog er mich an sich, ich umschlang ihn stürmisch, und unsere Lippen lagen aufeinander. Wir küssten uns, zuerst ganz vorsichtig und zärtlich, dann wild und leidenschaftlich. Auf einmal fanden wir uns auf dem Küchensofa wieder und stießen heftig an den Küchentisch. Die roten und goldenen Christbaumkugeln fielen aus der Schachtel, in die ich sie ordentlich zurückgeräumt hatte, und zerschellten mit leisem Klirren – aber es war mir egal! Wir konnten gar nicht aufhören uns zu küssen und zu liebkosen, unsere Gesichter waren tränennass.

In meinen Ohren rauschte das Blut, und ich lachte und weinte gleichzeitig, während ich immer wieder über sein schönes Gesicht strich.

»Du«, entfuhr es mir, einfach nur »Du!« und »Du, Raphael!« Endlich war es vorbei mit dem förmlichen Siezen. Ich lauschte meiner eigenen Stimme nach, staunte über das Wunder, dass dieser geliebte Mann mich küsste, streichelte und auch mich beim Namen nannte: »Carina, o Gott, du bist so schön!«

Das fand ich zwar momentan weniger – aber wenn er es doch sagte!

»Und du bist erst schön, Raphael«, jubelte ich. »Wie bist du doch schön!«

Das war eigentlich ein Lied von Grieg, das Christus galt, aber jetzt galt es allem, was mir heilig war!

Plötzlich hielt er meine Hände fest.

»Carina, nicht.«

Ich erwachte wie aus einer Trance. Die Vernunft hatte mich wieder, erfasste mich wie eine kalte Windbö.

»Natürlich. Entschuldige.«

Wir standen auf.

Er berührte meine Lippen noch einmal ganz sanft mit seinen. Ein letzter keuscher Abschiedskuss.

»Leb wohl.«

Mit diesen Worten stolperte er davon. Und über den Staubsauger, der quer im Raum lag.

Ich wollte ihn noch einmal berühren, noch einmal seine Hand halten.

Aber da fiel bereits die Tür hinter ihm ins Schloss.

Die darauffolgenden Wintertage waren schrecklich. Ich konnte mich kaum bewegen vor Sehnsucht nach Raphael. Und gleichzeitig spürte ich, dass ich krank wurde. Alle Gliedmaßen taten mir weh. Ich wollte nur noch weinen. Doch welche dreifache Mutter kann sich das erlauben?

Silvester saß ich mit den Kindern in der Wohnung und dachte über das vergangene Jahr nach. Im März war Manfred gestorben, und dann war Raphael in mein Leben geweht wie ein strahlender Erzengel. Mit ungeheurer Kraft und Stärke hatte er meine Tage wieder mit Leben und Licht gefüllt. Die Kinder hatten sich an ihn gewöhnt und liebten ihn, wir waren fast so etwas wie eine perfekte Familie gewesen! Ich hätte gar nicht mehr von ihm gewollt als nur seine Anwesenheit. Sein liebes Gesicht, seine warme Stimme!

Während draußen ein paar Raketen am dunklen Himmel explodierten, stand ich mit den Kindern am Fenster und drückte sie fest an mich.

»Wir werden es schaffen, wir vier. Im neuen Jahr wird alles besser!«

»Mama, warum bist du denn so traurig? Vermisst du den Papa sehr?« Sabine sah mich verwundert an. »Letztes Jahr war er an Silvester noch dabei.«

Ich wischte mir verlegen die Tränen aus den Augenwinkeln. An ihn hatte ich gerade am wenigsten gedacht!

»Nein, stimmt's, Mama, du vermisst den Pater Raphael.« Mein kleiner Tommi spürte ganz genau, was in meiner Seele vorging.

»Der Alte ist echt cool«, gab Maximilian in seiner rüden Jugendsprache von sich. »Schade, dass er jetzt nicht hier ist. Wir würden ein paar echte Nonnenfürze vom Balkon schießen!«

»Max, bitte!«

»Ja, der hat doch voll Humor! Wieso muss der in so einem bescheuerten Orden sein!«

Da sagte mein Großer etwas, das ich noch nicht mal zu denken wagte.

Immer wieder dachte ich an Raphaels brennende Küsse, und immer wieder zog sich mein Innerstes in einer Mischung aus bittersüßer Wonne und eiskaltem Schmerz zusammen. Das konnte doch so nicht weitergehen! Ich wurde noch depressiv. Morgens wollte ich am liebsten gar nicht mehr aufstehen.

Ein paar Tage nach Neujahr klingelte es Sturm. Tommi und Sabine waren in Kindergarten und Schule, Max bei seiner neuen Lehrstelle in der Kfz-Werkstatt.

Mein Herz setzte einen Schlag aus. In meinen Ohren rauschte das Blut. Schon wieder!

Lieber Gott, bitte mach, dass ER es ist. Lieber Gott, ich rühre ihn auch nie wieder an. Nur als platonischen Freund und Gesprächspartner. Ehrenwort, lieber Gott.

In aufwallender Vorfreude eilte ich zur Tür. Schnell riss ich die Schürze runter und zog den Rollkragenpullover über den Jeans glatt. Ein flüchtiger Blick in den Spiegel: Frisur sitzt. Wangen gerötet. Augen leuchten.

Die Hausherrin lässt bitten. Ich öffnete die Wohnungstür und setzte mein schönstes Lächeln auf.

Aber da standen drei fremde dicke Kinder, die sich als Heilige Drei Könige verkleidet hatten. Schweigend starrten sie mich an. Entsetzt starrte ich zurück.

Die Enttäuschung ließ mich versteinern. Ich knallte ihnen die Tür vor der Nase zu. Dann riss ich mich zusammen und machte die Tür wieder auf.

»Ja bitte?«

Sie rührten sich nicht. Aber sie hatten doch geklingelt!

»Wollt ihr was singen?«, half ich ihnen auf die Sprünge.

Ganz leise begannen sie etwas zu summen, was mir auch nicht über meinen Schmerz hinweghalf. Bestimmt wollten sie Kekse. Mir war aber nicht danach, sie hereinzubitten. Ich wollte in Ruhe in Tränen ausbrechen.

Als ich ihnen die Keksdose hinhielt, tauchte hinter ihnen ein streng dreinblickender Mann auf. Marke Eberswalder Heimatwerk. Humor bitte an der Kasse abgeben.

»Eigentlich sammeln wir für die Diözese.«

Ich wusste inzwischen, dass das keine ansteckende Hautkrankheit war.

»Ach so.« Erneut knallte ich die Tür zu und wischte mir frustriert über die Augen. Ich wollte aufstampfen und einen unchristlichen Fluch ausstoßen, aber für so was kam man bestimmt in die Hölle. Verzweifelt suchte ich mein Portemonnaie. Aber darin war nur ein Hunderter von Christa. Ein West-Hunderter! Sollte ich den einfach so fremden dicken Kindern schenken, nur weil sie sich verkleidet hatten? Nein.

Weinend lehnte ich mich gegen die Wohnungstür. Ich hatte so inständig gehofft, es wäre Raphael! Lieber Gott, betete ich, wenn du mir Raphael noch einmal schickst, werde ich den

Hunderter sofort für notleidende Menschen spenden. Und nie wieder lügen. Lieber Gott, mach bitte noch mal eine Ausnahme. Ich rühre ihn nie wieder an geschweige denn küsse ich ihn. Ich lasse ihn einen anständigen Gottesmann sein.

Es klingelte.

Ich erstarrte.

Hatte Gott mich so schnell erhört? Ungläubig riss ich die Tür auf. Da standen immer noch die dicken Kinder. Und der Strengblickende. »Die Haustür ist zu.«

»Aber sie war doch eben noch offen?«

»Aber jetzt ist sie zu.«

Verdammt. Jetzt musste ich, verheult wie ich war, in meinen Pantoffeln mit nach unten gehen und aufschließen. Als sie weg waren, schaute ich noch mal suchend nach links und rechts. Aber außer den Mülltonnen links und dem Moped rechts war nichts zu sehen, was mich aufgeheitert hätte.

Traurig schlich ich wieder nach oben. Bevor ich mich ans Fenster setzte, um einfach in den grauen Himmel zu starren, holte ich die letzte Tafel Milka-Schokolade aus dem Schrank, die Raphael den Kindern mitgebracht hatte.

Und während mir die Tränen liefen, stopfte ich mir trostsuchend die Backen voll.

Raphaels Küsse hatten besser geschmeckt.

7

Thalheim, Februar 1982

Draußen tobte ein schrecklicher Schneesturm, als ich mich in mein Auto setzte und nach Lemmerzhagen hinausfuhr. Der Trabi wurde von Sturmböen erfasst und auf die Gegenspur gedrängt, er bockte wie ein störrischer Esel, aber ich klammerte mich eisern ans Lenkrad und nötigte meinem Plastikbomber Vollgas ab. Von den entgegenkommenden Lastwagen wurden mir faustgroße Eisbrocken auf die Windschutzscheibe geschleudert. Es war mir egal. Wenn ich jetzt in einer Schneewehe stecken blieb oder von einem Laster überrollt wurde, sollte es so sein. Ich musste in diesem irdischen Leben noch einmal mit ihm sprechen.

»Die Erde ist ein ödes Jammertal und angefüllt mit Elend, Angst und Qual. Nur selten lächelt uns ein stilles Glück ... das dann kehrt spurlos ins Kloster zurück«, dichtete ich frustriert. Schuldgefühle lasteten tonnenschwer auf mir, als ich über gefrorene Pfützen zum Klostertor schlitterte.

Die Klingel schrillte so sehr durch die Stille, dass ich schon glaubte, ich hätte einen Alarm ausgelöst. Erschrocken trat ich einen Schritt zurück.

Die blasse Nonne öffnete mir und führte mich ins Besucherzimmer. Dort saß ich verkrampft auf der Wartebank und fühlte mich schlimmer als beim Zahnarzt. Eine Ewigkeit verging. Würde er sich verleugnen lassen?

»Kunigunde, wimmle sie ab, die geht mir auf den Geist, die ist so was von aufdringlich, das passiert mir ständig, weil ich so schön bin ...« Entsetzliche Bilder schoben sich vor mein inneres Auge. Ein kleiner Teufel aus dem Höllenreich meiner Ängste piesackte meine Seele. Mein Herz war schwer wie Blei und mein Mund ausgedörrt. Endlich öffnete sich quietschend die schwere Gittertür, und da stand er: mein Pater. Raphael. Ganz in Schwarz, in seinem Rollkragenpullover mit einer warmen Strickjacke drüber. Er sah mich unendlich traurig an. »Kommen Sie.«

Sie! Er hatte Sie gesagt!

Schweigend ging er vor mir her in sein Arbeitszimmer, das mir schon so vertraut war. Hier auf dem Teppich hatte Tommi gesessen, Schokolade gegessen und Heiligenfiguren bestaunt, während wir uns angeregt unterhalten hatten.

Und jetzt standen wir uns wie zwei Fremde gegenüber.

Er bot mir noch nicht mal einen Stuhl an, schenkte mir nicht den Hauch eines lieben Lächelns! Und dennoch spürte ich, dass er mich genauso lieb hatte wie ich ihn.

»Es geht nicht.«

Diese drei Worte trafen mich wie Peitschenhiebe.

Plötzlich begann ich fürchterlich zu weinen. Er war selbst am Boden zerstört, ich sah ja, dass er dasselbe für mich empfand wie ich für ihn! Warum quälten wir uns dann so! Für was?! Für WEN?

»Gott kann so etwas nicht wollen! Gott ist die Liebe! Raphael, ich will dich doch gar nicht ...«

»Bitte, Frau Kramer. Bitte beruhigen Sie sich.«

Er steckte die Hände in die Hosentaschen und drehte mir den Rücken zu. Ich zwang mich, mich nicht von hinten an ihn zu schmiegen.

Diese Hände hatten mich doch schon liebkost, und dieser Mund hatte mich doch schon geküsst! Was sollte das denn jetzt mit diesem förmlichen »Frau Kramer!«

»Bitte!«, flüsterte ich nur. »Bitte!«

Ganz langsam drehte er sich zu mir herum. Verzweifelt schluchzte ich in mein Taschentuch. Ich hatte mich doch beherrschen wollen, aber es ging einfach nicht! Ich liebte diesen Menschen, und er liebte mich! Meine Schultern zuckten, und ich wünschte mir nichts sehnlicher, als dass er mich tröstend in die Arme nahm und mit seiner warmen Stimme ganz dicht an meinem Ohr »Alles wird gut« sagte.

Doch er blieb förmlich und distanziert.

»Was passiert ist, tut mir sehr leid. Bitte geben Sie mir auch das ›Sie‹ zurück. Und verzeihen Sie mir.« Noch immer hatte er die Hände in den Hosentaschen und ballte sie zur Faust. Ich spürte, wie sehr er mit sich kämpfte.

»Und wenn Sie sich vielleicht doch getäuscht haben?«, wagte ich ganz leise zu fragen. »Vielleicht will Gott ja, dass wir zusammenkommen? Woher wissen Sie, was Sein Wille ist? Lassen Sie sich nicht von der Kirche entmündigen? Sie sind doch erwachsen, Raphael. Haben Sie denn gar keine eigene Meinung, keinen eigenen Willen?« Das war schon sehr mutig von mir. Aber jetzt war sowieso schon alles egal.

Er biss die Zähne zusammen und schüttelte den Kopf. Er hatte weiße Flecken um die Mundwinkel.

»Ich wusste immer, dass Gott mich eines Tages in Versuchung führen wird«, presste er schließlich hervor. »Ich habe Gott vor einundzwanzig Jahren Gehorsam und Ehelosigkeit gelobt, und das kann nicht falsch gewesen sein.«

In seinen Augen lag Erschöpfung. Auch er schien nächtelang nicht geschlafen zu haben.

»Ich muss Sie dringend bitten zu gehen.« Er wies zur Tür, die bereits von außen von der Nonne geöffnet wurde. »Und bitte kommen Sie nicht wieder. Bitte tun Sie uns das nicht an.«

Wie ein geprügelter Hund schlich ich an ihm vorbei und sog ein letztes Mal seinen vertrauten Duft ein. Die Nonne lief wortlos vor mir her und schickte mich in die Dunkelheit hinaus. Eine Windbö zerrte an meinen Haaren, und ich stemmte mich gegen die Trabitür, weil sie sich nicht öffnen lassen wollte.

Stand er da im Klostertor? Tränenblind starrte ich darauf.

Aber es hatte sich bereits geschlossen.

Wieder waren einige Wochen vergangen, und der Todestag von Manfred jährte sich zum ersten Mal. Mit hochgezogenen Schultern stand ich fröstelnd an seinem Grab und empfand nichts als Leere und Einsamkeit. Aber nicht, weil es Manfred in meinem Leben nicht mehr gab, sondern weil ich Pater Raphael so vermisste. Nur dass ich das niemandem erzählen konnte! Die Leute hätten mich für verrückt erklärt. Ich hatte also weder mit Dorothea noch mit meinen Eltern oder Elke darüber gesprochen, selbst den Kindern gegenüber mied ich das Thema.

Am Gründonnerstag nahm Dorothea mich mit in den Bußgottesdienst.

»Heute ist die rituelle Fußwaschung«, erklärte sie mir. »Zwölf Männer aus der Gemeinde lassen sich symbolisch vom Priester die Füße waschen. Das symbolisiert den letzten Abend vor dem letzten Abendmahl, wo Jesus seinen zwölf Aposteln die Füße gewaschen hat. Das hat er als Zeichen seiner Demut getan, denn er wusste ja, dass er am nächsten Tag sterben würde. Es war also auch ein Zeichen seiner Erniedrigung und Menschwerdung. ›Herr, nicht wie ich will, sondern wie du willst.‹ Er hat an diesem Abend Blut und Wasser geschwitzt, im Angesicht seines grausamen Todes.«

Mir wurde ganz kalt.

Herr, nicht wie ich will, sondern wie du willst. Konnte man damit sein Schicksal annehmen und leichter ertragen? Diesen Spruch musste ich mir ganz genau einprägen. Vielleicht würde es mir dann besser ergehen.

Mit einer Mischung aus Neugier und leichtem Gruseln nahm ich neben meiner frommen Freundin in der angestammten dritten Reihe Platz. Das Kreuz vorne am Altar war mit einem violetten Tuch verhangen, und heute spielte auch die Orgel nicht mehr.

Die Messdiener klapperten mit Holzratschen anstelle der Glöckchen, die sie sonst zu Beginn der Messe klingeln ließen. Es brannten auch keine Lichter. Die Kirche war in Dunkelheit getaucht und spiegelte mein düsteres Innenleben perfekt wider. Dorothea ahnte nichts von meinen Seelenqualen. Wie alle glaubte sie, ich wäre wegen Manfreds Todestag wieder in tiefe Trauer gefallen.

Dorothea drückte meinen Arm. »Der Herr sei mit dir.«

»Und mit deinem Geiste«, murmelte ich automatisch.

Schweigend hielten die zwölf Männer barfuß in die Kirche Einzug, gefolgt von den Messdienern. Das Ende der Prozession bildete der Priester in seinem lila Gewand, den Blick auf den Boden gerichtet. Er war größer und schlanker als unser Pfarrer. Das war nicht Günther Perniok!

Hatte ich schon Halluzinationen? Ich kniff die Augen zusammen und beugte mich unwillkürlich vor.

Jetzt konnte ich bereits seinen Geruch wahrnehmen, so dicht kniete er vor mir, um den zwölf Männern die Füße zu waschen.

Das war ... Raphael! Mein geliebter Pater von Ahrenberg!

Für den Bruchteil einer Sekunde trafen sich unsere Blicke. In seinen Augen immer noch der gleiche Schmerz. Wissender, duldender, alle Qualen hinnehmender Schmerz: Herr, nicht wie ich will, sondern wie du willst.

Unendlich langsam machte sich mein Pater daran, vierundzwanzig Männerfüße zu bearbeiten. Die Messdiener schoben die Wasserschüssel weiter und reichten ihm bei jedem Paar Füße dasselbe graue derbe Handtuch. Grauenvoll! Natürlich hatten sich die Burschen vorher schon selbst die Füße gewaschen, denn keiner wollte hier mit Stinkefüßen aufschlagen. Aber dieser symbolische Akt hatte alles von dem Gehorsam, den das Christentum predigte, und dem sich mein geliebter Pater vor einundzwanzig Jahren unterworfen hatte. Es schüttelte mich innerlich. Warum? Hat man dir das Hirn ausgeschaltet? Dein sonst so waches, kluges Hirn, mit dem du alles hinterfragst, du studierter Philosoph?, dachte ich insgeheim. Wie passt das zusammen? Die totale Entmündigung und das freiwillige Hinnehmen derselben!

In mir tobte es. Ich starrte ihn unverdrossen an. Das musste er jetzt aushalten!

Als er mit dem vierundzwanzigsten Fuß fertig war und sich endlich erhob, suchte sein Blick den meinen. Durchflutet von Liebe lächelte ich ihn einfach nur an – und er lächelte zurück! Gott, was hatte ich auf diesen Moment gewartet!

Eine Stunde lang beobachtete ich meinen Pater. Zum ersten Mal hörte ich seine Singstimme, als er das Vaterunser anstimmte – einfach wunderbar. Zur Kommunion ging ich nicht. Ich wusste, dass meine Gedanken und mein Begehren Sünde waren. Raphael hätte mir den Leib Christi sicherlich nicht gereicht.

Aber bei der Verabschiedung an der Kirchentür gab Raphael mir fest die Hand.

»Wie schön, dass Sie da waren, Frau Kramer. Eine lange Fasten- und Leidenszeit nähert sich dem Ende. Mögen Sie auch den Karfreitag noch gut überstehen und in fröhlichem Gottvertrauen dem erlösenden Osterfest entgegensehen.«

»Das wünsche ich Ihnen auch, Herr Pater.« Während unseres festen Händedrucks sahen wir uns wie hypnotisiert an. Dorothea musterte mich verwundert.

»Darf ich vielleicht auch mal?«

»Ja natürlich.« Ich fühlte seinen Händedruck noch Stunden später.

Das Osterfest feiert die Auferstehung Christi von den Toten, wie jeder weiß. Sollte das auch die Auferstehung unserer Gefühle sein?

Wenige Tage später fand ich einen gefütterten Umschlag im Briefkasten vor.

»Liebe Frau Kramer,
verbunden mit den herzlichsten Ostergrüßen an Sie und Ihre Kinder möchte ich Ihnen heute ein paar Zeilen schreiben. Ich habe in Ihnen einen guten Menschen kennenlernen dürfen. Dafür bin ich sehr dankbar. Möge Gottes weise Güte Sie immer behüten und führen. Ich weiß, dass Sie zur Zeit keinen leichten Weg gehen, aber dabei gewinnen Sie an Schönheit, die nicht einfach nur Fassade ist, sondern von innen her leuchtet, weil sie aus dem Ringen wahrhafter, selbstloser, nicht zuletzt sich selbst schenkender Liebe kommt. Ihr Herz wird meinen Worten recht geben, auch wenn es zuweilen weint. Um der Liebe Christi willen bitte ich Sie, mir allen Schmerz zu verzeihen, den ich

Ihnen um der gleichen Liebe willen zufügte. Ich wünsche Ihnen und Ihren Kindern frohe Ostern, auch aus dem Wissen um die Größe des Opfers, das wir Ihm zu Füßen legen, denn Er ist für uns gestorben und hat uns erlöst. Welch ein Opfer seinerseits! Herr, nicht wie ich will, sondern wie du willst! Wir werden das schaffen, so wie Er es geschafft hat. Aus Liebe. Er und wir. Jetzt und in Ewigkeit, Amen.

Seien Sie von Herzen und in Dankbarkeit gegrüßt,
Ihr Pater Raphael von Ahrenberg BJ.«

Dieses »BJ« hatte er zum ersten Mal geschrieben, und es kam mir vor wie ein dickes Ausrufezeichen. Brüder Jesu. Es sollte mir sagen: Ich bin und bleibe Bruder Jesu, und ER gehört zu mir wie mein Name an der Tür.

Das weißt du zwar, aber es kann nicht schaden, wenn ich es dir noch einmal in aller Deutlichkeit vor Augen führe.

Doch dieser Brief stimmte mich keineswegs traurig. Im Gegenteil! Es war der schönste Liebesbrief, den ich je erhalten hatte! Und er hatte die gleiche Stelle erwähnt, über die ich mir selbst so viele Gedanken gemacht hatte.

Er legte mir seine Liebe ganz unmissverständlich zu Füßen. Er gestand sie sich ein. Und mir. Und seinem Gott. Das war eine ganz große, tapfere Leistung von ihm. Möglicherweise hatte er diesen Brief sogar seinem Superior gezeigt.

Es war ein offenes Eingeständnis und gleichzeitig die Bitte, ihm zu verzeihen.

Ich war im Frieden mit meinem Gott, mit meinem Pater, mit mir.

Der Frühling konnte kommen.

8

Ende Mai 1982, kurz vor Pfingsten

Wieder hatten wir uns monatelang nicht gesehen und nichts voneinander gehört. Ich hatte ihm auf seinen Brief nicht geantwortet. Es ging mir besser. Wir hatten es geschafft, unsere Liebe Gott zu Füßen zu legen. Seinen Willen zu respektieren. Wir hatten unsere schwere Prüfung bestanden, und das machte mich stolz und stark. Ich ging meinem Alltag nach und war gerade mit dem Trabi auf dem Rückweg von der Arbeit, als ich ihn an einer Bushaltestelle stehen sah.

Und diese Bushaltestelle war neben einer Ampel. Und diese Ampel sprang auf Rot. Es gab einen Gott. Gott wollte, dass ich anhielt. Gott wollte, dass ich ganze neunzig Sekunden neben ihm stand. Versuchung? Vorsehung oder Wunder? Er war in ein Buch vertieft.

Mein Herz machte einen Hopser. Bitte dreh dich um, bitte dreh dich um! Ich fixierte ihn. Bitte schau, wer in diesem Auto sitzt. Und wie durch göttliche Fügung sah er von seinem Buch auf und schaute mir direkt in die Augen. Er erkannte mich, und ein Lächeln glitt über sein Gesicht. Hastig verstaute er das Buch in seiner Aktentasche.

Ich stand direkt neben ihm und strahlte ihn an.

Und er strahlte mich an! Zehn, neun, acht, sieben, sechs …

Ich beugte mich zur Beifahrerseite und kurbelte die Scheibe herunter. »Wohin des Weges, Herr Pater?«

»Ich muss nach Harzwinkel, ein paar Sachen fotokopieren. Der Kopierer in der Uni ist kaputt, und dort ist eine Druckerei. Wenn ich Glück habe, hat sie noch offen.«

Hinter uns hupte der Bus. Mein Körper war angespannt wie ein Flitzebogen. Es gab genau zwei Möglichkeiten: mit der rechten Hand die Beifahrertür öffnen … oder mit dem rechten Fuß Gas geben.

Ich tat beides. Und zwar genau in dieser Reihenfolge.

Nun saß er neben mir.

»Dann fahre ich Sie schnell dahin, wenn Sie nichts dagegen haben.«

»Das wäre sehr freundlich von Ihnen. Mit dem Bus hätte ich es vermutlich nicht mehr geschafft.«

Ich legte den vierten Gang ein und verlangte meinem Trabi alles ab.

Mein Herz galoppierte wie ein junges Pferd. Ich hatte ihn für mich allein! Und sei es nur für wenige Minuten.

»Wie geht es Ihnen?« Der Pater sah mich freundlich an. Ich sah seine Halsschlagader pulsieren. Ich war ihm nicht egal! Er war genauso aus dem Häuschen wie ich!

»Danke, ausgezeichnet. Endlich wird es Sommer, nicht wahr?«

Die Landstraße schlängelte sich Hügel hinauf und wieder hinunter. Tausende von Mohnblumen standen am Straßenrand, als hätte der liebe Gott einen roten Teppich für uns ausgebreitet. Bergab flogen wir fast. Der Fahrtwind zerzauste mir die Haare. Was hatte er damals gesagt? Carina, du bist so schön!

»Was haben Sie denn in den Sommerferien vor? Werden Sie mit den Kindern verreisen?«

»O ja, wir haben einen Platz in einem tollen Ferienhotel

ergattert. Als Witwe eines ehemaligen Parteibonzen ist das gar nicht so schwer.« Ich lachte übermütig. »An der Mecklenburgischen Seenplatte, das ist ein unglaublich schicker Kasten mit Westflair. Da ist jeden Abend Tanz.« Ich nutzte den Schwung und überholte mühelos einen Trecker mit Anhänger.

Der Pater lachte. »Da soll noch einer sagen, Frau am Steuer.«

»Sagt ja keiner!«

»Sie sehen gut aus. Ich meine, glücklich. Kann es sein, dass Sie noch schöner geworden sind, als ich Sie in Erinnerung habe?« Er sah mich von der Seite an.

»Herr Pater, Sie flirten doch nicht mit mir?« Keck drückte ich das Gaspedal bis zum Anschlag durch und raste auf die nächste Hügelkuppe zu.

Wieder ein Mohnfeld und noch eines. Es war, als glitten wir direkt in den Himmel hinein.

Am Ortsschild Harzwinkel bremste ich ab. Es war zehn vor sechs. Ein lauer Sommerabend.

»Und wo ist jetzt die Druckerei?«

»Ich weiß nicht so genau …« Natürlich gab es damals noch kein Navi, und der Pater kramte umständlich einen Zettel aus der Aktentasche. »Also hier ist die Wegbeschreibung. Am Ortsende hinter einer Tankstelle rechts rein, dann kommt ein Industriegebiet, und dort ist es die dritte Straße links.«

Wir konzentrierten uns auf den Weg, und als wir endlich vor der Druckerei standen, lag sie verlassen am Ende einer Sackgasse direkt am Waldrand.

»Mist. Schon zu.«

»Die sah gar nicht aus, als wäre sie in letzter Zeit offen gewesen.«

»Nein.«

»Hm. Schade. War es wichtig?«

»Was?«

»Na, was Sie kopieren wollten.«

»Ach nein, das war für die Doktorarbeit eines Mitbruders, den ich betreue.«

»Ich könnte es morgen mit zur Arbeit nehmen und in der Mittagspause kopieren«, bot ich an.

»Das würdest du tun?« Plötzlich beugte sich Pater Raphael zu mir vor und strich mir sanft die Haare aus dem Gesicht. »Du bist so lieb ...«

Und ehe ich wusste, wie mir geschah, hatte er schon seine Lippen auf meinen Mund gelegt. Ganz zart wie ein Schmetterling, der sich niederlässt und aufhört zu flattern.

Wir froren den Moment ein. Und dann, ganz behutsam, öffneten wir die Lippen und küssten uns richtig. Ausgiebig und in der Gewissheit, dass es richtig war. Dass uns hier jetzt niemand stören würde, noch nicht einmal Gott.

Dann löste er die Handbremse, und wir rollten einfach an den Waldrand, während wir uns weiterküssten. Der Trabi verschwand zielstrebig im Schatten einiger Fichten.

Wir hörten nicht auf, uns zu küssen – voller Sehnsucht nacheinander. Lange angestaute Gefühle brachen sich Bahn, wie Wasser, das endlich fließen darf. Doch es war nicht zerstörerisch, nur rein und klar.

»Ich habe so an dich gedacht!«

»Und ich an dich!«

»Ich habe immer für dich gebetet, dass es dir gut geht!«

»Es geht mir gut.« Ich strich ihm zärtlich übers Gesicht. »Besonders jetzt.«

»Es ist nicht richtig, was wir tun.«

»Nein, wahrscheinlich nicht.«

»Aber ich hab dich so unfassbar gern ...«

»Und ich dich ...«

Wir küssten uns wieder. Ich sog seinen vertrauten Duft ein, spürte seine warmen, weichen Hände in meinem Haar.

»Ach Gott, Carina!«, seufzte er irgendwann. »Ich wünschte, wir dürften tun, was wir tun. Ich habe ein furchtbar schlechtes Gewissen. Es ist Sünde. Ich werde mich wieder schrecklich fühlen...« Pater Raphael schlug die Hände vor das Gesicht.

»Dann lass uns jetzt wieder nach Hause fahren.« Einer von uns musste ja die Vernunft siegen lassen.

»Ja.« Dankbar sah mich der Pater an. »Entschuldige, Carina. Es ist so über mich gekommen.«

»Ich weiß.« Ich lächelte. »Ich hab dich verdammt lieb, weißt du das?«

Während der ganzen Rückfahrt diskutierten wir darüber, ob Küssen und Streicheln eine lässliche Sünde oder bereits eine Todsünde sei.

»Kann denn Liebe Sünde sein?«, versuchte ich es im Scherz.

Aber Raphael haderte schon wieder mit sich und vergrub das Gesicht in den Händen. »Der Geist ist willig, aber das Fleisch ist schwach! Ich habe geschworen, vor einundzwanzig Jahren und bis jetzt immer in Gehorsam gelebt.«

»Sag mal, hast du wirklich Keuschheit oder nur Ehelosigkeit geschworen?«, fragte ich ihn. »Das ist doch ein Unterschied!«

»Nein, mit solchen Spitzfindigkeiten kann ich Gott nicht hinters Licht führen.«

»Gott lässt sich nicht hinters Licht führen.« Ich versuchte Klarheit in dieses Chaos zu bringen. »Und du hast recht: Gott hat wahrhaftig Wichtigeres zu tun, als sich mit so kleinlichen Wortspaltereien abzugeben. Er hat einen Mann geschaffen und eine Frau, und das hat er bestimmt nicht aus Versehen getan. Nur die Kirche beharrt auf diesen verkrusteten, mittelalterlichen Gesetzen ...«

»Aber ich habe einen Eid geleistet. Das kann doch alles nicht umsonst gewesen sein!« Verzweiflung stand in seinem Blick.

»Jesus hat gesagt, ›Wer von euch ohne Sünde ist, der werfe den ersten Stein‹«, holte ich eine meiner christlichen Halbweisheiten hervor. »Gott wird dir verzeihen.«

»Möglicherweise.« Raphael setzte seine Brille mit Goldrand wieder auf. »Aber das Schlimme ist: Ich habe Angst, es wieder zu tun!«

Inzwischen standen wir auf dem Wanderparkplatz vor seinem Kloster. Ich hatte ihn automatisch dorthin gebracht. Es parkten nur noch wenige Autos hier, am Freitag kurz vor Pfingsten.

Diesmal war es noch hell. Junge Birken wiegten sich im Wind. Letzte Wanderer kehrten mit Hunden aus dem Wald zurück. Im Gasthaus Deppe saßen Gäste unter Linden und tranken Bier. Gelächter wehte zu uns herüber. Die Vögel zwitscherten.

»Raphael. Geh mit Gott, aber geh. Ich hab dich lieb, und das wird auch immer so bleiben. Hadere mit deinem Gott oder frag ihn um Rat ... Du weißt, wo ich wohne.«

»Frohe Pfingsten.« Mühsam schälte sich mein Pater aus dem Trabi. Sein Gesicht glühte, und in seinen braunen Augen standen Schmerz und Seligkeit. »Möge der Heilige Geist uns erleuchten.«

»Das macht der bestimmt.« Ich legte Daumen und kleinen Finger an die Wange, zum Zeichen, dass wir telefonieren würden.

Mit einem gequälten Lächeln griff er nach seiner Aktentasche und verschwand hinter der Klostertür.

Auf der Rückfahrt umspielte ein Lächeln meine Mundwinkel.

Doch schon am nächsten Tag erwachte ich mit einem schrecklichen »Kater«.

Was hatten wir getan? Wir hatten schwer gesündigt! Der Teufel hatte uns in Versuchung geführt, und wir waren ihm voll auf den Leim gegangen! Mein Kopf dröhnte, mein Mund fühlte sich schal und trocken an. Ich sah in Raphaels Küssen nur noch verbotene Früchte, die einen fauligen Nachgeschmack hatten. Ich hatte den armen Raphael in Versuchung geführt! Ich schlechter Mensch! Und das Schlimme: Es hatte mir sogar Spaß gemacht! Mein armer Freund würde sich jetzt wieder selbst geißeln und grämen, schlimmstenfalls sogar beichten. Mir war speiübel. Das hätte ich ihm doch ersparen können!

Mühsam quälte ich mich aus dem Bett und vermied es beim Zähneputzen in den Spiegel zu sehen. Ich schämte mich und war gleichzeitig bis über beide Ohren verliebt. Ich hatte eine Verantwortung. Ich war drauf und dran, das Leben meines geliebten Paters zu zerstören. Andererseits sehnte ich mich unendlich danach, seine liebe Stimme zu hören, in seine dunklen Augen zu blicken und ihn verdammt noch mal zu küssen.

Noch nie hatten mich solch widersprüchliche Gefühle gebeutelt. Weder mit siebzehn, als ich in irgendwelche Jungs aus der Disco verschossen war, noch mit Manfred. Damals war es zwar irgendwie auch prickelnd – ich noch so jung und er mein Vorgesetzter –, die heimliche Liebe hatte auch etwas ziemlich Erregendes gehabt.

Aber was ich für Raphael empfand, war viel erhabener, viel edler, viel inniger.

Ich musste an das Gretchen aus Goethes *Faust* denken:

Meine Ruh ist hin, mein Herz ist schwer, ich find sie nimmer und nimmermehr! (…) Mein armer Kopf ist mir verrückt, mein armer Sinn ist mir zerstückt. (…) Mein Busen drängt sich nach ihm hin, ach dürft ich fassen und halten ihn, und küssen ihn, so wie ich wollt, an seinen Küssen vergehen sollt!

Ich lehnte am Spülstein und spritzte mir kaltes Wasser ins Gesicht. Wieder und wieder zwang ich mich, meinen Anblick im Spiegel zu ertragen.

Und wie war das mit Gretchen ausgegangen? Wie jeder weiß, wurde es verrückt und tötete das eigene Kind. Der Teufel rieb sich die Hände und nahm Fausts Seele mit in die Hölle.

Ich spülte den Mund und spuckte vor mir selbst aus.

Na toll, Carina! Du hast einen unschuldigen, lauteren Mann in schlimmste Gewissensnöte gebracht. Herzlichen Glückwunsch.

Immerhin hatten wir nicht miteinander geschlafen. Ob der liebe Gott noch mal ein Auge zudrücken würde?

»Quatsch!«, schimpfte ich mit meinem zerknitterten Spiegelbild. »Gott lässt sich nicht an der Nase herumführen. Schon der Wunsch ist eine Sünde.«

Sollte jetzt jeder neue Tag mit einer Lüge beginnen?

Wie sollte es weitergehen? Das wusste nur Gott.

Aber der Mensch denkt, und Gott lenkt.

Bereits am selben Nachmittag rief mein Pater an.

»Carina, wie geht es dir?«

Das Herz wollte mir schier aus dem Mund fallen. Immerhin

sagte er nicht »Frau Kramer« zu mir! Und »Siezen auch Sie mich wieder«.

»Dasselbe wollte ich DICH fragen, Raphael!« Ich lauschte meinen Worten nach: Dich. Raphael. Du. Innig. Geliebter. Mann.

»Ich habe Sehnsucht nach dir«, kam es leise aus dem Hörer. »Können wir heute Nachmittag eine Runde drehen?«

Und das taten wir. Zum Glück waren die Kinder mit Lehre, Schule, Sport und Hort ganztags beschäftigt. Und nach meiner Arbeit, bei der ich bestimmt sechs Stunden lang Löcher in die Luft gestarrt hatte, stand ich um kurz nach vier unauffällig auf dem Wanderparkplatz und tat so, als müsste ich mir mein Schuhband binden. Währenddessen spähte ich im Schutz meines Trabis zur Klostertür. Gott, bitte mach dass er rauskommt. Bitte öffne jetzt diese Tür!

Sie öffnete sich, und mein Pater kam mit langen Schritten heraus. Er hatte einen Trainingsanzug an und tat so, als wollte er joggen gehen. Aus dem Augenwinkel hatte er mich gesehen und gab mir mit einer kurzen Kopfbewegung zu verstehen, wo wir uns treffen würden. Zielstrebig trabte er dem Waldrand entgegen.

O Gott, hoffentlich steht die Nonne nicht am Fenster, dachte ich mit einer Mischung aus leichtem Gruseln und prickelnder Spannung.

Ich wartete sicherheitshalber zehn Minuten und schlenderte dann betont entspannt hinter ihm her, an Ententeich und Ziegengehege vorbei, und saugte die laue Sommerluft ein. Es war, als würde ich alles überdeutlich wahrnehmen, so geschärft waren meine Sinne.

Halleluja!, jubelte ich innerlich. Gott ist mit uns. Er freut sich mit uns. Er segnet unsere Liebe.

Und da saß er, auf einer Bank, ganz am anderen Ende der

Wiese, die mir noch nie so grün und lieblich vorgekommen war wie in diesem Moment, und hielt das Gesicht in die Sonne. Oder in den Himmel. Bestimmt hielt er auch gerade Zwiesprache mit Gott.

In diesem Moment hielt ich es nicht mehr aus und rannte auf ihn zu. Nichts und niemand konnte mich jetzt mehr aufhalten. Er sah auf, und ein seliges Lächeln überzog sein Gesicht. Plötzlich waren alle Schuldgefühle vergessen. Er breitete die Arme aus, und ich ließ mich hineinfallen. Wir küssten uns voller Leidenschaft und seliger Freude.

»Hallo, du!« Er tippte mir auf die Nasenspitze.

»Selber hallo du!« Ich spielte am Reißverschluss seiner Trainingsjacke herum.

»Du siehst wunderschön aus, meine Freundin!« Er fuhr mit dem Zeigefinger die Konturen meines Schlüsselbeins nach. Na gut, ich hatte einen recht tiefen Ausschnitt gewählt.

»Und du siehst bescheuert aus, mein Freund!«

Wir lachten ein befreites, übermütiges Lachen.

»Na ja, dieser Trainingsanzug gehört einem Mitbruder, ich wollte mich irgendwie tarnen ...«

»Ist dir voll gelungen, du Schelm.«

Spaziergänger mit Kindern kamen um die Ecke. Er sprang auf, nahm mich bei der Hand, und wir rannten tiefer in den Wald hinein, bis uns das Unterholz allen neugierigen Blicken entzog.

Wir küssten uns ausgiebig und konnten gar nicht voneinander lassen.

Irgendwann lagen wir nebeneinander im duftenden Moos. Das raschelnde Blätterdach über uns öffnete und schloss sich sanft im Wind, und einzelne Sonnenstrahlen stahlen sich hin und wieder auf unsere Gesichter.

Mit dem Zeigefinger fuhr er über mein Gesicht, meinen

Hals. In mir loderte eine heiße Sehnsucht, dennoch wussten wir, dass dies hier weder der richtige Ort noch der richtige Zeitpunkt war. Also setzten wir uns sittsam auf und klopften einander die Blätter und Gräser von den Schultern.

Arm in Arm spazierten wir durch die Kathedrale des Waldes und redeten unaufhörlich.

»Es ist so unfassbar schön, dass ich mich wie im Himmel fühle!«

»Ja, das nennt man wohl Seligkeit.«

»Hast du eigentlich je …?« Ich konnte mir die Frage einfach nicht verkneifen. Verlegen pflückte ich irgendein Gras. »Ich meine … Früher mal, vor deinem Gelübde? Irgendwo musst du das Küssen doch gelernt haben?«

»Nein! Niemals!« Raphael sah mich ernst an. »Vor dir habe ich noch nie eine Frau geküsst!«

»Dafür machst du das unfassbar gut!«

»Wirklich?« Schon wieder umfasste er mich sanft und legte seine Lippen auf meine. Unsere Herzen schlugen im Gleichtakt. Die Welt um uns herum schien stillzustehen.

Als die Klosterglocke im Abendwind mahnend zu uns herüberhallte, rissen wir uns voneinander los.

»Ich muss zur Vesper. Es ist sechs.«

»Ja. Ich muss auch heim. Die Kinder warten auf ihr Abendbrot.«

»Wann sehen wir uns wieder?«

»Wann immer du willst.«

»Ich ruf dich an.« Mit einem letzten verstohlenen Kuss verabschiedete sich mein Pater von mir und joggte in Richtung Kloster.

Ich wartete bewusst noch zwanzig Minuten, bis ich auf einem anderen Weg wieder zum Parkplatz zurückkehrte.

Mir ging die Bibelstelle durch den Kopf, wo die Heiligen Drei Könige auf dem Rückweg vom Jesuskind König Herodes austricksen, damit er es nicht ermorden kann: »Und fuhren auf einem anderen Weg wieder in ihr Land.« Schon in der Bibel wurde ordentlich getäuscht.

Von nun an sahen wir uns fast täglich an einem immer wieder anderen Treffpunkt in freier Natur, wo man sich auch rein zufällig hätte über den Weg laufen können. Wir gingen auch bewusst nur bei Tageslicht spazieren. Intuitiv vermieden wir es beide, in einem geschlossenen Raum miteinander allein zu sein, aus panischer Angst, dass »es« dann passieren könnte. Das wollten wir nicht. So heftig wollten wir auf keinen Fall sündigen. Das heimliche Spazierengehen und Reden, das scheue Händchenhalten und Küssen erschien uns lange nicht so schlimm wie das »Eine«, die verbotene Frucht, von der schon in der Bibel die Rede war. Wir lustwandelten in aller Unschuld unter den Augen Gottes und führten tiefe theologische Gespräche.

»Wahrscheinlich ist das ja alles eher symbolisch gemeint mit Adam und Eva und der verbotenen Frucht«, sinnierte ich. »Oder glaubst du wirklich, dass da zwei Nackte im Paradies rumsaßen, aus Langeweile in einen verbotenen Apfel gebissen haben, und Gott darüber so erzürnt war, dass er sie rausgeschmissen hat?«

Eigentlich wollte ich ihn damit zum Lachen bringen oder wenigstens ein bisschen aufheitern, denn mein Raphael hatte schon wieder einen depressiven Rückfall.

»Das Christentum spricht von Sündenfall.« Raphael strich sich schuldbewusst die Haare aus der Stirn, wozu er meine Hand losgelassen hatte. »Alle, die zu Jesus Christus gehören, haben das Fleisch und damit ihre Leidenschaften und Begierden gekreuzigt.«

»Aber das hört sich grauenvoll an.« Ich musterte ihn kopfschüttelnd.

»Die ganze Kreuzigung ist schon schlimm genug, aber die eigenen Gefühle und menschlichen Bedürfnisse auch noch kreuzigen zu müssen ... das kann doch nicht gesund sein.«

Da kam die praktische Hausfrau in mir durch.

Raphael schüttelte den Kopf.

»Wenn wir aus dem Geiste leben, dann wollen wir dem Geist auch folgen. Paulus an die Galater, Vers 5, 24, 25«, zitierte Raphael bibelfest. Ich sah, dass seine Kiefermuskeln mahlten. Er war tief gefangen, in seinem selbst gewählten Gefängnis aus Enthaltsamkeit und Gehorsam.

Ich wollte ihm helfen und mir natürlich auch. »Nehmen wir die Sache mit Adam und Eva«, begann ich eifrig. »Ich denke, das war einfach der Versuch, die Menschen aufzuklären«, versuchte ich pragmatisch zu denken. »Geschlechtsverkehr wird als Sünde dargestellt. Die Schlange soll doch ein ... ähm ... Penis sein, oder nicht? Und die verbotene Frucht ... äh ..., du weißt schon, das weibliche Gegenstück. Altes Testament für Anfänger?«, versuchte ich das Ganze etwas abzumildern. »Just do it«, war ja ein Spruch, der erst viel später aufkam.

Statt in lautes Lachen auszubrechen, blieb Raphael entsetzt stehen und warf die Arme in die Luft. »Da sieht man mal, wohin der Sozialismus führt. Kein Religionsunterricht, nicht einmal ein bisschen Genesis!«

»Na gut, dann sag du es mir.« Ich blieb nun auch stehen und stemmte die Hände in die Hüften. »Ich will gerne lernen, was in deinem klugen Kopf vorgeht!«

»Im ersten Schöpfungsbericht steht: Und Gott schuf den

Menschen zu seinem Bilde, zum Bilde Gottes schuf er ihn, und er schuf sie als Mann und Weib.«

»Na bitte, da hast du es! Das habe ich dir schon gesagt! Rein biologisch passen die zusammen, sonst gäbe es die Menschheit nicht! Was soll daran verkehrt sein?«

Doch Raphael quälte sein Hirn nach dem Motto: »Warum einfach, wenn es auch kompliziert sein kann?« Dazu hatte er schließlich Theologie und Philosophie studiert.

»Die lateinische Kirche entwickelt aus der biblischen Erzählung von Adam und Eva den Begriff der Erbsünde. Diesem alten Menschentypus Adam wird später im Neuen Testament der neue Menschentypus Jesus gegenübergestellt, dessen gehorsamer Kreuzestod und dessen Auferstehung den Sieg über den Tod, ein Leben darüber hinaus ermöglichen.«

Mir wurde kalt ums Herz. Kurz hätte ich mich am liebsten laut schluchzend zu Boden sinken lassen. Ich starrte Raphael mit offenem Mund an. War das eine krude Theorie oder höchste theologische Weisheit, von der ich kleine Sachbearbeiterin keine Ahnung hatte? Er sagte das alles mit so einer tiefen Überzeugung, einem heiligen Ernst …

»Es heißt, dass die Todsünde durch Adam und Eva in die Welt gebracht, und in der Auferstehung Jesu das Paradies wieder erschlossen wurde.«

Kompliziert, aber letztlich durchschaubar. Viele Märchen hatten ungefähr den gleichen Erzählstrang: Böse Fee verwünscht Dornröschen, die eigentlich an der Spindel sterben soll. Aber die dreizehnte Fee kann das Ganze wieder auflösen, und Dornröschen muss nur hundert Jahre schlafen. In diesem Moment beneidete ich sie glühend. In hundert Jahren würde die Kirche hoffentlich nicht mehr so eine Macht über ihre Zöglinge haben.

Also atmete ich tief durch und hob das Kinn.

»Na, dann ist doch alles klar! Dann dürfen wir uns doch liebhaben!«

»Eben nicht!« Schon wieder dieser Satz: »Der Geist ist willig, aber das Fleisch ist schwach …«

»Wer sagt das?«

»Paulus. Für Paulus ist der Gegensatz von Geist und Fleisch ganz grundlegend.«

Während wir unsere Wanderung wieder aufnahmen, erzählte mein Pater mir ziemlich viel über den heiligen Paulus, der ja einst ein ungläubiger Saulus gewesen war, bevor er zum christlichen Glauben fand – was er, etwa fünfzig Jahre nach Christus mithilfe einiger gepfefferter Briefe mit Verhaltensregeln an die Römer, Galater, Epheser, Korinther und so zum Ausdruck gebracht hatte. Die Paulusbriefe waren mir ein Begriff. Aus denen wurde in der Sonntagsmesse unermüdlich vorgelesen, und ich konnte sogar daraus zitieren.

»Nun aber bleiben Glaube, Hoffnung, Liebe, diese drei, aber die Liebe ist die größte unter ihnen!«, versuchte ich wieder Leichtigkeit in unser Gespräch zu bringen. »Es läuft doch alles auf die Liebe hinaus, die Gott einerseits selbst verkörpert, andererseits verbietet. Seltsam!«

»Bitte Carina, so einfach ist das nicht …« Mein Pater raufte sich verzweifelt die Haare, während er mit großen Schritten neben mir herging und den Wald vor lauter Bäumen nicht mehr sah. Er tat mir so leid mit seinen aus meiner Sicht selbst verursachten Gewissenskonflikten!

Er konnte den eisernen Ring um sein Herz einfach nicht sprengen – ich konnte es ja selbst nicht! Aber ich wollte es wenigstens versuchen.

»Aber warum soll Liebe denn verboten sein? Gott hat Mann und Frau geschaffen, mit allem was dazugehört. Und wenn sie sich gefunden und lieb haben, ist das doch genau das, was für sie vorgesehen ist ...«

»Ja, meine kleine Hobbytheologin.« Er lächelte schwach und nahm mich bei den Schultern. »Wenn sie vor Gott den Bund der Ehe eingegangen sind. Dann ist das völlig in Ordnung.«

Ich schluckte. »Und wenn nicht, ist es Sünde. Versteh schon.«

»Und wenn sie, wie in meinem Fall, vor Gott und der Kirche, vertreten durch den Papst, in meinem Fall durch den Erzbischof, ein Gelübde abgelegt haben, das Gehorsam, Ehelosigkeit und Keuschheit bis ans Lebensende verspricht, ist die Liebe zu einer Frau sogar eine Todsünde.«

»Die Nur-fühlen-Liebe auch im Gegensatz zur Auch-tun-Liebe?«

»Die Nur-wollen-Liebe reicht schon! Die Nur-dran-denken-Liebe!«

O Gott, da hatten wir uns wieder in eine Diskussion verrannt!

Ich sah seine Qualen und konnte sie auch nachvollziehen. Aber ich sah auch sein Liebesbedürfnis, seine Sehnsucht nach einer Gefährtin an seiner Seite, mit der er alles teilen konnte – nicht nur Worte und Weisheiten, sondern auch Berührungen und Zärtlichkeiten. Weil das zu den Grundbedürfnissen des Menschen eben dazugehört!

Wieder und wieder beleuchteten wir unsere Lage von allen Seiten, betrachteten sie aus himmlischer und irdischer Sicht, prüften je nach Tagesstimmung die Schwere oder Lässlichkeit dieser »Todsünde«, die wir ja zum Glück noch nicht begangen hatten.

»Und eines steht sicher fest«, gab Raphael mir noch mit auf den Weg: »Mein Priesteramt aufgeben kann und werde ich auf keinen Fall. Was bliebe denn dann noch von mir übrig?«

9

Mecklenburgische Seenplatte, 15. August 1982

»Ha! Zwickmühle, Mama!«

Sabine, inzwischen fünfzehn Jahre alt, lachte sich buchstäblich ins Fäustchen.

Wir saßen in unserem Hotelzimmer in diesem unfassbar schnieken Kasten, in dem wir unsere Sommerferien verbrachten ... und draußen fiel unablässig der Regen.

»Tatsächlich!«, entfuhr es mir. »Du hast mich in eine Zwickmühle gelockt!«

»Nee, Mama! Du bist reingetappt! Selber schuld!«

Klein Tommi stand hinter seiner großen Schwester und versuchte, das perfide System des Mühlespiels zu begreifen.

»Wieso, Mama, zieh doch da hin!« Hilfsbereit schob er einen Spielstein zur Seite.

»Weg mit deinen Speckfingern, Kleiner!« Sabine stieß ihn fort. »Da ist ja auch wieder eine Mühle, nur senkrecht!« Sie zeigte ihm die möglichen Spielzüge, die mich beide verlieren ließen.

Begeistert riss sie meine noch verbliebenen weißen Steine vom Brett.

»Gib auf, Mama! Du hast keine Chance mehr!«

»Ich gebe auf.« Fröstelnd griff ich zu einer Zigarette und legte den Kopf an die kühle Panoramascheibe, an der außen die Tropfen hinunterrannen. Manche versuchten, sich länger zu halten, um dann erst recht ins Bodenlose zu fallen.

Seit drei Monaten spielten Raphael und ich nun schon dieses unwürdige Versteckspiel. Immer wieder hatten wir uns getroffen, berührt, geküsst, uns dafür geschämt, uns wieder getrennt, um dann doch nicht voneinander lassen zu können.

Aber jetzt war ich mit den Kindern weit weg von zu Hause. Wir hatten wieder einmal beschlossen, es ohne einander zu versuchen. Jetzt bestand seit zwei Wochen kein Kontakt mehr. Wohltuende Ruhe? Von wegen! Quälende Leere.

Im Hintergrund stritten die Kinder: »Zwickmühle! Schon wieder! Reingelegt!« Das Spielfeld samt der Steine flog, getroffen von der frustrierten Faust des kleinen Tommi, quer durch den Raum.

»Du bist gemein, ich hasse dich! Immer lockst du mich in deine Scheißzwickmühle!«

In diesem Moment begriff ich: Auch ich war in so einer Zwickmühle gefangen.

Seit drei Monaten lebten mein schöner Pater und ich nun in Angst. In Angst vor Gott, in Angst, entdeckt zu werden, in Angst vor dem Ende, in Angst, es zu tun, in Angst, es nicht zu tun, in Angst vor der Hölle, in Angst davor, dass es irgendwann kein Zurück mehr geben würde. Wohin ich meinen Spielstein auch zog: Die Zwickmühle schnappte zu. Und ich verlor immer mehr weiße Spielsteine. Ich war eine Sünderin. Ich zerstörte einen aufrechten Gottesmann.

Das Telefon klingelte.

»Seht ihr, Kinder, das habt ihr nun davon, dass ihr so laut streitet!« Hastig drückte ich meine Zigarette aus. »Jetzt beschweren sich schon die anderen Gäste. – Kramer.«

»Ich bin's.«

Mir wurde schwarz vor Augen. Ich musste mich setzen. Die Kinder starrten mich schuldbewusst an. Hatte die Hotelleitung ihre Mama verwarnt? Tief und ernst genug war die Stimme am anderen Ende der Leitung jedenfalls.

»Kannst du sprechen?«

»Entschuldigung, wir haben gerade etwas zu laut gespielt, es kommt nicht wieder vor.«

»Ich bin in der Pension Forelle, unten am Ortsausgang.«

Ich machte den Mund auf und wieder zu. Meine Wangen glühten, und auf einmal spürte ich, wie mir die Tränen in die Augen stiegen. Gott, was hatte ich diese liebe Stimme vermisst.

»Könntest du es für ein Stündchen einrichten?«

»Aber es regnet«, entfuhr es mir mit heiserer Stimme. »Der Himmel weint.«

Er legte auf. Ich schluckte. Alles Blut war mir aus dem Gesicht gewichen.

»Mama, hat er arg geschimpft?«, fragte Klein Tommi in kindlicher Unschuld.

»Nicht so arg.« Ich hatte die Hände vor dem Mund gefaltet, um mein Herzrasen unter Kontrolle zu bringen, und lief ratlos auf und ab.

»Der soll sich nicht so anstellen, der alte Spießer«, maulte Sabine, die gerade Spielfiguren hinterm Sofa hervorangelte. »Was sollen wir denn sonst machen bei dem Wetter.«

»Ihr dürft eine Weile fernsehen«, hörte ich mich sagen. Mein Gesicht brannte.

»Gehst du weg?«

»Es ist besser, wenn ich persönlich mit ihm spreche.« Meine Hände zitterten so sehr, dass ich kaum den Autoschlüssel halten konnte.

»Mama, nimm es dir nicht so zu Herzen. Er wird uns schon nicht rausschmeißen.« Sabine sah mich aufmunternd an. »Ich passe auf Tommi auf, versprochen. Wir sind mucksmäuschenstill.«

Zehn Minuten später stand ich vor der Pension Forelle. Es goss in Strömen. Ich hielt mir die Jacke über den Kopf und balancierte mit meinen Sommerschühchen zwischen knöchelhohen Pfützen hindurch. Nicht immer mit Erfolg. Bevor ich überhaupt klingeln oder klopfen konnte, wurde die Tür schon aufgerissen. Und da stand er. Mein Pater. In Zivil. Brennende Sehnsucht im Blick. Er kam auf mich zu und schlang die Arme um mich. Ohne ein Wort zu sagen, zog er mich die gewundene Treppe hinauf in sein Zimmer und schloss von innen ab.

Es war ein schlichtes Einzelzimmer. Ein Bett, ein Schrank, ein Stuhl, ein wackeliger kleiner Tisch. Da standen wir und starrten uns an.

»Carina.« Er zog mich an sich, und dann verschlangen wir uns fast gegenseitig mit leidenschaftlichen Küssen. Und plötzlich fügte sich alles. Sanft zog er mir die nassen Schuhe von den Füßen, hob sie aufs Bett und küsste jedes Stückchen Haut, das er behutsam freilegte. Er war unfassbar zärtlich, liebevoll und behutsam. Ich schloss die Augen und stemmte mich ihm entgegen.

Und dann wurden wir eins.

Es passierte, weil es passieren musste.

Es war der richtige Zeitpunkt und der richtige Ort.

Es fühlte sich richtig an.

Als wir beide gemeinsam zum Höhepunkt kamen, hielt er mir sanft den Mund zu. Ich hatte Laute von mir gegeben, die mir selbst ganz fremd waren. Erstaunen, Verwunderung, Glückseligkeit! So etwas hatte ich noch nie erlebt! Und jetzt passte alles, und wir schwebten miteinander vereint dem Himmel entgegen ... und nicht nur einem! Erst jetzt wurde mir die

Bedeutung des Wortes »im siebten Himmel« so richtig bewusst. Als es vorbei war, ließen wir uns in die Kissen zurückfallen.

Beide waren wir völlig überwältigt und weinten vor Glück.
»Woher weißt du ...«
»Was?«
»Wie man eine Frau glücklich macht?«
»Pssst! Ich liebe dich eben!«
»Aber du bist ein Naturtalent ...«
»Das erstaunt mich selbst.« Er spielte mit einer Haarsträhne, strich sie mir aus dem Gesicht. »Ich war wirklich sehr aufgeregt, so ganz ohne Erfahrung. Du hast schließlich jahrelangen Vorsprung auf diesem Gebiet, und ich dachte, hinterher lachst du mich noch aus.«

Ich winkte ab. »Das vor dir war alles nur ein Gemurkse.«
»Na, na!« Er stützte sich auf und gab mir einen zärtlichen Nasenstüber. Kommt die Vokabel ›Gemurkse‹ aus dem Griechischen oder aus dem Lateinischen?

»Vergiss es. Es war einfach nur schlechter Sex.« Wir lachten und weinten und küssten einander die Tränen vom Gesicht.

»Jetzt haben wir es getan.«
»Ja.« Mein geliebter Pater kramte eine Packung Stuyvesant aus seiner Hose, die wir im Eifer des Gefechts einfach auf den Boden geworfen hatten, wobei er mir den Anblick seines unfassbar wohlgeformten Hinterteils gewährte. Dann steckte er mir eine Zigarette in den Mund. Ich sah wieder vor mir, wie er mir das erste Mal Feuer gegeben hatte, damals in seinem Studierzimmer, als ich ein Kreuz suchte. Und jetzt lag er, nackt wie Gott ihn schuf – der zugegebenermaßen einen wirklich guten Tag gehabt haben musste –, neben mir und gab mir wieder Feuer. Er stützte seinen ebenmäßigen, wunderschönen

Oberkörper auf, nahm mir die Zigarette aus dem Mund und zog selbst daran.

Eine unfassbar erotische Geste, die er mit Sicherheit extra beichten musste!

Alles in mir pulsierte noch.

»Und, wie geht es dir jetzt damit?«, fragte ich.

»Grandios. Mein Herz ist ein einziges Feuerwerk.«

»Nicht nur dein Herz. Auch deine Lenden können zündend sein.«

»Ich könnte gleich noch mal ...«

Die Zigarette glühte im Aschenbecher weiter vor sich hin, während wir Worten Taten folgen ließen. Erst als sie leise zischend aufs Kopfkissen fiel und einen Brandfleck hinterließ, kamen wir wieder zur Besinnung.

»Oje. Das muss ich melden.«

»Natürlich. Wir sind ja ehrliche, rechtschaffene Leute.«

Raphaels gequälten Blick werde ich nie vergessen. Dann sagte er: »Außerdem muss ich zum Nachtgebet wieder im Kloster sein.«

»Ich muss auch weg«, räumte ich ein. »Die Kinder warten. So viel zum Thema Zwickmühle.«

Hastig schlüpfte ich wieder in meine nassen Sachen. In den Schuhen stand noch das Wasser. Das klamme Gefühl, das mich durchzog, als ich mich wie eine Diebin über die knarrenden Holzstiegen davonstahl, war ähnlich bezeichnend für unsere Beziehung wie der Brandfleck, den wir auf dem Mecklenburgischen Kopfkissen und in unserem Gewissen hinterlassen hatten.

10

Brackwedel/Oder, 2. September 1982

»Herr Pfarrer? Darf ich Sie um ein Beichtgespräch bitten?«

Gesenkten Hauptes und mit starkem Herzklopfen betrat ich einen schlichten Raum in einer mir fremden Kirche in einer mir fremden Stadt.

Der Geistliche, ein freundlicher Herr um die fünfzig, der modernerweise nicht im Beichtstuhl, sondern in diesem sakralen Nebenzimmer die Beichte abnahm, wies mir schweigend einen Stuhl zu. Er trug kein Priestergewand, sondern einen schwarzen Anzug mit dem daraus hervorblitzenden weißen Römerkragen. Ein kleines rundes Tischchen stand zwischen uns, darauf eine Packung mit Taschentüchern. Eine Flasche Asbach Uralt wäre mir lieber gewesen.

»Herr Pfarrer, ich bin in große Not geraten und erhoffe mir von Ihnen Hilfe und Rat.« Schon schossen mir die Tränen aus den Augen, ohne dass ich ihnen Einhalt gebieten konnte.

»Nur zu, meine Tochter.« Er stützte das Kinn auf ein weißes Tuch in seiner Hand und sah knapp an mir vorbei. Besser wäre es gewesen, er hätte es mir überlassen – ich hätte es innerhalb von drei Minuten komplett durchnässt.

»Es ist große Sünde, das weiß ich, und das wissen wir.« Ich kämpfte mit einem Schluchzen und rang mühsam um Beherrschung. Meine Nase lief bereits wie ein tropfender Wasserhahn.

Seine Wangenmuskeln zuckten, doch er starrte weiterhin in sein Tuch.

»Ich liebe einen Geistlichen. Ohne einen Namen nennen zu wollen, handelt es sich um einen Pater aus dem Orden der Brüder Jesu, um einen geweihten Priester. Wir sind uns vor eineinhalb Jahren zum ersten Mal begegnet, waren lange nur Freunde, aber irgendwann haben uns unsere Gefühle überwältigt, und nun führen wir eine verbotene, heimliche Beziehung. Ich möchte diesem verbotenen Verhältnis ein Ende machen, ohne dass großes Leid entsteht. Ich möchte diesem Mann nicht schaden. Er hat es nicht verdient. Ich liebe ihn von Herzen und werde ihn immer lieben.«

In den Augen meines Gegenübers erkannte ich Mitleid und Güte.

»Ich komme mir so schlecht vor«, fügte ich leise hinzu.

»Sie sind nicht schlecht, meine Tochter. Der Geist ist willig, aber das Fleisch ist schwach.«

»Ja, das weiß ich, aber andere Leute schaffen es doch auch, sich zusammenzureißen. Wir dagegen sind den Versuchungen des Satans erlegen.«

»Bitte gehen Sie nicht so streng mit sich ins Gericht.« Die Gesichtszüge des Geistlichen wurden weich. »Auch Jesus kannte Menschen, die den Versuchungen des Fleisches erlegen sind«, murmelte er in sein weißes Tuch hinein.

»Echt jetzt?« Erstaunt hob ich den Kopf und schnäuzte mich heftig.

»Ja, er hat eine Prostituierte vor den Pharisäern verteidigt und gesagt, wer von euch ohne Sünde ist, der werfe den ersten Stein.«

»Aber ich bin keine Prostituierte!« Erneut überrollten mich Verzweiflung, Scham und Schuld. Der gute Mann wollte mich bestimmt nur trösten, aber allein der Vergleich verletzte mich zutiefst! Wahrscheinlich würden alle Menschen so über mich denken, käme es erst ans Tageslicht. Sie würden mit Steinen nach mir werfen. Meine Eltern würden mir erneut die Freundschaft kündigen. Jetzt erst recht, nach diesem zweiten, viel schlimmeren Fehlgriff. Und wieder würde ich am Ende ganz allein dastehen. Wie furchtbar, dass ich keinen Menschen hatte, dem ich meinen Kummer anvertrauen konnte, mich bei einem fremden Geistlichen ausheulen musste!

Ich weinte bitterlich.

Der Schlusschoral des ersten Teils der Johannespassion von Bach erklang in meinen Ohren:

Petrus, der nicht denkt zurück, seinen Gott verneinet!
Der doch auf ein' ernsten Blick, bitterlichen, weinet.
Jesus, blicke mich auch an, wenn ich nicht will büßen,
wenn ich Böses hab getan, rühre mein Gewissen.

Auf sein behutsames Nachfragen schilderte ich den entsetzlichen Kampf, den wir führten. Nicht gegeneinander, sondern miteinander gegen Gott! Gegen unser schlechtes Gewissen! Gegen die Kirche, die Regeln, die Verbote!

»Wir fühlen uns als jämmerliche Verräter an Gott, an Jesus und an seinen Geboten! Mein Pater hat ein Gelübde abgelegt, und ich habe ihn zur Sünde verführt!«

»Meine Tochter, Sie müssen stark sein.« Der Geistliche musterte mich besorgt über sein Tuch hinweg. Er schien sich regelrecht daran zu klammern wie ein Kind an seine Schmusedecke.

»Und das sind Sie auch.«

»Nein, ich schaffe es einfach nicht, ich gehe daran zugrunde, ich zerbreche daran. Dabei bin ich eine Mutter von drei Kindern und muss doch für sie da sein.«

»Sie leben die Liebe«, sagte er ruhig. »Gott ist die Liebe. Leben Sie in Gott.«

Mit zitternden Lippen starrte ich ihn an. Tränen rannen mir unablässig über das Gesicht, und der schmerzhafte Kloß in meinem Hals wollte einfach nicht weichen.

»Verstehen Sie mich denn, Herr Pfarrer?«

»Jesus versteht Sie. Jesus liebt Sie. Und er liebt den Mann, den Sie lieben. Sie sind alle Kinder Gottes und im ständigen Verzeihen in Christus vereint.«

»Also wie jetzt?«

»Gott ist die Liebe, die Wahrheit und das Leben.«

Ich starrte ihn verwirrt an und war genauso schlau wie vorher. Damals war ich noch nicht so weit, diesen Satz dahingehend zu verstehen, dass Gott nicht der alte, finster dreinblickende Mann ist, der einen am Jüngsten Tag in die Hölle schickt, wo man von rotschwänzigen Teufeln die Mistgabel in die Gedärme gerammt bekommt. Dieses Bild war nur erfunden worden, um einen einzuschüchtern, klein zu machen. Deshalb hatte man uns immer wieder nur Demut gelehrt, Schuldbewusstsein, Sünde, Erbsünde. Wir hatten gar keine Chance, aus diesem Teufelskreis herauszukommen. Das Knien, Bereuen, sich vor die Brust schlagen und beteuern, dass man nicht würdig sei, den Blick zu heben – all das war ein festes Ritual jeder Messe! Wir hatten es sozusagen mit der Muttermilch aufgesogen, und Raphael war dieser Gehirnwäsche noch keine Sekunde entronnen.

Umso mehr staunte ich jetzt. »Sie heben nicht den Zeigefinger?«, sagte ich zu meinem Beichtvater und schluckte. »Sie verurteilen mich nicht?«

»Jesus verurteilt niemanden, und auch ich verurteile Sie nicht. Sie leben in einem schrecklichen Zwiespalt, Sie sind ehrlich bemüht, ein guter Mensch zu sein, und so ging es schon Jesus auf seinem Weg nach Golgatha. Wissend um sein großes Opfer ging er Schritt für Schritt auf sein Kreuz zu ...«

Herr Pater, diese Dame sucht ein Kreuz.

Der geistliche Herr sprach noch eine ganze Weile besänftigend auf mich ein, und ich spürte, dass er es nicht fertigbrachte, Klartext zu reden: »Gute Frau, du bist nicht die Einzige, der das passiert ist. Ich kenne sogar selbst einige Frauen, die Geistliche lieben, eine davon ziemlich gut. Auch wir haben uns arrangiert. Laut aussprechen dürfen wir es nicht, aber lassen Sie sich nicht irritieren. Leben Sie die Liebe. Lassen Sie sich fallen in Gottes Liebe. Wenn er Ihnen den richtigen Menschen über den Weg geschickt hat, dann nehmen Sie dieses Geschenk an. Und Ihr Pater sollte es ebenfalls tun. Wir halten es schließlich genauso.«

Nach diesem Beichtgespräch, in dem er mich keinesfalls zu einer Buße verurteilt hatte, aber mir auch nicht direkt die Absolution erteilt hatte, verließ ich halbwegs getröstet die Kirche.

Als ich auf den Kirchplatz heraustrat, stahl sich die Sonne zwischen den Wolken hervor und hüllte mich in ein warmes, strahlendes Licht.

»Viel Glück und viel Segen, auf all deinen Wegen, Gesundheit und Freude, sei auch mit dabei!«

Wenige Wochen nach meiner Beichte wurde mein kleiner Tommi sieben! In unserer geräumigen Wohnung hatten wir die Möbel beiseitegerückt, Luftschlangen und Luftballons aufgehängt und die sieben kleinen Zwerge, die er hatte einladen dürfen, mit Kuchen und Süßigkeiten abgefüllt.

Jetzt durfte er seine Geschenke auspacken.

»Kinder, was möchtet ihr noch spielen?« Ich stand mit Sabine an der Wand und klatschte in die Hände. »Topfschlagen oder Blindekuh?«

»Och, das ist langweilig!«, maulte einer der kleinen Gäste. »Ich will Reise nach Jerusalem spielen!«

»Na, dann machen wir das doch!«

Stühle wurden in die Zimmermitte gerückt, und Sabine legte Musik auf – es war Abbas »Does your mother know«, was die Kleinen in phonetischem Fantasie-Englisch aus vollen Backen mitsangen. Dann marschierten sie mit leuchtenden Augen um die Stühle herum, um beim Aussetzen der Musik schnellstens ihre kleinen Popos auf einem davon zu platzieren.

»Ausgeschieden, haha, du bist ausgeschieden!«

Jedes Mal ließ Sabine unauffällig ein anderes Kind ausscheiden, bis mein kleiner Tommi als stolzer Sieger wie Graf Rotz allein im Raum thronte. Glücklich ließ er die Beine baumeln.

»Noch maaal!«

»Aber nur wenn ich mitmachen darf«, kam es plötzlich von der offen stehenden Wohnungstüre her. Mir wurden die Knie weich, und mein Herz setzte einen Schlag aus.

»Pater von Ahrenberg!« Tommi strahlte. »Wo kommst du denn her!«

»Vom Himmel hoch da komm ich her«, gluckste mein geliebter Pater übermütig.

Nach wie vor selig verliebt, trafen wir uns heimlich wo und wann immer wir konnten, haderten, beschlossen tapfer, es sein zu lassen und hatten beim Abschiedskuss alle frommen Vorsätze längst wieder vergessen. Seit dem Beichtgespräch ging es mir besser.

Gott war die Liebe! Und er hatte uns ein riesiges Stück davon geschenkt! Wer wird denn göttliche Geschenke verschmähen. An guten Tagen konnten wir es von dieser Warte aus sehen.

Und nun wagte sich Raphael sogar aus dem Schutz der Anonymität hervor. Während er letztes Jahr an Weihnachten noch nicht mal Tommis Taufpate hatte sein wollen!

»Herr Pater. Welche Ehre.« Ich wurde so rot, dass ich mich abwenden musste.

»Ein Gläschen Rotkäppchen-Sekt, Hochwürden?«, fragte Sabine keck.

Jetzt kam erst recht Stimmung auf! Wie vom Jungbrunnen geküsst, eilte der schöne Mann im schwarzen Anzug mit dem weißen Stehkragen mit den Jungs im Kreis herum. Als kleine Anspielung spielte Sabine »Mamma mia, here we go again!«, und Raphael schaute mich vielsagend aus seinen dunkelbraunen Augen an, während er mit seiner wohltönenden Kirchenstimme laut mitsang.

So ausgelassen waren wir noch nie! Ich stand mit einem Glas Rotkäppchen-Sekt dabei und wollte mir schier in die Hand beißen vor verbotener Wonne.

Später kamen die anderen Mütter, um ihre Kinder abzuholen, und ich bot allen Kuchen und ein Glas Sekt an. Gespannt wartete ich darauf, wann Raphael sich verdünnisieren würde, doch er mischte sich leutselig unters Volk. Keine der Mütter war Kirchgängerin. Dennoch spähten sie wie Geier auf meinen eindeutig gekleideten Gast. Guckt doch! So einen schönen Hausfreund habt ihr nicht!, jubelte ich stumm.

Später, als die Kinder weg waren und meine eigenen im Bett, saßen wir noch mit einem Glas Rotwein im inzwischen wieder aufgeräumten Wohnzimmer. Raphael hatte ordentlich mitgeholfen und sogar den Staubsaugerbeutel gewechselt. So ein alltagstauglicher Pater!

Kaum waren wir allein, kam es schon wieder zu Zärtlichkeiten. Wir konnten einfach nicht voneinander lassen!

»Raphael! Wenn die Kinder aufwachen…«

»Dann lass uns doch rübergehen in dein Schlafzimmer.« Auf Socken schlichen wir über die knarzenden Dielen und schlossen uns ein. Halb zog ich ihn, halb sank er hin.

Widerstand zwecklos. Wir liebten uns leise, zärtlich und leidenschaftlich. Er hatte so ein Nachholbedürfnis! Und stand doch in der Blüte seiner Männlichkeit.

»Sag mal, Carina, verhütest du eigentlich?« Das war das erste Mal, dass mein schöner Pater mich so etwas fragte. Das fand ich sehr verantwortungsbewusst von ihm, offen gestanden hätte ich ihm so eine Frage gar nicht zugetraut.

»Ich habe mir erneut die Pille verschreiben lassen.« Errötend lächelte ich ihn an. »Obwohl das bestimmt nicht mehr nötig ist. Wie du weißt, bin ich schon fast vierzig.« Leicht verschämt zog ich mir die Bettdecke über den nicht mehr ganz so straffen Busen.

Er sah sichtbar überfordert aus und wusste nicht, wo er hinschauen sollte.

»Das Thema ist mir jetzt ein bisschen peinlich«, gab er zerknirscht zu.

»Ja, aber ich bin eine Frau, die schon drei Kinder geboren hat. Manchmal frage ich mich, was du eigentlich an mir findest.«

Er schüttelte den Kopf: »Dein Herz, dein Verstand, dein Humor, deine Güte … und deine Schönheit – innen wie außen.«

Ich wärmte mich an seinen Worten und schmiegte mich an ihn.

»Und wenn du achtzig wärst. Ich liebe jede Falte und jedes Haar an dir. Ich werde dich immer lieben. Du bist mein persönliches Gottesgeschenk.«

»Es gibt keine Schuld und keine Sünde, Raphael! ›Liebe kann nicht Sünde sein, und wenn sie es wär', dann wär's mir egal! Lieber will ich sündigen mal, als ohne Liebe sein!‹« Ich küsste ihn.

Wieder verschmolzen wir miteinander, und erst im Morgengrauen verließ Raphael heimlich meine Wohnung, bevor ich den Kindern Frühstück machte.

Ich war selig, schwebte auf Wolken und war verliebt! Die Heimlichkeit intensivierte das Gefühl natürlich zusätzlich.

So vergingen wundervolle Wochen, und wieder stand Weihnachten vor der Tür. Diesmal würde mein Raphael mit uns in die Kirche gehen! Was war da schon dabei?

11

Thalheim, 19. Dezember 1982

Draußen schneite es in dicken Flocken.

Ich saß gerade vor dem Fernseher, hatte nach einem anstrengenden Tag die Füße hochgelegt und genoss »Ein Kessel Buntes«, als das Telefon klingelte.

»Kramer.«

»Ich bin's. Wir müssen reden.«

Sofort raste mein Herz wie verrückt. Er hörte sich gar nicht gut an. Längst nicht so locker und fröhlich wie in letzter Zeit. Eher so, als hätte er etwas angestellt und wäre auf frischer Tat ertappt worden.

»Jetzt sofort?«, fragte ich. »Kannst du herkommen? Die Kinder sind schon im Bett.«

»Geht nicht. Ich stehe an der Landstraße Richtung Lemmerzhagen, an der Bushaltestelle Ödensee, in einer Telefonzelle.«

Mir wurde heiß und kalt. Da war was im Busch. Hastig strampelte ich die Wolldecke weg, unter der ich es mir gemütlich gemacht hatte, und steckte den Kopf in Sabines Zimmer. »Ich muss noch mal schnell Zigaretten holen. Passt du auf Tommi auf?«

Ohne eine Antwort abzuwarten, schlüpfte ich schon in meine Stiefel und den dicken Wintermantel mit Kapuze. Eine Minute später warf ich den kalten Trabi an und knatterte zum gewünschten Treffpunkt. Warum weder bei mir noch bei ihm?

Zugegeben, im Kloster hatte ich in letzter Zeit seltsame Schwingungen gespürt, wenn ich dort angerufen hatte. »Herr Pater, die DAME möchte Sie sprechen.« Aufgetaucht war ich dort schon lange nicht mehr.

Da stand er. In der Telefonzelle. Und hauchte frierend in die Hände. Ich drückte die Beifahrertür auf: »Steig ein.«

Verzweifelt sah er mich an: »Carina. Gott mahnt uns und gibt uns noch eine neue Chance.«

»WAS?!« Mir schoss die Röte ins Gesicht.

»Ich habe eine Abberufung von hier bekommen und soll Weihnachten bereits in Johannismarienhütte bei Dresden am Leo-Konvikt meinen Dienst antreten.«

Mir entfuhr ein Schrei. »Aber das ist dreihundert Kilometer von hier entfernt!«

Er presste die Lippen zusammen und starrte zu Boden. »Ja. Ich habe dort einen Lehrauftrag. Ich glaube, die ahnen was.«

»Die ahnen was, oder hast du gebeichtet?«

»Carina, ich kann meinen Gott nicht anlügen.«

»Sollst du ja auch nicht!« Verzweifelt schüttelte ich ihn am Arm. »Aber du musst es doch nicht deinem Superior auf die Nase binden!«

»Es gibt ein Beichtgeheimnis.« Ungläubig starrte ich in sein schuldbewusstes Gesicht.

»Ja, und es gibt den Weihnachtsmann.«

Mir schossen Tränen in die Augen.

Mir war, als hätte mir jemand in den Solarplexus geboxt.

»Aber wie soll es dann mit uns weitergehen?« Ich hatte die Heizung angestellt, und das Gebläse ließ die Scheiben beschlagen. Wir sahen buchstäblich nur noch verschwommen.

Raphael mied meinen Blick. »Ich denke, wir sollten Gottes Zeichen annehmen.«

»Gottes Zeichen oder die Strafmaßnahme deines Beichtvaters?« Am liebsten hätte ich seine Schuldgefühle aus ihm herausgeprügelt!

»Natürlich ist da jetzt ein Schmerz und eine große Traurigkeit. Aber das mit uns, das hat keine Zukunft, Carina, und das weißt du auch. Ich muss Gottes Wort verkünden, und das wird meine neue Berufung sein.«

Mein Herz war schwer wie Blei. Nein, das hatte ich nicht gewusst. Vielleicht hatte ich es auch verdrängt. War er nicht noch vor Kurzem vor aller Augen singend durch unsere Wohnung getanzt? Er hatte meinen Tommi huckepack genommen, war in einer Polonaise durchs Treppenhaus und den Hof gelaufen und hatte laut »Mamma mia!« gesungen! Die Nachbarinnen hatten es gesehen! Er hatte sich doch zu mir bekannt?!

Oder war es genau DAS?! Dass er diese unsichtbare Grenze überschritten hatte?

»Du hast immer gewusst, dass es nur vorübergehend ist, nicht wahr?« Mit Tränen in den Augen sah ich ihn von der Seite an.

»Ich habe zu Gott gebetet, dass er mir einen Weg zeigt«, sagte Raphael. »Und jetzt hat er meine Gebete erhört. Er schickt mich weit fort von hier. Das ist gut, denn so können wir dem Verbotenen doch noch entrinnen. Sieh es als Hoffnungsschimmer, Carina!« Er strich mir eine Strähne aus dem Gesicht, die sich unter meiner Kapuze hervorgestohlen hatte.

»Es kann alles wieder gut werden! Gott gibt uns eine zweite Chance! Er verzeiht uns, wenn wir seine ausgestreckte Hand jetzt annehmen.«

Obwohl ich ihn anschreien und schlagen wollte, verstand ich ihn auch in diesem Moment: So hatte ich ihn kennen- und lieben gelernt. Ein aufrechter Priester, der sich Gott verschrieben hatte. Diese konsequente, starke Haltung war mit ein Grund, warum ich ihn so liebte. Ich hatte mich in keinen Versicherungsvertreter oder Sachbearbeiter verliebt, sondern in einen edlen Gottesmann. Nicht in das Fleisch, sondern in den Geist. Eigentlich.

»Ja«, hörte ich mich flüstern. »Es kann alles wieder gut werden.«

Raphael griff in seine Jacke und holte ein Kreuz hervor. Es war genau so eines, wie ich es damals vor anderthalb Jahren bei ihm gesucht hatte.

Herr Pater, diese Dame sucht ein Kreuz.

Ein kleines, schlichtes Holzkreuz, ohne Jesus.

»Nimm es als Zeichen unserer Verbundenheit.« Seine Stimme war heiser und sehr emotional. »Wenn du davor betest, wirst du auch mit mir sprechen. Jesus ist unser Bindeglied. Er wird die liebevollen Schwingungen weiterleiten. Ich werde nie aufhören, an dich zu denken und für dich zu beten, und das wirst du spüren.«

Ich nahm es. Was sollte ich auch sonst tun. Es war ihm ja heilig. Er legte gewissermaßen sein Leben in meine Hände, und genau so verstand ich das auch.

Tränenblind starrte ich darauf. »Ja, ich werde mir alle Mühe geben, durch Gott mit dir verbunden zu sein. Ich respektiere dich und erwarte nicht, dass du dein bisheriges Leben für mich komplett über den Haufen wirfst.«

»Carina, ich bin sonst ein Niemand.« Brüsk wischte sich Raphael über die Augen.

»Ich kann nur Priester sein und Theologie unterrichten. Ich habe meine Doktorarbeit über das Thema des Kreuzes und die Zahlensymbolik in Bachs Passionen geschrieben. Darüber halte ich Vorträge, und das kann ich nur in meiner Welt tun.«

»Ich weiß, Liebster.« Er hatte mir das alles so wunderbar erklärt, jedes einzelne Wort aus dem Matthäus- und Johannes-Evangelium war von ihm wissenschaftlich analysiert worden. Mit leuchtenden Augen hatte er mir die Musik auf seinem Plattenspieler vorgespielt, sodass ich mich ganz erleuchtet gefühlt hatte.

»Es tut mir so leid, Carina, aber ich schaffe es nicht, mit dir zu leben.«

Aufschluchzend nahm er mich in die Arme. »Und ich darf dir auch nicht länger im Weg stehen.« Noch einmal strich er mir eine Strähne aus dem Gesicht: »Vor Kurzem hast du mir gesagt, dass du jetzt fast vierzig bist. Noch stehst du in voller fraulicher Blüte. Du sollst noch mal einen Mann finden, mit dem du alt werden kannst.« Er nahm meine eiskalten Hände.

»Niemals, Raphael!«, weinte ich. »Ich werde niemals mehr einen Mann so lieben wie dich.« Schluchzend verbarg ich das Gesicht an seiner Brust. »Aber ich bin dankbar für die Augenblicke, die ich mit dir hatte.« Meine Güte, sollte denn dieses Weinen gar kein Ende mehr nehmen?

Er legte mir den Finger unters Kinn und zwang mich, ihn anzusehen.

»Gottes Wege sind unergründlich! Eines Tages wirst du das erkennen. Aber nun muss ich gehen. Morgen früh werde ich abgeholt.« Er löste sich von mir, und ich konnte spüren, wie sich sein Körper wieder verspannte. Mein Pater hatte den eisernen Ring wieder angelegt.

Er hatte den Türgriff schon in der Hand. Ich hielt die Luft an. Würde er ohne einen letzten Abschiedsgruß einfach gehen? Gehörte er schon wieder Gott?

In einer plötzlichen Liebesaufwallung beugte er sich zu mir

und drückte mir einen innigen Kuss auf die Lippen. »Danke Carina. Mein Gottesgeschenk. Ich werde nie aufhören, dich zu lieben. Aber du musst mich jetzt gehen lassen. Und ich lasse dich gehen. Gott segne dich und die Kinder.«

Wir küssten uns wie Ertrinkende. Mir liefen unaufhörlich die Tränen.

»Bitte bleib doch, wenn du kannst!«, wimmerte ich wie ein kleines Mädchen in sein Ohr.

Er schüttelte den Kopf. »Ich kann nicht. Und das weißt du. Du hast es immer gewusst.«

Raphael stemmte sich gegen die Tür und musste sie mit Kraft aufdrücken, da wir neben dieser Telefonzelle inzwischen fast eingeschneit waren.

Wie in Trance ließ ich den Motor an und gab Gas. Als der Trabi nicht so recht losfahren wollte, spürte ich, wie mich von hinten zwei starke Arme anschoben.

Geh mit Gott, aber geh.

Im Rückspiegel sah ich, wie Raphael im Schneegestöber immer kleiner wurde.

»Es ist ein Ros entsprungen, aus einer Wurzel zart ...«

Heiligabend saß ich zwischen Sabine und Tommi in der Kirche. Die wunderschöne Krippe war aufgebaut, und das hölzerne Jesuskind lag zwischen Maria und Josef, den Hirten und den Tierfiguren, festlich angestrahlt im Stroh. Was für ein tröstlicher Augenblick. Dorothea saß neben ihrem Patenkind Tommi und sah mich über seinen Kopf hinweg von der Seite an. »Alles in Ordnung?«

»Ja, danke, alles gut.«

»Weinst du?«

»Nein, es ist nur ... alles so schön!«

Wieder quollen mir die Tränen aus den Augen. Ich versuchte tapfer zu singen, aber meine Stimme brach.

»Du siehst nicht gut aus, Carina ...« Mitfühlend legte Dorothea die Hand auf meine Schulter. »Du bist ja weiß wie die Wand.«

»Alles gut, ich glaube mir ist nur ... ein bisschen schlecht.« Ein plötzlicher Würgereiz überkam mich, und ich eilte gesenkten Hauptes aus der Kirche. Die wenigen Gläubigen, die vereinzelt in den Bänken saßen, sahen mir besorgt nach.

Draußen ragten kahle Äste in den wolkenverhangenen Himmel. Ein paar schmutzige Trabis parkten am Straßenrand. Die Häuser wirkten abweisend, und aus den Schornsteinen quoll beißender Rauch. Es war, als hätte Gott alle Farbe, alle Freude und alle Hoffnung aus dieser Welt genommen und nur noch ein Schwarz-Weiß-Foto als Erinnerung an bessere Zeiten hinterlassen. Mensch, war mir übel! Was hatte ich bloß Falsches gegessen?

Auf einmal beschlich mich eine fürchterliche Ahnung. Ich begann, rückwärts zu rechnen, und brauchte in meiner Panik alle zehn Finger dazu. Wann war Mecklenburg gewesen? Und wann hatte ich angefangen, die Pille zu nehmen? Ja, ich hatte zwischendurch diese Magen-Darm-Grippe gehabt, aber doch nur ganz kurz! Wann hatte ich das letzte Mal meine Periode gehabt? Ich erinnerte mich nicht. Bestimmt war ich schon in der Menopause.

O Gott! Plötzlich raste mein Herz, und mir wurde noch dazu schwindelig. Dieses Gefühl von Übelkeit und Schwindel kannte ich. Schon dreimal hatte ich mich genauso elend gefühlt ... Daher also dieses Ziehen in der Brust und der Appetit auf Spreewalder Gurken.

Es ist nicht die Menopause, traf mich die Erkenntnis wie ein

Blitz. Du erwartest ein Kind von Raphael. Lieber Gott, mach dass das nicht wahr ist. Fast wollte ich laut lachen, doch es kam nur ein Schluchzen aus mir heraus. Carina, du bist schwanger! Von einem katholischen Priester! Du kannst dich nie mehr in der Kirche blicken lassen. Herr, ich bin nicht würdig, dass du eingehst unter mein Dach …, schoss es mir durch den Kopf.

Wie eine Ausgestoßene lehnte ich zitternd an der Kirchenmauer und war noch nicht mal mehr in der Lage, die paar Meter bis zu meiner Wohnung zu gehen.

Drinnen ertönten die wenigen Blechbläser und Geigen, die wir hatten auftreiben können, und spielten »Stille Nacht, Heilige Nacht«.

Meine ahnungslosen Kinder sangen das bekannteste Weihnachtslied der Welt voller Inbrunst mit: »Nur das traute hochheilige Paar, holder Knabe im lockigen Haar …« Was für ein grauenvoller Kitsch, dachte ich verbittert. Was tut die Kirche denn für alleinerziehende Frauen, die vom Heiligen Geist empfangen haben?

Dorothea kam mit den Kindern aus der Kirche. »Hier bist du! Geht es dir besser?«

»Ich glaube, ich habe was Falsches gegessen«, krächzte ich. In meinen Ohren sirrte ein hässlicher Ton. Ich würde es ihr nie, niemals sagen können. Und auch vor den Kindern musste ich jetzt stark sein.

Besorgt hakten sie mich unter und verfrachteten mich zu Hause ins Bett. Dort wälzte ich mich in Bauch- und Weinkrämpfen hin und her.

Mein Blick fiel auf das Kreuz.

Herr Pater, diese Dame sucht ein Kreuz.

Lieber Gott, wenn er jetzt gerade zu dir betet, dann wird er es doch spüren?

Doch irgendwie funktionierte dieser Draht nicht.
Während der Weihnachtsfeiertage blieb das Telefon stumm.
Und ich war mit meiner dumpfen Verzweiflung allein.

12

27. Dezember 1982

»Frau Kramer, Ihre Vermutung war ganz richtig – ja, Sie sind schwanger und zwar in der sechsten Woche. Aber nachdem Sie schon drei Kinder haben und auch schon fast vierzig sind, wird eine Schwangerschaftsunterbrechung kein Problem sein.« Die Ärztin, die ich gleich am ersten Werktag nach Weihnachten aufgesucht hatte, bat mich sachlich, aber nicht unfreundlich, an ihrem Schreibtisch im Sprechzimmer Platz zu nehmen. »Es wäre sowieso eine Risikoschwangerschaft, und ich kann Ihnen einen Platz in einem Doppelzimmer der Frauenklinik anbieten. Dort können Sie sich drei Tage von dem kleinen Eingriff erholen. – Warum sind Sie denn so verzweifelt?«

Ich sah sie aus verquollenen Augen an. »Es gäbe keinen Vater dazu ...«

»Umso mehr spricht doch für eine Abtreibung.« Sie schüttelte verständnislos den Kopf. »So etwas kann schon mal vorkommen, glauben Sie, Sie sind hier nicht die Einzige! Ich versuche sonst oft, die Frau noch umzustimmen, vor allem wenn sie noch keine Kinder hat und noch jung genug ist, aber bei Ihnen liegt die Entscheidung doch wirklich auf der Hand!«

Sie schob mir eine Packung Taschentücher hin. »Sie können auch gleich hierbleiben, hm?« Aufmunternd nickte sie mir zu. »Bringen Sie es direkt hinter sich, zum Jahresbeginn sind Sie dann wieder zu Hause bei Ihren Kindern.« Sie schob die Brille auf die Stirn, um mir in die Augen zu sehen: »Kein Mensch braucht davon zu erfahren. Wir sind an die Schweigepflicht gebunden.«

Schweigepflicht. Beichtgeheimnis. Genau vor einem Jahr hatten wir uns das erste Mal geküsst, Raphael und ich. Über dem Staubsauger ... Und jetzt hatte ich einen winzigen kleinen Teil von ihm bei mir.

Ich senkte den Kopf und zerfriemelte das Papiertaschentuch: »Darf ich noch mal drüber nachdenken?«

»Frau Kramer, warten Sie nicht zu lange. Noch befinden wir uns im gesetzlichen Rahmen.« Die Ärztin sah mich prüfend an. »Sie wollen doch Ihren Alltag schnellstmöglich wieder aufnehmen? Bedenken Sie bitte: Über Silvester und Neujahr führen wir hier keine Eingriffe durch. Morgen ist der letztmögliche Tag.«

Ich umklammerte die feuchte Papierwurst, die ich in meiner Verzweiflung gedreht hatte: »Es tut mir leid, Frau Doktor, ich kann das nicht.«

»Denken Sie noch mal darüber nach.« Brüsk stand sie auf. »Morgen ist der achtundzwanzigste. Da würde ich für Sie noch mal eine Ausnahme machen.«

Seufzend schob sie mich zur Tür heraus.

Ich setzte mich in meinen Trabi und fuhr völlig aufgelöst nach Hause.

Ich hatte noch knapp zwölf Stunden, um eine Entscheidung zu treffen.

Sollte ich das bereits ausgesprochene Todesurteil vollziehen? Ja, verlockend war es! Mal eben drei Tage ins Krankenhaus gehen, und keiner erfährt je ein Wort. Ausruhen, ausschlafen, mir die Decke über den Kopf ziehen, niemanden sehen und hören müssen. Mich verkriechen wie ein verwundetes Tier. Schweigepflicht. Beichtgeheimnis.

Aber Gott weiß Bescheid!, schoss es mir durch den Kopf. Gott lässt sich nicht hinters Licht führen. Wenn Gott die Liebe zu Raphael gesegnet hat, dann segnet er auch dieses Kind. Ich durfte eine so schöne, wunderbare Liebe, die sowieso schon so durch Schuldgefühle belastet war, nicht durch eine noch viel größere Schuld belasten. Das stand mir nicht zu. Das durfte ich nicht.

Lieber Gott, flehte ich. Was soll ich nur machen? Wenn ich das Kind allein bekomme, darf Raphael nie davon erfahren.

Plötzlich spürte ich eine enorme Kraft in mir. Eine unsichtbare Hand griff nach mir und gab mir Halt.

Dieses Kind ist ein Geschenk, so wie die unfassbar große Liebe, die du auf deine alten Tage noch erfahren durftest, ging es mir durch den Kopf. Auch dieses Geschenk wird nicht zurückgewiesen, genauso wenig wie du das Wunder Liebe nicht zurückgewiesen hast. Das Leben ist voller Überraschungen! Es wird ein außergewöhnliches, wundervolles Kind, Raphaels Kind. Du schaffst das, du bist stark! Mit Gottes Hilfe kriegst du das hin.

Diese Gedanken richteten mich auf wie ein Vater sein gefallenes Kind: aufstehen, abklopfen, Krönchen richten und weiter!

Im Treppenhaus nahm ich immer zwei Stufen auf einmal. Schlagartig war mir nicht mehr übel. Im Gegenteil. Schluss mit der Jammergestalt, die sich in den letzten Tagen hier raufgeschleppt hatte! Ich war eine dreifache Mutter und würde auch eine vierfache Mutter sein können. Meine beiden Großen würden mir helfen, und Tommi bekäme einen kleinen Spielgefährten. Finanziell war ich abgesichert, und der Staat garantierte jeder Mutter schon sechs Wochen nach der Geburt einen Krippenplatz. Das Leben würde weitergehen! Und ich würde für immer in Raphaels Augen sehen, seine Liebe und Wärme spüren, wenn ich dieses Kind im Arm haben würde.

Ich schlüpfte aus Mantel und Stiefeln, den Schal ließ ich an, mir war immer noch kühl.

Während der Teekessel blubberte, zog ich meine Nachttischschublade auf. Darin lag das Primizbild von Raphael, das ihn als Novizen zeigte, zu dem Zeitpunkt, als er in den Orden eingetreten war. Ein schmaler, ernster junger Mann mit dunklen Augen, die ganz in sich gekehrt waren, vor einem Kreuz. Darunter stand: »Raphael von Ahrenberg BJ. Zum Priester geweiht am 29. Juni 1968.«

Zum ersten Mal seit unserer Trennung konnte ich es ansehen, ohne in Tränen auszubrechen. »Du wirst Vater«, flüsterte ich sanft und strich mit dem Daumen zärtlich über das Schwarz-Weiß-Foto. »Aber du wirst es nie erfahren. Ich bin stark genug, dich nicht damit zu belasten.« Der Wasserkessel fing an zu pfeifen. »Hoffentlich wird unser Kind so wie du«, murmelte ich, als das Telefon klingelte.

»Kramer?!« Das Pfeifen des Wasserkessels in der Küche steigerte sich. Ich verstand kein Wort. Mein Trommelfell flatterte, und meine Brust spannte. So werde ich mich in Kürze wieder fühlen, wenn das Kind schreit, dachte ich.

»Entschuldigung, ich stelle kurz das Teewasser ab.« So, jetzt noch mal.

»Kramer?«

»Ich bin's.« In der plötzlichen Stille der Wohnung drangen Raphaels Worte an mein Ohr.

Mein Herz schlug genauso laut wie die Küchenuhr.

»Ich wollte nur mal deine Stimme hören.«

Schweigen. Schnappatmung. Gerade noch war ich eine tiefenentspannte Mutter gewesen, die das Kind schon schaukeln würde! Und jetzt tanzten mir bunte Sterne vor den Augen, und ich wollte schier zerspringen vor Liebe und Sehnsucht!

»Carina? Bist du noch dran? Bitte leg nicht auf...«

»Ich lege nicht auf. Wie geht es dir?«

Uhrenticken. Herzklopfen.

»Ich vermisse dich. Aber ich versuche stark zu sein.«

»Ja.«

»Wie geht es dir? Hattet ihr ein schönes Weihnachten?«

»O ja. Wunderbar. Alles bestens.«

Ich hielt mir den Schal vor den Mund, um nicht laut mit der Nachricht herauszuplatzen. Carina, du behältst es für dich! Hast du gerade beschlossen. Du schaffst das, du bist stark.

Beichtgeheimnis. Schweigepflicht. Lass den geweihten Gottesmann sein Leben in den Dienst des Herrn stellen. Denn dazu ist er berufen.

»Carina, ist wirklich alles in Ordnung?«

»Raphael, ich bekomme ein Kind!«

Peng! Da war es rausgepurzelt, mir wie eine Sturzgeburt aus dem Mund gefallen! Dabei hatte ich es doch gar nicht sagen wollen!

Schweigen.

»Raphael?«

»Ist das wirklich wahr?«

»Das ist je gewisslich wahr!«, zitierte ich aus einem Choral.

Ich hörte seine Gehirnzellen regelrecht arbeiten. Dann sagte er mit einem leisen Freudengluckser in der Stimme:

»Bitte setze dich morgen in den Zug und komm zu mir.«

Das ließ ich mir nicht zweimal sagen. Tapfer legte ich die dreihundert Kilometer zurück und stand vor einem abweisenden Backsteinbau. Auf mein Klingeln hin öffnete eine Nonne. Sie sah der mir bekannten nicht unähnlich. Blass und alterslos.

»Ja bitte?«

»Pater von Ahrenberg erwartet mich. Mein Name ist Carina Kramer.« Ich straffte mich.

»Bitte warten Sie.« Auch hier wurde wieder die Taste einer Gegensprechanlage gedrückt: »Herr Pater, Ihre Schwester ist da.«

Ich unterdrückte ein Grinsen. Diese DAME. Ihre SCHWESTER.

Es schien sich alles zu wiederholen. Ein Vorraum, eine Wartebank, wahlweise zum Sitzen oder Knien. Der Geruch nach altem Gemäuer, vermischt mit Weihrauch und Myrrhe. Dazu ein Hauch Jungmännerschweiß und Samenstau.

Und da kam er mit eiligen Schritten die Treppe huntergesprungen.

Mein Herz zog sich zusammen vor lauter Liebe. Wie hatte ich mir jemals einbilden können, ohne ihn weiterzuleben! Dasselbe schien in ihm vorzugehen. Er warf sich einen Mantel über und zog mich über die steinerne Freitreppe hinaus auf die Straße.

»Carina!« Schon hier zog er mich fest an sich und gab mir zwei Wangenküsse.

»Wie war die Fahrt, Liebes? Mühsam, oder?«

»Na ja, ich hatte die Wahl zwischen Abtreibungsklinik ohne Rückfahrtticket und Triebwagen mit viermal umsteigen, da habe ich mich für Letzteres entschieden.«

Hahaha, Triebwagen!, dachte ich. Klar musste dieser Bummelzug so heißen.

»Fahren wir ein Stück!« Mein Geliebter bugsierte mich zu einem bereitstehenden Wartburg und gab Gas. »Die ganze Stadt kennt mich, und es ist besser, wenn wir im Auto reden.«

Da es ein trüber, regnerischer Wintertag war, blieben wir die ganze Zeit über im Wagen sitzen, und mein heiß geliebter Pater fuhr ziellos über die Autobahn. Ich betrachtete voller Sehnsucht seine Hände, mit denen er mich schon so liebkost hatte. Jetzt umklammerten sie das Lenkrad – so fest, dass seine Fingerknöchel weiß hervortraten.

»Hier kann uns wenigstens keiner hören. Hoffe ich jedenfalls.« Angespannt sah er mich von der Seite an: »Wie geht es dir?«

»Zuerst beschissen, aber jetzt gut. Egal wie du es aufnimmst, ich werde es schaffen.« Ich straffte die Schultern und schaute durch die verregnete Windschutzscheibe nach vorn: »Ich bin erwachsen und übernehme die Verantwortung.« Und mit einem Seitenblick auf ihn fügte ich schnell hinzu: »Mit Gottes Hilfe.«

Plötzlich lenkte er den Wartburg auf einen Autobahnparkplatz, schaltete den Motor aus, nahm mich in die Arme und küsste mich zärtlich. »Du bist so wunderbar, Carina! Ich habe dich gar nicht verdient.« Pause. »Ich hätte nichts anderes von dir erwartet.« In seinen Augen glänzte es feucht. »Und ich werde dich jetzt nicht im Stich lassen.«

Mein Herz setzte einen Schlag aus. »Das bedeutet?« Plötzlich keimte wieder Hoffnung in mir auf, und ich sah uns bereits glücklich miteinander leben. Meine Augen saugten sich an seinem Mund fest. Bitte sag es, bitte sag es …

»Ich werde mit meinem Bischof sprechen. Ich werde den Dienst in der Kirche aufgeben und ihm ehrlich den Grund dafür sagen.«

Ich starrte ihn an wie betäubt. Er hatte es gesagt! Er hatte es gesagt! Genau die Worte, die ich von ihm erhofft hatte. Meine Lippen zitterten, so wie ich am ganzen Körper zitterte. Das Auto kühlte langsam aus.

»Bist du sicher? Du musst nicht, ich schaff es auch allein.«

»Pssst, Carina.« Er legte den Finger auf meine Lippen. »Ich will es. Ich will bei dir sein, mit dir und den Kindern leben. Ich freue mich unsäglich auf unseren gemeinsamen Nachwuchs – selbst wenn ich Holz hacken oder Zäune streichen muss, ich gehe diesen Weg mit dir.«

Ich konnte es nicht fassen.

»Und die Kreuzsymbolik in der Matthäuspassion im Vergleich zu ...«

»Pssst!« Er verschloss mir den Mund, erst mit seiner Hand, dann mit den Lippen.

Das war Gott, der ihm diese unfassbare Kraft gegeben hatte!

Lange saßen wir schweigend im Auto und starrten uns an. Dass Gott meine Gebete so wundervoll erhört hatte! Die Schwangerschaft war genau das Geschenk, das gefehlt hatte, um mir meinen Raphael zurückzugeben! Er wollte es selbst!

Wir lagen uns weinend in den Armen. Immer wieder küssten wir uns und sprachen einander Mut zu.

»Du wirst keine Zäune streichen müssen. Du hast einen Doktortitel. Du bist Dozent. An deinem Glauben und deinem Wissen hat sich doch nichts geändert! Sie werden dir einen weltlichen Lehrauftrag geben! Geh doch an die Musikhochschule! Sie können gar nicht auf dich verzichten!«

»Carina, noch warten sie auf mich.« Die Adern an seinen Schläfen pulsierten. Ich spürte, wie er mit sich kämpfte. »Ich habe Vorlesung. Ich muss zurück.«

»Ja aber ...« Heimlich hatte ich gehofft, er würde gleich mit mir nach Hause fahren.

»Ich werde mich nicht davonstehlen wie ein Dieb. Ich werde das so zu Ende bringen, wie es sich gehört. Ich muss auch den Wagen zurückgeben, und meine Studenten, die morgen eine Prüfung schreiben, kann ich unmöglich im Stich lassen.« Raphael ließ den Motor wieder an und fuhr zum Bahnhof.

»Ich komme zu dir, sobald ich die Formalitäten erledigt habe. – Wann geht dein Zug?«

»Das verstehe ich doch ... Und ich liebe dich dafür, dass du so anständig und aufrichtig bist. Ich werde schon nach Hause kommen. Ich bin schon groß.«

Und so verabschiedeten wir uns an diesem kalten Winterabend am abgelegenen Kleinstadtbahnhof von Johannismarienhütte mit einem innigen Kuss und blickten unserem gemeinsamen Leben zuversichtlich entgegen.

13

Thalheim, 2. Januar 1983

»Carina? Liebling, entschuldige, dass ich es noch nicht geschafft habe!«

Den Jahreswechsel hatte ich wie auf heißen Kohlen verbracht und immer darauf gewartet, dass es endlich an der Tür klingelte. Und nun rief Raphael am späten Abend an.

»Was ist passiert?« Eine fürchterliche Ahnung beschlich mich. »Sie werden dich doch gehen lassen?«

»Liebes, das ist nicht so einfach. Erst habe ich den Bischof tagelang nicht erreicht. Er hat sich am Telefon verleugnen lassen.« In Raphaels Stimme schwang Bitterkeit mit. »Das kann aber auch an den Feiertagen gelegen haben.«

»Aber du hättest ihm doch schreiben können?!«

»Carina, ich bin ein Mann des Wortes. Ich muss es ihm persönlich sagen, kann ihn nicht einfach so vor vollendete Tatsachen stellen. Bitte versteh das doch. Er ist mein Vorgesetzter und gleichzeitig eine Art Vaterfigur für mich.«

Ich nickte und biss mir auf die Lippe. »Und jetzt hast du ihn erreicht?«

Schweigen. Bis Raphael irgendwann düster sagte: »Er akzeptiert es nicht.«

Mein Herz zog sich zusammen, als hätte jemand Eiswasser darüber geschüttet.

»Wie, er akzeptiert es nicht? Du bist doch ein freier Mensch?«

»Nein, Carina. Das bin ich nicht.« Er schickte ein trauriges Lachen hinterher.

»Das weißt du doch, Liebes. Ich gehöre dem Orden, und in erster Linie gehöre ich Gott.«

»Ja natürlich, aber ich dachte, du wolltest das jetzt ändern?« Meine Stimme bekam eine leicht hysterische Färbung. »Also ich meine, du gehörst natürlich immer noch Gott, aber eben auch zu uns, das hast du doch selbst gesagt.« Ich klang wirklich schrill.

»Carina, beruhige dich. Der Bischof besteht darauf, dass ich mein Gesuch um Entlassung aus dem Orden schriftlich formuliere, es unterschreibe und ihm persönlich bringe. Das ist in etwa vergleichbar mit einer Scheidung, weißt du. Das ist für mich ein schwerer Weg.«

»Aber Liebster, ich weiß, dass es für dich ein schwerer Weg ist! Ich wünschte, ich hätte dich nicht in diese Situation gebracht…«

Schon wieder überfielen mich schreckliche Schuldgefühle. »Aber ich hatte dir angeboten, es allein durchzuziehen.«

Innerlich rüstete ich mich für einen Zweikampf mit diesem Bischof. Von wegen »Er akzeptiert es nicht«! Er hatte doch noch genug andere Geistliche, Patres, Mönche und sonstige Schäfchen, aber ich hatte nur Raphael! Ich brauchte ihn mehr als dieser Bischof.

Das sagte ich natürlich nicht. Stattdessen zwang ich mich, Raphael den Rücken zu stärken und mich nicht wie ein weinerliches Kind zu benehmen.

»Raphael, geh den vorgeschriebenen Weg, geh ihn in Ruhe und mit Bedacht. Meine Tür ist immer offen.« Er sollte sich von mir nicht unter Druck gesetzt fühlen. Ich wusste, dass er mich liebte.

Einige Tage später meldete sich mein geliebter Pater erneut. Der Bischof hatte ihn am Tor stehen gelassen! Ein Diakon hatte mit spitzen Fingern das Kündigungsschreiben entgegengenommen und ihm die Tür vor der Nase zugeschlagen. Es gab keinen Einlass mehr für Raphael, der ihm über einundzwanzig Jahre treu und ergeben gedient hatte!

Wie demütigend und verletzend das gewesen sein musste.

Seine Stimme klang heiser und gequält. »Ich komme jetzt zu dir, Carina.«

»Mein Lieber, bitte gräm dich nicht! Mit der Zeit wird Gras darüber wachsen! Bitte fahr vorsichtig, ich bleibe die ganze Nacht auf ...«

»Ich habe kein Auto mehr.«

»Aber Sie haben dir doch sicher Geld gegeben für den Zug?«

Schweigen. Dann: »Ich werde mich schon durchschlagen.« Mit diesen Worten legte er auf.

Fassungslos starrte ich den Hörer an.

Mein anständiger Raphael wurde wie ein geprügelter Hund davongejagt? Nach allem, was er für die Kirche, das Kloster, die Uni und jeden einzelnen Mitbruder im Orden getan hatte? Er hatte sein Gehalt sowie alles, was seine Mutter ihm aus dem Westen schickte, an der Klosterpforte abgegeben, ihnen zuverlässig zur Verfügung gestanden – sein ganzes bisheriges Leben lang!

Eben, drum, dämmerte mir. Er hatte sich komplett entmündigen und jetzt wie ein ungezogenes Kind abstrafen lassen. Die Kirche besaß solche Macht über ihn!

Welcher Mensch ist von Natur aus arm, keusch und gehorsam?, dachte ich, während ich mir die Unterlippe blutig biss. Richtig: ein Kind, ein Knabe. Und deshalb haben sie ihn klein gehalten: Gehirnwäsche vom Feinsten. Mit der Folge, dass mein sonst so kluger, gebildeter Mann jetzt das Gefühl hatte, ein Nichts zu sein. Und vielleicht doch noch zu Kreuze kroch.

Jetzt war mir klar, woher dieser Ausdruck kam!

Erst drei Tage später klopfte er schließlich an meiner Wohnungstür: blass und erschöpft, durchgefroren und schmutzig. Ich fiel ihm um den Hals und drückte ihn. Er roch gewöhnungsbedürftig.

»Mein Lieber! Wie bist du hergekommen?« Immer wieder presste ich ihm Küsse auf die eingefallenen, unrasierten Wangen.

»Daumen raus und stundenlang an der Straße stehen.« Er grinste schwach. »Insgesamt haben mich sechs verschiedene Lieferwagen und Trabis mitgenommen. Ich habe auf Ladeflächen gesessen, in Scheunen geschlafen und um Almosen gebeten.«

Ein bisschen kam er mir vor wie ein Kriegsheimkehrer. Ein unbändiger Zorn auf seine heilige Kirche loderte in mir auf.

»So scheucht man keinen Hund vor die Tür! Komm, ich lasse dir ein Bad ein! Wo sind denn deine Sachen?« Suchend schaute ich mich im Treppenhaus um. Zwei Wohnungstüren von neugierigen Nachbarn schlossen sich unauffällig.

»Was denn für Sachen?« Er zuckte nur mit den Achseln. »Ich komme mit dem, was ich am Leibe trage.«

»Und das stinkt«, beschied ich erschüttert. »Runter damit und in die Waschmaschine.«

Als wir zwei Stunden später mit den Kindern beim Abendessen saßen, starrten sie ihn unverhohlen an. Er war nicht mehr der selbstbewusste Pater im schwarzen Anzug, sondern ein eher gewöhnungsbedürftig aussehender Mann, dem Max' knallbunter Trainingsanzug aus Ballonseide nicht wirklich stand. Ausgehungert griff er nach den belegten Schnittchen mit Spreewalder Gürkchen, die ich umständehalber in Mengen hortete.

Mein geliebter Raphael war schrecklich traurig. Seine Augen lagen in tiefen Höhlen, und statt wie sonst mit den Kindern zu scherzen, starrte er teilnahmslos vor sich hin. Das alles steckte ihm tief in den Knochen, und das verstand ich auch. Hätte er einundzwanzig Jahre seines Lebens, die schmachvoll geendet waren, einfach so abstreifen sollen wie einen nassen Regenmantel, um mit uns unbeschwert Familie zu spielen?

Ich sah, wie es hinter seiner Stirn unentwegt arbeitete. Er kam mir vor wie ein Vogel, der aus dem Nest geworfen wurde. Er tat mir so leid!

Tommi fragte schon nach kurzer Zeit frei heraus: »Pater von Ahrenberg, hast du mir diesmal denn gar nichts mitgebracht?«

Mein kleiner Tommi, der in letzter Zeit häufig bei mir im Bett geschlafen hatte, musste seinen angestammten Platz räumen, was so gar nicht in seinen Trotzkopf wollte. Mit großen Augen verfolgte er unsere Umräumaktion.

»Wieso darf Pater von Ahrenberg auf einmal bei der Mama schlafen?« Wütend schleuderte er sein Kuscheltier in die Ecke.

Er war bisher der verwöhnte Kronprinz gewesen, und jetzt sollte er seine Mama mit diesem Mann teilen?!

»Wann gehst du wieder nach Hause, Pater von Ahrenberg?«

Auf die leise Antwort »Gar nicht« brach er in Tränen aus.

Auch Sabine war mit der Situation komplett überfordert. Sie war jetzt mit ihren sechzehn Jahren voll in der Pubertät und dennoch von der katholischen Kirche sehr geprägt. Bis jetzt war sie als meine Mitstreiterin immer an meiner Seite gestanden, aber jetzt konfrontierten wir sie mit so einer schockierenden Nachricht. Bis jetzt hatte ich ja noch kein Wort verlauten lassen!

»Wie, ihr bekommt ein Baby? Der Pater und die Mama? Aber das geht nicht, der Pater ist ein Priester!«

»Liebes, das geht eigentlich doch. Wenn man sich liebhat, geht das.«

»Nein! Ich versuche ja, das zu verstehen, aber die anderen aus der Jugendgruppe werden mich aus der Clique ausschließen! Wie konntet ihr mir das antun!« Heulend stampfte sie durchs Treppenhaus davon. Wieder öffneten und schlossen sich Nachbarstüren.

Und Max, der mit der Kirche im Allgemeinen und einem beischlafenden Hausfreund seiner Mutter im Besonderen nichts zu tun haben wollte, verzog sich nur achselzuckend zu seinen Kumpels und tauchte nächtelang nicht wieder auf.

So gesehen begann unser gemeinsames Leben eher trostlos. Es war Winter, es war kalt, wir konnten die Dachterrasse nicht benutzen und saßen auf engstem Raum aufeinander. Ich war schwanger, und mir war schlecht. Großartig, lieber Gott. Perfektes Timing.

Wir rückten Möbel und versuchten, Raphael eine eigene Arbeitsecke einzurichten. Bisher hatte mein geliebter Pater immer ein ruhiges Studierzimmer gehabt, eine Haushaltsnonne hatte ihm die Wäsche gemacht, im Speisesaal hatte dreimal täglich an seinem angestammten Platz das Essen für ihn bereitgestanden, und alle hatten ihn verehrt und zu ihm aufgesehen. Er wurde respektvoll gesiezt, es wurde leise gesprochen und angeklopft, bevor man das Wort an ihn richtete.

Und hier, im Kramer'schen Haushalt, flogen durchaus mal die Fetzen.

Ich musste nach den Feiertagen wieder arbeiten gehen, und Raphael war mit Kindern und Haushalt sich selbst überlassen.

Hin- und hergerissen zwischen dem großartigen Gefühl, jetzt endlich offiziell ein Paar zu sein, und der stetig bohrenden Scham und Trauer mussten wir erst lernen, miteinander umzugehen. Raphael hatte plötzlich eine Frau und drei einigermaßen große Kinder. Er, der aus einer heilen, völlig vergeistigten Welt kam, war Hals über Kopf in dieses sehr weltliche Alltagsleben hineingestoßen worden, ohne zurückzukönnen: wie jemand, der vom Zehnmeterturm springen möchte und erst dort oben begreift, wie fern und kalt das Wasser ist.

Einerseits genossen wir es, zusammen einzuschlafen und aufzuwachen, ohne uns verstecken zu müssen.

Andererseits war die Stimmung mit schwangerer Frau und drei nicht ganz einfachen Kindern in einem sozialistischen Miethaus nicht immer nur rosig.

Die Kinder kämpften um ihren Platz in meinem Leben, und Raphael kämpfte um den Respekt der Kinder. Ich kämpfte um Frieden und Harmonie, was oft in Eifersucht und Schuldzuweisungen endete. Leider entzog sich Sabine mir immer mehr und hörte dementsprechend auf, mir im Haushalt zu helfen. Immer wieder brach einer von uns in Tränen aus, brüllte den anderen an, warf mit Sachen oder stürmte einfach aus der Wohnung. Gleichzeitig gab es auch versöhnliche Gespräche, gemütliche Spielerunden am Küchentisch, gemeinsames Kochen und Essen sowie lange Abendspaziergänge, die Raphael und ich uns nicht nehmen ließen.

»Carina, der Bischof hat mir endlich einen Termin gegeben«, eröffnete mir Raphael eines Abends im März, als wir mit meinem schon sichtbaren Bauch eine Runde um die Kirche drehten. Wie üblich drehten sich ein paar Leute nach uns um und tuschelten, aber das war mir egal. Das war nun wirklich mein kleinstes Problem! Viel anstrengender fand ich es, nach der Arbeit in das reinste Chaos nach Hause zu kommen. Wäsche lag herum, das Geschirr war nicht gespült, die Kinder stritten, der Fernseher lief, dubiose Freunde von Max saßen rauchend im Wohnzimmer und tranken Alkohol, während Sabine mal wieder durch Abwesenheit glänzte. Und Raphael hatte stundenlang am Küchentisch über seinem Schreiben an den Bischof gebrütet, statt den Tisch zu decken, Nudeln zu kochen und für Ordnung zu sorgen.

Aber was hatte ich erwartet? Er hatte es doch noch nie im Leben gemacht, und selbst wenn er es versuchte, machte er mir mehr Arbeit, als wenn er es sein ließ. Er war so rührend bemüht, richtete beim Kochen aber nur noch mehr Unordnung an und ließ dabei alles anbrennen. Böse konnte ich ihm deswegen nicht sein.

Hauptsache raus!, dachte ich. Das Kind unter meinem Herzen braucht keinen zusätzlichen Stress. Eingehakt bei Raphael inhalierte ich den ersten Hauch von Frühling, der schon in der Luft lag. »Aller Anfang ist schwer«, ging es mir durch den Kopf, und »Jedem Anfang wohnt ein Zauber inne«. Amseln probierten zaghaft ihre Stimme aus. Die Forsythien standen kurz davor, ihre Knospen zu öffnen. Mein Blick fiel auf ein paar Schneeglöckchen, die sich auf schmutzig brauner Wiese tapfer durchgekämpft hatten, und ich musste lächeln. Manchmal brauchte es eben seine Zeit.

»Endlich hat der Bischof ein Ohr für dich«, sagte ich erleichtert. »Nun wird sich alles klären. Ich freue mich für dich, mein Lieber. Du kannst nur ein neues Leben anfangen, wenn du das alte in Würde abgeschlossen hast.«

»Ich soll am nächsten Sonntag zu ihm zum Essen kommen. Es werden noch ein paar Weihbischöfe da sein, der Dechant und der Prälat.«

»Wow«, entfuhr es mir. »Das hört sich gut an. Sie werden dir einen würdigen Abschied bereiten. So gehört sich das.« Stolz sah ich ihn von der Seite an. »Ich werde deinen schwarzen Anzug reinigen lassen und dir dein weißes Hemd bügeln. Römerkragen oder ganz normaler Kragen?«, fragte ich.

»Ganz normaler Kragen«, war die Antwort. Insgeheim atmete ich auf. Das war ein deutlich sichtbares Zeichen, dass Raphael sich nun als weltlich lebender Mann fühlte. Hand in Hand liefen wir durch die Straßen. »Die klerikalen Obrigkeiten werden verstehen, dass deine Berufung jetzt die ist, Familienvater zu sein und Verantwortung zu übernehmen. Und das werden sie auch zu schätzen wissen. Sie predigen die Liebe und das Verzeihen, Raphael. Mach dir keine Sorgen.«

Zuversichtlich lächelte ich ihn an, und Raphael schenkte mir einen dankbaren Blick.

»Sie sind sicherlich traurig, mich zu verlieren. Ich war immer ihr … Ich will nicht unbescheiden sein, aber Lieblingspater trifft es wohl ganz gut.«

»Wer könnte das besser verstehen als ich. Du bist auch mein Lieblingspartner!«

Ob er das kleine Wortspiel verstanden hatte? »Bring ihnen die Flasche Dujardin mit, die ich von Christa bekommen habe, und richte ihnen meine herzlichsten Grüße aus!« Ich schmunzelte. »Und wenn sie cool sind, kommen sie zur Taufe unseres Kindes.«

»Ach Carina, denk nicht mal dran!« Raphael schüttelte bedrückt den Kopf. »Cool ist wirklich das falsche Wort für diesen Verein.«

Wenige Tage später fuhr mein Raphael zum großen letzten Treffen mit dem Bischof und seinem Clan. Ich brachte ihn zum Bahnhof und zupfte ihm eine Fluse vom tadellos sitzenden Anzug: »Du siehst großartig aus. Ich liebe dich. Komm zurück, wann immer du bereit dazu bist.« Ich winkte ihm nach, meinem schönen Pater. Wenn die schon nicht cool waren: Ich war es. Ach, was war ich nur für eine starke, tolerante und tapfere Schwangere. Mein zweiter Vorname war Zuversicht. Beschwingt eilte ich davon.

Drei Tage später rief Raphael mich an, und wieder schwang etwas Fremdes, Reserviertes in seiner Stimme mit. Außerdem hatte ich das Gefühl, dass er nicht allein war:

»Der Ordensobere, Superior Clemens, möchte mit dir sprechen. Er ist nach Thalheim gereist und wohnt vorübergehend bei Pfarrer Perniok. Bis du mit ihm gesprochen hast, werde ich hier im Orden bleiben, um die nötigen Formalitäten zu klären.«

Das hörte sich nicht gut an. Ganz und gar nicht gut. Aber ich würde den alten Knaben mit meinem Charme schon einwickeln.

»Gut Ding will Weile haben!«, sagte ich tapfer. »Dann auf in den Kampf mit Superior Clemens!«

Das schien mir zwar alles etwas mühsam zu sein, aber wenn die alten Männer so lange brauchten, um die Sache zu regeln, wollte ich mein Möglichstes dazutun. Bestimmt stand Raphael ja auch eine anständige Abfindung zu. Wie ich meinen gutmütigen Raphael kannte, würde er gar nicht in der Lage sein, das auszuhandeln. Also würde ich das übernehmen! Aber mit weiblichem Charme. Der Superior sollte zu uns zum Essen kommen und die Kinder sehen. Wir waren eine christliche Familie, bei uns hing ein Kreuz! Er verlor Raphael ja nicht an ungläubige Heiden oder so. Ich bereitete ein dreigängiges Festessen zu und machte mich fein.

Am Sonntag nach der heiligen Messe, die unser Pfarrer Perniok gelesen hatte, blieb ich abwartend in der Kirchenbank sitzen. Dorothea kümmerte sich inzwischen um Tommi. Die Großen waren nach wie vor nicht besonders gut auf mich zu sprechen und gingen eigene Wege.

Ich wartete wie verabredet auf den Ordensmann, Superior Clemens, der extra aus dem Dresdener Raum angereist war. Ich war gespannt darauf, ihn kennenzulernen. Es wartete ein duftend krosser Sonntagsbraten auf uns, und wir würden uns vermutlich nach zwei Stunden genauso sympathisch sein wie Pater von Ahrenberg und ich uns damals beim ersten Kennenlernen. Die Kirche stand nicht umsonst für Toleranz, Nächstenliebe und Verzeihen.

Doch nach Geklapper aus der Sakristei und seltsam verhaltenem Stimmengewirr, das zu mir herausdrang, kam schließlich nur unser altbekannter Pfarrer Perniok in den Kirchenraum.

»Hochwürden«, sagte ich und stand mühsam auf, um dem Pfarrer die Hand zu geben. »Wo ist denn Superior Clemens? Ich habe ein Mittagessen vorbereitet, zu dem Sie natürlich auch herzlich eingeladen sind!«

Pfarrer Perniok blieb unschlüssig in der inzwischen dunklen, kalten Kirche stehen. »Ich bin über alles informiert.«

Ich atmete hörbar auf. »Das erleichtert die Sache, finden Sie nicht?«

Der Pfarrer stapelte Gebetbücher aufeinander.

»Was Sie da angerichtet haben, ist so unsagbar ...«

Dann sagen Sie es nicht!, dachte ich. Mir wurde flau.

»Entschuldigung, ich muss mich setzen. In meinem Zustand

wird mir immer schnell schwindelig. Warum reden wir nicht beim Essen weiter?«

»Warum haben Sie eine Adoption nicht in Erwägung gezogen?« Der Pfarrer ließ die kunstledergebundenen Gesangbücher aufeinander knallen. »Das wäre für alle Beteiligten die beste Lösung gewesen.«

Damit überließ er den Stapel Gebetbücher sich selbst, drehte sich um und verschwand in der Sakristei.

Wie vor den Kopf geschlagen blieb ich in der Kirchenbank sitzen. Die Worte des Pfarrers hallten in meinen Ohren nach. War der Kirche die Familie nicht heilig? Pries sie die Familie nicht immer als Hort der Geborgenheit, Zuflucht und moralischen Zuverlässigkeit? Lasset die Kindlein zu mir kommen?

Stattdessen fühlte ich mich wie ein Kind, das gerade gemaßregelt und gedemütigt worden war.

Meine Wangen brannten, als hätte der Geistliche mich nicht nur mit Worten geschlagen. Instinktiv legte ich schützend die Hände auf den Bauch. War es das jetzt mit dem Superior oder was?

Plötzlich öffnete sich die Tür zur Sakristei einen Spalt: »Kommen Sie!«

Mit gesenktem Kopf, um ihn nicht ansehen zu müssen, ging ich zu Pfarrer Perniok. Er wies mir den Weg durch den Vorgarten in ein Zimmer des Nachbarhauses, in dem er mit seiner Haushälterin lebte – laut Dorothea seine Schwester. Ein trister Raum mit zwei Stühlen, einem Tisch und einem großen Kreuz an der Wand.

Hier saß ich wie eine Schülerin, die auf den Direktor wartet, und knetete meine schweißfeuchten Hände. Die selbstbewusste, tapfere Schwangere war zu einem Häufchen Elend zusammengesunken. Und die elegante Gastgeberin zu einer schuldbewussten Büßerin. Zu Hause verbrannte gerade mein Schweinebraten.

Endlich öffnete sich die Tür, und ein alter Geistlicher in schwarzem Anzug mit römischem Kollar kam herein. Voll anerzogener Ehrfurcht sprang ich instinktiv auf. Der Inquisitor persönlich!

Beide Geistlichen blieben im Raum stehen.

»Sie sind also die Dame, die Pater von Ahrenberg in Verlegenheit gebracht hat.«

Böse Augen unter buschigen Brauen musterten mich abschätzig.

Ich schluckte. »Wir erwarten ein Kind, und wir wollen zusammenleben. Das hat er Ihnen sicher genau so gesagt.«

»Pater von Ahrenberg befindet sich in einem Ausnahmezustand und hat sich auf eigenen Wunsch in die Stille begeben.«

Und wann kommt er da wieder raus?, wollte ich fragen. Weil Stille jetzt nicht ganz das wäre, was mit Berufstätigkeit, Haushalt, drei Kindern und einer Risikoschwangerschaft kompatibel ist.

Stattdessen traf mich wieder die Schuldkeule. Der arme Raphael, was hatte ich ihm angetan! Ihn mit meinen schwierigen Kindern und dem profanen Alltag belastet, wo er doch sein Leben Gott gewidmet und über einundzwanzig Jahre lang ausschließlich in Abgeschiedenheit im Gebet und bei höchster geistiger Konzentration verbracht hatte. Ich egoistisches, weltliches Weib! Genauso fühlte ich mich im Spiegel ihrer kalten Augen.

Schamesröte überzog mein Gesicht, und so sehr ich es auch versuchte – ich konnte dem Blick dieses hohen Ordensmannes nicht standhalten.

»Der Orden der Brüder Jesu ersucht Sie zuzustimmen, dass Pater von Ahrenberg sich für einige Wochen in Klausur begibt, um alles noch mal vor Gott und seinem Gewissen zu prüfen.«

Ich schluckte und war wie gelähmt vor Entsetzen. So war das aber nicht gedacht!

»Wenn er den Orden verlassen will, soll es eine ausgereifte Entscheidung sein.«

»Natürlich«, hörte ich mich stammeln.

»Sie wollen doch auch nicht, dass Pater von Ahrenberg eine voreilige Entscheidung trifft und sein bisheriges Leben wegwirft, sich und die Kirche durch eine in Sünde entstandene Leibesfrucht erpressen lässt.«

»Äh ... nein.« Wie bitte? Erpressen? Habe ich je etwas gefordert? Was denken die, dass ich Unterhalt von denen will?, schoss es mir durch den Kopf.

»Dann haben wir das also jetzt geklärt.« Pfarrer Perniok schien zufrieden zu sein.

»Gehe hin in Frieden, und sündige fortan nicht mehr.«

Der alte Superior schlug ein Kreuz über mir.

Dann verließen die beiden Geistlichen den Raum.

Ich stand da, keines klaren Gedankens mehr fähig. Der Gekreuzigte an der Wand ließ den Kopf hängen unter seiner Dornenkrone und konnte mein Elend auch nicht mit ansehen.

In meinem Kopf rauschte es. Was war das denn jetzt gewesen? Wann würden wir zum geselligen Teil des Tages übergehen?

Die Haushälterin Eva Maria, die stämmige Schwester des Pfarrers, steckte den Kopf zur Tür herein:

»Sie können jetzt gehen. Der Superior ist soeben abgereist.«

Einige Tage später erhielt ich einen Brief von diesem gestrengen Geistlichen:

»*Sehr geehrte Frau Kramer,*
wie mit Ihnen vereinbart, hat sich Pater von Ahrenberg in die
Stille begeben, um seine weitere Zukunft zu überdenken. Wie
schon Jesus Christus kurz vor seinem selbst gewählten Weg
in das Leid und die Erlösung, wird er vierzig Tage fasten und
beten, um den Wirrungen des irdischen Lebens zu entsagen
und zu seinem Gott zurückzufinden.

Der Orden hat sich vorbehalten, alle katholischen Gemeinden
und Seminare darüber zu informieren, dass Pater von Ahren-
berg auf Abwege geraten ist. Sämtliche Glaubensbrüder und
-schwestern in unserer Diaspora wurden inständig gebeten,
für Pater von Ahrenberg zu beten und ihn mit der Kraft
des Glaubens auf den rechten Weg zurückzugeleiten.

Auch Ihnen wird der Orden kirchlichen Beistand zukommen
lassen – in Form einer passenden Dame aus Ihrer Gemeinde.
Sie wurde bereits informiert und wird sich in Kürze bei Ihnen
melden. Bitte gewähren Sie ihr Einlass, wir wollen alle nur Ihr
Bestes, und mit Gottes Segen werden wir eine Lösung finden.

Sollten Sie in dieser schweren Prüfungszeit Fragen und
Wünsche haben, können Sie sich jederzeit auf schriftlichem
Weg an mich wenden.
Gottes Segen und Güte, allezeit
Superior Clemens BJ.
Orden der Brüder Jesu, Johannismarienhütte

Und als wäre das alles nicht demütigend und verletzend genug gewesen, tauchte auch noch Dorothea bei mir auf – von Pfarrer Perniok gezielt auf mich angesetzt:

»Carina! Was musste ich Unfassbares von dir hören?! Du hast einen Geistlichen verführt und bist jetzt auch noch schwanger? Und ausgerechnet von Pater von Ahrenberg, unser aller Augenstern? Du hast ihn in den Dreck gezogen und uns alle stark geschwächt!«

Statt dass meine einzige Freundin zu mir hielt, machte sie mir die bittersten Vorwürfe. »Jetzt weiß ich auch, wieso du damals nach der Kur nach dem Orden der Brüder Jesu gefragt hast!« Sie schlug sich mit der flachen Hand vor die Stirn. »Hab ich dir nicht haarklein die Gelübde Ehelosigkeit und Gehorsam erläutert?« Ihre Stimme wurde schrill. »Hast du denn vor gar nichts Respekt? Wie stehe ich denn jetzt da vor meiner Gemeinde, in die ich dich wieder reingeholt habe?«

»Dorothea, damals war noch nichts, das schwöre ich. Und es tut mir auch sehr leid, dass du dich jetzt für mich schämst ...«

»DU hast ihn verführt, DU solltest dich was schämen! Und lass das Schwören, das treibt dich nur noch tiefer in die Todsünde. Mein Gott, ich möchte nicht in deiner Haut stecken! Wie durchtrieben muss man sein! Du bist eine erfahrene Frau mit einem langjährigen Sexualleben, während der Pater unbefleckt und ohne Schuld war!« Sie schluchzte auf. »Und jetzt reißt du den armen Mann aus seinem behüteten Leben, das leuchtende Vorbild für junge Priesteranwärter!«

»Ich weiß, Dorothea. Aber zum Schwangerwerden gehören immer noch zwei.«

»Ach ja? Aber du hast ihn verführt!« Sie begann von Adam und Eva, von der verbotenen Frucht und der Schlange zu reden, von der Ausweisung aus dem Paradies.

Plötzlich straffte sie sich, und in ihren Augen glomm ein Hoffnungsschimmer.

»Du gehst doch sicher zur Schwangerenberatung und nach der Geburt zur Behörde?«

»Das ist der korrekte Weg.«

»Dann hab wenigstens so viel Anstand, den armen Pater auf dem Standesamt nicht als Vater anzugeben!«

»Ja wen denn sonst? Den Heiligen Geist?!«, fragte ich zynisch.

»Carina, du versündigst dich! Du kannst ja ›Vater unbekannt‹ angeben!«

»Aber er ist mir doch bekannt!«

»Du solltest deine Schmach und Schande für dich behalten und das Kind alleine großziehen!«, beschwor sie mich.

Das sah ich gar nicht ein!

»Ich werde Raphael von Ahrenberg als Vater angeben, weil es die Wahrheit ist, aber das ›Pater‹ weglassen«, bot ich an. »Die vielen Atheisten auf dem Standesamt interessiert das sowieso nicht. Die gehen respektvoll und freundlich mit mir um.«

Und das stimmte. Meine sozialistischen Nachbarn – im Ganzen sieben Mietparteien – grüßten mich ausgesprochen freundlich und waren sehr nett zu den Kindern, seit sie unsere Situation mitbekommen hatten. Die Atheisten hatten kein Problem mit uns! Nur die Katholiken.

»Bitte, Dorothea, ich verstehe deinen Zorn, und es tut mir aufrichtig leid, wenn ich DIR vor DEINER Kirche Schande gemacht habe. Wenn du nicht mehr meine Freundin sein willst und nicht mehr Tommis Taufpatin, ist das deine Entscheidung. Ich werde sie akzeptieren.«

Plötzlich änderte sie ihre Haltung. Einer musste sich ja um das verlorene Schaf kümmern.

»Ich werde dich auch weiterhin in die Kirche mitnehmen«,

räumte sie schließlich ein. »Aber wir werden nicht mehr nebeneinander in der dritten Reihe sitzen. Pfarrer Perniok hat schon gesagt, dass deine Kinder und du nach wie vor am Gottesdienst teilnehmen dürft, aber nur in der letzten Reihe. Eine Schande für die arme Sabine, die ja bald zur ersten Heiligen Kommunion gehen soll. Sie kann ja nun gar nichts dafür. Ich werde mich um sie kümmern.«

Mit Tränen in den Augen umarmte sie mich. »Die Kirche lässt keines ihrer verirrten Schäfchen im Stich. Und ich dich natürlich auch nicht. Wir sehen uns am Sonntag.«

14

Thalheim, Ende April 1983

Ostern war vorüber, und am Weißen Sonntag ging Sabine zum ersten Mal zur Heiligen Kommunion. Ich hatte es nicht fertiggebracht, sie da rauszureißen. Die Kirche und die von ihr angebotenen Aktivitäten für Jugendliche gaben ihr Selbstbewusstsein und das Zusammengehörigkeitsgefühl, das Sechzehnjährige so dringend brauchen. Ich hatte sie vor zwei Jahren da reingebracht, mit welchem Recht sollte ich ihr all das wieder nehmen?

Sie war ja viel älter als die anderen wenigen Kommunionkinder, und stach schon deshalb aus der Gruppe heraus. Doch jetzt musste ich ihr auch noch die Schande antun, dass wir in der letzten Reihe saßen und ich auch nicht mit zum »Tisch den Herrn« gehen durfte. Umso aufmerksamer kümmerte sich Dorothea um »ihr Kommunionkind«. Ich schätze, sie genoss den großen Auftritt, meine Tochter zum Altar zu führen. Dorothea wuchs an ihrer penetrant zur Schau gestellten Toleranz. Am liebsten wäre ich aufgesprungen und hätte sie von meinem Kind weggezerrt. Aber das konnte ich weder Sabine noch Tommi antun. Die verinnerlichten gerade die Lehre des Christentums und wollten so gerne Ministranten werden! Trotz aller Zurückweisung und Schikane kam ich nicht auf die Idee, aus der Kirche auszutreten, denn das hätte darüber hinaus eine endgültige Trennung von Raphael bedeutet. Ich war immer noch tief in der katholischen Kirche verwurzelt, sie war trotz allem noch das, was mich wieder so an ihr fasziniert hatte: ein Hort der Zuflucht, eine Familie. Nur dass diese uns gerade entschieden abstrafte. Aber wir waren so erzogen, dass wir die Strafe ganz nach christlichem Vorbild hinnahmen: Auch Jesus hatte seine Strafe klaglos hingenommen, sich zum Tode verurteilen, foltern und ans Kreuz schlagen lassen, um unsere Sünden zu tilgen. Das ist die Lehre des Christentums schlechthin, und so war es nur logisch, dass ich in meinem Elend an diesem Glauben festhielt wie eine Ertrinkende an einem Strohhalm und heimlich Gott und alle Heiligen um Vergebung anflehte. In mir war kein Trotz mehr, nur Demut und Hoffnung auf Gnade. Als Schwangere mit bald vier Kindern hat man nicht mehr wirklich die Wahl.

Meine liebe Schwiegermutter Christa rief an Sabines großem Ehrentag selbstverständlich an.

»Herzlichen Glückwunsch, mein großes Gotteskind!«, sagte sie zu meiner Tochter. »Ich bin so froh, dass du wieder richtig im Schoß der Kirche gelandet bist! Wie war die Feier? Ist mein Westpaket angekommen? Habt ihr Besuch? Wie geht es euch? Was esst ihr heute, was gibt es sonst noch für Neuigkeiten?«

»Wir haben keinen Besuch, die Feier war voll peinlich, hier ist Scheißstimmung, und die Mama bekommt ein Baby.«

Daraufhin hörte ich meine Schwiegermutter in Hannover hyperventilieren. »Gib mir mal die Mama!«

Sabine verdrehte die Augen und reichte mir den Hörer.

Bis jetzt hatte ich Christa noch nicht über meine Schande und meinen Sündenfall in Kenntnis gesetzt. Ich hatte ja noch nicht mal meine eigenen Eltern informiert! Das Alleinsein und die Schuldgefühle hatten mich dermaßen zermürbt, dass ich bei Christas lieber Stimme sofort anfing zu weinen. Mein Selbstbewusstsein war auf die Größe einer Erbse zusammengeschrumpft.

Raphael glänzte seit Wochen durch Abwesenheit. Er war vom Erdboden verschluckt! Der Vater meines Kindes hatte mich im Stich gelassen. Wenn das kein Grund zum Heulen war!

»Aber Liebes«, rief Christa bestürzt aus. »Was ist denn passiert, um Himmels willen, wie kann ich dir denn beistehen? Brauchst du Geld?«

»Nein, ich brauche meinen Pater!«

Schluchzend erzählte ich ihr alles.

»Kind, der Mann muss doch zu dir stehen«, erzürnte sich Christa. »Den schleife ich persönlich aus dem Kloster und liefere ihn dir frei Haus! Mitgehangen, mitgefangen!«

So wundervoll war meine Schwiegermutter aus Hannover! Leider war da die Mauer zwischen uns, sodass sich ihr Angebot nicht in die Tat umsetzen ließ. Eine Besuchserlaubnis gab es nur in Ausnahmefällen, aber den DDR-Behörden unsere jetzige verzwickte Situation zu erklären und einen Antrag auf Besuch zu stellen wäre genauso unmöglich gewesen wie die Erlaubnis für ein Wochenende auf dem Mond.

»Ich weiß nicht, wo er ist«, heulte ich. »Seit Wochen habe ich kein Lebenszeichen von ihm erhalten, und alle meine Briefe an diesen grimmigen Superior sind unbeantwortet geblieben! Er hat mir zwar geschrieben, ich könne mich jederzeit an ihn wenden, aber was nutzt mir das, wenn nichts zurückkommt!«

»Bigottes Pack«, zürnte sie. »Und dein Pater meldet sich nicht?«

»Nein, er hat sich in die Stille zurückgezogen.«

»Da zieh ich ihn eigenhändig an den Ohren wieder raus!«

Unter Tränen musste ich lachen. »Ach, Christa! Danke dass du mir zugehört hast, ohne auch noch auf mich einzuhacken!«

»Das fehlte noch! Von nun an rufe ich dich jeden Tag an! Du bist nicht allein! Und wart's nur ab, mein Mädchen. Die Liebe wird siegen. Eines Tages steht der vor deiner Tür.«

Im Nu war es Pfingsten.

»Komm, Schöpfer Geist, kehr bei uns ein,
besuch das Herz der Kinder dein:
Die deine Macht erschaffen hat,
erfülle nun mit deiner Gnad.«

Ich kniete in der letzten Reihe und kämpfte mal wieder mit den Tränen. Die Orgel brauste, der Kirchenchor demonstrierte, wie viele Möglichkeiten es gibt, einen Ton knapp zu verfehlen, die Blechbläser bliesen mit dicken Backen von der Empore herunter, Pfarrer Perniok schwang den Weihrauch, und die Feuerzungen des Heiligen Geistes wurden auf uns spärlich anwesende Gemeindeglieder herabbeschworen. Eva Maria Perniok, die stämmige Schwester des Pfarrers, stand laut singend schräg vor mir und schaute sich immer mal wieder nach mir um.

»Gebt einander ein Zeichen des Friedens.« Jetzt kam dieses zwanghafte Handschütteln, wofür man sich über mehrere Bänke beugen musste.

»Der Friede sei mit dir.«

»Ja, mit dir auch.«

Ich wollte nach wie vor dazugehören und diese schwere

Zeit mit Gottes Hilfe durchstehen. Aus der Sicht einer heutigen Frau, die dem Christentum oder der Kirche vielleicht nicht nahesteht, ist das bestimmt schwer zu verstehen, aber ich hatte wirklich nichts und niemanden mehr, an den ich mich sonst hätte klammern können als in diesem Moment an die dicke Eva Maria Perniok aus Oberschlesien, bekannt für ihren sagenhaften Streuselkuchen.

Ich betete inbrünstig, dass der Heilige Geist auch auf Raphael und mich herabkommen und uns erleuchten würde. Meine persönliche Buße hatte nun schon sehr lange gedauert, und ich konnte mir den Luxus nicht leisten, mich in die Stille zurückzuziehen. Zu Hause tobte das ganz normale Chaos, in der Arbeit musste ich täglich Leistung erbringen, und auf dem Heimweg stundenlang in verschiedenen Lebensmittelgeschäften um ein paar frische Dinge wie Obst oder Gemüse anstehen.

Immerhin war es mir gelungen, die notwendigen Zutaten fürs heutige Festessen zu ergattern.

Als ich die Kirche verließ, waren Sabine und Tommi noch als Messdiener zugange; Max hatte versprochen, zum Essen nach Hause zu kommen, und wenn ich Glück hatte, würde auch Dorothea nachher noch bei uns nach dem Rechten sehen.

Als ich aus der Pfingstmesse nach Hause kam, traute ich meinen Augen nicht.

Der Tisch war festlich gedeckt, es standen frische Blumen darauf, die guten Leinenservietten lagen gefaltet neben den Tellern, Gläser waren frisch poliert, und auf dem Herd brutzelte schon etwas. Es war nicht ganz das, was ich hatte kochen wollen, aber egal. Ich beförderte die geöffnete Dose Bohneneintopf in den Müll.

»Sabine?«

Wie hatte sie denn das hingekriegt? War sie nicht eben noch als Messdienerin am Altar gestanden?

»Max?« Ungläubig lauschte ich meiner Stimme nach.

Oder meine Mutter? Wir hatten keinen besonders innigen Kontakt, aber vielleicht hatte sie mich überraschen wollen?

»Hallo? Ist hier jemand?«

Suchend ging ich durch die Wohnung und schrak zurück, als ich im Schlafzimmer eine hagere Gestalt am Fenster stehen sah. Ein vertrauter Duft strömte mir entgegen, und augenblicklich stand ich im Licht meiner eigenen Glückseligkeit.

»Raphael!«

Er wirbelte herum und breitete die Arme aus. »Carina, Liebling!« Ich warf mich hinein, und wir drückten, küssten und liebkosten uns, als gäbe es kein Morgen. Er roch ganz wunderbar nach Duschgel, Rasierwasser und Mundwasser, nach allem, was unser Badezimmer so bereithielt.

»Ich glaube es nicht, ich glaube es nicht ...« Hatten meine Gebete den Heiligen Geist erreicht? Weib, wieso bist du so kleingläubig!, ging es mir durch den Kopf. Wusstest du nicht, dass ich in dem Haus meines Vaters sein muss?

Na gut, in diesem Fall: in dem meiner Kindsmutter. Aber sonst hatte es funktioniert.

Mein Herz machte einen Salto rückwärts. Er war da! Mein Geliebter war zu mir zurückgekehrt! Er hatte seine Entscheidung getroffen! Auf Armeslänge hielt Raphael mich von sich ab: »Du bist noch schöner geworden, mein Herz. Gott, habe ich dich vermisst!«

»Aber du, Liebster! Du siehst ja richtig verhungert aus!« Entsetzt musterte ich seine eingefallenen Wangen, seine matten Augen, die in tiefen Höhlen lagen. Der schwarze Anzug, mit dem ich ihn damals weggeschickt hatte, umschlotterte ihn regelrecht. »Diesmal riechst du nicht nach krankem Panther«, murmelte ich an seinem Hals.

»Ich habe schon geduscht«, lächelte er schwach. »Ich hatte ja noch einen Schlüssel.«

Während er mich zum Tisch zog und mir zur Feier des Wiedersehens einen Strauß dunkelroter Rosen überreichte, erzählte er mir, wie es ihm »in der Stille« ergangen war.

»Die Stille« war ein verlassenes kleines Holzhaus im Wald an der tschechischen Grenze. Die Hütte eines katholischen Gemeindeglieds, das es für einen solchen Sündenfall großzügig zur Verfügung gestellt hatte. Allerdings ohne jeden Komfort: Strafe muss sein.

Dort hatte er gehaust wie Rübezahl. Kein Bad, kein Kühlschrank, keine Vorräte, keine Bettwäsche. Weit und breit kein Laden. Geld hatte mein Liebster auch nicht.

Man hatte ihn total allein gelassen. Alle Ordenshäuser waren für ihn verschlossen, niemand wollte dem sündigen Pater Einlass gewähren. Er ernährte sich von Zwieback und Buttermilch, und als nichts mehr davon vorhanden war, von Luft und göttlichem Odem. Durch Fasten und Beten sollte er auf den rechten Weg zurückgelangen. Exerzitien für Abtrünnige, in sich gehen, Buße tun, ohne jeden geistigen Beistand. Man hätte ihn auch ins Gefängnis in Einzelhaft stecken können.

Seine Mitbrüder im Orden und die eifrigen Christen in den Gemeinden beteten wahrscheinlich wirklich für ihn, aber ansonsten war Distanz angesagt. Keiner von ihnen wollte etwas mit ihm zu tun haben, sich wirklich um ihn kümmern. Wie bigott! Es brach mir das Herz.

Raphael war wütend und demoralisiert, als er mir erzählte, wie er vor lauter Hunger in fremde Scheunen eingebrochen war, um ein paar Hühnereier zu stibitzen. Innerlich ballte ich die Fäuste vor Wut, aber auch mit heimlichem Triumph: Das schnöde Verhalten der Ordensbrüder hatte meinem Raphael zu einer Erkenntnis verholfen, die alles Zureden und alle Liebe von meiner Seite nie hätten zuwege bringen können.

Und jetzt war er da.

»Da kommen die Kinder«, sagte ich erfreut. »Na die werden Augen machen!«

Wieder begannen wir Pläne zu schmieden. Wieder räumten wir die Wohnung um. Wieder erklärten wir den Kindern, dass wir jetzt für immer zusammenbleiben würden. Wieder steckten wir unsere Grenzen ab, und wieder stellten wir neue Spielregeln für ein Zusammenleben auf. Natürlich fiel mein geliebter Raphael auch diesmal wieder in tiefe seelische Abgründe, vermisste seinen Orden, seine geistige und seelische Heimat. Fühlte sich schuldig gegenüber seinen Vorgesetzten. Als Versager. Als Wortbrecher. Als Verräter. Sein ganzes bisheriges Leben war ein Scherbenhaufen. Er hatte keine berufliche Zukunft mehr. Keine Daseinsberechtigung, wie er es empfand.

Ich musste ihn aufbauen und trösten. Er war kein Macher, wie ich ihn in meiner Situation als schwangere, berufstätige Mutter hätte brauchen können, sondern ein Denker, der sich oft in seine Ecke zurückzog, unter Tränen das Kreuz anstarrte und mit sich und seinem Gott haderte.

Manchmal wollte ich ihn schütteln und darauf hinweisen, dass die Waschmaschine sich nicht von allein leert, sich die Kartoffeln auch durch Gebete nicht von alleine schälen und sich der Tisch auch durch noch so intensive Meditation nicht von allein abräumt. Mein Pater hatte im Leben ja vieles gelernt, alles über Theodizee, Paulusbriefe und das Zweite Vatikanische Konzil und so, aber wie es sich anfühlt, im Konsum anzustehen oder morgens um sieben mit streitenden Kindern im Trabi im Stau festzustecken, waren keine Erfahrungen, auf die er zurückgreifen konnte.

Er tat mir so leid! Aber ich liebte ihn, wie er war. Und er war unendlich dankbar für meine Liebe und Geduld. Ich war ja der einzige Mensch, den er auf dieser Welt noch hatte.

Der einzige? Nein! Drüben im Westen, in einem Dorf bei Trier, da war der andere einzige Mensch, den er hoffentlich noch hatte!

»Ich muss es jetzt meiner Mutter sagen.« Raphael saß grübelnd am Schreibtisch in seiner Ecke des Wohnzimmers. »Sie soll es von mir erfahren und nicht über Dritte aus dem Orden.«

Ich setzte mich zu ihm und sah ihn aufmunternd an.

»Das wird schwer für dich, Liebster, ich weiß.«

Wie oft hatte er mir schon von seiner hochmusikalischen Mutter vorgeschwärmt, die sein Ein und Alles war. Und er für sie!

Seine Mutter hatte ihren einzigen Sohn mit neunzehn in diesen Orden gegeben und auf ihn verzichtet, dafür war er aber ihr ganzer Stolz. Auch wenn sie auf die andere Seite der Mauer gezogen war, definierte sie sich ein bisschen über ihren Augenstern.

Mein Sohn, der Priester. Das klang ja auch nach was. Ich fragte mich zwar heimlich immer noch, warum sie weggezogen war, wenn sie ihn doch so sehr liebte, aber das ging mich ja nichts an.

»Willst du sie gleich anrufen? Ich lass dich besser allein …«

Raphael saß mit gesenktem Kopf am Schreibtisch. »Nein. Ich glaube, sie würde tot umfallen. Sie braucht Zeit, das zu verarbeiten. Ich schreibe ihr.«

Es irritierte mich schon etwas, dass er sich nicht traute, mit ihr zu telefonieren. Wie hatte er sie geschildert? Als starke, resolute Frau.

Ich stellte mir eine stattliche, mit allerlei Schmuck behangene Dame vor.

Als ich mich zurückziehen wollte, hielt er mich am Arm fest: »Bleib.«

Mit mahlendem Kiefer saß mein armer Pater vor seinem weißen Blatt, und ich sah, dass seine Gehirnzellen fieberhaft arbeiteten.

Mit demselben grünen Füller, mit dem er mir zum ersten Mal geschrieben hatte, setzte er seine gleichmäßigen Buchstaben auf feinstes Büttenpapier, das wir extra im Intershop besorgt hatten. Dies war der schwerste Brief seines Lebens.

»*Liebe Mutter*«, schrieb er tapfer. »*Ich lebe jetzt mit einer Frau zusammen, die ich liebe, die ich heiraten und mit der ich Kinder haben möchte.*«

Er sah mich an wie ein geprügelter Hund. »Meinst du, das ist zu viel für den Anfang?«

»Du willst mich heiraten?« Überrascht zog ich die Augenbrauen hoch.

»Na ja, wenn schon, denn schon. Ohne Heiraten wäre es eine noch größere Sünde.«

»Hast du Angst vor ihr, Raphael?«

»Ich habe Angst, ihr wehzutun.«

»Das verstehe ich, aber sie muss da durch. Komm, das ist wie Pflasterabziehen. – Eins ist schon unterwegs«, diktierte ich ihm. »Na los! Sie wird sich doch freuen, Oma zu werden!«

Raphael kaute auf seinem Füller herum. »Ich glaube, eins ist schon unterwegs…«

Ich erhob mich und ging kopfschüttelnd in die Küche.

»Selig sind, die da glauben«, murmelte ich, während ich alte Brötchen einweichte, um meine Frikadellen damit zu strecken.

»Ich glaube!«

Und ausgerechnet in diesem Moment spürte ich zum ersten Mal Kindsbewegungen.

15

Thalheim, 2. Juni 1983

Die Wochen gingen ins Land, und der Alltag blieb wechselhaft. Wir hatten herrliche vertraute Momente, lachten und umarmten uns und freuten uns, dass wir den Kampf gegen die Kirche gewonnen hatten. Dann war Raphael herrlich gelöst und wunschlos glücklich. Dann ließ die Zange der Reue für kurze Zeit von ihm ab. Und dann liebten wir uns nach Herzenslust. Wenn die Kinder nicht zu Hause waren, machten wir den Tag zur Nacht. Wir zogen die Vorhänge zu und nahmen uns unendlich viel Zeit für Zärtlichkeiten, probierten einander aus und genossen selige Wonnestunden. Er schmiegte den Kopf an meinen Babybauch und spürte sein Kind. Das empfand er als göttliches Wunder. Manchmal gelang das ganz ohne Schuldgefühle. Manchmal allerdings auch nicht. Dann konnte Raphael mittendrin aufspringen, mir den Rücken zukehren, das Gesicht in den Händen verbergen und sich Gewissensbissen hingeben. Ja, Gott hatte schon wieder zugeschaut. Manchmal wollte ich ihn anschreien: Dann geh doch zurück in deinen bigotten Verein! Lass dich weiter demütigen, degradieren und wie ein unmündiges Kind behandeln! Geh doch beichten! Leiste doch Abbitte! Kriech doch zu Kreuze! Lass dich doch wieder in die Wüste schicken!

Doch ich tat es nicht. Ich musste die Stärkere sein. Ich musste ihm helfen, diese Anfangszeit zu überstehen. Er hatte nicht gelernt, Rückgrat zu zeigen. Ich musste ihm den Rücken stärken und wollte es gerne tun. Ich liebte ihn und wusste, auf wen ich mich eingelassen hatte.

Zu allem Überfluss hatte die Kirche Späher ausgeschickt, die ihn weiterhin beeinflussen sollten. So konnte es passieren, dass es mitten im schönsten Liebesspiel an der Tür klingelte und irgendwelche Theologen, Mitbrüder und Studenten vor der Tür standen, die Raphael zu einem Waldspaziergang abholen wollten. Ich hätte sie am liebsten mit dem Nudelholz weggejagt, aber es waren doch seine Freunde! Sein Draht zu seiner einstigen Welt! Doch anstatt seine Entscheidung zu respektieren, wollten sie ihn nach wie vor umstimmen und bearbeiteten ihn, auf den rechten Weg zurückzukehren.

Das ärgerte und beängstigte mich, und ich bat Raphael, sie abzuweisen.

»Was wollen diese Brüder noch hier!« Ich verkniff mir zu sagen: Du gehörst jetzt mir!

»Liebes, sie brauchen Zeit, das zu verstehen«, beruhigte er mich mit seiner tiefen Stimme. »Vertrau mir und vertrau auf Gott. Wir gehen den richtigen Weg. Ich muss es ihnen erklären. Es würde mich für den Rest meines Lebens belasten, wenn wir nicht im Guten auseinandergingen. Sie sollen für mich beten. Ich brauche ihren Segen. Dann wird es mir besser gehen. Bitte versteh das doch.«

Obwohl ich die fromme Bande am liebsten mit faulen Eiern beworfen hätte, riss ich mich zusammen. Sie berichteten ihm, wie es an der Uni und im Priesterseminar weiterging. Er konnte sich nicht von allem auf einmal lösen!

»Heute hat einer gemeint, du wärst von der Stasi auf mich angesetzt.« Raphael schmunzelte, als er wieder mal von so einem Waldspaziergang zurückkam.

»WAS? Und was hast du darauf geantwortet?«

»*Errare humanum est.*«

»Jetzt reicht's mir aber!« Wütend stemmte ich die Hände in die Hüften. »Das ist ja voll krank! Die sollen uns einfach in Ruhe lassen.«

»Liebling, beruhige dich. Ich konnte sie alle von unserer aufrichtigen Liebe überzeugen. Die Wogen werden sich glätten wie das Wasser auf dem See Genezareth. Auch Petrus war kleingläubig und hat gezaudert, als der Herr ihm die Hände entgegenstreckte.«

»Tu mir einen Gefallen und versuche nicht, übers Wasser zu wandeln.«

Manchmal hatte ich die Faxen wirklich dicke! Aber dann kamen ja auch wieder unbeschwerte Momente, und von ihnen wollte ich zehren.

Das herrliche Wetter erleichterte vieles, durch die Dachterrasse hockten wir nicht mehr so eng aufeinander, und die Kinder waren auch viel unterwegs. Max war im zweiten Lehrjahr, Sabine freute sich inzwischen aufrichtig auf ein neues Geschwisterchen und gönnte mir meine große Liebe, und auch Tommi hatte sich an Raphael gewöhnt. Oft sah ich die beiden einträchtig etwas basteln oder spielen, manchmal auch singen oder beten.

Wir freuten uns schon auf die gemeinsamen Ferien, die wir mit Sabine und Tommi im Thüringer Wald verbringen wollten. Zu viert passten wir gerade noch in den Trabi. Unser Kind sollte im August zur Welt kommen, und vorher wollten wir noch mal entspannt wegfahren.

Das würde Raphael guttun, denn der war von Tag zu Tag mehr beunruhigt: Die Mutter hatte ihm auf seinen Brief hin immer noch nicht geantwortet. Bis er nach Wochen doch endlich kam.

Frau Gertrud von Ahrenberg, Trier.

Zitternd riss Raphael den Umschlag auf, setzte sich in seinen Schreibtischstuhl, und ich konnte zusehen, wie er immer bleicher wurde.

»Nicht gut?« Ich legte ihm die Hand auf die Schulter.

»Nicht so gut wie erhofft.«

»Darf ich lesen?«

»Besser nicht.«

»Aber das ist ja dein Brief!«

Die Mutter hatte sich nicht mal die Mühe gemacht, einen eigenen Brief aufzusetzen. Stattdessen hatte sie Raphaels Zeilen mit vielen höhnischen Randbemerkungen versehen: »Ach ja?!« – »Hört, hört!« oder »Das glaubst du doch selbst nicht!« »Tiefe Sünde!« – »Todsünde!« – »Abschaum!« – »Das Allerletzte!« – »Schlampe!« – »Kind angedreht« – »Reingefallen« – »Ganz alter Trick« – »Leben zerstört« – »Undankbar« – »Krankenhaus« – »akute Herzrhythmusstörungen« leuchtete es uns in grellroter Tinte entgegen.

Ich starrte minutenlang wie betäubt auf das hasserfüllte Pamphlet einer offensichtlich zutiefst enttäuschten, verbitterten alten Frau.

Mein Innerstes zog sich schmerzhaft zusammen. Plötzlich sah ich mich mit ihren Augen: als berechnende Schlampe, die ihm ein Kind angedreht hatte. Wie musste sie mich hassen!

Sofort stellten sich wieder die altvertrauten Gefühle von Scham und Reue ein. Mein Mund war wie ausgedörrt, und mein armer schwangerer Bauch fühlte sich an, als hätte ihn jemand getreten. Ich musste mich setzen und versuchte, gleichmäßig zu atmen.

Raphael saß inzwischen über einen anderen Schrieb gebeugt, der ebenfalls in dem Umschlag gewesen war. Er sah irgendwie amtlich aus, mit Schreibmaschine geschrieben und mit Stempel versehen.

»Was ist das?«

»Ein ärztliches Attest.« Raphael war ganz weiß um die Nase. »Mutter liegt im Krankenhaus. Es geht ihr sehr schlecht. Verdacht auf Herzinfarkt.«

»Raphael, sie dramatisiert vielleicht ein bisschen?«

»Der Arzt, der ihr das ausgestellt hat, ist mein Onkel Klaus Göbel, bei dem sie wohnt.«

»Nachtigall, ick hör dir trapsen.«

»Carina, so ein Attest ist nötig, damit ich eine Besuchsreise in den Westen beantragen kann.« Mein Liebster sprang schon auf, um seine Schreibmaschine zu holen. »Ich muss rüber zu ihr, bitte versteh das doch.«

Ich stand da, hielt mir instinktiv den Bauch und nickte mechanisch.

»Ich muss mit meiner Mutter in Frieden sein, sonst laden wir wieder große Schuld auf uns. Stell dir nur vor, sie stirbt! Ich muss ihr alles erklären und um ihren Segen bitten.«

Obwohl mein Raphael zweiundvierzig Jahre alt war, hatte das Ordensleben aus ihm einen Mann gemacht, für den Gehorsam und das vierte Gebot »Du sollst Vater und Mutter ehren« an erster Stelle standen. Auch wenn ich innerlich schreien wollte – ich verstand und liebte ihn und wollte ihm auch diesmal nicht im Wege stehen.

Raphael stellte sofort einen Besuchsantrag zu seiner Mutter im Westen, die »akut lebensbedrohlich erkrankt« sei.

Wie eine aufgezogene Puppe holte ich einen Koffer unterm Bett hervor und packte ihm liebevoll ein paar Hemden und Hosen ein.

»Wie lange wirst du bleiben?«

»Nur ein paar Tage, Liebling. Allerhöchstens zwei Wochen.«

Er küsste mich innig, nahm meine Hände und drückte sie an sein Herz: »Sei nicht traurig. Bald bin ich wieder zurück. Das Schlimmste haben wir überstanden.«

Ein paar Tage später:

»Carina, ich stehe hier in einer Telefonzelle in Trier, ich kann nicht lange reden, Mutter wartet im Auto.«

Ich schluckte. Er hörte sich nicht gut an. »Ist sie wieder aus dem Krankenhaus entlassen?«

»Ach Carina, sie war nie drin. Es ist ein großes seelisches Leid, das wir ihr zugefügt haben.«

Wir, dachte ich. Okay.

»Sie schreit und weint den ganzen Tag, und mein Onkel Klaus und seine Frau Renate machen mir schlimmste Vorwürfe. Ich komme mir vor wie ein Schwerverbrecher.«

»Aber was haben sich diese Leute in dein Leben einzumischen? Das steht denen doch gar nicht zu?« Innerlich ballte ich die Fäuste. Die lebten im Westen, die kannten ihn kaum!

»Jedenfalls bin ich allein gegen die Mafia, sie haben ihren Gemeindepfarrer und den Bischof von Trier schon dazugeholt, es ist wie ein Tribunal. Ach Carina, ich habe alles zerstört, das kann ich nie wiedergutmachen, ich habe all diese Menschen bitterlich enttäuscht und vor Gott gesündigt ...« Raphaels Stimme brach. Er weinte! Niemand aus seiner Familie hielt zu ihm! Ich war der einzige Mensch auf dieser Welt, den er noch hatte. Dabei brauchte ich doch jetzt selber Halt!

Ich durfte ihm jetzt auf keinen Fall Druck machen. Ich musste jetzt stark bleiben. Einer von uns musste die Nerven bewahren, sonst würde auch mein Leben in Scherben liegen.

Ich atmete tief durch. Mein Geliebter brauchte mich.

»Ich wünschte, ich könnte bei dir sein.« Ich stellte mir vor, wie Raphael und ich dieser alten, einsamen Frau und der Westverwandtschaft gemeinsam einen Besuch abstatten und sie von unserer Liebe überzeugen würden. Sie würden uns bestimmt ins Herz schließen, wenn sie sahen, wie glücklich wir miteinander waren! Gut Ding will Weile haben, dachte ich.

»Du schaffst das, mein Liebster. Bleib stark, ich bin in Gedanken bei dir.«

»Ja, danke, Carina. Es ist wirklich schwer. Sie behandeln mich wie einen Aussätzigen.«

»Dann komm doch zurück! Du gehörst jetzt hierher!«

»Gib mir noch ein paar Tage, Liebste. So kann ich nicht fahren. Wir müssen erst wieder Frieden finden.«

Ich schluckte. »Das wird schon, Raphael.«

Nachdem er aufgelegt hatte, wurde ich doch nervös. Er würde sich doch nicht unterkriegen lassen?

Einer plötzlichen Eingebung folgend, schrieb ich einen freundlichen Kartengruß an die Mutter und den Onkel samt Frau:

»*Ich bitte Sie alle herzlich um Ihren Segen. Ich weiß, es ist schwer für Sie, aber ich liebe Raphael, und wir werden zusammen Eltern sein. Das Kind wird christlich aufwachsen, und meine Kinder und ich hoffen sehr, Sie dann alle zur Taufe hier in Thalheim begrüßen zu dürfen.*« Ich kaute am Kugelschreiber und fügte dann hinzu: »*Wir sollten alle in Christi Namen versuchen, zu einer liebenden, verzeihenden Familie zusammenzuwachsen. Ich für meinen Teil möchte alles tun, dass es gelingt. Bis dahin grüße ich Sie von Herzen und wünsche Ihnen Gottes Segen. – Ihre Carina Kramer mit Maximilian, Sabine, Tommi und dem kleinen Friedensengel, den ich unter dem Herzen trage.*«

»Kleiner Friedensengel«, dachte ich fast schon beschämt über meine kitschigen Worte. Sind das nicht diese dicken nackten Putten, die überall in den Kirchen rumhängen, Geige, Flöte oder Posaune spielen? Aber die Mutter steht bestimmt auf so was. Das wird ihr Herz erweichen.

Raphael rief mich kurz danach auch prompt an: »Danke, Carina. Du hast großartige Worte gefunden.«

»Und?« Mein Herz klopfte. »Wie haben sie es aufgenommen?«

»Sie weigern sich, es zu lesen. Sie sagen, es ist Dreck, und du bist eine abgefeimte Lügnerin. Sie sagen, das Kind ist bestimmt gar nicht von mir.«

»Oh.« Mir blieb die Luft weg bei so viel Niedertracht. Frustriert sank ich in mir zusammen. Wie naiv von mir zu glauben, mit einer netten Grußkarte wäre alles vom Tisch!

»Raphael, komm bitte zurück zu mir! Ich brauche dich auch!«, flehte ich ihn an. »So viel negative Energie wird unserem Kind nur schaden! Jetzt musst du eine Entscheidung fällen! Es reicht, Raphael!«

»Ich nehme nächsten Dienstag den Zug. Und dann fahren wir direkt in Urlaub. Ich zähle die Stunden, Liebling.«

»Ich hole dich vom Bahnhof ab. Halte durch! Wir werden das Kind bekommen und glücklich sein. Jetzt haben wir schon so viel durchgestanden, jetzt gibt es kein Zurück mehr.«

»Ach, Carina«, seufzte Raphael am anderen Ende der Leitung. »Wenn sie dich nur kennen würden! Sie würden dich lieben.«

Tja, dachte ich, nachdem wir aufgelegt hatten. Aber möglicherweise würde ich sie nicht lieben.

So was kommt ja in den besten Familien vor.

16

Thalheim, 25. Juni 1983

Jetzt zählte ich nur noch die Stunden. Dass mein armer Raphael sich freiwillig in die Höhle des Löwen begeben hatte, rechnete ich ihm hoch an. Wie tapfer er sich allen Hindernissen stellte! Statt den Jahrhundertsommer zu genießen, grämten wir uns um die Wette! Aber das reichte jetzt! Wir wollten schließlich gemeinsam in Urlaub fahren! Diese Zeit sollte nur uns gehören. Es war so heiß, dass wir es auf der Dachterrasse gar nicht aushielten. Und meine Beine wurden dick von der Hitze. Nichts wie raus aus der Stadt.

»Kinder, ich fahre jetzt zum Bahnhof und hole Raphael ab.« Eilig suchte ich nach meinen Autoschlüsseln.

»Ihr könnt schon mal die Koffer packen, die laden wir dann später gemeinsam aufs Dach. Max soll den Dachgepäckträger aus der Werkstatt mitbringen!« Geschäftig eilte ich hin und her. »Morgen früh geht es ab in den Urlaub, Sabine, bitte schmeiß noch mal die Waschmaschine an ... Nein, warte auf Raphael, der hat bestimmt schmutzige Wäsche im Gepäck.«

Mit einem Ziehen im Bauch setzte ich mich in meinen Trabi. Da hatte ich was gesagt! Auch im übertragenen Sinn. Aber Hauptsache, er war gleich da. Ich würde ihn einfach nur in den Arm nehmen und ihm zu verstehen geben, dass ich immer für ihn da sein würde. Die Liebe würde siegen.

An diesem herrlichen Sommerabend sah sogar das trostlose Bahnhofsgebäude romantisch aus. Es duftete nach frisch geschnittenem Gras. Gibt es etwas Beruhigenderes als das Geräusch eines Rasenmähers? Irgendwo malträtierte jemand seine Motorsäge.

Ja!, dachte ich. So riecht Heimat, Glück und Geborgenheit. Und gleich habe ich ihn wieder, meinen geliebten Mann. Dann kann uns die Mischpoke im Westen mal gern haben.

Der Zug fuhr ein. Ich schirmte die Augen gegen die schräg stehende Sonne ab.

Die Leute stiegen aus und verloren sich in der Unterführung.

Die Sekunden dehnten sich. Ich starrte auf die Türen, aus denen nur noch spärlich Passagiere tröpfelten. Bestimmt hilft er einem alten oder behinderten Menschen und steigt als Letzter aus, dachte ich. Ich klammerte mich an den Gedanken wie an einen Strohhalm. Mein Kopf hatte schon begriffen, dass Raphael nicht in diesem Zug war – mein Herz noch nicht.

Der Zugführer führte schon die Trillerpfeife zum Mund.

»Moment!«, schrie ich in einem Anflug von Hysterie. »Mein Mann ist noch da drin!«

»Gute Frau, hier ist niemand mehr. – Vorsicht an der Bahnsteigkante! Türen schließen!« Er pfiff gellend und sprang auf den bereits anrollenden Zug.

»Tut mir leid für Sie, schöne Frau!« Mit einem Blick auf meinen schwangeren Bauch schenkte mir der Schaffner im Davonfahren noch ein mitleidiges Lächeln.

»In einer Stunde kommt noch ein Zug aus dieser Richtung!« Er schwenkte seine Dienstmütze und verschwand.

»Vielleicht hat es an der Grenze Verzögerungen gegeben. Das kommt öfter vor!«, hörte ich mich laut reden. Ich führte schon Selbstgespräche!

Ich zwang mich, nicht in Panik zu geraten. Bestimmt hatte Raphael einfach nur den Anschlusszug verpasst. Von Trier bis hierher musste er ja viermal umsteigen.

Ruhig bleiben, Carina!, beschwor ich mich. Tief ein- und wieder ausatmen. Wenn du dich jetzt aufregst, schadet das nur dem Kind.

Eine Stunde lang ging ich auf dem Bahnsteig auf und ab und betrachtete die länger werdenden Schatten.

Der nächste Zug kam.

Und wieder stieg Raphael nicht aus.

Mit bleischwerem Herzen fuhr ich wieder nach Hause.

»Wo ist Raphael?« Die Kinder saßen auf der inzwischen schattigen Dachterrasse und grillten Würstchen.

Mir war jeder Appetit vergangen. »Fangt an zu essen«, murmelte ich und starrte mutlos ins Leere.

»Mami, möchtest du denn gar nichts?« Sabine hielt mir den selbst gemachten Kartoffelsalat unter die Nase, und augenblicklich verspürte ich Brechreiz.

»Mir ist nicht gut ...« Ich rannte zur Toilette, kniete mich davor und umarmte die Kloschüssel. Die ganze Galle, die diese Mutter über uns ausgeschüttet hatte, würgte ich raus.

»Sollen wir den Dachgepäckträger jetzt auf den Trabi schrauben oder nicht?«, fragte Max.

»Kinder, ich weiß es nicht. Macht, was ihr wollt, aber macht es leise.«

Die ganze Nacht lag ich wach und hatte Angst um mein Baby.

Nein, so viel Macht gebe ich dir nicht!, beschwor ich mich selbst, die Mutter betreffend. Du wirst weder mich noch mein Kind zerstören. Und meinen Raphael auch nicht.

Raphael!, flehte ich stumm. Das tust du mir nicht an. Raphael, du kommst mit dem ersten Zug.

Ruhelos wälzte ich mich von einer Seite auf die andere. Meine Laken waren nass vor Schweiß und mein Kissen nass vor Tränen.

Lieber Gott, ich weiß, wir haben gesündigt, aber hast du uns jetzt nicht genug gestraft?, betete ich verzweifelt in dieser mondlosen Nacht. Draußen zirpten die Grillen. Sonst war alles still. Ich hoffte so sehr auf Schritte, auf ein vorfahrendes Auto, ein Taxi vielleicht.

Bitte lieber Gott, lass ihn heil wieder hier ankommen. Lass ihm nichts zugestoßen sein. Er ist doch so weltfremd und hilflos ohne mich. Bitte lieber Gott, lass ihn jetzt klingeln …

Am frühen Morgen klingelte es tatsächlich. So schnell war ich noch nie an der Wohnungstür gewesen, barfuß und im Nachthemd.

Ich drückte auf den Türsummer. Jemand ächzte das Treppenhaus hinauf. Das hölzerne Geländer wackelte. Mein Armer, dachte ich voller Liebe und Sehnsucht. Da schleppst du eine schwere Last hierher. Ich werde dir sofort ein heißes Bad einlassen und dich trösten …

»Telegramm für Kramer«, keuchte ein Postbote. »Bitte hier unterschreiben.«

Ich konnte den Griffel nicht halten.

Ich schluckte mehrmals und zwang mich, nicht in Ohnmacht zu fallen. Es war ihm was passiert. Ein Unfall. Oder sie hatten ihn an der Grenze eingebuchtet. Oder war die Mutter tot?

Zitternd riss ich es auf, das Telegramm und sank auf das Küchensofa, weil meine Beine mich nicht mehr tragen konnten.

Und dann verschwammen die Buchstaben vor meinen Augen. Ich konnte nicht fassen, was er mir schrieb.

»*Hier sehr großes Leid. Bleibe in meinem bisherigen Beruf. Brief folgt. Raphael.*«

»Mami, kommst du? Was ist los?«

Die Kinder luden bereits fröhlich plaudernd ihre Habseligkeiten in den Trabi, stritten darum, wer vorne sitzen durfte, und Max wuchtete den großen Familienkoffer auf den Dachhalter. Fehlte nur noch der von Raphael. Ich lehnte oben am Fenster und war nicht in der Lage, hinunterzugehen und ihnen Einhalt zu gebieten.

Zur Salzsäule erstarrt, fanden sie mich vor. »Mami? Ist er nicht gekommen?«

»Nein, und er kommt auch nicht mehr.« Ich war wie innerlich tot.

»Dann fahren wir eben alleine, Mami!«

»Du hast es uns versprochen!«

»Der Pater Raphael ist blöd«, versuchten sie mich zu trösten.

Wie eine Aufziehpuppe setzte ich mich ans Steuer und fuhr mit ihnen zu unserem gebuchten Ferienheim. Hier in der Nähe hatte ich meine Kur gemacht, damals vor knapp zwei Jahren, und hierher hatte ich mit Raphael und den Kindern zurückkehren wollen ...

Im Ferienheim angekommen, verfrachteten die Kinder mich ins Bett, packten aus, schlichen um mich herum wie um eine Schwerkranke, brachten mir Essen, das ich nicht anrührte, und versuchten mich aufzumuntern.

»Mami, komm doch mit zum Badesee, es ist so herrliches Wetter...«

»So heiß war es noch nie, sagen die Leute. Ein Jahrhundertsommer!«

»Den kannst du doch nicht im Bett verbringen, nur wegen diesem blöden Pater!«

Da saß ich dann im Gras und starrte vor mich hin.

»Mami, du musst was essen! Wir haben dir ein Butterbrot mitgebracht.«

Sabine ließ sich neben mich fallen und reichte mir die Brotdose. »Bitte, Mami. Wenn du es nicht für dich tust, dann tu es für das Baby!«

Sie war so ungeheuer stark und vernünftig, fast so, als hätte sie jetzt die Mutterrolle für uns alle übernommen. Ich schämte mich, und während salzige Tränen aufs Butterbrot fielen, würgte ich weinend daran herum. Der dicke Kloß in meinem Hals wollte und wollte nicht weggehen.

»Mami, du bist so dünn geworden, wir schleppen dich zum Arzt, wenn du dich jetzt nicht zusammenreißt!« Sogar Max, der eher nicht zu Gefühlsausbrüchen neigte, schüttelte besorgt meinen Arm.

Ja, sie hatten recht. Ich durfte mich nicht so gehen lassen, doch ich konnte einfach nicht aufhören zu weinen!

»Ach Kinder, ich liebe euch einfach nur so …« Schluchzend umarmte ich sie.

»Wir lieben dich auch, Mami. Und wenn Raphael dich wirklich liebt, kommt er auch zurück.«

»Wirklich? Meint ihr?!« Ein winziger Hoffnungsschimmer keimte auf.

»Logisch. Gib ihm eine Woche. Und dann fahren wir nach Hause und schauen, ob er da ist!«

»Außerdem weiß er ja, wo wir sind. Der findet uns schon!«

Das war ein Wort! Um der Kinder willen riss ich mich zusammen. Eine Woche lang.

Das war die Abmachung.

Obwohl wir zwei Wochen gebucht hatten, fuhren wir nach der Hälfte der Zeit wieder zurück. Die Kinder waren unfassbar lieb und verständnisvoll.

»Wir können es uns auch zu Hause nett machen, Mami. Hauptsache, dir geht es gut, und du musst nicht mehr weinen.«

Ich glaube, ich habe auf der ganzen Rückfahrt kaum gewagt zu atmen. Diesmal fuhr Max, der inzwischen einen Führerschein hatte.

Max fuhr souverän, Sabine und Tommi auf dem Rücksitz gaben Ruhe.

Würde er da sein?

Vielleicht stand ja wieder ein Festessen mit Blumen auf dem Tisch?!

Auch wenn es nur aufgewärmte Bohnen aus der Dose waren so wie damals.

Bitte, lieber Gott, lass ihn da sein. Bitte, bitte lieber Gott. Er gehört doch zu mir wie mein Name an der Tür.

Doch Gott hatte keine Sprechstunde.

Die Wohnung war leer und verwaist. Beim Aufschließen blieb die Tür an einem Brief hängen.

Raphaels Handschrift. Grüne Tinte. Sabine hinderte mich daran, mich zu bücken.

»Mami, setz dich aufs Sofa. Ich bringe dir den Brief.«

Max hielt meine Hand, während ich las. Sabine servierte mir einen Tee, den ich kalt werden ließ. Tommi schmiegte sich an meine andere Seite.

Meine Augen wollten einfach nicht begreifen, was da stand:

»Carina, die Tage bei meiner Mutter haben mir die Augen geöffnet – über das Ausmaß dessen, was durch deine und meine Schuld zerstört worden ist. Ich kann das nicht noch verschlimmern, indem ich zu dir ziehe. Für das Kind wird gesorgt werden. Du wirst, wenn du auf dein Gewissen hörst, dieser Entscheidung im Hinblick auf Gott zustimmen können.

Ich gehe den vor zweiundzwanzig Jahren eingeschlagenen Weg weiter. Mit Gottes Hilfe werde ich die Demut aufbringen, die ich nun benötige. Aber auch für dich wird dieser schmerzhafte Weg letztlich zu innerem Frieden führen. Nach alldem, was unser Tun zerstört hat, glaube ich nicht mehr, dass wir miteinander auf Dauer glücklich und innerlich froh sein können.

Diese Zeilen schreibe ich nach großem inneren Ringen.

Sie verkünden eine Entscheidung, die ich nicht mehr ändern will. Ich will meiner Berufung treu bleiben. Wir haben uns beide ein großes Kreuz aufgeladen. Doch nur Kreuzwege führen uns aus dem Elend und in die größere Zuversicht. Gottes Gnade wird uns beide weiterführen.

Mir ist klar geworden, dass ich Ihm mehr zu gehorchen habe als allen menschlichen Erwartungen. Gott behüte dich und euch. Raphael.

Gehirnwäsche!, schrie es in mir. Sie haben ihn schon wieder kleingekriegt! Was ist Gott, wenn nicht Liebe und Barmherzigkeit? Dieser strafende Gott, der mich jetzt mit meinen Kindern im Stich lässt, kann mir gestohlen bleiben! Sie berufen sich auf Gott, aber in Wirklichkeit sind sie die schlechtesten Menschen, die mir je begegnet sind!

Ich war wirklich am Rande des Wahnsinns. Ständig hatte ich nur geschwiegen, eingesteckt, getröstet und erduldet. Als Frau und Mutter und gut erzogene Katholikin hatte ich stets versucht, Haltung zu bewahren.

Weinen und Schreien war der einzige Weg, nicht in eine tiefe Depression zu verfallen, und so brüllte ich mir meinen Schmerz und diese himmelschreiende Ungerechtigkeit von der Seele.

»Nein, diese Schuld nehme ich nicht auf mich!«, schrie ich wie ein waidwundes Tier und fegte die Teekanne vom Tisch. Meine armen Kinder hatten mich noch nie so erlebt. Mit angstgeweiteten Augen starrten sie mich an. Mein armer Tommi fing an zu weinen, und Max zog ihn aus dem Zimmer. Sabine strich mir über den Arm: »Beruhige dich, Mami, bitte beruhige dich! Das ist nicht gut für das Baby!«

Aber ich konnte mich nicht beruhigen.

Es war auch nicht gut für das Baby, alles immer nur runterzuschlucken.

Ich riss den Telefonhörer von der Gabel und wählte die Nummer der Mutter. Zu allem Überfluss musste ich auch noch lange auf das Westgespräch warten. Längst war der heilige Zorn wieder einer kleinmädchenhaften Angst gewichen, und ich hätte mir am liebsten in die Hose gemacht.

Der Onkel hob ab, schon eine vage Ahnung in der Stimme: »Dr. Göbel?!«

Diese strenge Stimme war schon wieder Furcht einflößend!

»Geben Sie mir Raphael«, wimmerte ich in den Hörer.

»Ich denke gar nicht daran. Unterstehen Sie sich hier anzurufen.«

»Ich will Raphael sprechen!«, kreischte ich hysterisch.

»Er ist nicht hier. Belästigen Sie uns nie wieder, haben Sie das verstanden?!«

»Ist es dieses Weib?«, hörte ich die Mutter im Hintergrund keifen. »Leg auf, Klaus, leg auf!«

»Mein Neffe ist in seinen Orden zurückgekehrt, und Sie sollten aufhören, ihm nachzustellen«, herrschte der Mann mich an.

Mit diesen Worten legte er auf. Ich versuchte es im Laufe

der nächsten Tage noch mehrmals, aber sobald ich mich meldete, wurde aufgelegt.

Ich las Raphaels Brief so oft, bis ich ihn auswendig kannte. Die Worte drangen in mein Gehirn vor, aber nicht in mein Herz. Wilder Verzweiflung folgte eine tiefe Depression. Tagelang saß ich tatenlos am Fenster und starrte hinaus in der Hoffnung, Raphael könnte doch noch erscheinen wie ein Himmelsbote. Ich betete und flehte zu Gott, aber er war für mich nicht erreichbar. Die Tage krochen dahin. Das Kind in meinem Bauch bewegte sich, als wollten die winzigen Fingerchen mich von innen streicheln.

Ich wunderte mich selbst, woher es die Kraft nahm. Ich weinte und weinte, konnte einfach nicht damit aufhören.

Die armen Kinder taten alles, um mich zu beruhigen, zumal ich ja inzwischen im siebten Monat war!

Dann kam wieder Wut in mir hoch. Er hatte doch schon lange bei uns gelebt, und wir hatten uns als Familie gefühlt! Was machten die denn mit uns!

Ich stürmte zu Pfarrer Perniok, klingelte Sturm an seinem Pfarrhaus, wurde aber bloß von seiner stämmigen Schwester, Eva Maria Perniok, abgewimmelt.

»Für dich ist der Pfarrer nicht zu sprechen.«

»Aber er soll mir sagen, wo Raphael ist!«

»Das wird er sicher nicht tun.«

»Sag du es mir!«, flehte ich.

»Pater von Ahrenberg lebt an einem geheimen Ort, und niemand wird dir sagen, wo er ist, damit du endlich aufhörst, ihn zu verfolgen! Früher hätte man so was wie dich als Hexe verbrannt.«

Peng!, knallte sie mir die Tür vor der Nase zu.

Doch ich wollte nicht aufgeben. Entschlossen setzte ich mich in meinen Trabi und fuhr nach Lemmerzhagen. Natürlich hatte ich auch im Kloster kein Glück. Die Tür blieb mir verschlossen.

Die blasse Nonne hatte mich sicherlich durchs Fenster gesehen, machte mir aber nicht mal auf. Einen dritten, letzten Anlauf wollte ich wagen.

Ich fuhr verzweifelt die ganze lange Strecke bis nach Johannismarienhütte, zu diesem Priesterseminar, in dem er nach seiner Strafversetzung gelandet war, hämmerte mit den Fäusten gegen die Tür und verlangte, den Superior zu sprechen. Immerhin hatte der mir ja schriftlich zugesichert, ich könne mich jederzeit »bei Fragen und Problemen an ihn wenden«. Und die hatte ich nun. Und zwar reichlich!

Aber auch im Leo-Konvikt ließ man mich einfach auf der Matte stehen.

Die Nonne, die mich damals als »seine Schwester« hereingelassen hatte, wollte mir die Tür vor der Nase zuknallen. »Für Sie ist hier kein Einlass mehr!«

Ich schob meinen Fuß in den Spalt und rief in den hallenden Vorraum hinein:

»Raphael! Bist du hier? Sprich mit mir!«

Sofort stürmten einige junge Priesteranwärter herbei und schoben mich hinaus.

Alle waren eingeweiht! Auf meiner Stirn schien das Wort »Hure!« eingemeißelt zu sein.

»Hier ist er nicht. Stören Sie nicht unsere Ruhe!«, herrschte mich ein Geistlicher an.

»Wir studieren hier! Gehen Sie!«

Den ganzen Rückweg weinte ich laut und drosch verzweifelt auf das Lenkrad ein:

»Raphael, du Feigling! Ich hasse dich! Jetzt haben sie dich wieder, ihren Vorzeigepater! Und du hockst irgendwo in deinem

Loch, in DER STILLE! Und findest zu deinem Gott zurück, in DEMUT!« In meiner Verzweiflung spielte ich sogar mit dem Gedanken, jetzt einfach in einen entgegenkommenden Lastwagen zu rasen! Aber meine Kinder brauchten mich. Auch das ungeborene Kind. Ich war stärker als die Kirche & Co!

»Gott, was ist das alles verlogen«, schrie ich. »Ich hasse euch alle, ihr bigotten scheinheiligen Brüder!«

Sie hatten ihn wieder unter ihrer Fuchtel. Das war das Allerschlimmste.

Und dann zog sich auch schon wieder alles in mir zusammen bei der Vorstellung, wo er sich jetzt wieder alleine durchschlagen musste, fastend und betend, irgendwo in der Einöde – mein armer, geliebter, hilfloser Mann, der diesem Leben nicht gewachsen war. Ich spürte dieses schmerzhafte Ziehen und wusste, es ging ihm nicht gut. Er litt genauso wie ich. Er konnte sich gegen diese ganze Bande bloß nicht zur Wehr setzen. Dieser Gedanke machte mich noch wahnsinniger!

»Ich liebe dich, du Feigling! O Gott, ich liebe dich so!«

17

Thalheim, 18. Juli 1983

Zu Hause wuchs die Wut. Ich brüllte und trat gegen Stuhlbeine, anschließend flogen mehrere Teller und anderer Hausrat.

Von unten klopfte jemand mit dem Besenstiel an die Decke, aber das war mir egal. Sollten sie doch die Polizei rufen und mich in eine Anstalt bringen!

Endlich reagierte ich mich ab, und das tat gut. Das Dulden, Büßen und Schlechtfühlen brachte mich auch nicht weiter. Ich tobte immer noch, als ich Schritte im Treppenhaus hörte. Es wurde laut an die Tür gedonnert.

»Was ist denn hier los?«

Plötzlich standen meine Eltern in der Tür. »Der Kleine hat uns angerufen – du bist am Durchdrehen!« Mein Vater sah mich mit einer Mischung aus Besorgnis und Strenge an.

Meine Mutter starrte auf das Schlachtfeld und die verstörten Kinder. Dann blieb ihr Blick an meinem Bauch hängen.

»Du bist ja schwanger!«, entfuhr es ihr. »Kind, in deinem Alter!«

Meine Eltern waren seit Weihnachten letzten Jahres nicht mehr hier gewesen und hatten von meinem ganzen Chaos nicht die geringste Ahnung gehabt.

Kraftlos sank ich aufs Küchensofa, und Sabine drückte mir ein nasses Handtuch auf die Stirn. Der Gefühlsausbruch hatte wie ein reinigendes Gewitter gewirkt. Ich fühlte mich zwar wie einmal zu heiß gewaschen und geschleudert, spürte mich aber wieder. Mein Anfall war wie ein Waldbrand, der verheerend wütet, aber letztlich gut ist, weil nun die neuen kleinen Pflanzen wachsen können. Ja, genau! Ich legte die Hände schützend auf meinen Bauch. Von nun an würde ich endgültig mit dem Thema Raphael abschließen und nicht mehr an diesen Schwächling denken.

»Ja, die Mama ist schwanger, und zwar von einem katholischen Priester.«

»Halleluja!«, entfuhr es meinem Vater. »Du lässt aber auch nichts aus.«

Natürlich kam das Thema wieder auf Manfred, der sechzehn Jahre älter, verheiratet und mein Chef gewesen war, bevor ich drei Kinder von ihm bekam. Jetzt war es eben ein Klosterbruder.

Während Sabine und meine Mutter die Scherben aufkehrten, und mein Vater sie zur Mülltonne trug, begann ich zu erzählen. Endlich redete ich mir alles von der Seele. Ich ließ nichts aus, auch nicht meine verzweifelten Versuche, Raphael zu finden, der wie vom Erdboden verschluckt war.

»Mädchen, Mädchen, Mädchen.« Mein Vater kratzte sich im Nacken.

»Carina, was diese Leute sagen oder wollen, geht uns nichts an.« Mutter begann, für einen Eintopf Kartoffeln zu schälen. »Aber du musst jetzt Vernunft annehmen und dein Ungeborenes beschützen, dich um deine Kinder kümmern.«

»Wann warst du das letzte Mal bei der Vorsorgeuntersuchung?« Vater schien sich überwinden zu müssen, so ein heikles Frauenthema überhaupt anzuschneiden.

»Gar nicht.« Ich putzte mir die Nase. »Das letzte Mal war ich kurz vor Jahresende beim Arzt, als mir angeboten wurde, das Kind gar nicht erst …« Nach einem kurzen Seitenblick auf Tommi, der an seinem Kuschelhasenohr drehte, wollte ich nicht näher darauf eingehen.

»Und seitdem nicht mehr? Aber Kind!«, erzürnte sich Mutter. »Du solltest wirklich mehr auf dich achten. Du bist viel zu dünn, das ist wirklich sträflich! Du solltest regelmäßig essen!«

Als wenn ich bei dem Stress Zeit und Lust dazu gehabt hätte!

»Und dieser feine … ähm … Ordensmann hat also den … ähm … Schwanz eingezogen.« Mein Vater bemühte sich, sich vor Tommi zu mäßigen. »Da hätte er sich mal vorher einen Knoten reinmachen sollen.«

»Eckhard, bitte!« Mutter knallte eine dicke Kartoffel auf die Anrichte und stach ihr die Augen aus.

»Für das Kind wird gesorgt sein«, sagte ich. »So stand es in dem Brief.«

Vater schüttelte den Kopf, und seine Augen wurden schmal. »Mit Geld will er sich aus der Verantwortung stehlen?« Seine Schläfenadern traten hervor. »Ich würde mir den komischen Heiligen nur zu gern mal zur Brust nehmen.«

»Ja, voll der Feigling«, knurrte Max. »Die Mama so im Stich zu lassen! Wenn ich den noch mal treffe! Dabei hat er so cool getan …«

Als alle auf ihn einhackten, wollte ich meinen geliebten Pater schon wieder verteidigen.

»Er hat den Zölibat abgelegt«, murmelte ich. »Er kann nicht anders.«

»Was für'n Bart hat der abgelegt?«, fragte Tommi. »Pater Raphael hat doch keinen Bart!«

»Zölibat«, erklärte ich meiner ratlosen Familie. »Mit seinem Eintritt in den Orden vor zweiundzwanzig Jahren hat er sich zur Ehelosigkeit verpflichtet. Zu Armut, Gehorsam und eben auch Keuschheit. Das sind die Spielregeln der Kirche, und er hat sich freiwillig darauf eingelassen!«

»Bescheuerte Spielregeln«, krähte Tommi. »Was ist Keuschheit?«

»Wenn du keinen Sex hast«, sagte Sabine.

»Hab ich ja auch nicht«, meinte Tommi ganz unschuldig.

Und genau auf diesem Niveau hielt die Kirche ihre Zöglinge meiner Meinung nach: Kinder wie Tommi sind ehelos, arm und gehorsam. Auf diesem Stand sollen die Priesteranwärter für immer bleiben, wenn sie mit neunzehn ihr Gelübde ablegen. Dabei können sie doch noch gar nicht ermessen, was sie da für den Rest ihres Lebens versprechen.

»Ja, was soll eigentlich der Scheiß? Damit verliert der Verein doch nur seine Mitglieder«, meinte Max ganz pragmatisch.

»Die Regel ist auch erst im späten Mittelalter eingeführt worden.« Ich seufzte laut. »Früher waren katholische Priester verheiratet, und es gab sogar Bischöfe, die bis zu zwanzig Kinder hatten. Aber Raphael hat mir mal erklärt, dass dieses Opfer ›um des Himmelreiches willen‹ von ihnen erwartet wird. Wie gesagt: Es hat ihn ja keiner dazu gezwungen. Er hätte nicht Priester werden müssen.«

»Seine blöde Mutter hat ihn dazu gezwungen«, meinte Sabine plötzlich.

Eisige Stille breitete sich in der Küche aus.

»Wie auch immer.« Inzwischen hackte Mutter die geschälten Kartoffeln kurz und klein. »Carina, du musst jetzt an dich denken. Sabine wird ab jetzt für dich kochen, und ich kümmere mich um Tommi. Deine Schwester wiederum wird mit dir zur nächsten Vorsorge gehen. Schließlich sind wir eine Familie und müssen zusammenhalten.«

Diese Einsicht kam zwar spät, aber immerhin.

Wegen meiner tiefen Traurigkeit und Verzweiflung ließ ich mich vom guten alten Dr. Wefing, von unserem Familienhausarzt krankschreiben.

»Sie sind jetzt in der wievielten Woche?«, fragte er mich besorgt über seine schwarz umrandeten Brillengläser hinweg.

»Es fehlen nur noch wenige Wochen.«

»Stattliches Bäuchlein. Darf ich?« Er fühlte daran herum: »Bewegt sich, scheint putzmunter zu sein, aber ich würde Ihnen eine Überweisung zum Ultraschall ausstellen, nur zur Sicherheit.«

Ultraschall war damals in der DDR durchaus noch nicht Standard, aber da ich aufgrund meines Alters eine Risikoschwangere war, wollte Dr. Wefing nichts übersehen.

»Aber in Ihrer Krankenakte steht, dass sie einen negativen Rhesusfaktor haben, daher sollten Sie den des Vaters kennen.«

Beunruhigt umklammerte ich den Rand der Patientenliege.

»Kenne ich aber nicht!«

Dr. Wefing zog die Stirn in Falten. »Ihre privaten Verhältnisse gehen mich ja nichts an. Aber den Rhesusfaktor des ... äh ... Erzeugers sollten wir für den Notfall schon wissen.«

»Herr Doktor, können Sie mir das schriftlich geben?«

»Aber selbstverständlich, es ist wichtig! Nötigen Sie den Mann!«

Mit der Krankschreibung in der Tasche verließ ich die Praxis. Wieder beutelten mich gemischte Gefühle. Einerseits war es beruhigend zu wissen, dass es dem Kind gut ging. Andererseits ... wie sollte ich jetzt an Raphaels Rhesusfaktor kommen? Obwohl ich Raphael inzwischen aufgegeben hatte, regte sich wieder ein winziger Hoffnungsschimmer.

Mit diesem ärztlichen Attest, in dem eindeutig stand, wie

wichtig es war, den Rhesusfaktor des Vaters zu wissen, würde ich den Kontakt zu Raphael doch erzwingen können?

Zu Hause machte ich mich mithilfe von Max und Sabine daran, Babybettchen und Wickeltisch aufzubauen. Dafür räumten wir Raphaels Sachen endgültig weg. Seine Klamotten wanderten in eine Kiste.

»Die schicke ich jetzt dem Superior mit der Bitte um Weiterleitung an Raphael.« Entschlossen brachte ich das Paket zur Post. »Und in einem Begleitbrief mitsamt Kopie des ärztlichen Schreibens bitte ich dringend um seinen Rhesusfaktor.«

Wenige Tage später rief mich Pfarrer Perniok an. »Der hochwürdige Herr Superior möchte Sie sehen. Kommen Sie bitte morgen um sechzehn Uhr in das Pfarrhaus!«

Oh. Endlich hatte sich was getan! Möglicherweise war Raphael gleich mit ihm gekommen, um mir seinen Rhesusfaktor zu verraten? Ärztliche Atteste konnten ja Wunder bewirken! Wieder dieser kleine Hoffnungsschimmer. Wenn ich ihn doch nur ein einziges Mal sprechen könnte – meinetwegen in Anwesenheit seines Vorgesetzten!

Mit einem merkwürdigen Ziehen im Magen machte ich mich am nächsten Tag auf den Weg, es waren ja nur ein paar Schritte.

Eva Maria Perniok öffnete mir, nicht ohne einen verächtlichen Blick auf meine beachtliche Kugel zu werfen, die ich in einem rüschenbesetzten Umstandshängerchen untergebracht hatte.

»Gehen Sie rein. Der hochwürdige Herr Superior erwartet Sie bereits.«

Oh. Sie siezte mich wieder.

Nach zaghaftem Anklopfen betrat ich den Raum, in dem

mich der geistliche Würdenträger schon einmal empfangen – oder sollte ich besser sagen »abgefertigt« hatte?

Diesmal war er allein. Von Pfarrer Perniok keine Spur.

Der oberste Ordensmann saß betend auf einem Stuhl und hatte das Gesicht hinter den Händen verborgen. Er verharrte in andächtiger Stille und schien mich nicht bemerkt zu haben.

Ich räusperte mich.

Nachdem der heilige Mann fertiggebetet hatte, legte er seine Hände akkurat auf die Knie, wie katholische Geistliche eben so dasitzen, wenn sie mit dem Beten fertig sind. Für alle Eventualitäten hatten die Vorschriften. Auch wie man die Hände hält, wenn eine Sünderin den Raum betritt.

Er sah mich eine Weile schweigend an, wobei er sich bemühte, meine Leibesfrucht zu übersehen. Würdevoll sprach er: »Ich wollte Ihnen Gelegenheit geben, mit mir zu sprechen.«

»Ja?« Suchend sah ich mich um. »Eigentlich habe ich mit Ihnen nichts zu besprechen, aber wenn Sie mir Gelegenheit geben würden, ein kurzes Gespräch mit Raphael zu führen, wäre ich Ihnen außerordentlich dankbar.« Ich räusperte mich schnell. »Ich meine, mit Pater von Ahrenberg. Mit dem hätte ich nämlich einiges zu besprechen.«

Herr ich bin nicht würdig, dass du eingehst unter mein Dach, schoss es mir durch den Kopf. Aber sprich nur ein Wort, so wird meine Seele gesund.

Nach kurzem Schweigen sprach der heilige Mann ein Wort, nur davon wurde meine Seele leider nicht gesund. »Nein.«

Mehr nicht! Einfach nur: »Nein.« Dann saß die Sphinx wieder da und schaute mich an.

»Es ist wegen seines Rhesusfaktors«, stieß ich hervor. »Ich habe Ihnen ein ärztliches Attest zukommen lassen, aus dem hervorgeht, dass diese Information im Notfall sehr wichtig ist.«

Der Herr Superior schwieg. Schließlich griff er in die Innentasche seines schwarzen Anzugs und holte einen Schrieb heraus. Den hielt er mir vor die Nase. Ich zuckte zusammen, und mein Mund wurde trocken. Es war Raphaels Schrift!

»Lesen Sie laut vor«, wies er mich an.

»Hiermit verzichte ich auf alle meine Sachen und persönlichen Gegenstände, die sich noch in der Wohnung von Frau Kramer befinden. Das gilt auch für jene Dinge, die mir per Post zugeschickt worden sind. Ich übergebe sie dem Orden oder überlasse sie Bedürftigen. Desgleichen gebe ich auf diesem Wege die Wohnungsschlüssel zurück, die Frau Kramer mir vorübergehend geliehen hatte.«

Der Superior legte die Schlüssel auf den Schreibtisch: Haustür, Wohnungstür. Das leise Klirren tat mir in den Ohren weh.

»Möchten Sie die persönlichen Dinge von Pater Ahrenberg Bedürftigen spenden oder dem Orden zur Verfügung stellen?«

»Der Rhesusfaktor«, flüsterte ich. »Das ist wichtig für mein Kind!«

»Frau Kramer. Lassen Sie uns beide jetzt mal ein ernstes Wort reden.«

Ich starrte ihn an. Mein Blutdruck schraubte sich in ungeahnte Höhen.

»Der Orden bietet dem Kind einen kostenlosen Platz in einem katholischen Waisenhaus an. Dann haben Sie mit diesen ganzen Belastungen nichts mehr zu tun. Kehren Sie in Ihr altes Leben zurück, der Herr wird Ihnen beistehen und Ihnen den Weg weisen.«

Er hob beide Hände, als wolle er sich jegliche Widerrede verbitten.

Ich schluckte trocken. In meinen Ohren rauschte es, und

ein schriller Ton schwoll zu einem lauten Alarmsignal an. Heute würde man sagen, ich hatte einen Hörsturz.

Mühsam stand ich auf. »Ein Waisenkind, das Vater und Mutter hat?!«

»Unser Herr ist sein Vater, und unter den Nonnen im Heim gibt es viele, die das Herz einer gütigen Mutter haben, denen das Muttersein aber verwehrt geblieben ist.«

Mir wurde schlecht. Ich sprang auf und kämpfte mit heftigem Schwindel. Ich musste mich an der Stuhlkante festhalten. Am liebsten hätte ich dem Herr Superior vor die Füße gespuckt.

Als die Kirchenglocken anfingen zu läuten, hielt ich mir die Ohren zu und rannte wortlos hinaus.

Wenige Tage später fand ich in der Post einen Brief von Raphael.

Carina,
ich habe in zehn Tagen einen Termin für eine Blutuntersuchung, die aus versicherungstechnischen Gründen von einer kirchlichen Institution durchgeführt werden muss. Anbei die Anschrift. Dein Arzt kann die erforderlichen Werte dann von dort einholen. Das ist der korrekte Amtsweg.

Carina, ich will die Gelegenheit nutzen, dir noch einmal mitzuteilen, dass ich in meiner Entscheidung frei war und bin.

Es hat mich dabei die Überzeugung geleitet, dass jede andere Entscheidung nur ein sehr kurzfristiges, brüchiges Glück zur Folge hätte und im Licht des christlichen Glaubens falsch wäre. Ich bin mir auch sicher, dass du das zutiefst in deinem Innern auch weißt. Carina, wichtig ist allein, dass wir durch diese irdische – oft so traurige Zeit – auf Christus zugehen und uns in jeder Situation wieder neu auf seine Liebe verlassen. Er allein kann aus Trümmern einen neuen Tempel (eine Stätte der Anbetung und des inneren Heils) errichten – sonst niemand, auch nicht die Liebe von Menschen zueinander. Sei in Christus, im Glauben an die heilende Kraft des Kreuzes gegrüßt. Raphael

Dieser Brief sagte alles für mich: Raphael hatte das irdische Leben verlassen und schwebte in irgendwelchen Sphären, in die ich weder vordringen konnte noch wollte. Ich war nicht mehr in der Lage, ihn zu verstehen, und wollte nichts mehr mit ihm zu tun haben.

Ich hatte mich in einen Verrückten verliebt. Im wahrsten Sinne des Wortes war sein Hirn vernebelt, sein Geist ver-rückt worden.

Dass er unser Kind als »kurzfristiges, brüchiges Glück« bezeichnete, half mir dabei, mich von ihm zu distanzieren.

So oder so: Wenn er zuließ, dass ihm jemand die Knarre an den Kopf hielt, damit er das schrieb, konnte er einem leidtun. Und wenn er das selbst geschrieben hatte, erst recht.

Während damals in der DDR reihenweise Menschen mit subtilsten Methoden dazu gezwungen wurden, irgendwelche Überzeugungen anzunehmen, spielten sich hier im Schoß der Kirche eindeutig vergleichbare Szenen ab.

Nur dass mir das in diesem Moment nicht so bewusst war, denn ich hatte andere Sorgen.

18

Thalheim, Ende Juli 1983

»Carina?«, rief Elke von unten herauf. »Mama sagt, ich soll mit dir zum Ultraschalltermin gehen.«

Wir hatten schon länger keinen engen Kontakt mehr, aber nachdem meine Eltern ihr Dampf gemacht hatten, stand sie mit ihrem Trabi vor der Tür.

»Ich bin sowieso gespannt, wie so ein Ultraschall funktioniert«, begrüßte sie mich, als ich kurz darauf die Treppe runterkam. »Das kriegen ja nur die feinen Leute.« Versöhnlich knuffte sie mich in die Seite. »Gut siehst du aus, kleine Schwester. Wenn das alles wahr ist, was du in letzter Zeit durchgemacht hast, kann ich nur sagen: Hut ab.«

»Sag lieber Bauch ab«, stöhnte ich. »Heute drückt mich der Murkel ganz arg.«

»Heißt er Murkel?« Elke kicherte. »Welcher Heilige war das gleich?«

»Ach Elke, die Heiligen können mir gestohlen bleiben.« Ich hielt mich an der Halteschlaufe fest, weil Elke sich gar so schnittig in die Kurven legte. »Vielleicht kriegen die Ärzte mit diesem Ultraschall sogar das Geschlecht raus! Auch wenn ich fühle, dass es ein Junge ist.« Immer wieder sah ich Raphaels braune Augen vor mir, sein geliebtes Gesicht, das mir gütig zulächelte. Wütend versuchte ich es auszuradieren.

Kurz darauf lag ich mit meinem prallen Bauch auf der

Liege. Der Nabel hatte sich bereits deutlich nach außen gewölbt. Elke starrte darauf und meinte anerkennend: »Da war aber wirklich der Heilige Geist im Spiel!«

»Wie bitte?« Die Ärztin führte den Ultraschallkopf über die riesige Kugel und suchte nach Schneegestöber.

»Ach nichts«, murmelte ich und warf Elke einen bösen Blick zu.

»Also, zwei sind es mindestens.« Die Ärztin starrte konzentriert auf den Bildschirm. »Wenn nicht sogar drei!«

»Was sagen Sie da?« Mein Kopf schnellte in die Höhe. Vor meinen Augen kreisten bunte Sterne.

»Heilige Dreifaltigkeit!«, entfuhr es Elke.

»Ja, schauen Sie, hier ist ein Köpfchen, hier noch eines ... und das hier könnte auch eines sein. Aber vielleicht ist es auch nur der Popo von einem der beiden.«

Bevor die Nachricht bis zu mir durchgesickert war, öffneten sich schon wieder die Schleusen. Tränenbäche stürzten mir nur so aus den Augen.

»Das darf doch nicht wahr sein«, schluchzte ich. »Bitte lieber Gott, straf mich nicht so hart!«

Die Ärztin kam mit ihren Papiertüchern gar nicht mehr hinterher. Sie wischte auf meinem Bauch herum und versuchte gleichzeitig meine Tränenflut zu stoppen. »Aber, aber, nun reißen Sie sich mal zusammen!« Sie schnalzte mit der Zunge. »Wenn Sie schon Gott bemühen: Das ist doch keine Strafe, sondern ein Segen!«

»Jetzt reicht es aber wirklich mit den Hiobsbotschaften!«, heulte ich Rotz und Wasser.

»Sie spricht in letzter Zeit nur noch biblisch.«

Elke nahm meine Hand. Das hatte sie schon seit dreißig Jahren nicht mehr gemacht, und ich empfand es als tröstend.

Sie sah mich mit einer solchen Herzenswärme an, dass ich mich meiner Tränen schämte.

»Carina, die Ärztin hat recht! Zwillinge sind doch was Wunderbares!« Elke freute sich ein Loch in den Bauch. »Endlich wieder Leben in der Bude!«

»Wie soll ich die denn groß kriegen ohne Vater?«

»Rechts ein Busen, links ein Busen?«

»Wie, die Kinder haben keinen Vater?«, fragte die Ärztin, die immer noch im Schneegestöber zwischen Köpfen und Popos herumsuchte. »Ich kann Sie übrigens beruhigen: Es sind nur zwei.«

Ich heulte wie ein vergessener Hund vor dem Supermarkt.

»Das beruhigt mich kein bisschen!«

»Sie haben keinen Vater, aber ich schätze, das kann sich noch ändern«, raunte Elke ihr hinter vorgehaltener Hand zu. »Welcher Mann bleibt angesichts einer solchen Potenz im Kloster hocken?«

»Kloster? Na, Sie machen mir Spaß!« Die Ärztin half mir von der Pritsche.

Sie bat mich an ihren Schreibtisch, und Elke und ich nahmen auf den Stühlen Platz, die für glückliche werdende Eltern gedacht waren.

»Süße, reiß dich zusammen! Alles wird gut« Elke kriegte sich gar nicht wieder ein vor Freude, während ich heulend die Taschentuchpackung plünderte.

»Sie können schon bald mit der Geburt Ihrer Kinder rechnen. Alle sind wohlauf, der Rhesusfaktor des Vaters wäre allerdings ein Muss.«

»Hm?!«, machte Elke und half mir, den Pullover wieder über die Plauze zu ziehen.

»Der Superior verlangt, dass ich sie ganz umständlich auf

dem Amtsweg erfahre«, jammerte ich. »Aber dafür ist doch gar keine Zeit mehr!«

»Der Superior kriegt einen aufs Maul«, sagte Elke.

Ich wunderte mich, dass der Kontakt abgerissen war. Sie war wirklich schwer in Ordnung!

Heulend schleppte ich mich zu Hause die Treppe rauf.

»Hier muss heute niemand mehr wischen«, meinte Elke pragmatisch.

Die Kinder saßen auf der Dachterrasse und sprangen erschrocken auf. »Ist was nicht in Ordnung, Mami?«

»Es werden Zwillinge«, ächzte ich.

Statt wie ich in dumpfer Verzweiflung zu verharren, brachen auch sie in Jubel aus. »Wie cool ist das denn!«

»Wahnsinn, Zwillinge! Wie süß!«

»Der Pater hat's echt voll drauf, eh«, meinte Max und spuckte anerkennend über die Brüstung.

»Wir brauchen immer noch den Rhesusfaktor. Dringender denn je.« Erschöpft saß ich auf einem Stuhl. Der Hollywoodschaukel war ich nicht mehr zuzumuten.

»Mami, was ist, wenn Max einfach mal in diesem Leo-Konvikt anruft?« Sabine sah mich an, als hätte sie soeben einen Geistesblitz.

»Ja und dann? Sagen sie ihm den Rhesusfaktor auch nicht. Sobald mein Name da fällt, machen die doch die Schotten dicht.«

»Nein! Hör mir doch erst mal zu. Max hat eine richtig tiefe Stimme.«

»Ja und?« Ich stand wirklich auf dem Schlauch.

»Max gibt sich als Priesterseminarist aus und fragt nach Pater von Ahrenberg. Ganz neutral. Wo er ihn erreichen kann.

Wegen einer ... Diplomarbeit, keine Ahnung.« Sabine sah uns an, als hätte sie gerade den elektrischen Strom erfunden. »Er will bei ihm ... Dingens ... masturbieren, maturieren oder so. Was die da halt machen.«

»Sabine, du hast keine Ahnung, wovon du sprichst.«

»Voll geile Idee«, meinte Max. »Dieser Superior gehört verarscht.« Schon stand er auf. »Alles klar, Mama? Das ziehen wir jetzt durch.«

Mit zitternden Händen reichte ich ihm den Zettel mit der Telefonnummer.

»Sag ›Theodizee. Wie kann Gott das Leid zulassen‹.«

»Jetzt heul doch nicht schon wieder!«

»Nein, das ist das Thema deiner Examensarbeit. Falls die fragen.«

»Ach so.«

Kurz darauf hörte ich Max hochseriös telefonieren. Er stellte sich als Theologiestudent vor, der zum Thema, Dingens, Theo wir fahr'n nach Lodz – nein, das sagte er natürlich zum Glück nicht! – sein Examen bei Pater von Ahrenberg machen wolle.

Eine Ordensschwester am anderen Ende der Leitung gab ihm ohne Weiteres Auskunft.

»Wie heißt der Ort? Murksen bei Kleinheula? An der polnischen Grenze. Altersheim zum himmlischen Frieden. Alles klar. Kann man ihn dort einfach so besuchen? – Gut. Prima.« Er legte auf. An uns gewandt, sagte er grinsend: »Vielen Dank auch – mit sozialis ... äh ... christlichen Grüßen.«

Ich starrte ihn an. »Die haben dir gesagt, wo er ist?«

»Klar. Mami, das war voll einfach. Jetzt kannst du zu ihm fahren. Soll ich mitkommen?«

»Du ... du hast es rausgekriegt? Was ich wochenlang nicht geschafft habe?«

Schon wieder wollte ich weinen.

»Mami, ich nehme mir morgen frei, und ich fahr dich hin, okay? Aber tu mir einen Gefallen und heul nicht mehr.«

Es war eine lange Fahrt, und ich hätte es allein nicht geschafft. Mit meinem ausladenden Bauch passte ich gar nicht mehr hinters Lenkrad!

Mein Max fuhr die ganze Strecke. Wie es sich für einen Trabi gehört, machte er mitten in der Einöde zwischen einem gottverlassenen und einem noch gottverlasseneren Acker schlapp. Da standen wir.

Meine Zwillinge kugelten sich vor Glück, ihren Vater möglicherweise doch noch kennenzulernen, während ich mich in einem Schwebezustand zwischen Panik, Hoffnung, Verzweiflung und Sehnsucht befand. Ein totaler Ausnahmezustand, der das Adrenalin nur so durch meine Adern strömen ließ. Wahrscheinlich waren meine Zwillinge völlig im Rausch.

Max verschwand mit Benzinkanister, Ölkännchen oder sonst irgendwas in der Einöde und kam nicht wieder.

Ich hockte auf der Motorhaube des Trabis und umfing schützend meinen Bauch. »Heute, heute noch wirst du mit mir im Paradies sein«, ging mir eine Bibelstelle durch den Kopf.

Das waren die Worte Jesu zu einem Mörder, der seine Tat noch in letzter Sekunde bereut hatte. Kurz darauf starben beide, Jesus und der Mörder, am Kreuz.

Herr Pater, diese Dame sucht ein Kreuz.

Sollte Gott mir doch noch eine allerletzte Chance gegeben haben?

Lieber Gott, betete ich. Mach, dass ich ihn heute wiedersehe. Lass ihn zur Einsicht gelangen, dass er wirklich zu mir gehört. Zu seinen Kindern. Zu uns. Amen.

Nach einer ganzen Weile kam Max auf einem Trecker sitzend zurück. Ein Bauer machte sich fachmännisch mit Max am Motor zu schaffen, goss Öl auf seine Wunden oder Balsam auf sein Haupt, schenkte uns noch zwei säuerliche Äpfel und wünschte uns viel Glück. »Tapfere Mama«, sagte er grinsend, als er dreimal auf das Blechdach schlug.

»Das bist du«, sagte Max. »Mama, ich bin wahnsinnig stolz auf dich.«

»Meinst du, dass es gut ist, ihn so zu überfallen?«, fragte ich meinen Sohn, nachdem er weg war. Schon wieder nagten Zweifel und Schamgefühle an mir. »Er hat sich von mir losgesagt, und ich stalke ihn wie eine Fünfzehnjährige.«

»Mama!« Max schüttelte den Kopf. »Vergiss es. Du tust, was du tun musst.«

»Aber wenn er mich wegschickt?«

»Du tust es auch für die zwei da drin.«

»Oder sich verleugnen lässt?«

Der Bauer kannte mich nicht. Von wegen tapfer! In Wirklichkeit war ich ein Walross mit dem Selbstbewusstsein einer Nacktschnecke – so oft war ich inzwischen abgewiesen worden.

Nach sechs Stunden Fahrt erreichten wir diesen unsagbar abgelegenen Flecken namens Murksen bei Kleinheula. Es regnete in Strömen, als Max unserem alten Trabi noch einmal alles abverlangte. Das Alters- und Pflegeheim lag auf einem Hügel, dahinter kam schon die polnische Grenze. Es war ein schäbiges, altes Gebäude, der Eingang nur über zwei Bretter zu erreichen, die über Schlamm gelegt worden waren. Inzwischen war es dunkel geworden.

Hier sagten sich noch nicht mal Fuchs und Hase Gute Nacht. Sondern hingen tot über'm Zaun.

»Okay. Bist du bereit?« Max schälte sich aus dem Auto und pinkelte erst mal in die Gosse.

»Nein, ich sterbe vor Angst. Außerdem muss ich auch Pipi.«

Da weit und breit keine Menschenseele zu sehen war, schlug ich mich einfach in die Büsche. Dafür musste ich durch knöchelhohen Morast waten.

Vor dem Pflegeheim stand nicht nur unser Trabi, sondern auch ein wackeliges altes Modell mit der Aufschrift »Häuslicher Pflegedienst der Caritas«. Ich sah meinen Raphael schon damit in dieser Einöde herumfahren, Windeln wechseln, Gebisse putzen und zahnlose Opas füttern. Wenn der Wagen hier stand, war Raphael auch hier. Mein Herzklopfen steigerte sich ins Unermessliche.

Max balancierte indessen beherzt über die Holzbretter und verschwand im Innern des Pflegeheims. Als er wieder herauskam, drehte ich die Scheibe runter und sah ihn mit weit aufgerissenen Augen an.

»Das ist ein Altmännerheim. Die hier wohnen, haben es hinter sich!«

»Ist er da?«

»Ich habe mich als Student vorgestellt und nach Pater von Ahrenberg gefragt. Die alte Nonne hat ganz schön bescheuert aus der Wäsche geguckt, so nach dem Motto, wer will dieses gefallene schwarze Schaf denn hier in der Pampa besuchen?«

Max wischte sich die Hände an den Hosenbeinen ab.

»Aber ich hab gesagt, ›Theologie oder Theodizee‹ und ›Zölibart‹ und dass es ganz dringend ist.« Er zwinkerte mir zu.

»Ja, und?« Ich spähte hinaus, als würde ich an der Pforte zum Himmelreich stehen.

»Na ja, sie hat gesagt, er ist gerade bei einem Sterbenden, aber er kommt gleich.«

Uff. Schon wieder fühlte ich mich schrecklich schuldig. Raphael von einem Sterbenden wegzuholen, das war ja schon wieder volldreist von mir oder etwa nicht? Aber ich trug doch zweifach werdendes Leben in mir, an dem er nicht ganz unbeteiligt war. Das hatte doch wohl auch seine Berechtigung?

Klammen Herzens kurbelte ich die Scheibe wieder hoch und öffnete die Tür.

»Also gehe ich da jetzt rein?« Seitlich schälte ich mich aus dem Trabi.

»Das wäre so der Plan. Die Nonne ist auch schwer beschäftigt, im Vorraum ist eine Bank, da kannst du ungestört warten.« Max drehte mich in die richtige Richtung und half mir, die Bretter zu überwinden. Ich holte noch einmal tief Luft und öffnete die knarzende Tür. Lieber Gott, steh mir bei! Bitte lass alles gut werden. Lass den Sterbenden noch ein bisschen leben. Oder hol ihn schnell zu dir. Du weißt schon, was richtig ist.

Drinnen roch es muffig, nach Urin, alten Socken und alten Männern.

In der Ecke standen zwei Rollstühle, und als sich meine Augen an die Dunkelheit gewöhnt hatten, erkannte ich zwei zahn- und verständnislose alte Männer darin. Sie starrten mit leerem Blick auf den Fußboden.

»Hallo erst mal … Ich weiß nicht, ob Sie es schon wissen, aber ich bin die Carina und trage zwei Leibesfrüchte eures Paters unter dem Herzen.« Nein, das sagte ich natürlich nicht.

Sie waren ohnehin nicht an einem Gespräch mit mir interessiert, was mir ja nichts Neues war. Da stand ich im düsteren Vorraum und hörte mein Herz rasen. Was, wenn er mich nicht sehen wollte? Was, wenn er mir böse wäre wegen des Überfalls, ja sogar seinen Vorgesetzten um Hilfe riefe? Er war bei einem Sterbenden … O Gott. Das konnte dauern.

Max rauchte inzwischen draußen am Trabi eine Zigarette nach der anderen.

Endlich rumorte es im Treppenhaus, und plötzlich stand er vor mir.

Raphael. Mein Raphael. Er hatte eine Bettpfanne in der Hand und starrte mich an wie eine Außerirdische. Mein Herz wollte mir schier aus dem Mund fallen vor Aufregung.

Der Schock in seinem Gesicht wich einem unterdrückten Schluchzen, das in einen verhaltenen Freudenschrei überging.

»Carina!«

»Raphael! Sei mir nicht böse, aber ich konnte nicht anders ...«

Er fiel vor mir auf die Knie und schmiegte das Gesicht an meinen Bauch. In dem Moment schlugen die Zwillinge einen Purzelbaum, und er kriegte, was er verdient hatte: einen Kinnhaken. Ich musste gleichzeitig lachen und weinen. Mein Blutdruck war irgendwo bei über zweihundert.

Ich strich ihm übers Haar, hielt seinen Kopf, und wir beide küssten uns unter Tränen. Bis die Nonne kam und nach dem jungen Mann fragte, der Fragen zu seiner Examensarbeit habe und den Zölibat ablegen wolle. Raphael bat sie, die Bettpfanne zu übernehmen und nach dem Sterbenden zu schauen, dann nahm er mich mit in sein Zimmer, wozu er mich die enge Stiege hinaufschieben musste.

Es war eine winzige Kammer unterm Dach, spartanisch eingerichtet. Ein Bett mit kratziger Wolldecke, wie man sie damals in Jugendherbergen hatte, ein Waschbecken, daneben ein graues Handtuch wie das, mit dem er damals an Gründonnerstag seinen Jüngern die Füße gewaschen hatte, daneben eine hölzerne Kniebank vor einem Kreuz. Die Sonne brannte auf die schräge Dachluke, sodass die Luft extrem stickig war.

Noch nicht mal ein Tisch. Entweder knien oder liegen. Oder arbeiten.

Mit weit aufgerissenen Augen ließ ich seine Gefängniszelle auf mich wirken.

»Carina, ich gehe durch die Hölle.« Wir sanken auf sein schmales Bett und hielten uns an der Hand.

»Das passt ja gut«, versuchte ich einen trockenen Scherz. »Ich nämlich auch.«

Sein Blick zuckte immer noch geschockt zwischen meinem Gesicht und meinem Bauch hin und her.

»Jetzt ist es bald so weit. Was sollen wir nur tun?« Hatte er da gerade »wir« gesagt? Wieder so ein Hoffnungsschimmer.

»Ich brauche dringend deinen Rhesusfaktor. In meinem Alter bin ich eine Risikoschwangere und ...«

»Es tut mir so leid, Carina, es tut mir so wahnsinnig leid!« Raphael streichelte vorsichtig meinen Bauch. »Mein Gott, da drinnen ist ja was los!«

»Tja, sie freuen sich halt, ihren Vater kennenzulernen.« Ich lächelte schwach.

»Wer ... sie?« Sein Gesicht war ein einziges Fragezeichen.

Da ließ ich die Bombe platzen: »Raphael, es werden Zwillinge.«

Jetzt weinte Raphael schon wieder! Er war einfach völlig überwältigt.

»Meine arme Carina, was musst du durchgemacht haben!«

Eigentlich wollte ich angesichts dieser Räumlichkeiten dasselbe zu ihm sagen, aber Mitleid war jetzt fehl am Platze.

»Warum hast du denn nicht wenigstens mal angerufen?« Diesen leisen Vorwurf konnte ich ihm nicht ersparen.

Ich hatte ihn seit der Abreise zu seiner Mutter nicht mehr gesehen!

Zum ersten Mal erfuhr ich, was Raphael in Trier bei seiner angeblich kranken Mutter wirklich widerfahren war.

Sie und die Verwandten hatten ihn klein gemacht und völlig zusammengefaltet: Was er der Familie und ihrem Ruf antue. Wie undankbar und egoistisch das gegenüber seiner Mutter sei, die alles getan hatte, um ihm das Theologiestudium zu ermöglichen. Die um des Herrn Christus willen seit seinem neunzehnten Lebensjahr auf ihn verzichtet hatte! Auch Abraham habe zwar schon seinen Sohn Isaak geopfert, aber ihr Opfer sei viel größer gewesen, schließlich habe sie nur diesen einen Sohn! Ja, es wurde sogar Gott bemüht, der seinen einzigen Sohn Jesus geopfert hatte, um die Sünden der Welt zu tilgen. Und was tue er? Selber sündigen! Aber hallo! Selbst die Flucht aus Pommern damals habe sie nicht so mitgenommen wie dieser entsetzliche Sündenfall. Ein durchtriebenes Satansweib habe die reine Seele ihres Sohnes! Und das Schlimmste war: Was sollten denn die Leute dazu sagen? Dagegen sei der Sündenfall im Paradies ja die reinste Lappalie!

Er schulde es seiner Mutter und Mutter Kirche, sofort von diesem Weib zu lassen und in Demut und Reue zu seiner kirchlichen Mission zurückzukehren.

Bekanntlich hatten die Verwandten schleunigst alle möglichen Priester, Ordensbrüder, ja sogar den Bischof mobilisiert, um ihn auf den rechten Weg zurückzubringen.

Die hatten beratschlagt, wie mit dem schwarzen Schaf, dem gefallenen Sünder, zu verfahren sei. Und beschieden, ihn so weit weg wie möglich von den Fängen der giftigen Verführerin unterzubringen.

Dann hatte die Kirche ihre größte Waffe aufgefahren: Sie wollten Raphael im Westen in ein Kloster stecken! Mit ausdrücklicher Einwilligung der DDR-Behörden! Die Kirchenmänner hatten sogar die Macht, die Mauer zwischen Ost und West dazu zu benutzen, Raphael von mir fernzuhalten. Was für innere Qualen Raphael bei alldem ausstand, war sowohl seinen Verwandten als auch seinen Ordensbrüdern egal. Sie betrachteten ihn als ihren Besitz und verteidigten ihn mit Zähnen und Klauen gegen die »Sünde des Fleisches«. Wobei sie ihm natürlich einredeten, dass sie nur sein Bestes wollten. Dass er ihnen eines Tages dafür dankbar sein werde. Wenn er seiner Sinne wieder mächtig sei.

Am Ende war er sich so schlecht und undankbar vorgekommen, dass er allen Entscheidungen, die für ihn getroffen wurden, zustimmte. Er unterschrieb alles, was man ihm vorlegte. Nur die eine Unterschrift, die konnte er nicht leisten.

Wofür andere DDR-Bürger damals Kopf und Kragen riskierten, nämlich die endgültige Ausreise in die BRD – Raphael verweigerte sie. Mit seiner Rückkehr in die DDR, und sei es nach Murksen bei Kleinheula an der polnischen Grenze, wollte er sich doch noch ein Hintertürchen offen halten, mich eines Tages wiederzusehen.

»Bevor ich in den Westen ausgereist wäre, hätte ich mich auf jeden Fall noch einmal bei dir gemeldet«, versicherte er mir unter Tränen. »Ach Carina, ich bin so furchtbar in der Zwickmühle!«

Ja, und nicht nur du!, dachte ich.

»Der Ausreiseantrag lag den Behörden bereits vor – aber wie gesagt, ich habe nicht unterschrieben.«

Da hatten sie ihn in den Osten zurückgeschickt. Hüben wie drüben wurde er abgeschirmt und überwacht. Er hatte keine Chance, mir zu schreiben, nur die beiden Briefe, die seine Oberen gelesen hatten. Telefonate waren ihm nicht gestattet. Er hatte bei Gott schwören müssen, keinen Kontakt mehr zu mir aufzunehmen. Irgendwann hatte man ihn aufgefordert, »Blut zu spenden, damit die Dame endlich Ruhe gebe«. Der Superior hatte ihm das Paket mit seinen Sachen nie ausgehändigt, sondern ihn nur aufgefordert, meine Wohnungsschlüssel wieder abzugeben.

Das alles erzählte er mir unter Tränen, während wir gemeinsam auf seinem schmalen Bett saßen und uns an den Händen hielten.

Und ich erzählte ihm meine Version: dass sie unser Kind – und nun waren es zwei! – in ein katholisches Waisenhaus stecken wollten!

»Dabei haben sie Vater und Mutter, die sie lieben!«

Raphael war erschüttert.

Es klopfte.

Die Pflegenonne steckte den Kopf zur Tür herein: »Herr Pater, der junge Mann steht schon eine ganze Weile unten im Flur! Aber jetzt passt es wohl schlecht?«

Erschrocken sah sie uns in so vertrauter Haltung auf dem Bett sitzen, und da ging ihr wohl ein Licht auf. Eine Hochschwangere, heulend an ihren Pater geschmiegt, dessen Hand auf ihrem Bauch ... Jetzt wurde ihr auch klar, warum es diesen schönen Mann mit Doktortitel in ihr schäbiges Altersheim verschlagen hatte!

»Soll reinkommen.«

Max begrüßte Raphael verlegen mit Handschlag. »Tag, Alter. War ja nicht so einfach, dich zu finden.«

»Max, es tut mir so leid, was passiert ist ...« Raphael wischte sich immer noch die Augen. »Ich werde endgültig bei euch bleiben, Verantwortung übernehmen ... und meinen Dienst in der Kirche quittieren.«

Max war sichtlich verlegen. Seine Mutter hatte er in den

letzten Wochen ständig heulen sehen, aber dass der Grund dafür jetzt auch noch heulte ...

»Ja ja«, brummte Max. »Wenn du jetzt wirklich zu deinem Wort stehst, kann Mama endlich ihre Zwillinge kriegen. Und wenn nicht, hau ich dir eines Tages echt eine rein.«

Er schlug wie ein Halbstarker mit der Faust gegen die flache Hand.

»Max!«, rief ich erschrocken aus. »Wie redest du denn mit ihm!«

»Ja, wie behandelt er dich denn! Wenn er dich nicht beschützt, tu ich es!«

Die Nonne klopfte noch einmal und brachte Limonade. Das fand ich wahnsinnig nett von ihr. Sie war eben eine Pflegenonne in einem Altmännerheim, und wo Tränen flossen und mit Fäusten gedroht wurde, gab es eben ein tröstendes Getränk: im Winter Kakao und im Sommer Limonade.

»Herr Pater, wollen Ihre Gäste heute hier nächtigen?«

»Nein, nein, wir müssen nach Hause. In dieses Loch kriegen mich keine zehn Pferde.« Obwohl es inzwischen acht Uhr abends war, wollte ich unbedingt zurück zu den Kindern. Max hatte sich zwar für heute freigenommen, musste aber morgen früh wieder in seiner Kfz-Werkstatt auf der Matte stehen. Es gab keine öffentlichen Verkehrsmittel, beim besten Willen nicht. Außerdem konnte es wirklich bald losgehen mit der Geburt der Zwillinge – nach all der Aufregung! Ich sah mich schon wie Maria und Josef den nächsten Stall beziehen. Ich fand, die hatten nicht so viel durchgemacht wie wir.

»Kommst du mit?« Hoffnungsvoll stand ich auf und drückte den schmerzenden Rücken durch.

Abwartend sahen wir Raphael an. In dem Moment gellte ein jämmerlicher Schrei aus einem der Räume.

»Herr Pater, es geht zu Ende.« Die Nonne rannte schon.

»Der alte Konrad braucht mich.« Raphael zog mich an sich und streichelte noch einmal meinen Bauch. »Ich komme, so schnell ich kann. Aber jetzt muss ich den alten Mann auf seinem letzten Weg begleiten. Er hat entsetzliche Schmerzen.«

Max und ich wechselten einen erschütterten Blick.

»Kommst du auch wirklich?«, fragte Max. »Weil irgendwelche leeren Versprechungen kann Mama jetzt echt nicht mehr wegstecken. Und ich auch nicht.«

Mir drohten die Beine wegzuknicken. Max stützte mich.

»Ja. Aber ich habe dem alten Konrad versprochen, in seiner letzten Stunde bei ihm zu sein.« Raphael sah mich flehend an. »Ich werde ihm die letzte Ölung geben und ihn in Frieden hinübergeleiten. Vertrau mir, Carina. Noch ein letztes Mal!«

Erstaunlich gefasst ging ich mit Max zum Auto zurück.

Raphael hatte mir wieder mal sein Wort gegeben. Er hatte auch Gott sein Wort gegeben. Welches sollte er brechen? Er saß in der Falle wie ein gefangenes Tier. Aus ihr gab es kein Entrinnen.

Die Strafe für den Sündenfall.

Oder sollte jetzt doch noch alles gut werden?

Ich lehnte die Stirn an die kühle Scheibe und starrte hinaus in die Dunkelheit. Die mangelnde Federung des Trabis schüttelte mich und meine ungeborenen Kinder durch.

Und die Erde war wüst und leer.

Schweigend fuhr Max zurück. Endlose sechs Stunden, in denen ich versuchte, das Erlebte zu begreifen. Wieder legte ich mein Schicksal in Gottes Hand.

19

Thalheim, Anfang August 1983

Ich hatte in letzter Zeit ohnehin kaum geschlafen, aber nun schlief ich gar nicht mehr.

Extrem angespannt wartete ich auf ein Lebenszeichen von Raphael.

Er rief nicht an. Und er kam auch nicht. Was sollte ich nur den Kindern sagen?

Meine Eltern hatten Tommi wieder nach Hause gebracht. Sie fanden mich restlos verzweifelt vor. Mein Vater wetterte gegen dieses »mieses Stück«, das seine Tochter in so eine »beschissene Lage gebracht« und dann »feige im Stich gelassen« hatte. Max beteuerte, dass er Raphael glaubhaft versichert habe, ihm die Fresse einzuschlagen, wenn er sein Wort nicht hielte.

Wir riefen in Murksen bei Kleinheula an. Die Nonne beteuerte: Im Altersheim sei er nicht. Er habe vorgestern den Caritas-Wagen genommen und sei weggefahren. Er habe noch versprochen, den Trabi wiederzubringen.

Ja, er hatte schon viel versprochen.

Oder ließ er sich verleugnen? Und stand neben der Nonne, der Feigling?

»Ach, der Schweinepriester hat doch kein Rückgrat«, entfuhr es meinem entrüsteten Vater.

Meine Mutter weinte mit mir. »Kind, dass dir so etwas

Schreckliches passieren muss! Das mit Manfred war ja schon schrecklich, aber das hier ist noch viel schrecklicher!«

Immerhin wuchsen wir als Familie wieder ganz fest zusammen.

So elend hatte mich noch keiner von ihnen je erlebt. Ich fühlte mich wie durch den Wolf gedreht.

Er war wieder wie vom Erdboden verschluckt. Wie konnte er mir das antun! Er hatte doch gesehen, in welchem Zustand ich mich befand!

»Kind, du musst dein Leben jetzt endgültig selbst in die Hand nehmen«, sagte meine Mutter mit verweinten Augen.

»Den kannst du vergessen«, setzte mein Vater nach.

Max versicherte mir, alles nach ihm abzusuchen und ihn gründlich zu vermöbeln.

»Bestimmt machen die ihm wieder die Hölle heiß«, versuchte ich ihn noch zu verteidigen. »Wenn ihr wüsstet, was er alles durchgemacht hat!«

»Ja, aber er hätte dich wenigstens anrufen können. Sich so sang- und klanglos aus dem Staub zu machen ist wirklich das Allerletzte!«

»Schau nach vorn, Carina«, beschwor mich meine Mutter. »Du hast jetzt die Verantwortung für fünf Kinder. Du musst stark wie eine Löwin sein! Schmink ihn dir endlich ab. Er ist deiner nicht wert!«

Sie hatte recht. Meine Kinder hatten es nicht verdient, eine so jämmerliche Mutter zu haben! Wann würde ich endlich wieder stark genug sein, ihnen beizustehen statt umgekehrt?

Am Nachmittag des dritten Tages nach unserer Rückkehr klingelte das Telefon.

»Wenn er es ist, will ich gar nicht mit ihm reden.«

Sabine ging dran, und eine amtliche Männerstimme verlangte mich zu sprechen.

»Da will dich wieder einer fertigmachen, Mama!«

In der Annahme, dass es wieder irgendein Oberpriester wäre, der mir nun eine Moralpredigt halten und mir drohen würde, sollte ich dem Pater noch mal zu nahe treten, hielt ich die Augen geschlossen und den Atem an.

»Kramer.«

»Städtisches Krankenhaus, Dresden. Oberarzt der Unfallchirurgie. Spreche ich mit Frau Carina Kramer?«

»Ja?« Aus meinem ausgedörrten Hals kam nur ein heiseres Krächzen.

»Wir haben hier einen Raphael von Ahrenberg, der seit seinem Aufwachen nach der Notoperation nichts anderes von sich gibt als Ihren Namen.« Mir wurde schwarz vor Augen. Die Beine sackten mir weg.

Geistesgegenwärtig schob Sabine mir einen Stuhl in die Kniekehlen.

»Notoperation? Was ist denn passiert?«

»Der Patient hatte einen Autounfall. Näheres wissen wir noch nicht. Wir prüfen gerade, ob wir Ihnen Auskunft geben dürfen. Auf die Frage nach Angehörigen, die wir benachrichtigen können, hat er nur Ihren Namen genannt. Kennen Sie diesen Mann?«

Ich fasste mir an den Hals und schnappte nach Luft. Vor meinen Augen tanzten schwarze Kreise, und der schrille Dauerton in meinem Ohr schwoll wieder an. Ein Autounfall?

»Ja, ich kenne ihn.«

»In welchem Verhältnis stehen Sie zu ihm? Sind Sie eine Verwandte?«

»Ich bin seine … Er ist mein … Wir erwarten Zwillinge. Ich

bin im neunten Monat.« Diese alles entscheidenden Worte waren mir einfach so herausgepurzelt.

»Warten Sie bitte.« Am anderen Ende der Leitung wurde offensichtlich leise diskutiert. Ich hörte Satzfetzen wie: »Schnellstmöglich aufnehmen … kriegt Zwillinge … In seinem labilen Zustand kann man nie wissen … Krankentransport.«

»Frau Kramer?!«

»Ja?«

»Können Sie noch selbst kommen? Oder sollen wir Ihnen einen Wagen schicken?«

»Ja darf ich denn zu ihm? Wie geht es ihm denn überhaupt?«

»Den Umständen entsprechend gut. Schädel-Hirn-Trauma, Knochenbrüche, Prellungen. Er ist zwischenzeitlich ansprechbar. Er fragt nur nach Ihnen.« In dem Moment spürte ich ein scheußliches Ziehen und presste mir die Hände auf den Bauch: »Bitte schicken Sie einen Wagen … schnell!«

Drei Stunden später saß ich bei meinem geliebten Mann am Bett.

»Raphael! Mein Gott, was haben sie denn mit dir gemacht?!« Ich konnte einfach nicht glauben, dass das ein ganz normaler Unfall gewesen war.

Im Rollstuhl wurde ich an sein Bett geschoben.

Zwei Sanitäter hatten mich liegend nach Dresden ins Krankenhaus transportiert. Nach einer kurzen Untersuchung durfte ich zu ihm.

Er war auf dem Weg zu mir gewesen! Er hatte mich nicht im Stich gelassen!

Raphael lag in einem Vierbettzimmer – mit Halskrause, einem Arm in einer Schlaufe und einem Bein in Gips. Sein

Kopf war bandagiert, und sein Gesicht zierten mehrere Blutergüsse und Platzwunden.

»Carina!« Er konnte mir kaum das Gesicht zuwenden, so sehr schmerzte ihn jede Bewegung. Seine aufgesprungenen Lippen flüsterten immer wieder meinen Namen. »Carina! Was machst du denn hier? Geht's dir gut?«

»Liebster!« Trotz aller Schwierigkeiten beschloss ich, dass es an mir war, mich aus dem Rollstuhl zu erheben und ihm einen vorsichtigen Kuss auf die Lippen zu drücken. »Die Frage ist, wie es DIR geht! Was haben sie dir angetan?«

Wir weinten beide, fassungslos über den Albtraum, aus dem wir einfach nicht zu erwachen schienen.

Eine Schwester zog diskret den Vorhang zu, sodass wir endlich mal allein sein konnten. Trotz Schnabeltasse und Bettpfanne fühlte ich mich zu ihm hingezogen wie eh und je! Sein linkes Auge war schwarzblau, als hätte ihm jemand ein Veilchen verpasst.

Raphael hatte noch einen Denkzettel von der Kirche bekommen, da war ich mir sicher.

»Da ist jemand in mich reingefahren, mit voller Absicht.«

Wie ein Walross ließ ich mich in meinen Rollstuhl zurückfallen. Auch ich hatte eine Kanüle am Arm, über die ich Wehenhemmer bekam.

»Was ist passiert, um Himmels willen?«

»Ich habe mich direkt nachdem der alte Konrad gestorben war, mit der Nonne besprochen. Die hatte vollstes Verständnis und hat gesagt, ich soll den Trabi nehmen, den wir für die häusliche Pflege benutzen.«

»Ja, den habe ich gesehen.«

»Dann habe ich vom Büro aus den Superior angerufen und ihm gesagt, dass ich zu der Frau zurückkehre, die ich liebe und die Zwillinge von mir erwartet. Dass ich jetzt endlich für sie Verantwortung übernehme und mich niemand mehr davon abbringen kann.« Er verstummte und stöhnte vor Schmerz, alle Farbe wich ihm aus dem Gesicht. Plötzlich hatte ich panische Angst, er könnte sterben. Geistesgegenwärtig stützte ich ihn und gab ihm aus der Schnabeltasse zu trinken.

»Pssst, ganz ruhig, Liebster!«

»Dann habe ich ihm gesagt, dass ich mir jetzt den Pflege-Trabi ausleihe, weil es sich um einen Notfall handelt. Ich werde ihn so schnell wie möglich zurückbringen. Die Schwester wisse Bescheid.«

»Was hat er daraufhin gesagt?«

»Dass ich das auf keinen Fall machen darf. Dass er mir das ausdrücklich verbietet. Ich habe aufgelegt.«

»Großartig. Das war sehr stark von dir!«

»Dann kam ich fast bis nach Dresden. In der Nähe des Priesterseminars Johannismarienhütte, wo du mich mal besucht hast, stand ich an einer Ampelkreuzung und wollte gerade bei Grün losfahren, als mir plötzlich seitlich jemand reingerast ist.«

Ich schlug die Hände vors Gesicht und hielt die Luft an.

»Weißt du so ein schwerer, russischer Saporoshez, der nicht umsonst ›Kolchosentraktor‹ genannt wird.«

Ich starrte ihn an. Seinen maroden Caritas-Trabi hatte ich ja gesehen. Der war natürlich sofort ein Wrack.

»Mit Vollgas ist der direkt auf mich zu, und wäre dieser lahme Trabi nur eine Sekunde schneller gewesen, hätte es mich voll erwischt. Durch Gottes Segen hat er nur die vordere Flanke erwischt und mich nicht zu Brei gefahren. Ich habe mich zweimal um die eigene Achse gedreht und bin dann über dreihundert Meter von der Straßenbahn mitgeschleift worden.

Ich höre jetzt noch ihr schrilles Klingeln, das Schreien der Leute und ...«

»Pssst!«, machte ich. »Pssst, mein Liebster, es ist ja alles noch mal gut gegangen, und jetzt bin ich hier bei dir!«

Raphael war völlig durch den Wind.

»Nur durch ein Wunder bin ich noch am Leben«, schluchzte er. »Stell dir bloß mal vor, ich wäre im letzten Moment doch noch gestorben!«

Ich musste auch weinen. Die armen Zwillinge wären fast doch noch zu Halbwaisen geworden!

»Da steckt doch Absicht dahinter!«

»Es fällt mir unendlich schwer zu glauben, dass die Kirche hinter diesem Anschlag steckt. Aber heute Morgen hat der Bischof hier im Krankenhaus angerufen und nach meinem Befinden gefragt. Und ich frage mich, woher der überhaupt von dem Unfall weiß.«

Fassungslos schüttelte ich den Kopf. Dafür gab es allerdings keine Erklärung.

»Ja! Und dass ausgerechnet du das Opfer bist.«

»Er hat behauptet, ein Straßenbahnfahrgast hätte mich erkannt und sofort das Kloster angerufen.«

»Das ist aber wirklich weit hergeholt. Andererseits – wenn der Unfall wirklich in der Nähe des Priesterseminars passiert ist ...«

»Ich kann auch nicht glauben, dass die wirklich so weit gehen. Der Unfallverursacher ist auf jeden Fall über alle Berge.« Mit schmerzverzerrtem Gesicht fasste er sich an den Kopf. »Ich darf mich nicht so aufregen, der Kopf tut mir so weh ...«

»Und mir tun Rücken und Bauch so weh ...« Da spürte ich, wie mir etwas Warmes die Beine hinunterlief. »Oje, ich glaube, mir ist die Fruchtblase geplatzt!«

Die Schwester schob energisch den Vorhang zurück. »Ende der kleinen Plauderstunde. Wir bringen Sie jetzt auf die Entbindungsstation.«

Raphael nahm meine Hände und drückte sie. »Carina, Gott hat uns heute hier zusammengeführt. Das war bestimmt kein Zufall. Das war sein Wille.« Er lächelte mich an: »Jetzt können die Prinzen kommen!«

Die Wehenhemmer wurden abgesetzt, und dann ging es auch schon heftig los.

Drei Stunden nach diesem Gespräch erblickten unsere Zwillinge das Licht der Welt. Um kurz nach acht Uhr abends wurde Christian geboren. Es war ein hartes Stück Arbeit, immer wieder pressen und pressen, bis ich dachte, ich schaffe es nicht mehr. Aber er wog zweitausenddreihundert Gramm und schrie sofort! Eine Schwester eilte gleich mit ihm davon.

»Und jetzt noch mal, Frau Kramer, geben Sie alles!«

»Ich schaffe es nicht mehr!«

»O doch! Denken Sie an den Vater des Kindes, der hier im selben Haus liegt und jetzt so gern bei Ihnen wäre!«

Das gab mir die nötige Kraft. Er war dem Tod von der Schippe gesprungen, und ich würde ihm auch noch seinen zweiten Sohn schenken.

Noch einmal Anstrengung bis zur totalen Erschöpfung, aber dann hatte ich auch das zweite Menschlein herausgepresst: Matthias. Er wog sogar vierzig Gramm mehr als sein Bruder, hatte ihm aber galant den Vortritt gelassen!

Ich hatte sie beide wie schon meine anderen Kinder ohne Schmerzmittel auf natürlichem Wege zur Welt gebracht. Was Frauen doch alles aushalten und leisten können!

Überglücklich und restlos erledigt hielt ich abends um

neun meine beiden Söhne im Arm. Gebadet und in hellblauen Stramplern, die ihnen viel zu groß waren. Sie beide bissen in ihre Fäustchen, hatten die Augen zusammengekniffen und stießen maunzende Laute aus.

»Fühlen Sie sich bereit für Besuch, Frau Kramer?«

»Nein. – Ich meine, ja!«

Und da wurde mein Raphael auch schon im Rollstuhl hereingeschoben!

Die Hebamme und die Schwestern kämpften selbst mit den Tränen, als sie uns sahen: sein Rollstuhl neben meinem Bett, wir beide Hand in Hand.

Jeder von uns hatte so ein winziges Menschlein im Arm, und wir schauten fassungslos auf diese zwei kleinen blauen Wunder, die ausgerechnet in Dresden zur Welt gekommen waren. Wir konnten gar nicht aufhören zu weinen – aber diesmal vor Glück!

»Eine wunderbare Geburt, ganz ohne Komplikationen. Herr von Ahrenberg, Ihre Frau hat das wirklich toll gemacht!« Die Hebamme räumte ihre Utensilien weg. »So eine tapfere Mutter haben wir ganz selten. Aber Sie sind ja schon erfahrene Eltern, nicht wahr?«

»Ja, besonders er.« Ich verbiss mir ein Lachen. Mein Dammschnitt tat mir noch zu weh.

Unter Tränen strahlte mich mein lädierter Mann an.

»Das hast du großartig gemacht, Carina. Ich bin so unendlich stolz auf dich!«

»Und ich bin stolz auf dich!« Wir lagen uns in den Armen, ganz vorsichtig.

»Wir bringen die beiden Knirpse jetzt zur Vorsicht noch auf die Frühchenstation.«

Behutsam nahm die Kinderschwester uns die Winzlinge

wieder weg, legte sie in ein fahrbares Aquarium und schob sie davon. »Morgen dürfen Sie sie wieder besuchen.«

Wegen der ganzen Aufregung waren unsere beiden Söhne etwas zu früh gekommen. Aber wir lebten, alle vier. Und waren zusammen. Hoffentlich ab jetzt für immer.

20

Dresden, Mitte August 1983

In den nächsten Tagen besuchten wir uns gegenseitig am Krankenbett. Einer saß im Rollstuhl, der andere im Bett. Immer wieder besprachen wir die jüngsten Vorkommnisse. Wir hatten ja unheimlich viele Wissenslücken zu schließen! Je mehr ich erfuhr, wie sehr man Raphael mit Intrigen, Drohungen, Vorwürfen, Bußübungen und Ausschluss aus der Gemeinschaft zugesetzt hatte, desto leichter konnte ich ihm verzeihen.

Der Bischof meldete sich erneut im Krankenhaus und fragte – scheinheilig? – nach Raphaels Befinden.

Raphael ordnete an, keine Auskunft zu erteilen und keinen Besuch vorzulassen, außer »seiner Frau«.

Dann bekam er plötzlich Post von der Abteilung der Inneren Sicherheit nachgesandt. Darin stand, er dürfe nach seiner Genesung sofort in den Westen ausreisen. Obwohl er den Antrag gar nicht unterschrieben hatte – das musste dann wohl der Bischof für ihn erledigt haben.

Es war bestimmt kein Zufall, dass beide Institutionen kurz nach der Geburt unserer Söhne hier im Krankenhaus aufschlugen.

Vielleicht hofften sie, Raphael hätte beim Anblick der Zwillinge kalte Füße gekriegt?

Oder die Reize des Westens würden ihn mehr locken als meine?

Sie wollten uns immer noch trennen! Unfassbar! Innerlich schnaubte ich vor Wut.

»Schreib dem Bischof einen Brief«, forderte ich. »Die Sache mit dem Unfall können wir nicht beweisen. Aber du distanzierst dich jetzt mit klaren Worten, und zwar endgültig! Komm, ich helfe dir dabei.«

Raphael tat sich wahnsinnig schwer damit. Für ihn war der Bischof immer eine Vaterfigur gewesen, und er hatte sich ihm bisher bedingungslos gefügt. Wie früher seiner Mutter.

Im Bett sitzend schrieb er auf seine höfliche, respektvolle Art:

Sehr geehrter Herr Bischof,

es tut mir leid, Ihnen mit diesen Zeilen Schmerz und Enttäuschung zu bereiten.

Meine vor Monaten getroffene Entscheidung, im priesterlichen Dienst zu bleiben, muss ich hiermit korrigieren. Da jede denkbare Lösung die Erwartungen der jeweils anderen am Konflikt beteiligten Partei enttäuschen wird, habe ich mich um eine verantwortliche Lösung bemüht. Und einen endgültigen Entschluss gefasst. Ich wage fast zu sagen: Gott hat ihn gefasst. Ein klareres Zeichen konnte er gar nicht setzen: Wie Sie sicherlich wissen, wurden vor einigen Tagen meine Söhne geboren.

Ich ziehe zu Frau Kramer und unseren gemeinsamen Kindern – diesmal für immer.

Mir ist bewusst, dass ich Ihnen das nach all den vergangenen Bemühungen ihrerseits schwerlich einsichtig machen kann. Auch das Angebot, in den Westen auszureisen, muss ich dankend ablehnen. Ich habe den Antrag bei der Abteilung

Inneres nicht gestellt. Mein Platz ist nun definitiv an der Seite meiner Frau und Kinder.

Ihren gut gemeinten Vorschlag, Frau Kramer sowie das Kind/ die Kinder finanziell abzusichern oder diese in ein Waisenhaus zu geben, kann ich nicht akzeptieren. Für mich widerspricht das allem, was das Christentum ausmacht. Kindern die Eltern wegzunehmen und umgekehrt, hat nicht das Geringste mit Nächstenliebe zu tun, Herr Bischof.

Hochachtungsvoll,
Raphael von Ahrenberg

Doch damit war es noch nicht getan. Es galt, auch noch einen Brief an den Superior aufzusetzen und offiziell um die Entlassung aus dem Orden zu bitten.

An den Regional-Superior der Orden der Brüder Jesu

Betreff: Bitte um Entlassung aus dem Orden der Brüder Jesu.

Im Winter 1982 setzte ich Sie, sehr geehrter Herr Superior, von meiner Beziehung zu einer Frau in Kenntnis, die inzwischen Zwillinge von mir zur Welt gebracht hat.

Ich sprach bereits damals mündlich die Bitte um Entlassung aus dem Orden der Brüder Jesu aus und begründete diese einerseits mit meiner glücklichen Beziehung zu besagter Frau Carina Kramer, die damals noch nicht in anderen Umständen war, andererseits mit einer bereits vorausgegangen zunehmenden Zerrüttung meiner Beziehung zu dem Orden. Die seit damals verstrichene Zeit war durch verschiedene Bemühungen Ihrerseits, meine Ordensmitgliedschaft und meinen priesterlichen Dienst zu erhalten, gekennzeichnet,

*und wir beide können uns wahrhaftig nicht vorwerfen,
nicht alles versucht zu haben.*

*Doch heute erkläre ich hiermit alle diese Bemühungen –
inklusive der jüngsten Vorkommnisse! – für gescheitert.
Ich habe für mein weiteres Leben eine endgültige
Entscheidung getroffen und werde mich durch keine
noch so abenteuerlichen Versuche wieder davon abbringen
lassen.*

*Hochachtungsvoll,
Raphael von Ahrenberg*

*PS: Leider kann ich Ihnen aus gegebenem Anlass den Trabi
der Caritas nicht zurückgeben, dafür gebe ich Ihnen
das »Pater« und »BJ« zurück.*

Für diese beiden Briefe brauchte Raphael viele Stunden. Einerseits, weil ich ihn immer wieder unterbrach, um ihm gepfefferte Textvorschläge zu machen, da ich seine Formulierungen als immer noch viel zu sanft und höflich empfand. Andererseits, weil er die Briefe mit Links schrieb. Denn sein rechter Arm steckte ja leider in einem Gips.

Danach war Raphael restlos erschöpft – so sehr, dass er mich bat, seiner Mutter die Geburt der Zwillinge mitzuteilen. Er selbst hatte einfach nicht mehr die Kraft dazu.

»Bitte ruf du sie an, Carina! Wenn sie deine Stimme hört, wird sie deinem Charme erliegen. Ich schaffe es einfach nicht mehr, mir ihre Vorwürfe anzuhören.«

Ich war zwar auch ausgelaugt, aber wahrscheinlich immer noch die Stärkere.

Damals musste man ein Telefongespräch in den Westen beim Fernmeldeamt anmelden und dann die eigene Telefonnummer angeben – in diesem Fall die des Krankenhauses. Die war natürlich ständig belegt, sodass es dauern konnte, bis tatsächlich eine Verbindung zustande kam.

Daher hockte ich eine gefühlte Ewigkeit im Rollstuhl im Schwesternbüro, das man mir großzügigerweise zur Verfügung gestellt hatte – selbst noch mit Kanülen im Arm und einem nach wie vor schmerzhaften Dammschnitt –, um geduldig auf eine Verbindung mit meiner zukünftigen Schwiegermutter zu warten.

Für Raphael war ich bereit dazu: Er setzte so große Hoffnungen in dieses Gespräch!

Immer wieder klingelte das Telefon, und eine sächsische Krankenschwester riss den Hörer von der Gabel. Es waren Notfälle und, wie ich fand, viel wichtiger als das Gespräch, auf das ich wartete.

»Gähmse dem Gleen drei Dropfn in de Oaan«, hörte ich sie sagen. Oder: »Wie dolle gomm denn die Wäähn? – Na dann gommse mal zackich heaar.«

Innerlich konnte ich mich so ausführlichst auf das Gespräch vorbereiten. Folgendes wollte ich sagen, bevor ich sie überhaupt zu Wort kommen ließ:

Hallo erst mal, liebe zukünftige Schwiegermutter, ich bin die Carina, Sie haben sicher schon von mir gehört, und ich habe eine gute und eine schlechte Nachricht. Die schlechte ist: Jaaa, es stimmt, Ihr Sohn Raphael ist nun endgültig aus dem Orden ausgetreten, aber die gute – und jetzt halten Sie sich fest, tadaaa! –, er ist Vater von Zwillingen geworden! Zwei prächtige Jungs, sie sind gesund und munter! Na, was sagen Sie jetzt? Jetzt sind Sie sprachlos, was? Außerdem möchte ich

Ihnen noch zwei Dinge sagen: Ihr Sohn hat nicht den Mut, Sie selbst anzurufen, was Sie angesichts seines Alters und Bildungsgrads nachdenklich machen sollte. Und zweitens: Sie sind bei uns in Thalheim jederzeit herzlich willkommen, um Ihre Enkel kennenzulernen! Wir, also Raphael und ich, leben nämlich nach dem christlichen Prinzip des Verzeihens. Also, vergessen wir alles, was war, und lassen Sie uns fernmündlich auf den Beginn einer wunderbaren Freundschaft anstoßen: Ich hier für meinen Teil natürlich mit Kamillentee, in dem ich gleichzeitig meinen Dammschnitt bade (na gut, das strich ich wieder aus meinem Konzept), aber Sie können in Trier ruhig die Korken knallen lassen. Ach so, die Kinder heißen Christian und Matthias, nur fürs Protokoll.

Und schöne Grüße auch an Klaus und Renate Göbel.

Das alles wollte ich ihr sagen, wenn ich denn endlich durchgestellt werden würde!

Nach dem hundertsten Klingeln, das nicht mir galt, sondern verschluckten Gegenständen, Kindern, die Waschmittel getrunken und sich Zweimarkstücke in die Ohren gesteckt hatten, hielt mir die diensthabende Schwester plötzlich den Hörer hin: »Färnjespräsch aus Driooar. Fassen Se sisch kurz!«

Ich holte tief Luft, spannte alle noch verfügbaren Muskeln an und legte los:

»Hallo erst mal, liebe zukünftige Schwiegermutter, ich bin die Carina, Sie haben sicher schon von mir gehört, und ich habe eine gute Nachricht …«

Weiter kam ich nicht.

»Dass Sie sich getrennt haben, und dass Raphael zu seinem Gott zurückgefunden hat?«, unterbrach sie mich. »Denn alles andere ist KEINE gute Nachricht!«

»Auch nicht, dass Sie Großmutter von Zwillingen geworden sind?!«

Pause. Rauschen in der Leitung. Jetzt hatte ich sie geknackt! Die harte Schale hatte einen Riss bekommen, und sie würde mir unter Tränen gratulieren! Falsch gedacht.

»Was sind Sie nur für eine schreckliche Person!«, schrie sie erbost. »Das Liebste und Wertvollste, was ich besitze, haben Sie mir genommen. Ich habe doch nur noch meinen Sohn! Während Sie gut umsorgt sind von Ihren Eltern und schon drei Kinder haben. Und jetzt haben Sie auch noch Zwillinge!«, keifte sie weinerlich auf mich ein. Erschrocken hielt ich den Hörer von meinem Ohr weg. »Da werden Sie die zwei doch auch noch groß kriegen. Geben Sie mir meinen Sohn zurück!«

Dann folgte ein hysterisches Jammern, und es wurde aufgelegt.

Ich selbst kam gar nicht mehr zu Wort. Es war sehr viel, was ich in diesen Tagen über mich ergehen lassen musste.

Fassungslos starrte ich auf den Hörer, den ich immer noch in der Hand hielt.

»Nu? Ist jetzt alles in Ottnung?«, fragte die sächsische Schwester. »Gannisch den Hörror wiedor hobn?«

»Ja, alles bestens. Das war ein sehr aufschlussreiches Gespräch.« Ich rollte hinaus.

Und sehnte mich heftigst nach meiner ersten Schwiegermutter zurück.

21

Thalheim, Ende August 1983

Endlich war der große Tag gekommen, und wir hatten heimgedurft! Raphael und ich waren so weit wiederhergestellt, dass wir transportfähig waren, dasselbe galt für unsere wunderhübschen kleinen Prinzen. Sie hatten beide Raphaels dunkelbraunen Augen und waren den ganzen Tag damit beschäftigt, hungrig auf ihre Fäustchen zu beißen. Leider konnte ich nicht mehr stillen, aber wir waren mit Fläschchen ausgerüstet wie für eine ganze Kompanie. Raphael stellte sich sehr geschickt und lernfähig an.

Meine Eltern und auch Elke hatten sich selbst übertroffen. Alles war vorbereitet. In meinem schönen hellen Schlafzimmer stand zu beiden Seiten unseres Bettes je ein Kinderbettchen mit hellblauem Himmel, von Mutter genäht, sodass bei jedem von uns ein Zwerglein schlafen konnte. Auf der Kommode lagen passende, von Elke gestrickte Ensembles in Blau. Mein kleiner Tommi hatte seinen Kuschelhasen gespendet und Sabine die Wandmalerei übernommen: eine große Sonne und hellblaue Wölkchen. Unter dem Jubel unserer Kinder, meiner Eltern und Elke legten wir unsere Söhne schlafen. Raphael zündete eine Kerze an und ging damit gebückt durchs ganze Zimmer.

»Was machst du? Beschwörst du Gottes Segen herauf?«

»Carina! Ich kann auch ganz praktische Sachen. Ich prüfe, ob irgendwo Zugluft im Zimmer ist.«

Denn Zugluft sollten sie nicht bekommen.

»Wärme sollen sie bekommen. Ganz viel Wärme und Liebe.«

Und die bekamen sie auch – von uns, von den Geschwistern und von ihren Großeltern. Sie bekamen alle Wärme und Liebe dieser Welt, und das sah man ihnen auch bald an. Sie entwickelten sich prächtig.

»Mama, das sind die süßesten Zwillinge der Welt«, sagte Sabine vor Glück strahlend. Sie war wirklich schockverliebt in ihre kleinen Brüder.

»Die sehen aus wie Raphael in dick und ohne Hals«, fand der kleine Tommi.

»Die Hälse haben wir nachbestellt«, erwiderte ich. »Die wurden einfach nicht mitgeliefert.« Raphael strahlte mich an. In seinen Augen stand wieder dieses Funkeln, in das ich mich am Anfang so verliebt hatte.

Raphael war ein zärtlicher, liebevoller Vater. Oft saßen wir nachts beide auf der Bettkante, jeder ein Kind im Arm, dem wir das Fläschchen gaben. Die waren zutiefst dankbar für so viel Glück.

»Wie hast du denn das geschafft?«

Raphael kam strahlend vom Einkaufen wieder und stellte nicht nur den üblichen Babybrei und frische Milch, sondern auch zwei Fläschchen mit naturtrübem Saft auf den Tisch.

»Die gibt es doch nur auf Berechtigungsschein der Mütterberatungsstelle?«

Ich selbst war von diesem Laden bisher leider abgewiesen worden.

»Ich habe einfach ein Foto von den beiden aus der Brieftasche gezogen und es der Verkäuferin unter die Nase gehalten. Und das war mein Berechtigungsschein!«

»Von wegen! Du hast ihr bestimmt schöne Augen gemacht!«, neckte ich ihn.

»Sie hat mir die Fläschchen heimlich zugesteckt und gesagt: ›Zeigen Sie mir jederzeit wieder Ihren Berechtigungsschein!‹«

Raphael lachte wieder dieses glucksende Lachen, das ich das letzte Mal an Tommis Geburtstag von ihm gehört hatte. Wie ich es liebte, ihn so glücklich zu sehen! Damals hatten wir Tommi bei der »Reise nach Jerusalem« gewinnen lassen. Jetzt war es für meinen inzwischen Siebenjährigen nicht leicht, vom Thron gestoßen zu werden. Immer war er der Jüngste gewesen, mein kleiner Augenstern. Jetzt belegten die kleinen Prinzen die erste Reihe.

Damit nicht genug, dass dieser Mann einen wichtigen Platz in Mamas Herz eingenommen hatte: Er hatte auch noch für zwei kleine Brüder gesorgt, um die sich nun alles drehte!

Natürlich war Tommi stolz und liebte die beiden süßen Burschen sehr. Aber ihm fehlte auch die gewohnte Aufmerksamkeit.

Die Zwillinge waren vier Monate alt, als ich ihn eines Morgens im Bad auf dem Fußboden vorfand. »Mami, ich kann nicht mehr laufen!«

»Oh, mein armer Schatz«, rief ich besorgt. Prüfend musterte ich meinen blonden Jungen, der sich mit schmerzverzerrtem Gesicht die Beine rieb.

»Wie kommt das denn?«

»Ich weiß nicht, alles tut weh!«

»Wollen wir es mal versuchen?« Ich versuchte, ihm aufzuhelfen. Tommi stieß einen Schmerzensschrei aus und klappte zusammen wie ein Taschenmesser.

»Seit wann hast du das denn?«

»Ganz plötzlich, über Nacht!! – Raphael soll mich tragen!«

Ich hörte die Nachtigall schon trapsen, spürte aber auch, dass mein Junge Zuwendung brauchte.

»Raphael!«, rief ich betont besorgt durch die Wohnung. »Ich glaube, unser Tommi braucht dich!«

Der warf nur einen Blick auf unseren Komödianten am Boden und spielte sofort mit. »Oje, das sieht mir nach einer heftigen Sportverletzung aus.«

Obwohl mit den Beinchen meines Sprösslings alles in bester Ordnung war, hievte Raphael ihn aufs Sofa und besah sich die »schlimme Zerrung« mit aller Sorgfalt.

Da gerade Weihnachtsferien waren, durfte Tommi diese Extraportion Zuwendung genießen.

Als er aber zu Schulbeginn immer noch den Lahmen spielte, der sich auch von Jesu Stellvertreter nicht wunderheilen ließ, sondern weiterhin getragen werden wollte, schleppten wir den kleinen Simulanten zum Orthopäden. Ich schob den Zwillingskinderwagen und Raphael den Rollstuhl.

Dort wurde unser Tommi fachmännisch untersucht und stieß so überzeugende Schmerzenslaute aus, dass wir fast doch schon an einen schlimmen Tumor oder chronisches Rheuma glaubten.

»Herr Doktor, so geben Sie ihm doch eine Schmerzspritze!«

»Aber eine ganz große!«

Der Doktor holte die größte Spritze aus seinem Wandschrank, die er finden konnte.

Tommis Hals wurde lang und länger, sein Gesang bang und bänger.

»Tja, junger Mann, das wird jetzt ein bisschen wehtun …« Der Doktor zog die Spritze auf und machte ein ernstes Gesicht.

In dem Moment sprang Tommi auf und griff Hilfe suchend nach meiner Hand.

»Mama, ich glaube wir können jetzt nach Hause gehen.«

Und das taten wir dann auch.

Als Raphael auf dem Amt für Arbeit vorsprach, musste er nicht viel erklären. Er wurde sofort in die Abteilung für innere Angelegenheiten vorgelassen.

»Herr von Ahrenberg, wir sind über Ihre Vorgeschichte informiert.« Zwei Herren, die sich selbst nicht vorstellten, ließen ihn vor ihrem Schreibtisch stehen.

»Sie sind hier bereits an höherer Stelle, wir halten sozusagen die Fäden Ihrer beruflichen Zukunft in der Hand.«

Raphael stand wie ein Schuljunge vor diesen namenlosen Männern und schwieg.

»Wir lassen Sie wissenschaftlich arbeiten. Eine neue weltliche Karriere steht Ihnen offen.«

In Raphael keimte Hoffnung auf. »Das wäre ja ganz wunderbar.« Er hätte sich gerne gesetzt, aber es gab keinen Stuhl.

»Drei Bedingungen.« Einer der Männer schob ihm ein vorgefertigtes Dokument hin, das er nur noch unterschreiben musste. »Abbruch aller Westbeziehungen, Mitarbeit in einer Blockpartei und Lieferung von Dossiers über kirchliche Würdenträger und Theologiestudenten auf Anforderung.« Der Mann schob ihm einen Kugelschreiber hin. »Da wo das Kreuzchen ist.«

»Ich soll meine ehemaligen Mitbrüder bespitzeln und Informationen an Sie weitergeben?«

Die beiden Männer schwiegen eisig.

»Und den Kontakt zu meiner Mutter kann ich beim besten Willen nicht abbrechen.« Raphael schluckte. »Ich habe ihr

Leben schon genug auf den Kopf gestellt. Von ihr lossagen werde ich mich auf keinen Fall.«

Die Männer zerrissen wortlos das Dokument. »Wegtreten. Ihnen wird eine Arbeit zugeteilt.«

Kurz darauf bekam er den Bescheid, dass er am kommenden Montag um sechs Uhr dreißig als Rotkreuz-Fahrer und Helfer in einem Heim für geistig und körperlich schwer behinderte, nicht förderungsfähige Kinder anzutreten hatte.

Raphael nahm diese körperlich wie seelisch sehr anstrengende Tätigkeit klaglos an. Die Heimleiterin, seine Chefin, war eine ganz besonders überzeugte Kommunistin.

Sie war wiederum auf Raphael angesetzt und tat alles, um Raphael über die Kirche, den Orden, die Gemeindeglieder und auch mich auszuhorchen. Sie tat das immer ganz mitfühlend und interessiert, sodass Raphael nichts Böses vermutete. Ich selbst musste ihn immer wieder warnen, dieser Frau gegenüber nichts auszuplaudern, weil es sonst sofort an die Stasi weitergeleitet würde.

Für Raphael war dieses neue Leben eine große Herausforderung. Zu Hause die fünf Kinder, im Job die schwerstbehinderten Kinder, und dann der ungestillte Wunsch nach einer geistig anspruchsvollen Tätigkeit, wie er sie bisher gewohnt war. Er sehnte sich nach seiner Arbeit als Dozent zurück, nach dem regen Austausch mit seinen Studenten, die ihn geliebt hatten. Es war krass für ihn, dass er mit seinen jetzigen Zöglingen nicht einmal mehr ein normales Gespräch führen konnte. Seine Schutzbefohlenen konnten nur lallen oder schreien. Es war natürlich reine Schikane, dass man seine Talente so brachliegen ließ.

Neben meinem eigenen Stress als fünffache Mutter mit Zwillingsbabys versuchte ich auch noch, meinen geliebten

Raphael abends wieder aufzubauen. Nirgendwo fand er ein Fleckchen für sich, für Meditation und Gebet. Seine Ordenszugehörigkeit hatte er unter Schmerzen abgelegt, nicht aber seinen Glauben an Gott – genauso wenig wie ich.

Wir beide fanden nach wie vor Kraft und Trost darin. Es wäre uns unmöglich gewesen, diesen auch noch infrage zu stellen.

Trotzdem: Raphael stellte sich tapfer diesem neuen Leben. Er musste Kinder und Jugendliche schleppen, die keinen Schritt alleine gehen konnten, sie auf die Toilette setzen, windeln, waschen, anziehen und füttern. Es war ja schon schwierig, unsere kleinen Zwillinge zu baden, die ständig in verschiedene Richtungen davonkrabbelten und Unfug anstellten. Aber ein siebzehnjähriger Spastiker mit Übergewicht, der nicht nur nicht mitarbeitet, sondern auch noch um sich schlägt, ist damit nicht zu vergleichen. Aufgrund der Ruhe, die Raphael ausstrahlte, und der Kollegialität, die er allen entgegenbrachte, wegen seines großen Respekts gegenüber jedem auch noch so beeinträchtigten Menschenkind, war er bald sehr beliebt. Sie alle brachten ihm auf ihre Weise Achtung und Liebe entgegen.

Ganz anders die Kirchengemeinde. Wenn wir sonntags zur Messe gingen und in der letzten Reihe Platz nahmen, würdigte uns keiner der »guten Katholiken« eines Blickes. Auf der Straße wechselten sie sogar den Bürgersteig, wenn sie uns von Weitem kommen sahen.

Dorothea warf einmal nach der Messe einen Blick in den Zwillingskinderwagen:

»Noch sehen sie ja ganz gesund und normal aus. Aber meist zeigt sich Krankheit oder Behinderung ja erst später.« Sie sah Raphael aus kalten Augen an und schickte noch hinterher: »Aber du hast ja gelernt, damit umzugehen, nicht wahr? Dein

Arbeitsplatz ist genau der richtige. Die Strafe Gottes wird euch nicht erspart bleiben. Stellt euch ruhig schon mal darauf ein.« Mit diesen Worten drehte sie sich auf dem Absatz um und ließ uns stehen.

Raphael und ich tauschten einen fassungslosen Blick.

»Gott ist nicht katholisch«, entfuhr es mir. Und trotz aller Fassungslosigkeit – oder vielleicht gerade deswegen – mussten wir lachen.

22

Thalheim, Anfang Juni 1984

»Neues aus dem Kloster!« Seufzend legte Raphael einen in Lemmerzhagen abgestempelten Brief auf den Küchentisch. Er kam gerade von der Arbeit und stützte sich den schmerzenden Rücken. »Heute musste ich zwei Leute im Rollstuhl die Treppe rauftragen, weil der Lift außer Betrieb war.«

Ich saß gerade zwischen den Zwillingen, die beide in ihren Hochstühlchen hockten, wild mit den Beinchen baumelten und in ihren Möhrenbrei schlugen. Überall Karottenspuren – auf Tisch, Fußboden, auf meiner Bluse –, ja sogar an die Küchenwand hatten es ein paar Wurfgeschosse geschafft. Dennoch fütterte ich tapfer weiter, während mich die beiden Burschen zahnlos angrinsten und ihre Mäulchen aufrissen. Beim Anblick ihres Papas krähten sie erfreut und hauten noch fester auf ihre Resopaltischchen.

»Hallo, ihr zwei Racker!« Raphael küsste die beiden auf die spärlich behaarten Köpfchen. »Komm, ich übernehme.« Er nahm mir den Löffel weg und schob mir den Briefumschlag hin.

»Will ich das lesen?«, fragte ich müde.

»Der Brief ist an dich gerichtet.«

»Oh. Dein Bischof schreibt an mich?«

»Nicht ganz. Offenbar von einem meiner Glaubensbrüder.«

»Kenne ich den?«

»Nein, aber Peter hat Kontakt zu meiner Mutter. Lies laut, ich habe es auch noch nicht gelesen.«

Ich strich mir die Hände an der Schürze ab und las vor:

Lemmerzhagen, 24. Mai 1984

Sehr geehrte Frau Kramer,
lange habe ich überlegt, ob ich Ihnen schreibe. Aber ich bin für klare Verhältnisse. Nun haben Sie ja Ihr Ziel erreicht, und alles andere ist vergessen. Was Raphaels Mutter und sicherlich auch er selbst durchmachen, scheint Ihnen gleichgültig zu sein.

Die vielen Entbehrungen und Opfer, die Raphaels Mutter gebracht hat und die ihren ganzen Lebensinhalt ausgemacht haben, wurden von Ihnen aus lauter Eigennutz mit Füßen getreten. Das bricht das Herz einer Mutter. Sie wird es nie überwinden.«

Ich machte eine Pause und sah zu Raphael hinüber, der seinen Söhnen sichtlich gequält die Lätzchen abnahm.

»Hört, hört!«, murmelte ich, fassungslos. »Er muss es ja wissen.«

Ich räusperte mich, nahm einen Schluck von dem Tee, den Raphael mir fürsorglich hingestellt hatte, und las tapfer weiter.

»*Nur ihr starker Glaube und ihr Gottvertrauen halten Gertrud noch aufrecht. Es tut uns von Herzen weh, sie so leiden zu sehen. Sie weint ununterbrochen, Frau Kramer.*

Darüber hinaus haben Sie Raphaels Lebensinhalt zerstört.

Wie er mir berichtete, hat er Ihnen viel Zeit geschenkt und sich all Ihre Nöte angehört.«

Verstört schaute ich mich nach meinem Liebsten um, der gerade die Mäulchen unserer Söhne abwischte und den Möhrenbrei dabei erst recht überall in ihren Gesichtern verteilte.

»Was hast du dem denn erzählt?«

»Na ja …«, druckste er herum. »Damals wollte er natürlich genau wissen, wie wir uns kennengelernt haben. Und du hast damals erzählt, dass du frisch verwitwet bist und einsam.« Verlegen tauchte er ein Küchenhandtuch in lauwarmes Wasser und versuchte die schlimmsten Spuren unserer Zwillinge zu beseitigen.

Ich verkniff mir einen Kommentar und las weiter.

»Ich bezweifle nicht, dass Sie es in ihrem bisherigen Leben schwer hatten. Doch zählen die vielen Jahre, die er in seine Doktorarbeit über die Symbolik des Kreuzes Christi in den Passionen von Bach investiert hat, die uneigennützige Aufopferung für den Orden ohne eigenes Gehalt denn gar nichts?«

Wieder nahm ich einen Schluck Tee, weil sich mein Hals so kratzig anfühlte.

»Moment!«, sagte ich. »Wirft er mir gerade vor, dass du für deine Dozententätigkeit von der Kirche kein Geld bekommen hast?«

»Nein. Ja, doch. Irgendwie wirft er wohl alles in einen Topf.«

Ich las weiter.

»Er war meines Erachtens gern Priester und Ordensmann. Er hat immer streng nach seinem Glauben gelebt. Und jetzt? Geht er überhaupt noch zum Gottesdienst? Sieht er das Kreuz Christi noch?

*Ich habe die Befürchtung, dass der Tag kommen wird,
an dem er nicht mal mehr die Hände zum Gebet falten kann.
Gott möge das verhüten.«*

Wieder musste ich mich unterbrechen. Meine Finger zitterten, und ich verschüttete Tee – andererseits sah der Küchentisch ohnehin schon aus wie nach einem Bombeneinschlag. Raphael hatte die Zwillinge auf den Küchenfußboden gesetzt, von wo sie in verschiedene Richtungen davonrobbten. Bevor es irgendwo laut schepperte oder klirrte, gab ich mir den Rest:

»Raphael hat mir in einem vertraulichen Gespräch erzählt, dass Sie Ihren Sohn Tommi damals haben taufen lassen. Wie nobel von Ihnen. Taten Sie das, um ihm zu gefallen?
 Und was wird jetzt aus SEINEN Söhnen? Bleiben sie Heiden? Haben Sie sich darüber schon mal Gedanken gemacht?
*Denn in die Kirche können Sie ja jetzt nicht mehr, nach
der Schande.«*

Die zwei kleinen Heiden hatten gerade eine Schöpfkelle entdeckt, mit der sie begeistert gegen das Heizungsrohr schlugen.
 »Eines weiß ich genau«, schrie ich gegen den Lärm an. *»Sie haben die Zwillinge doch nur als Druckmittel benutzt, um Raphael an sich zu binden! Leider hat unser Raphael ein viel zu weiches Gemüt, einen anderen Ausweg zu finden. Schande über Sie, Frau Kramer!*
 Pater Peter Müller

P.S.: Falls ich Ihnen in diesem Brief Unwahrheiten unterstellt habe, können Sie sich ja rechtfertigen.

Ich ließ den Brief sinken. Raphael starrte stumm vor sich hin. Offensichtlich schämte er sich für seinen Ordensbruder.

»Das ist ein ganz Netter, nicht?«, sagte ich schließlich.

»Er ... meint es nicht so.«

»Bitte?« Jetzt wurde ich auch einmal laut! Da die Zwillinge ohnehin schon am Zanken waren, haute ich mit der flachen Hand auf den Tisch, dass die Teetasse tanzte.

»Das ist so unfassbar herzlos, gemein, böse und primitiv ... Er will einen Keil zwischen uns treiben!«

Die Zwillinge hörten auf, gegen die Heizung zu dreschen und sahen mich erschrocken an. Dann ließen sie sich auf den Hosenboden plumpsen, den sie zum Zwecke der Verdauung während des Hauskonzerts hochgereckt hatten.

»Bitte, Carina. Bitte reg dich nicht auf. Er versucht nur, meine Mutter zu unterstützen ...«

»Er versucht nur, mich fertigzumachen!«, schrie ich unter Tränen, nahm einen der Zwillinge auf den Schoß, der angefangen hatte zu quengeln, und schaukelte ihn etwas zu heftig auf den Knien.

Raphael schnappte sich den zweiten Zwilling und entwand ihm die Schöpfkelle. Er hob ihn hoch und roch an seinem Hinterteil. »Ach je.«

»Ja. Ach je. Passend zum verbalen Brechdurchfall deines Glaubensbruders.«

Mann, hatte ich eine Wut! Ich kannte den Mann gar nicht, aber er hatte mich so verletzt! Warum gab ich ihm eigentlich das Recht dazu?

Raphael lächelte nachsichtig. »Du kannst ihm ja antworten und ihm erklären, wie es wirklich war. Er braucht ein bisschen Zeit, um das zu verstehen.«

Eigentlich bebte ich vor Verlangen, es diesem dämlichen Priester mit meinen kreativen Wortschöpfungen heimzuzahlen. Aber ich sah keinen Grund, warum ich einem Mann mit der Empathie einer Küchenschabe meine Gedanken, Ängste und Gefühle ansichtig machen sollte.

Ich atmete tief durch und trank den Rest kalt gewordenen Tee.

»Immerhin ein Fortschritt ist doch zu verzeichnen«, sagte ich matt. »Er sprach von DEINEN Söhnen.«

Und dann machten wir uns gemeinsam daran, die Windeln SEINER Söhne zu wechseln.

So!, dachten wir uns. Und jetzt erst recht. Nicht nur wegen des Briefes, sondern auch aus tiefster Überzeugung: Wir wollten die Zwillinge taufen lassen. Wir waren eine christliche Familie und würden es auch bleiben.

Tapfer schoben wir den Zwillingskinderwagen nach dem Sonntagsgottesdienst zu Pfarrer Perniok ins Pfarrhaus hinüber.

Seine stämmige Schwester öffnete uns zwar, ließ uns aber draußen im Vorgarten stehen. »Er ist gerade in einer Besprechung.«

»Wir warten.«

Es duftete nach Suppe und Sonntagsbraten. Mein Magen knurrte vernehmlich. Vielleicht würde der hochwürdige Herr uns ja zu Tisch bitten?

Der Pfarrer ließ sich Zeit. Wir standen mit den jammernden Zwillingen im Regen, und jeder von uns schaukelte ein Kind auf dem Arm. Mehrmals sah ich, wie die Gardine seines Sprechzimmers zur Seite geschoben wurde.

Endlich kam Pfarrer Perniok heraus. Sein Gesicht war ein einziger Vorwurf.

»Euch ist schon klar, dass ich für die Leute nur noch der Pfarrer bin, in dessen Gemeinde dieser Skandal passiert ist?«

Wir waren erst mal sprachlos. Das war die Begrüßung?

»Können wir hereinkommen? Es ist kalt, und es regnet.«

»Nein. Abtrünnigen und Sündern bleibt mein Haus verschlossen. Was wollt ihr?«

»Die Taufe für unsere Söhne.«

»Als Pfarrer kann ich euch das nicht abschlagen. Aber als Privatmann rate ich euch: Macht das woanders. Ich wäre nicht mit dem Herzen dabei.«

»Wieso nicht?«, fragte Raphael. »Wer von euch ohne Sünde ist, werfe den ersten Stein.«

»Das musst DU gerade sagen.« Der Pfarrer kehrte uns den Rücken zu und betrat wieder das Haus: »Eva Maria, du kannst auftragen!« Dann sagte er an uns gewandt: »Mutter Kirche hat auch noch andere Gotteshäuser.«

Auf dem Rückweg fragte ich Raphael: »Was sollte das bedeuten, ›Wer von euch ohne Sünde ist, werfe den ersten Stein?‹«

»Na gut, jetzt ist es auch schon egal.« Raphael zog das Regenverdeck des Zwillingskinderwagens tiefer. »Eva Maria ist nicht seine Schwester.«

»Sondern ... seine Cousine vielleicht?« Jetzt war ich aber baff.

»Seine Haushälterin. Die beiden leben zusammen. Was sie innerhalb ihrer vier Wände tun, geht keinen was an.«

23

Thalheim, 2. Juli 1984

Einige Wochen später war es so weit: Wir wuchteten den Zwillingskinderwagen auf den Trabi, der unter dem Gewicht schier zusammenzubrechen drohte, und fuhren zu meinem Freund und Berater, dem Pfarrer in Brackwedel, der mich damals beim Beichtgespräch nicht verurteilt hatte. Er war bereit, die Taufe zu vollziehen. Raphael selbst durfte es ja nicht mehr. Wir waren bereits zu einem Taufgespräch bei ihm gewesen, und wieder hatte dieser geistliche Herr sich jedweden Urteils enthalten.

In meiner Freude über den feierlichen Anlass hatte ich all unsere Verwandten und Bekannten aus Thalheim eingeladen – mit einem netten Kärtchen und dem Hinweis, dass im Gasthaus neben der Kirche im Anschluss ein Mittagstisch für uns reserviert sei. Das Gasthaus verfügte über einen Gastgarten mit Spielplatz, und nachdem die Zwillinge jetzt fast ein Jahr alt waren, fand ich es an der Zeit, die Vorkommnisse der Vergangenheit an einem neutralen Ort zu vergessen.

Was für ein schöner, feierlicher Anlass! Die Aufnahme zweier neuer Christen. Und süßer und unschuldiger als Christian und Matthias konnte wirklich niemand sein. Das mit der Erbsünde ging mir wahrlich nicht mehr in den Kopf.

»Frau Kramer, wir sollten jetzt wirklich anfangen.«

Wir standen mit dem Zwillingskinderwagen vor der Kirche

und spähten ratlos die Straße hinauf und hinunter. »Aber wir haben doch so viele Gäste eingeladen?«

»Bitte.« Der Brackwedeler Pfarrer rieb sich nervös die Hände. »Unser Organist muss nach Hause.«

»Dann machen wir es ohne Organisten?« Ich hielt die zwei hellblauen Taufgebinde, die zu meinem neuen Kostüm passten, das ich mir extra für diesen Anlass gekauft hatte. Sabine und Max, die stolzen Paten, standen ratlos herum. Auch sie hatten sich heute in Schale geschmissen. Raphael lief mit dem Kinderwagen auf und ab und versuchte, die beiden durch Schaukeln zu beruhigen. Tommi sah mich ratlos an:

»Mami, kommt denn keiner? Auch nicht Opa und Oma und Tante Elke?«

»Bestimmt sind sie jeden Moment hier. Die haben sich vielleicht verfahren oder kennen den Weg nicht ...«

»Wir fangen jetzt an.«

Der Pfarrer schritt in die Kirche, der Organist war bereits gegangen. Noch einmal schaute ich mich um: niemand.

Was blieb unserer Familie anderes übrig, als tapfer hinter ihm herzulaufen?

Die Taufzeremonie dauerte höchstens zehn Minuten.

»Christian und Matthias, ich taufe euch im Namen des Vaters, des Sohnes und des Heiligen Geistes.« Ein kurzes Wasser-über-die-Köpfchen-Gießen, ein kurzes Amen.

Keine Musik, keine Ansprache.

Hat es jemals eine traurigere Taufe gegeben?

Raphael zeichnete seinen Söhnen mit dem Daumen das Kreuz auf die Stirn und küsste sie.

Und da, plötzlich, strahlten sie ihn an und sagten: »Daaa!« und »Ama!«

»Sie haben Ja und Amen gesagt«, freute sich Tommi.

Hocherhobenen Hauptes traten wir mit unseren Täuflingen wieder hinaus auf die Straße.

Raphaels Mutter Gertrud schickte eine Glückwunschkarte zur Taufe ihrer beiden kleinen Enkel, der je 50 Westmark beigelegt waren:

»Herzlich willkommen auf dieser Erde – möget ihr groß und kräftig werden. Gottes Segen begleit' euch auf all euren Wegen.«

»Was soll ich denn davon halten?«, fragte ich skeptisch.

»Carina, so gib ihr doch eine Chance! Sie versucht gerade, aus ihrer Haut zu schlüpfen.«

Das Geld konnten wir wirklich gut gebrauchen.

Raphael rackerte sich ab, verdiente aber grottenschlecht. Und ich hatte natürlich der Zwillinge wegen ein Jahr aussetzen müssen.

Keiner nahm es Raphael übel, dass er immer mal wieder nach einem besser bezahlten, körperlich weniger anstrengenden Job Ausschau hielt. Er hätte als Bibliothekar oder Archivar in den Katakomben der Universität arbeiten oder im weltlichen Bereich unterrichten können. Er hätte in beratender Funktion tätig sein, Doktorarbeiten begleiten und Seminaristen coachen können. Aufgabenbereiche gab es viele! Doch die Stasi machte ihm unmissverständlich klar, dass er einen solchen Job nur bekommen würde, wenn er sich verpflichtete, als Informant für sie zu arbeiten.

Das lehnte Raphael allerdings nach wie vor rundweg ab.

Viel später erst sollten wir Einsicht in Raphaels Stasi-Akten bekommen: Er selbst war von engen Kollegen und Vorgesetzten sehr wohl ausspioniert worden.

Man machte uns viel Angst. Hauptsächlich in Bezug auf die Zukunft unserer Kinder.

»Sie werden nicht verhungern oder erfrieren, aber Ihre Kinder werden in diesem Land keine Chancen haben. Wollen Sie das wirklich?«, bekam Raphael bei einem seiner letzten Bewerbungsgespräche mit auf den Weg.

Sabine absolvierte inzwischen eine Ausbildung zur Köchin. Für ein Studium wurde sie schlichtweg nicht zugelassen. Glücklicherweise machte ihr diese praktische Tätigkeit viel Spaß, und sie konnte mich im Haushalt wunderbar entlasten.

Wir ließen uns nicht beirren. Wir lebten unser Leben weiter wie bisher.

Vieles war schön. Vieles war schwer.

Natürlich meldete sich die Vergangenheit immer wieder einmal – in Form von Anrufen aus theologischen Kreisen, von bösen Blicken auf der Straße, von schriftlichen Hasstiraden aus Göbel'scher Feder oder in Form von Anrufen der Mutter. Wenn ich zufällig am Telefon war, meldete sie sich grußlos mit Nachnamen und verlangte förmlich, ihren Sohn zu sprechen.

Keine Frage nach meinem Wohlergehen, kein persönliches Wort an mich.

Manchmal konnten wir gut damit umgehen, manchmal weniger gut.

Aber letztlich gelang es uns immer besser, die inneren und äußeren Schwierigkeiten gemeinsam zu bewältigen. Unsere Liebe zueinander wuchs, und die gegenseitige Achtung wurde immer größer. Was hatten wir alles gemeinsam durchgestanden und bewältigt! Wir waren wirklich eine Familie geworden, und nichts sollte uns mehr trennen.

Eines Tages war es wieder mal so weit. Das Telefon klingelte, und ich nahm ab.

»Von Ahrenberg. Ich möchte meinen Sohn sprechen.«

Wortlos reichte ich den Hörer weiter. Ich war gerade beim Staubsaugen gewesen, ließ das Ding aber rücksichtsvoll aus. Stattdessen begab ich mich auf die Knie und knibbelte festgetretene Krümel, Breireste und Knetgummi vom Teppich.

Raphael hatte den Apparat mit in den Flur genommen, so weit die Schnur reichte. Ich wollte nicht lauschen, natürlich nicht. Aber meine Ohren wurden doch ein bisschen länger, als ich ihn Süßholz raspeln hörte. Ich näherte mich der angelehnten Tür, damit ich hören konnte, worüber sie redeten.

»Aber das wäre wundervoll, liebe Mutter! Selbstverständlich freuen wir uns!«

Von wem spricht der?, dachte ich. Pluralis majestatis?

»Wer redet denn von einem Hotel? Nein, ich bestehe darauf, dass du bei uns schläfst!«

Meine Ohren wuchsen förmlich aus dem Türspalt. Das war jetzt nicht sein Ernst, oder? Er lud doch nicht gerade seine Mutter ein? In MEINE Wohnung?

»Das ist eine fantastische Idee von dir, Mutter. Nein, unter drei Wochen lohnt es sich ja gar nicht.«

Ich erstarrte.

»Ich weiß, dass du das bei den Behörden mit Datum beantragen musst. Deswegen besprechen wir das ja jetzt in aller Ruhe.«

Ihre weinerlich-berechnende Stimme war weithin zu hören.

»Selbstverständlich nehme ich meinen Jahresurlaub. – Nein, natürlich musst du keine Zeit mit ihr verbringen. Aber es macht mich so unfassbar glücklich, dass du deine Enkelsöhne kennenlernen willst! – Ja, ganz bezaubernde Burschen, ihren dunkelbraunen Augen konnte noch keiner widerstehen.«

Er lachte dieses glucksende Lachen, in das ich mich so verliebt hatte.

»Ja, stell den Besuchsantrag für den Zeitraum der Sommerferien. Dann hast du auch was von den anderen Kindern. Tommi ist ja auch ganz reizend, Sabine wird dich bekochen und Max dir den Koffer tragen und dich überall hinfahren.«

Das wüsste ich aber!, dachte ich. MEINE Kinder haben mit der Frau nichts zu tun.

Ich kämpfte gegen eine Welle von Übelkeit an.

Als er wieder ins Zimmer kam, strahlte Raphael übers ganze Gesicht.

»Carina, jetzt kommt deine große Chance.« Er breitete die Arme aus. »Nichts würde mich glücklicher machen, als dass meine Mutter und du Freundinnen werdet. Die beiden Frauen, die ich am meisten liebe.«

Ich starrte ihn mit offenem Mund an. »Habe ich dich nicht eben sagen hören, sie müsse sich nicht mit mir abgeben?«

»Nein, das war nur in dem Zusammenhang, dass sie Angst hatte, ich müsste arbeiten, und sie säße den ganzen Tag mit dir allein zu Hause. Das kam nur ein bisschen ungeschickt rüber.« Er zog mich an sich. »Carina! Bitte spring über deinen Schatten! Sie kann wunderbar Klavier spielen und singen!«

»Na und?«, sagte ich bockig.

»Es wäre der größte Liebesbeweis – nicht nur für mich, sondern auch für Christus!«

»Was hat Christus denn damit zu tun!«

»Das weißt du genau: Christus ist die Liebe, die Demut und das Verzeihen.«

»Ja. Christus. Aber der kommt ja nicht zu Besuch, sondern deine Mutter.«

»Christus wohnt sowieso schon bei uns«, sagte Raphael im Brustton der Überzeugung.

Mein Blick fiel auf das Kreuz.

Herr Pater, diese Dame sucht ein Kreuz.

Wenn ich damals gewusst hätte, was ich mir da auflade! Und Simon von Cyrene wollte mir kein bisschen beim Kreuztragen helfen.

»Raphael, sie hasst mich!«

»Jesus hat besonders die geliebt, die ihn hassten!«

»Ich bin aber nicht Jesus! Ich bin Carina Kramer! Ich schaff das einfach nicht!«

»Da stehst du doch drüber, Liebste!« Er wollte mich auf den Mund küssen, aber ich drehte mich weg. So streifte mich sein Mund nur noch an der Schläfe.

»Das ist das erste Mal, dass du dich von mir abwendest, Carina!«

»Entschuldige, Raphael. Aber ich bin gerade voller Zorn.«

»Das ist heiliger Zorn, und der steht dir gut.«

Ich spürte, wie ich rot wurde.

»Carina, das macht mich traurig.« Er schob den Finger unter mein Kinn und zwang mich, ihm in die Augen zu sehen. »›Wie auch wir vergeben unseren Schuldigern‹ – das beten wir jeden Tag!«

Bockig drehte ich mich weg. Natürlich kam mir diese Floskel täglich über die Lippen. Aber das galt doch nicht für DIE!

»Siehst du, ich kann Gedanken lesen!« Raphael nahm meine Hände, die ich unwillkürlich zu Fäusten geballt hatte, und drückte sie an seine Brust.

»Jetzt musst du nämlich Farbe bekennen, meine Schöne!«

Meine umwölkte Stirn zeigte, was ich davon hielt.

»Ja, das ist ein innerer Kampf, Liebste. Aber du bist damit nicht allein! Ich stehe dir bei, und Gott steht dir bei! Wir stärken dich und geben dir Kraft. Denk doch an die Worte Christi:

›Was du dem Geringsten meiner Brüder getan hast, das hast du mir getan!‹«

Boah!, dachte ich. Sie ist aber nicht sein geringster Bruder! Sie ist seine MUTTER!

Raphael ließ meine Hände los. »Also sei so lieb und bezieh ihr in Tommis Zimmer das Bett. Tommi kann solange bei uns schlafen.«

Auf dass die Fleischeslust ins Gras beiße!, dachte ich grimmig. Egal: Solange seine Mutter unter unserem Dach weilte, würde sowieso keine Freude aufkommen.

»Bitte, ich flehe dich an, versöhne dich mit ihr, beweis ihr deine Gastfreundschaft, tu es um des Himmelreiches willen!«, beschwor mich Raphael, während ich der Decke den Bezug über die Ohren zog und wütend einen Knick ins Kissen drosch. »Ich kann auf Dauer nicht mit Hass und Zwietracht leben!«

Ich auch nicht, dachte ich. Deswegen wäre ich auf Dauer gut ohne deine Mutter klargekommen.

Tommi freute sich, mitsamt seinem Kuscheltier zu uns auf die Besucherritze ziehen zu dürfen.

Wir sangen unsere drei Knaben in den Schlaf, und Raphael lief zur Hochform auf.

»Abends, wenn ich schlafen geh, vierzehn Engel um mich stehn, zwei zu meinen Häupten, zwei zu meinen Füßen, zweie, die mich decken, zweie die mich wecken …« oder so ähnlich. Das Ganze endete mit »Himmels Paradeise.«

Wenn zwei von denen inzwischen den Abwasch machen und zwei das Badezimmer aufräumen würden, wären immer noch genug Engel für unsere Jungs übrig!, dachte ich insgeheim. Doch aus der Kehle meines Geliebten klang es trotz des triefenden Kitsches einfach nur zum Dahinschmelzen.

»Raphael, du hast so eine wunderschöne, warme Stimme! Was ist das für ein Kirchenlied?«

»Das ist der Abendsegen aus der Oper *Hänsel und Gretel!*«

»Schön«, mauschelte Tommi beim Einschlafen. »Noch maaal!«

Und auch die Zwillinge nuckelten sich selig in den Schlaf. Raphael zeichnete allen ein Kreuz auf die Stirn und küsste sie der Reihe nach.

Da war ich auf der Stelle wieder schockverliebt!

Leise zogen wir uns ins Wohnzimmer zurück. Ich bündelte all meine Kraft und gründete innerlich die Selbsthilfegruppe derer, die guten Willens sind.

»Bitte erzähl mir von deiner Mutter. Und zwar ausschließlich nette Sachen. Wie war sie, als du Kind warst?«

Das ließ Raphael sich nicht zweimal sagen. Er öffnete eine Flasche Wein und schwärmte mir dann von seiner Mutter vor, wie er es noch nie getan hatte.

»Sie ist hochmusikalisch! Ein wahres Genie! Sie kann wunderbar Klavier spielen und hat früher bei uns in der Gemeinde den Kirchenchor geleitet! Sie hatte viele Klavierschüler. Da ihr Mann ja im Krieg gefallen war, musste sie mich auf diese Weise großziehen. Ich erinnere mich noch an die dicken Wagners...« – hier lachte er wieder sein glucksendes Lachen – »... die waren so unmusikalisch und haben gestunken wie kranke Panther. Mutter hat sie immer erst ins Bad geschickt und ihnen die Pranken geschrubbt. Ich durfte unterm Flügel sitzen und zuhören, ich hatte das absolute Gehör. Und immer wenn die falsche Töne spielten, hat Mutter mir einen kleinen Tritt gegeben: ›Raffi? Was war das?‹ – Darauf ich: ›a-Moll. Oder D-Dur‹. Da war ich vielleicht vier oder fünf.«

Ich hing verliebt an seinen Lippen.

»Und du?« Verliebt kraulte ich ihm den Nacken. »Hast du nur unterm Flügel gesessen oder auch selbst musiziert?«

Jetzt bekamen seine Augen wieder diesen wunderbaren Glanz.

Raphael erzählte, dass er früher im Knabenchor Solo-Sopran gewesen sei. Seine Mutter hatte sein Talent früh erkannt und gefördert.

»Na ja«, gab er zu. »Sie hat vielmehr darauf bestanden, dass ich das Solo singe. *Transeamus usque Bethlehem!*«, sang er mit beherztem Bariton.

Klar, dass ihn seine Klosterbrüder vermissten!

Aber ich hatte ihn bekommen, ich ganz allein! Innerlich wuchs ich um ein paar Zentimeter. Es war ein verdammt harter Kampf gewesen, aber ich hatte ihn gewonnen.

Ich ertappte mich dabei, ihm gar nicht mehr richtig zuzuhören. Wo war er gerade?

»Den pickligen Müller, der auch Solo singen wollte, hat sie rausgekickt«, erzählte Raphael weiter. »›Mein Sohn ist nicht nur schön‹, hat sie gesagt, ›er kann auch wunderschön singen.‹ – Das musste der Pfarrer dann einsehen. Auch wenn die Müllers fortan nie mehr in die Kirche kamen.«

Ich musste lachen. »Wie Dorothea: Die will auch keine andere Göttin neben sich dulden.«

Raphael gab ein paar jaulende Töne von sich und ahmte Dorothea beim Singen nach. Ich kugelte mich vor Lachen.

Raphael schenkte uns beiden Wein nach und schwenkte erinnerungsselig das bauchige Glas. Erst jetzt begriff ich, wie sehr er an seiner Mutter hing. Er hatte ein Riesentalent von ihr geerbt.

Und ich kaltherzige Frau hatte soeben noch aufs Kopfkissen eingedroschen! Wie egoistisch von mir! Reuevoll schmiegte ich mich an ihn.

»Wir waren ein unschlagbares Team, Mutter und ich.« Während er in die dunkelrote schimmernde Flüssigkeit in seinem Glas blickte, als könne er seine Kindheit wieder heraufbeschwören, sagte er schwärmerisch:

»Tapfer, energisch und stolz ist sie bis heute. Es fällt ihr nur schwer, meine Liebe mit einer anderen Frau zu teilen. So, jetzt weißt du, warum sie so ist. «

»Warum konnte sie dich mit der Kirche teilen und mit mir nicht?«

Die Antwort gab ich mir selbst: Weil die Kirche ihn auf den keuschen, willenlosen Knaben reduziert hatte, der von ihr damals an der Pforte abgegeben worden war.

Und ich hatte ihn zum Mann gemacht, dafür gesorgt, dass er sich weiterentwickelte, eigene, erwachsene Entscheidungen traf. Klar, dass sie mich hasste!

Diese Erkenntnis traf mich wie ein Keulenschlag, aber ich behielt sie für mich.

Raphael sah mich eindringlich an. »Gib ihr eine Chance.«

»Versprochen!«, sagte ich zuversichtlich. »Ich liebe dich und stehe zu dir. Du kannst dich auf mich verlassen.«

Ich würde Größe zeigen. Ich stand über den Dingen. Auch diese Frau hatte Raphael schließlich zu dem gemacht, der er heute war. Zu dem Mann, den ich über alles liebte. Sie hatte eine Chance verdient.

24

Thalheim, Ende Juli 1984

Und dann kam sie: »Der Besuch der alten Dame«. Wir standen am Bahnhof Spalier.

Eine kleine, energische Frau mit Strickjacke, Anorak und flachen Halbschuhen. Keine große elegante Dame, wie ich sie mir ausgemalt hatte.

Sie sah so harmlos aus wie die Verkäuferin vom Konsum an der Kasse!

Sie umarmte und küsste ihren Sohn überschwänglich und brach sofort in Tränen aus. »Mein wundervolles Kind, mein schöner Junge, mein Ein und Alles!«

»Mutter, das ist Carina.«

»Guten Tag.« Schmale Lippen, böser kalter Blick. Sie ging mir gerade mal bis zum Kinn.

Mit der werde ich doch mit links fertig!, dachte ich erleichtert.

»Gib ihr Zeit«, formten Raphaels Lippen stumm.

»… und das sind die Kinder: Max, Sabine, Tommi und hier Christian und Matthias.«

Die Mutter stürzte sich auf den Zwillingskinderwagen und brach in Schreie des Entzückens aus. »Ganz mein Jungele, nein was für eine Ähnlichkeit, diese AUGEN, nein wirklich, du warst auch so ein schönes Kind! Sie sind dir aus dem Gesicht geschnitten …«

Oh. Dachte ich. In den letzten Briefen war noch davon die Rede, ich hätte Raphael die Kinder nur untergejubelt. Sie hatte mir allen Ernstes unterstellt, mir den schönen Pater bereits schwanger unter den Nagel gerissen zu haben, nur um an einen Vater für meine Kuckuckskinder zu kommen.

»Kuckuck!«, gurrte die Mutter nun in den Wagen hinein, was ich als deutlichen Fortschritt ansah. »Ja, sach mal Kuckuck! Hier ist die Oma!«

»Herr gib Kraft«, dachte ich. Ich werde sie knacken. Ich schaffe das.

Zu meinem Erstaunen begrüßte sie auch meine drei anderen Kinder überfreundlich. »Nein, so wohlerzogen, und schon so groß ... Ich habe euch auch was mitgebracht.« Sie zauberte After Eight und Milka-Schokolade aus ihrer Handtasche. »Das war nicht billig! Aber hier habt ihr ja so was nicht, und die Oma hat heute Spendierhosen an. Ihr könnt alle Oma zu mir sagen!«

Meine Kinder sollten sie Oma nennen, und mit mir redete sie nicht? Nur aus Liebe zu Raphael beschloss ich diese Frau für die nächsten drei Wochen zu ertragen. Raphael ging nach wie vor fest davon aus, dass wir einander ins Herz schließen würden, wenn wir uns erst besser kennengelernt hätten.

»Ihr habt doch schon mal das Wichtigste gemeinsam: Ihr liebt mich!«, hatte er beim Warten auf den Zug gesagt.

Als Karawane zogen wir von dannen, denn in den Trabi passten wir unmöglich alle rein.

»Junge, ich spendiere eine Taxe.«

»Ganz wie du willst, Mutter.«

»Wer möchte alles mit?«

Die Kinder sahen mich fragend an.

»Ich bin raus«, sagte Max.

»Ich auch«, sagte Sabine.

»Darf ich?«, fragte Tommi. Er war noch nie mit einer Taxe gefahren und fand das doch so aufregend!

»Geh nur, mein Großer!«

»Komm, hak dich bei der Oma ein!« Die kleine Frau hüpfte mit dem verdutzten Tommi davon. Raphael machte noch eine »Vergib ihnen, denn sie wissen nicht, was sie tun«-Geste, um dann mit dem Kinderwagen hinterherzurennen.

Und so kam es, dass Oma Gertrud mit Raphael, den Zwillingen und Tommi im Taxi fuhr, während ich mit Max und Sabine zu Fuß nach Hause ging.

»Die ist ja voll durchgeknallt«, meinte Max. »Wenn ich die zur Mutter gehabt hätte, wäre ich auch ins Kloster gegangen.« Ich musste lachen, und die Kinder stimmten mit ein.

Sabine hakte sich bei mir unter und fing ganz albern an zu hüpfen. »Ihr dürft alle Oma zu mir sagen…«

»Ich bin nicht ganz billig, aber so was Feines wie mich habt ihr hier ja nicht«, äffte Max sie nach. Den ganzen Rückweg amüsierten wir uns königlich. Das war aber auch das letzte Mal, dass wir was zu lachen hatten.

Zu Hause angekommen, hatte sie ihr Revier bereits markiert.

»Ein Klavier, ein Klavier!« Mutter, wir danken dir.

»Na ja, da spielt eigentlich keiner drauf, aber bitte, wenn Sie wollen…«

»Raphael, darf ich?« Sie ignorierte mich einfach!

Eifrig drehte Raphael ihr den Hocker auf die gewünschte Höhe. Sie setzte sich und hämmerte zugegebenermaßen brillant mit ihren kleinen energischen Fingern einen Bach hinein. Ehrfürchtig standen wir im Halbkreis um sie herum.

Sie spielte lange. Sehr lange. Bis sie ihren Vortrag mit einem aufgesetzten Triller beendete.

Wir klatschten.

»Ja, da staunt ihr, was? Die Oma kann noch mehr!«

Und zack!, noch bevor sie jemand stoppen konnte, spielte sie einen Beethoven. *Für Elise.* Aber volle Wäsche. Alle drei Sätze. Wir wagten nicht zu atmen.

Die Kleinen quäkten zwar, wurden aber kurzerhand ins Schlafzimmer geschoben.

Selbst Tommi stand die halbstündige Darbietung Schokolade essend durch.

»Ganz wundervoll, Mutter. Du hast ja noch nichts verlernt.«

»Ich kann auch Orgel!«

»Ja, Mutter, bei Gelegenheit gehen wir rüber in die Kirche, und dann bitte ich den Pfarrer um den Orgelschlüssel.«

»Und was ist mit Tee?«, wagte ich das Wort an sie zu richten. »Ich habe eine kalte Platte zubereitet. Wir haben schon auf der Terrasse gedeckt.«

»Junge, jetzt habe ich Hunger«, sagte sie, mich nach wie vor komplett ignorierend. Von wegen kalte Platte – kalte Schulter! »Jetzt gehen wir beide essen. Und zwar warm.«

»Mutter, Carina hat das Abendessen vorbereitet, hast du nicht zugehört?«

»Sag ihr, sie braucht die nächsten drei Wochen nicht zu kochen. Ich habe nicht vor, hier mit ihr an einem Tisch zu sitzen.«

»Mutter, bitte …«

»Ich koche sowieso«, half ich meinem armen Raphael.

»NICHT für mich.« Ein letzter Adlerblick in meine Richtung, dann zog sie Raphael zur Tür: »Wir beide haben uns ja wohl viel zu erzählen, Junge. Außerdem musste ich so viel Geld zwangsumtauschen – wo soll ich denn damit hin?«

Ja, da fiele mir schon was ein, dachte ich. Bei fünf Enkeln, die sie alle Oma nennen durften, würde sie ihr Geld spielend los. Ihr Auftritt hatte mich allerdings komplett verstummen lassen.

»Wir gehen jeden Tag essen, mein Liebling.« Sie tätschelte Raphaels Gesicht. »Die Freude musst du deiner alten Mutter schon machen.«

Raphael warf mir einen entschuldigenden Blick zu. Dann ließ er sich willenlos aus der Wohnung ziehen.

Wir anderen standen auf der Dachterrasse und sahen ihnen nach. Sie hatte sich bei Raphael eingehängt. Halb so groß wie er, hüpfte sie wie ein Kind fröhlich neben ihm her.

Und ihre ganze Haltung zeigte mir: Den kriegst du nicht. Der gehört mir.

Von nun an diktierte diese Egozentrikerin unser Familienleben. Sie hatte einen unfassbaren Selbstdarstellungsdrang, war ständig auf einer imaginären Bühne. Da sie wirklich toll Klavier spielen konnte, zollten wir ihr durchaus Aufmerksamkeit und Respekt. Stundenlang drosch die auf unsere alte Mähre ein und rief während des Spielens ein übers andere Mal aus:

»Verstimmt! Schrecklich! D-Moll! Ja, hört das denn keiner? Ich werde einen Klavierstimmer spendieren!«

Wir hatten wirklich anderes zu tun gehabt, als unser altes Klavier zu stimmen, auf dem keiner spielte.

»Mutter, daran hätte ich wirklich denken können. Das war sehr unaufmerksam von mir.«

Ich glaubte, meinen Ohren nicht zu trauen!

Mein in letzter Zeit so männlich-starker Raphael schrumpfte innerhalb weniger Tage zu einem schwächlichen Muttersöhnchen zusammen. Er war wieder der willenlose Knabe, den sie an der Klosterpforte abgegeben hatte.

Wenn sie nicht gerade das Klavier malträtierte oder den Kindern mit ihrer schrillen Stimme was vorsang, war sie mit ihrem Sohn unterwegs.

»Wir müssen dir mal anständige Kleider kaufen. Wie läufst du denn rum! – Bitte stell mir den Pfarrer vor, ich werde ihm etwas auf der Orgel vorspielen!«

Selbst den Kirchenchor mischte sie auf. »Ich habe bei mir zu Hause in Trier einen kleinen feinen Chor gegründet, ich möchte die nächste Chorprobe leiten!«

Und Raphael spurte.

»Carina, bitte lass sie doch, sie fühlt sich eben wohl hier!«

»Nein, sie zieht hier eine Show ab!«, giftete ich und schmiss den Spüllappen in die Spüle. »Schließ das Klavier ab, ich ertrage das nicht länger! Jetzt hat sie uns oft genug den türkischen Marsch geblasen! Die Zwillinge brauchen ihre Ruhe!«

Aber Gertrud hatte meinen kleinen Tommi längst in ihren Bann gezogen. Sie brachte ihm das Klavierspielen bei und lobte ihn über den grünen Klee.

»Deine Fingerchen müssen sein wie kleine Soldaten: tapp, tapp, tapp!«

Man merkte deutlich, dass sie zu Hause ständig im Mittelpunkt stand und es auch gewohnt war, andere nach ihrer Pfeife tanzen zu lassen.

Auch Raphael war ihr kleiner Soldat gewesen: tapp, tapp, tapp! Schöne runde Fingerchen. Nur nicht aufmucken. Immer schön im Takt bleiben.

Ihr einziger Sohn musste für andere Frauen tabu bleiben.

Der Orden war genau das Richtige für ihn!

»Mein schöner Sohn!«, schwärmte sie, wenn sie ihn von ihrem Klavierhocker aus betrachtete. »Mein süßes Kind! – Komm lass uns doch noch mal vierhändig spielen! Schuberts *Trauermarsch*, den kennst du doch noch!«

Und dann hockten die beiden wie zusammengeschweißt auf diesem Klavierhocker, sie gab zackig mit dem Kopf den Takt vor, und er spielte brav die Unterstimme!

Ich knallte damals bewusst laut mit Töpfen und Pfannen. Was sie ebenfalls ignorierte.

Am Abend im Schlafzimmer konnte ich mich kaum beherrschen, Raphael nicht anzuschreien. Aber da nicht nur die Zwillinge bei uns schliefen, sondern auch noch Tommi zwischen uns auf der Besucherritze lag …

»Sie benimmt sich egoistisch und rücksichtslos«, zischte ich unter Tränen. »Sie spielt ständig die erste Geige! Mir kommt die Galle hoch, wenn ich das höre: Kleiner Soldat! Tapp, tapp, tapp! Und das Schlimmste ist: Du lässt dir das alles gefallen!«

»Carina, was ist denn daran so schlimm, wenn du mal für drei Wochen die zweite Geige spielst!«

»Bitte was?!« Ich saß senkrecht im Bett und drosch auf mein Kopfkissen ein.

»Ich spiele überhaupt keine Geige, ist dir das schon mal aufgefallen?«

»Bitte, spiel das Spielchen doch mit!« Raphael versuchte, den Arm um mich zu legen, aber ich schüttelte ihn ab wie ein lästiges Insekt.

»Dir bricht doch kein Zacken aus der Krone, wenn du für diese kurze Zeit an zweiter Stelle stehst!«

»Raphael, siehst du das denn nicht? Es ist ein Machtspiel, das sie gewinnt!«

»Aber Liebes, steh doch über den Dingen.«

»Du gibst dich einer Lächerlichkeit preis, die wirklich nicht auszuhalten ist!«

An diesem Abend hatten wir unseren ersten hässlichen Streit.

Ich steigerte mich regelrecht in meine Wut hinein:

»Wie sie dich immer anfasst! Ihr sitzt Händchen haltend auf dem Sofa. Das ist doch kein gesundes Mutter-Sohn-Verhältnis mehr!«

»Carina, deine Eifersucht ist lächerlich! Sie hat doch nur noch mich! Versetz dich doch mal in ihre Lage!«, flüsterte Raphael aufgebracht. »Drei kurze Wochen sind ihr nur vergönnt, dann trennt uns wieder die Mauer!«

»Mir kommen die Tränen«, geiferte ich. »SIE ist doch in den Westen abgehauen, als sie Rentnerin war! Wenn du ihr so wichtig bist – warum ist sie dann nicht hiergeblieben?« Das musste doch endlich mal laut ausgesprochen werden!

Innerlich frohlockte ich, dass sie nicht hiergeblieben war.

»Carina, du bist so was von ungerecht! Wo ist deine christliche Langmut hin?«

Ein Wort gab das andere, und meine christliche Langmut reichte noch nicht mal mehr aus, um Raphaels Versöhnungsversuche anzunehmen.

Ich wollte heute nicht mehr von ihm berührt werden!

Wütend rollte ich mich in meine Decke ein und drehte mich zur Wand.

In mir brodelte es. Ich hatte gute Lust, ihn und seine Mutter aus der Wohnung zu werfen. Das war meine Wohnung! Vom Erlös der Villa gekauft! Vom Erbe meines ersten Mannes! Sollten sie doch ins Hotel gehen und sich ein Doppelzimmer nehmen!

Als ich nach wenigen Stunden nicht vorhandenen Schlafes die Augen aufmachte, war Raphael weg.

Es war sechs Uhr morgens, und die Zwillinge forderten ihre Morgenflasche.

Aha. Keine Hilfe heute also. Ich klapperte in der Küche herum und blinzelte die Tränen weg. Waren sie wirklich ins Hotel gegangen?

Da hörte ich die Mutter heulen! Ich hörte geschluchzte Wortfetzen wie: »Schreckliche Frau«, »alles genommen«, »Leben zerstört«. Führte sie Selbstgespräche?

Mit den Fläschchen in der Hand schob ich die Tür zu Tommis Zimmer einen Spalt auf. Und traute meinen Augen nicht!

Raphael lag neben ihr im schmalen Knabenbett und tröstete sie!

»Aber Mutter, sie meint es doch nicht so ...«

»Sie ist ein ganz durchtriebenes Stück!«

»Du solltest sie erst mal kennenlernen, gib ihr doch eine Chance ...«

»Sie hat es drauf angelegt, dich von deiner Berufung loszureißen ...«

Das durfte doch nicht wahr sein! Bei aller Langmut und christlicher Duldsamkeit.

Herr Pater, diese Dame sucht ein Kreuz.

Dieses hier würde ich jedenfalls nicht länger tragen. Ich nahm das Meißner Porzellan aus dem Schrank und warf es an die Wand.

Dann riss ich die Tür zu Tommis Zimmer weit auf und sagte:

»So. Ich fahre Sie jetzt zum Bahnhof. Oder aber Sie gehen auf der Stelle ins Hotel!«

Die Zwillinge schrien sich die Seele aus dem Hals, Tommi weinte, auch Sabine und Max lehnten leichenblass in der Tür.

Die Mutter war natürlich noch im Nachthemd und raufte sich die Dauerwelle, in der noch ein paar Lockenwickler hingen.

Geschockt und bleich stand Raphael hinter ihr.

»Carina! So beherrsch dich doch!«

»Ich werfe mit noch mehr Sachen um mich, wenn sie sich nicht sofort anzieht und meine Wohnung verlässt!«

»Carina, ich habe gleich einen Termin beim Amt für Arbeit, der ist wichtig!«

»Das passt ja gut! Wenn du wiederkommst, ist deine Mutter weg!«

»Raphael, so beschütz mich doch vor dieser bösen Frau!«

»Mutter, bitte geh dich anziehen.« Raphael war sichtlich überfordert. Wieder versuchte er, mich in die Arme zu nehmen, aber ich wehrte ihn ab. In der Küche lieferten wir uns einen richtigen Ringkampf.

»Trennt ihr euch jetzt?«, heulte Tommi. »Ich hab euch doch beide so lieb!«

Die Zwillinge brüllten wie am Spieß.

»Sabine und Max, bitte übernehmt die Zwillinge.«

Ich drückte meinen Großen je ein schreiendes Baby in die Arme und schubste Tommi in sein Zimmer. Das Bett war noch schlafwarm, und ich zerrte den Bezug von Kissen und Decke.

Mit spitzen Fingern stopfte ich das Bettzeug in die Waschmaschine. Dann stellte ich auf Kochwäsche.

»Raphael, was tut sie da?! Mit so einer hysterischen Frau lebst du zusammen?«

»Sind Sie fertig?« Ich wirbelte herum. »Sie verlassen jetzt meine Wohnung!«

»Carina, bitte! Du wirst dein Verhalten später bitterlich bereuen!«

Ich wunderte mich selbst, woher ich plötzlich die Kraft nahm. Aber ich zerrte die Frau am Ärmel aus der Wohnung. Max trug eiligst ihren Koffer hinterher.

Ohne sie eines Blickes zu würdigen, schloss ich meinen Trabi auf.

»Sie steigen jetzt ein!«

»Raphael, lässt du das etwa zu?«, jammerte sie.

»Sprecht euch doch einfach mal aus«, schlug Raphael von oben im Treppenhaus konstruktiv vor. »Mutter, es tut mir leid, aber ich muss jetzt zum Amt für Arbeit!«

»Geh doch wieder ins Kloster«, rief ich in rasender Wut. »Einem Leben als Mann und Familienvater bist du nicht gewachsen!«

Mein Gott, was für schreckliche Worte kamen denn da aus meinem Mund? Ich liebte ihn doch so sehr! Aber ich musste das jetzt durchziehen. Und wenn es das Letzte war, was ich in Raphaels Gegenwart tat. Ich warf den Koffer in den Kofferraum und knallte den Deckel zu.

Die Mutter war so überrascht, dass sie tatsächlich einstieg.

Schweigend fuhren wir eine Weile.

»Bahnhof oder Hotel?«, fragte ich knapp.

Sie heulte laut los. »Warum haben Sie das getan? Warum haben Sie mir das geliebte Kind genommen?«

»Das diskutiere ich jetzt nicht mit Ihnen. Also: Bahnhof oder Hotel?«

»Warum haben Sie nicht die Pille genommen? Sie hätten verhüten können, Sie hatten schon sexuelle Erfahrung, und nicht zu knapp, mein armer lieber Sohn aber nicht!«

Ich musste an einer roten Ampel halten. Meine Hände umklammerten das Lenkrad so sehr, dass meine Fingerknöchel weiß hervortraten.

Sie gab noch nicht auf und begann hysterisch zu heulen.

»Das hat mein Sohn nicht verdient, dass er auf so eine durchtriebene Schlampe hereinfällt! Und was Sie in Wahrheit für einen Charakter haben, habe ich ja heute Morgen gesehen! Ihre armen Kinder! Die gehören alle in ein Heim. Die Kirche hat Ihnen das sogar angeboten, aber in Ihrem Hochmut haben Sie abgelehnt! Dabei sind Sie völlig überfordert und asozial!«

»So, das reicht jetzt. Sie steigen sofort aus.«

Von hinten wurde gehupt. Die Ampel war längst wieder grün.

Ich beugte mich über sie, stieß die Tür auf und sagte: »Raus.«

»Das können Sie doch mit mir nicht machen, Sie unverschämte Person!«

»Und ob ich das kann.«

Ich stieg aus, kämpfte mich durch meine eigenen Abgase, ignorierte das Hupkonzert und zerrte die Frau aus meinem Auto. Die Handtasche warf ich hinter ihr her.

Die Leute blieben stehen und gafften.

Sie schrie und heulte laut: »Hilfe, Polizei!«

Ich stieg wieder ein und fuhr davon.

Keine Ahnung, wie lange ich ziellos durch die Gegend gebrettert war.

Meine Tränen flossen unablässig. Tränen der Wut, der Scham, der Trauer, des Schocks.

Zu was hatte ich mich hinreißen lassen!

Ich hatte mich in eine Furie verwandelt, die ihre Kinder im Stich ließ! Aber ich konnte nicht umkehren. Ich konnte nicht zurück.

Sollten sie doch zu Hause sehen, wie sie klarkamen!

Sollte Raphael doch merken, was er angerichtet hatte!

Hoffentlich saß die schreckliche Frau jetzt wenigstens im Zug nach Trier!

Nicht auszudenken, wenn sie jetzt wieder in meiner Wohnung war! Mit meinen Kindern! Und meinem Mann!

War er denn überhaupt noch mein Mann?

Wollte ich ihn denn noch?

Stundenlang fuhr ich durch die Einöde, bis irgendwann der Tank leer war.

Da saß ich nun im Straßengraben und weinte, weinte, weinte. Ich schlug mit der Stirn gegen das Lenkrad.

Inzwischen war es schon später Nachmittag, und da regte sich mein schlechtes Gewissen.

Meine armen Zwillinge! Wer sorgte denn jetzt für sie? Und mein kleiner Tommi? Es zerriss mir das Herz! Hatte ich etwa IHR das Feld überlassen?

Hatte sie schon die halbe Gemeinde zu Hilfe geholt?

Hatte die schreckliche alte Frau etwa recht? Mussten die Kinder ins Heim? Vielleicht waren sie schon abgeholt worden?

Und vielleicht war Raphael wirklich schon wieder auf dem Weg zurück ins Kloster?

Mein Mund schmeckte nach Pappe, und ich hatte keine Kraft mehr, eine Entscheidung zu treffen. Zwickmühle.

Plötzlich klopfte jemand an meine Scheibe. Ich erschrak fürchterlich und blickte in das riesige Gesicht einer Kuh. Wiederkäuend glotzte sie in mein Auto. Ihre rote fleischige Zunge verarbeitete gerade irgendwas, was aus ihrem Labmagen oder Pansen oder wie die Dinger heißen wieder hochgekommen war. Ihr Schwanz klopfte derweil an meine verendete Plastikkarre. Vielleicht würde sie mich ja jetzt mitsamt meiner Fahrgastzelle zerstampfen? Ich freute mich schon darauf.

Da gewahrte ich neben ihr ein menschliches Wesen.

Es war eine rundliche Bauersfrau mit einem Kopftuch. Sie führte die Kuh eigentlich über die Straße.

»Ist alles in Ordnung mit Ihnen?«

»Nein.« Wieder sank ich mit dem Kopf aufs Lenkrad und löste einen Dauerhupton aus.

»Na, na, na. Sie erschrecken mir ja die Erna. Kommen Sie mal mit.«

Willenlos ließ ich mich wie die Kuh mitziehen. Bis die Alte die Kuh in einen Stall und mich in ihr kleines dunkles Bauernhaus schob.

»Na, wo brennt's denn junge Frau?«

Ich ließ mich auf ihre Küchenbank sinken und starrte einfach nur vor mich hin. »Mein Tank ist leer.«

»Ich mache Ihnen mal ne schöne Schorle.«

»Darf ich Ihre Toilette benutzen?«

»Hinten im Hof.« Sie drückte mir einen Stapel Zeitungspapier in die Hand.

Auf dem Plumpsklo umsurrten mich dicke Schmeißfliegen.

Wie in Trance starrte ich vor mich hin, immer noch unfähig, einen klaren Gedanken zu fassen. Auf dem Zeitungspapier prangte eine dicke Überschrift: »Mutter von fünf Kindern spurlos verschwunden! Kinder verwahrlost aufgefunden. Rentnerin aus dem Westen von Lastwagen überrollt, nachdem sie von ihrer Schwiegertochter aus einem Auto geworfen wurde! Ehemaliger Pater erhängt sich hinter der Orgel!«

Ich kniff die Augen zusammen und starrte auf die Zeitung.

Da stand ja gar nichts dergleichen! Meine Fantasie spielte mir schon einen Streich.

Wie eine Greisin schlurfte ich zurück in die Küche.

»Was ist denn passiert?« Meine Gastgeberin ließ sich auf einen wackeligen Holzstuhl plumpsen. Sie schob mir die kalte Schorle hin.

»Na trinkense mal. Danach sieht die Welt schon wieder anders aus.«

Das erfrischende Getränk flutete meine ausgedörrte Kehle. Doch noch ganz andere Schleusen wurden geöffnet.

»Meine Schwiegermutter …«, heulte ich hemmungslos in mein Glas, »… mag mich nicht!«

Die alte Bäuerin stieß ein derbes Lachen aus.

»Und deshalb sitzen Sie hier seit Stunden am Straßenrand? Die Erna und ich, wir beobachten Sie schon die ganze Zeit!«

»Das tut mir leid, und ich muss auch sofort zurück zu meinen Kindern …«

»Da dürften Sie Pech haben.« Sie stützte ihre dicken Arme auf den Holztisch und blickte zum Fenster hinaus, wo mein alter armer Trabi stand.

»Die nächste Tankstelle ist fünfzehn Kilometer weit entfernt, und Telefon habe ich auch keines.«

»Aber was mache ich denn jetzt!« Die nackte Verzweiflung packte mich.

»Das kann ich Ihnen sagen. Sie übernachten jetzt bei mir, ich mache Ihnen das Bett von meinem Egon fertig, und wenn morgen früh der Milchlaster kommt, schicke ich nach einem Benzinkanister.«

»Und wo ist der Egon?«, fragte ich scheu.

»Den haben sie mit den Puschen zuerst rausgetragen.«

»Oh, das tut mir furchtbar leid …«, stammelte ich.

»Das muss es nicht. Jetzt geht es mir richtig gut. Die Erna und ich, wir haben jetzt unsere Ruhe.«

Und während ich unterm schweren Federbett neben der schnarchenden Bauersfrau in Egons Betthälfte lag, betete ich, dass es meinen Kindern gut ginge.

Am nächsten Morgen weckte mich die Bäuerin mit frischem Kaffee. Es duftete nach warmem Brot. Sie tischte selbst gemachte Marmelade und Butter auf und machte mir noch ein Fresspaket mit Leberwurst und hart gekochten Eiern.

»Ihr Trabi ist wieder flott!«

Ich bedankte mich von Herzen bei dieser wundervollen Frau und drückte sie an mich.

»Ich werde Sie nie vergessen! Ohne Sie hätte ich diese Nacht bestimmt nicht überlebt!«

»Jetzt machen Sie mal halblang! Und denken daran, wie viele Schwiegermütter ihre Schwiegertöchter nicht mögen«, rief sie, während sie die Kuh wieder über die Straße zog. »Ich konnte meine nicht ausstehen! Die hat mir meinen Egon verzogen! Aber jetzt hat er ins Gras gebissen, was, Erna?« Sie redete wieder mit ihrer Kuh. Ich nahm an, dass diese das genau jetzt tun würde. Ich beneidete die alte Bäuerin um ihren Seelenfrieden.

Auf der Rückfahrt war ich hin- und hergerissen zwischen der Angst, dass etwas passiert sein könnte, und dem festen Vorsatz, mir nichts mehr gefallen zu lassen.

Mit Herzklopfen schlich ich die Treppe hinauf. Es war verdächtig still. O Gott, bitte lass die Kinder noch nicht im Heim sein!, betete ich. Und Raphael nicht wieder im Kloster. Aber, lieber Gott, lass die Mutter weg sein.

Vorsichtig schloss ich auf. »Hallo? Jemand zu Hause?!«

Am Küchentisch saß Raphael zwischen den beiden Hochstühlen, darin unversehrt meine Zwillinge. Sie rissen Münder und Augen auf und hauten vergnügt auf ihre Tischchen, als sie mich kommen sahen. Tommi saß am Tisch und malte.

Die Küche sah ein bisschen ramponiert aus, schließlich hatte ich gestern mit Meißner Porzellan geworfen, aber die Scherben waren schon weg.

»Mami!« Tommi umschlang mich und drückte mich fest.

»Wir haben dich so vermisst!«

»Es tut mir leid«, stammelte ich und schmiegte mich an die

Zwillinge, die vor Freude mit den Beinchen strampelten. Schon wieder kamen mir die Tränen: Tränen der Reue diesmal. Ich war einfach abgehauen – welche Mutter macht so was?

Auch Raphael hatte Tränen in den Augen. Reuevoll sah er mich an, das Hemd voller Möhrenbreispritzer.

»Carina, dir muss es nicht leidtun. MIR tut es leid.«

»Ist sie weg?«

»Ja, sie ist weg.« Raphael zog mich an sich, und wir umarmten uns innig. »Carina, kannst du mir noch mal verzeihen? Ich habe mich unmöglich benommen. In den letzten sechsunddreißig Stunden haben sich vor meinem inneren Auge die fürchterlichsten Szenen abgespielt. Ich sah dich schon im Straßengraben liegen oder in den Armen eines anderen Mannes ...«

»Na ja, ich gebe es zu, ich war in Egons Bett.«

Raphaels Augen weiteten sich. »Wer ist Egon?«

»Ein toter Bauer.«

»Mama, du warst bei einem toten Bauern im Bett?« Tommi starrte mich an.

»Ja. Mit seiner Frau. Wir haben uns über Schwiegermütter unterhalten. Es war sehr aufschlussreich.«

Raphael beeilte sich, mir eine Tasse Tee einzuschenken. »Liebste. Ich habe gebetet – zu allen Heiligen und zur Schutzpatronin der Verschwundenen, dass sie dich heil wiederbringen. Ich habe gelobt, von nun an ein vorbildlicher Mann und Vater zu sein! Bitte gib mir noch eine Chance!«

»Ich hab dir allerdings schon eine ganze Menge Chancen gegeben«, schniefte ich. »Und wie ist es mit deiner Mutter weitergegangen?«

»Sie hat noch eine riesige Szene gemacht«, berichtete Raphael.

»O ja, das hat sie!« Tommi grinste und entblößte seine

Zahnlücken. »Die hat die Polizei gerufen und wollte, dass die Zwillinge und ich ins Heim kommen!« Vergnügt kritzelte er auf seinem Zeichenblock herum. »Und da hat der Raphael sie rausgeschmissen. – Ich male sie gerade! Schau!«

Tatsächlich hatte er so eine Art Lebkuchenhaus mit Hexe gemalt, die gerade durch den Schornstein auf einem Besen verschwand.

Mit Tränen in den Augen sah ich meinen Liebsten an. »Wirklich wahr?«

Er nickte.

»Es musste anscheinend erst zu so einem reinigenden Gewitter kommen, bis ich begriffen habe, wo jetzt mein Platz ist.« Er schüttelte über sich selbst den Kopf: »Matthäus, Vers sieben: ›Warum siehst du den Splitter im Kopf deines Bruders, aber den Balken in deinem Auge bemerkst du nicht?‹«

Raphael nahm meine Hand und küsste sie.

»Ich habe meine Mutter zum Bahnhof gefahren und ihr gesagt, dass ich dich heiraten werde.«

Reflexartig zog ich meine Hand zurück.

»Das besprichst du mit deiner MUTTER? Bevor du MICH gefragt hast?«

»O bitte Carina, flipp nicht gleich wieder aus!« Raphael warf die Hände in die Luft. Die Zwillinge verfolgten unseren Disput mit großen Augen, und auch Tommi hörte auf, seine Hexe schwarz zu kritzeln.

»Du warst ja nicht da, und ich wusste, ich sehe meine Mutter erst mal nicht wieder. Deshalb diese zugegebenermaßen verkehrte Reihenfolge!«

»Frag sie«, flüsterte Tommi. »Du musst sie fragen, bevor sie wieder mit Tassen wirft!«

Raphael ging vor mir auf die Knie. Flehentlich sah er mich an.

Da war er wieder, dieser Blick aus dunklen, warmen Augen, der mich stets aufs Neue verzauberte. Mein Herz stolperte wie der Trabi, der nicht anspringen wollte.

Das war doch jetzt nicht … Er würde doch nicht …

»Das Geschenk«, raunte Tommi. »Du musst es ihr geben!«

Raphael kramte nervös in seiner Tasche. Ich verzieh ihm auf der Stelle alles.

Wenn das jetzt ein Heiratsantrag werden sollte, war es der denkbar ungünstigste Zeitpunkt. Aber wann war bei uns jemals ein Zeitpunkt günstig?

Er holte ein winziges schwarzes Kästchen zum Vorschein.

»Carina Kramer«, sagte er feierlich, den Blick fest auf mich gerichtet. »Bitte verzeih mir. Ich liebe dich und möchte den Rest meines Lebens mit dir verbringen. Mit dir und den Kindern. Du bist die einzige Frau in meinem Leben und sollst es für immer bleiben.«

Mit zitternden Fingern öffnete er das Kästchen. Darin lag ein schmaler goldener Ring.

»Carina Kramer. Bitte heirate mich armen Trottel. Ohne dich bin ich verloren.«

Eine Woche später fischte ich einen Brief von seiner Mutter aus dem Briefkasten und legte ihn mit spitzen Fingern auf den Küchentisch.

»Entweder sie tritt nach oder sie entschuldigt sich«, sagte ich. »Möchtest du ihn lesen?«

»Lieber nicht.« Raphael trat automatisch einen Schritt zurück und verschränkte die Arme hinter dem Rücken.

»Sollen wir ihn ungeöffnet wegwerfen?«

Wir betrachteten den Brief wie ein gefährliches Insekt.

»Ich will aber wissen, was drinsteht«, rief Tommi neugierig.

Schließlich rang sich Raphael zu einer Entscheidung durch.

»Und wenn sie uns um Verzeihung bittet?«

Ich legte den Kopf schräg. »Für wie wahrscheinlich hältst du das?«

»Für nicht sehr wahrscheinlich, aber Saulus wurde auch zum Paulus.«

»Ihr könnt ja wetten«, krähte Tommi naseweis. »Bittet sie um Verzeihung? Ich bin für Nein.«

»Okay, mach ihn auf.«

»Nein, du.«

Zitternd öffnete ich den Brief.

Lieber Gott, flehte ich innerlich. Wenn sie sich entschuldigt, werde ich ihr auch verzeihen. Lass mich eine gute Christin sein!

»*Raphael, mein einziger Sohn,*
ich werde die Beziehung zu dieser Frau niemals akzeptieren.
Was ihr mir angetan habt, werde ich euch nie verzeihen.
Sie hat aus dir einen anderen Menschen gemacht, einen Mann,
den ich nicht kenne.
Sie hat dich mir entfremdet und dein Leben so umgekrempelt, wie es ihr in den Kram passt. Mein und dein
Lebenskonzept hat sie einfach zerstört.
Aber du hast dich für sie entschieden. In meinen Augen
das Ergebnis ihrer bösartigen Machenschaften. Ich werde den
Schmerz darüber mit ins Grab nehmen und kann dich für
den Rest deines Lebens nicht von Schuld freisprechen.
Damit musst du leben.
Ich erkenne aber an, dass du zwei Söhne hast, für die du
sorgen musst. So weit geht meine Christenpflicht. Ich werde

die Früchte deiner Schuld annehmen, wie Jesus die Sünder angenommen hat.

Aber bitte geh nicht so weit und heirate diese Frau. Das würde mir das Herz brechen. Ich bitte dich um diesen letzten Liebesbeweis.

In tiefem Schmerz,
deine Mutter

25

Thalheim, Anfang August 1984

Unsere Hochzeit fand im denkbar kleinsten, privaten Rahmen statt. Und zwar nur standesamtlich. Ich legte meinen Namen Kramer ab, und auch die Zwillinge trugen ab sofort den Namen von Ahrenberg.

Nur unsere drei Großen hießen weiterhin Kramer.

Nach der Trauung feierten wir einfach mit unseren Kindern daheim bei einem festlichen Mittagessen. Sabine hatte mithilfe von Kolleginnen ein köstliches Menü gezaubert.

In den nächsten Tagen fanden unsere Verwandten und Bekannten ein Kärtchen im Briefkasten: »Wir haben geheiratet. Carina und Raphael von Ahrenberg.« Aus, fertig. Wir diskutierten unsere Lebensentscheidungen mit niemandem mehr. Ein wunderbares Gefühl von Freiheit und endgültigem Erwachsensein!

Bald darauf schrieb uns Raphaels Halbschwester Marie, die bei Stuttgart lebte, einen rührenden Brief:

Meine Lieben im fernen Thalheim,
bei Hochzeiten ist immer von Glaube, Liebe, Hoffnung
die Rede! Wer, wenn nicht ihr, habt diese drei edlen Tugenden
bewiesen! Diese drei großen Schätze habt ihr für immer
bei euch, die kann euch niemand nehmen.
Möge euch das Glück, das ihr so mühsam errungen habt,

für immer hold sein! Wir bewundern euren Mut und sind sehr stolz auf euch!

Eure Marie mit Mann und Kindern.

P. S.: Es folgt ein etwas sperriges Paket!

Raphael hatte Marie ja nur einmal als Vierjähriger auf der Beerdigung seines Vaters gesehen, mich kannte sie gar nicht. Umso umwerfender war ihre Reaktion auf die Neuigkeit. Wir telefonierten, und ich lernte sie als warmherzige, liebevolle Frau kennen. Sie sprach ein so starkes Schwäbisch, dass ich Mühe hatte, sie zu verstehen.

Und noch jemand gratulierte zu unserer Hochzeit: Meine Ex-Schwiegermutter Christa schickte einen Riesenblumenstrauß!

»Eine größere Überraschung kommt noch«, kündigte sie an. »Ich hoffe, Georg und ich haben euren Geschmack getroffen!«

Ich freute mich riesig über den Segen dieser lieben Menschen aus dem Westen.

Auch bei Raphael hatte eine tolle Entwicklung stattgefunden. Er machte nicht den Eindruck, als litte er darunter, sich von seiner Mutter losgesagt zu haben. Er hatte begriffen, dass sein Leben nicht daraus bestehen konnte, ständig nur den Erwartungen seiner Mutter zu entsprechen. Er hatte sich abgenabelt. Auch von der Kirche.

Und dann traf das von Marie angekündigte sperrige Paket ein: ein todschicker Zwillingssportbuggy, wie es in der ganzen DDR vermutlich keinen zweiten gab! Es war eine Freude, mit diesem leichtgängigen Buggy durch die Stadt zu marschieren, und zwar mit hocherhobenem Kopf!

Das von Christa angekündigte Geschenk war ungleich größer, auch wenn es sich ebenfalls um einen fahrbaren Untersatz handelte.

Durch ihren Sohn Georg, der bei VW in Wolfsburg arbeitete, bekamen wir einen fabrikneuen Golf! Es dauerte seine Zeit, bis er über die Schweizer Firma Genex angeliefert wurde, aber er kam gerade rechtzeitig, um mit ihm in den längst überfälligen, gemeinsamen Sommerurlaub zu fahren.

Ich bedankte mich unter Tränen bei Christa am Telefon, und auch Raphael sagte sehr bewegte Worte zu der ihm unbekannten Schwiegermutter.

Die Großen, Max und Sabine, kamen nicht mehr mit, aber unsere drei Jungs genossen die spritzige Fahrt in dem von allen bewunderten Gefährt. Nach den Ferien bekamen die Zwillinge einen Platz im Kindergarten. Nicht im katholischen gleich bei uns um die Ecke, aber im staatlichen. Ich konnte wieder über eine Rückkehr ins Berufsleben nachdenken.

Und Raphael schaute sich ebenfalls weiterhin nach einem passenden Job um.

»Carina, unsere Glückssträhne scheint gar nicht abzureißen!« Raphael stürmte mit langen Schritten hinauf in die Wohnung. Ich hatte den schnittigen roten Golf schon von der Terrasse aus kommen sehen und meinem Mann freudestrahlend die Tür geöffnet.

»Ich habe ein ganz tolles Jobangebot, du kannst gleich mit einsteigen!«

Er umfasste mich und wirbelte mich herum.

»Sie haben mir eine Buchhandlung in Dresden angeboten!«

Seine Augen strahlten mit dem herrlichen Spätsommerwetter um die Wette.

»Dresden?!« Das wäre ja wunderbar, dachte ich. Niemand würde von unserer Vorgeschichte erfahren müssen, und wir könnten so richtig befreit von Altlasten neu durchstarten.

»Raphael, das wäre ein Traum!«

»Traust du dir das zu? Hast du Lust auf Großstadt? Die Buchhandlung ist direkt neben der Frauenkirche.«

»Du meinst, neben der Ruine der Frauenkirche.«

»Was ist? Fahren wir hin? Schauen wir es uns an?«

Mein ehemals so zögerlicher Raphael strotzte nur so vor Energie und Tatendrang. Endlich hatte er die Fesseln der diversen Bevormundungen abgestreift.

Wir packten die Kinder kurzerhand ins Auto und fuhren nach Dresden. Dort besichtigten wir die altehrwürdige Dombuchhandlung, für die ein nettes älteres Ehepaar würdige Nachfolger suchte.

»Sie beide wären genau die Richtigen!« Per Handschlag bestätigten sie uns, dass sie uns die Buchhandlung übertragen würden. »Ein studierter Theologe und eine Sachbearbeiterin für die Buchhaltung. Noch dazu sind Sie so ein sympathisches, glaubwürdiges Paar – das wird unsere Stammkunden freuen!«

In heller Vorfreude auf den neuen Lebensabschnitt meldeten wir unseren Tommi an einer Dresdner Schule an, und auch für die Zwillinge fanden wir sofort einen Platz.

Herrlich!, dachte ich. Jetzt kann mein Raphael wieder in seinen geliebten Büchern Kraft finden, und ich werde alles tun, um die Kunden freundlich und zuvorkommend zu bedienen. Tommi würde nachmittags bei uns in der Buchhandlung seine Hausaufgaben machen, und bestimmt würden wir durch die Kundschaft schnell Anschluss finden.

Max und Sabine dagegen konnten in der ehemaligen Wohnung bleiben und den Trabi behalten.

Alles schien bestens gelöst zu sein, die Zukunft wie ein roter Teppich vor uns zu liegen. Bis Raphael wieder mal aufs Amt für Innere Angelegenheiten bestellt wurde.

»Wir hören, Sie wollen umziehen?«

Oje. Das fing nicht gut an. Wir hatten die Rechnung wohl ohne den Wirt gemacht.

»Selbstverständlich steht es Ihnen frei, die Dombuchhandlung in Dresden zu übernehmen. Da sind Sie ja dann auch wieder im kirchlichen Dunstkreis, so nahe neben der Frauenkirche, nicht wahr?«

Raphael ahnte schon, was jetzt kommen würde.

»Selbstverständlich legen wir Ihnen keine Steine in den Weg. Wir erwarten von Ihnen allerdings ebenfalls Bereitschaft zur Kooperation.«

»Und die wäre?«

»Unsere Forderungen sind Ihnen bekannt. Sofortiger endgültiger Abbruch Ihrer Beziehungen zum Westen – und damit meinen wir nicht nur die Verwandtschaft in Trier, sondern ebenfalls die in Stuttgart, die Ex-Schwiegermutter Ihrer Frau in Hannover und den Schwager in Wolfsburg, der Ihnen solche Autos schenkt...«

Sie waren über alles genauestens informiert!

»Zweitens: Sie schreiben uns regelmäßig Dossiers über alle Ihnen bekannten Geistlichen, die mit Kloster, Kirche, Orden zu tun haben. Die werden ja bei Ihnen ein- und ausgehen. Dasselbe gilt natürlich für Ihre Frau.«

Raphaels Kieferknochen mahlten.

»Drittens nehmen Sie die freundschaftlichen Verbindungen zu Ihren ehemaligen Studenten wieder auf und informieren uns über deren Pläne, Beziehungen und Kontakte.«

Raphael straffte sich. »Und wenn ich mich weigere?«

»Dann können Sie die Buchhandlung in Dresden vergessen.«

Raphael schüttelte den Kopf. »Ich kann und werde keinen einzigen meiner ehemaligen Glaubensbrüder und Kollegen bespitzeln und verraten. Das widerspricht meinem Ehrgefühl und auch dem meiner Frau.«

»Sie wissen aber schon, dass Ihre Kinder dann nach wie vor keine Chance auf höhere Schule haben werden?«

Raphael nickte. »Wir lassen uns nicht einschüchtern.«

Der eine Stasi-Mann wedelte mit dem Ausreiseantrag, den Raphael damals nicht hatte unterschreiben wollen.

»Warum haben Sie Ihre Chance nur nicht ergriffen? Sie hätten doch längst drüben sein können!«

»Weil ich meine Frau liebe. Wenn, dann gehen wir als Familie. Wir sind sieben.«

Der Mann zerriss den Antrag vor Raphaels Augen.

»Sieben auf einen Streich!« Er grinste hämisch.

Damit war auch dieser Traum begraben.

26

Thalheim, Januar 1985

Unser Leben in Thalheim ging weiter.

Raphael schuftete nach wie vor tapfer weiter als Rotkreuz-Fahrer und brachte die behinderten Jugendlichen mit ihren Rollstühlen zu Ärzten und Therapien. Nachdem die Zwillinge inzwischen anderthalb und in ihrer Krippe gut aufgehoben waren, arbeitete auch ich wieder sechs Stunden am Tag als Sachbearbeiterin, denn Raphaels Gehalt war einfach zu knapp für uns alle. Bei meiner alten Arbeitsstelle wurde ich herzlich wieder aufgenommen. Kein einziger meiner Kollegen und Kolleginnen war christlichen Glaubens, und niemand erwähnte den berüchtigten »Skandal«, an dem sich die Gemeindemitglieder nach wie vor weideten. Stolz stellte ich ein gerahmtes Foto von den Zwillingen auf meinen Schreibtisch.

»O sind die süß! Diese Augen! Na, wie hinreißend!«

Ja, Christian und Matthias hatten in ihrem kurzen Leben schon vielen Menschen Freude bereitet – manchmal sogar Wildfremden, die sich einfach an ihrem Anblick erfreuten. Sie zauberten den Leuten einfach ein Lächeln ins Gesicht.

Nach Dienstschluss holte ich sie ab und schob den schnittigen Zwillingsbuggy dann noch zum Konsum, wo sie zum Mittelpunkt der anstehenden Frauen wurden.

»Frau Kramer?«, wurde ich von hinten angesprochen. »Ach Entschuldigung. Frau von Ahrenberg natürlich.«

Ich versuchte gerade, die Zwillinge davon abzuhalten, den dritten Dauerlutscher anzunehmen, den entzückte Verkäuferinnen ihnen unter die Nase hielten, und fuhr herum.

»Ach, hallo! Sie sind doch Anke, die Kindergärtnerin von Christian und Matthias!«

»Ja.« Sie senkte die Stimme. »Darf ich Sie mal zu Hause besuchen?!«

»Ja gern.« Verwundert sah ich sie an. »Haben die beiden was angestellt?«

»Nein, ganz im Gegenteil, sie sind die erklärten Lieblinge der Krippe! Aber ...« Sie kam ganz nah an mich heran und raunte mir ins Ohr: »Sie haben doch Telefon?«

Sofort wusste ich Bescheid. »Aber natürlich können Sie das Bilderbuch ausleihen!«, sagte ich extra laut. »Kommen Sie doch gleich mit! – Na, ihr Mäuse, soll die Anke euch bei uns aus eurem Lieblingsbuch vorlesen?«

Man konnte ja nie wissen, wer vor oder hinter uns in der Schlange stand.

Wir redeten erst Klartext, als wir in der Nähe eines plätschernden Brunnens waren. Da gestand mir Anke, dass sie und ihr Mann Uwe schon vor längerer Zeit einen Ausreiseantrag in die BRD gestellt hatten.

»Frau von Ahrenberg, ich vertraue Ihnen jetzt einfach mal. Das behalten Sie doch für sich?«

»Sie können sich auf mich verlassen.«

»Okay, also: Der Bruder meines Mannes und dessen Frau sind schon in die BRD ausgereist! Wir würden so gern mal mit ihnen telefonieren und hören, wie es ihnen geht! Und wenn wir so ein Gespräch auf dem Postamt anmelden, dauert es erstens Stunden und zweitens kann jeder sofort mithören, wenn Sie verstehen, was ich meine.«

»Ich verstehe sehr gut.« Wir gingen weiter zu uns nach Hause. »Kommen Sie rein, ich setze uns Teewasser auf.«

Zur Freude meiner lebhaften Zwillinge kamen die liebe Anke und ihr genauso sympathischer Mann Uwe von nun an ziemlich regelmäßig zu uns. Während wir auf das Gespräch warteten, kamen wir immer vertrauter ins Plaudern.

»Wir fühlen uns in der DDR schon lange nicht mehr wohl«, gestanden die beiden Jungverheirateten. Beide fürchteten um ihren Arbeitsplatz, den sie verlieren würden, wenn sie nicht sofort ihre Westkontakte abbrachen.

Sie hatten auch keine Lust auf diese Marxismus- und Leninismus-Schulungen, an denen sie nach Feierabend teilnehmen mussten.

»Ich will mit Kindern arbeiten, muss aber in meiner Freizeit politische Aktionen organisieren und Wandzeitungen mit Propaganda gestalten. Darüber hinaus müssen wir dauernd Selbstkritik üben und uns gegenseitig bei den Genossen anschwärzen«, stöhnte Anke. »Die Eltern meiner Zöglinge soll ich auch aushorchen und über sie Bericht erstatten.«

»Willkommen im Klub«, sagte ich mitleidig.

Die beiden bekamen ganz große Augen: »Ja, Sie denn auch …?«

Ich berichtete von den Schikanen, denen Raphael seit Langem ausgesetzt war.

»Ja, aber warum beantragen Sie dann nicht die Ausreise?« Anke schaute zu den süßen Zwillingen hinüber. »Die sind so intelligent, die werden doch hier nie studieren dürfen!«

»Wir haben auch schon darüber nachgedacht.« Ich putzte meinen Zwillingen die Nase. »Aber mit so einer großen Familie haben wir keine Chance. Sieben auf einen Streich lassen die nie ziehen.«

»Sie sollten es aber versuchen!«, beharrten die beiden. »Sie sind doch Freigeister – genau wie wir!«

»Uns geht es aber in der DDR soweit gut«, bremste ich sie. »Wir haben eine zentral gelegene Wohnung, Telefon, sogar zwei Autos, bekommen viele tolle Dinge aus dem Westen. Wir sind zufrieden und dankbar.«

Dann kam ihr Telefonat zustande, und ich ließ sie im Wohnzimmer allein.

Umso aufgekratzter waren sie danach. »Wir träumen wirklich von einem Leben in Freiheit«, schwärmten sie. »Wir wollen es auf alle Fälle wagen!«

Von nun an sprachen Raphael und ich immer häufiger darüber, es vielleicht doch noch mal zu versuchen mit dem Ausreiseantrag. Aber ich wollte das Schicksal nicht schon wieder herausfordern. Ich hatte mir im Leben so viel erkämpfen müssen. Jetzt, mit vierzig, wollte ich endlich in Frieden leben. Es ging uns vergleichsweise gut, außerdem war der Westen mit der Trierer Verwandtschaft für mich negativ besetzt. Dennoch mussten wir an unsere Kinder denken, die hier in diesem Staat wirklich keine großen Entwicklungschancen hatten. So bauten wir uns schon wieder die nächste Zwickmühle.

»Ich denke, wir sind es unseren Söhnen schuldig, ihnen eine bessere Zukunft zu bieten«, meinte Raphael. »Max und Sabine haben sich hier zwar schon beruflich etwas aufgebaut, aber die drei Jüngeren sollten Abitur machen und studieren dürfen.«

Also nur fünf? Das würde die endgültige Trennung von meinen Großen bedeuten!

Durch die Blume ließ ich auch Christa, mit der wir regelmäßig telefonierten, an diesen Überlegungen teilhaben. Stets erkundigte sie sich nach den Kindern und ob die Westpakete angekommen seien. Sie schickte regelmäßig Klamotten, mit denen sich vor allem Max und Sabine ganz cool vorkamen.

»Mädel, hast du es schon mitgekriegt? Sie haben die Besuchsbedingungen gelockert«, sagte Christa begeistert. »Wenn du einen Besuchsantrag stellen willst, kannst du auch Verwandte zweiten Grades angeben! Es müssen nicht mehr ganz enge Verwandte sein!«

»Aber wir beide sind überhaupt nicht verwandt«, sagte ich bedauernd.

»Aber verschwägert.«

»Wofür ich Gott jeden Tag danke.«

»Und wenn so eine liebe alte Schwiegermutter krank wird, also sagen wir mal, richtig schwer krank, kannst du sie auch besuchen, denke ich.«

»Christa, bist du krank?« Erschrocken fasste ich mir an den Hals.

»Fürchterlich krank.«

»Um Gottes willen, was ist passiert?«

»Nun, was deine andere Schwiegermutter kann, kann ich auch.« Sie schickte ein aufgesetztes Husten hinterher. »Akuter Herzanfall. Ich liege schon im Krankenhaus.«

Endlich kapierte ich! »Aber ... gibt es dazu ein ärztliches Attest?«

»Ist schon unterwegs«, röchelte sie theatralisch.

Ich musste lachen. »Sie lassen mich nie und nimmer reisen. Zu meiner Ex-Schwiegermutter. Wenn das jeder machen wollte!«

»Das macht aber nicht jeder«, sagte Christa. »Nur die Harten kommen in den Garten.«

Tatsächlich kam das Attest, ausgestellt von einem Arzt aus Hannover, das besagte, Christa sei kurz vor dem Dahinscheiden und wolle mich unbedingt noch einmal sehen, schließlich sei ich die Mutter ihrer drei Enkel, und ihr Sohn auch schon tot. So viel Tragik musste die Behörden doch erweichen? Ich wollte es zumindest nicht unversucht lassen. Mehr als Nein sagen konnten sie nicht.

Tapfer stellte ich meinen Besuchsantrag für fünf Tage.

Die Beamtin ließ mich eine Menge Unterlagen vorbeibringen, sogar eine Beurteilung über mein Verhalten in der Kaderabteilung, in der ich als Sachbearbeiterin tätig war. Die Kollegen und meine Vorgesetzten mussten meinen untadeligen Leumund unterschreiben, schriftlich bestätigten, dass ich aus ihrer Sicht garantiert wiederkommen würde.

»Was haben Sie für Vermögen?« Die kalt dreinblickende Beamtin hatte einen militärischen Tonfall drauf.

»Ähm ... ein altes Klavier, einen noch älteren Trabi ... Aber mein eigentlicher Reichtum sind die Kinder, fünf an der Zahl. Aber das wissen Sie ja sicherlich längst. Ach so, und einen wirklich tollen Mann. Den würde ich nie freiwillig hergeben, insofern können Sie sicher sein, dass ich nach fünf Tagen wieder hier auf der Matte stehe.«

»Bleiben Sie gefälligst sachlich und beantworten Sie meine Fragen, sonst sind Sie ganz schnell wieder draußen«, schnauzte mich die Beamtin an.

Es war eine unwürdige, unmenschliche Behandlung. Haarklein musste ich in unzähligen Formularen eintragen, was ich besaß!

Wir hatten zwei Autos! Das wurde höchst argwöhnisch zur Kenntnis genommen. Dann ging es weiter: welche Wertgegenstände, welche Haushaltsgeräte! Waschmaschine, welcher Hersteller, wie alt ... bis hin zu meinem nicht mehr vollständig vorhandenen Meißner Porzellan musste ich alles auflisten.

»Sprechen Sie in acht Tagen wieder hier vor.« Die Beamtin knallte einen Stempel auf die Unterlagen, heftete sie ab und würdigte mich keines Blickes mehr.

»Nächster!«

Ich war mir ganz sicher, nie und nimmer einen Reisepass zu erhalten.

Inzwischen wurden alle Mietparteien in unserem Haus von Stasi-Beamten besucht und über mich ausgefragt. Zwar sollten sie Stillschweigen darüber bewahren, erzählten es mir aber.

»Frau von Ahrenberg, wir haben nur Nettes über Sie berichtet. Sie sind eine fürsorgliche, verantwortungsvolle Mutter und eine vorbildliche Mitbürgerin. Wir haben bestätigt, dass Sie ganz bestimmt wiederkommen – bei den vielen Kindern!«

»Das ist nett von Ihnen«, sagte ich gerührt.

Wir hatten zu all diesen Nachbarfamilien einen guten Kontakt. Obwohl einige von ihnen in der SED waren, respektierten wir uns gegenseitig. Sie waren trotzdem in Ordnung, da hineingeraten wie so viele.

Ohne große Hoffnung sprach ich nach einer Woche wieder auf dem Amt vor. Ich hatte mir fest vorgenommen, keine Enttäuschung zu zeigen. Geduldig wartete ich im Flur, bis man meinen Namen rief.

»Ahrenberg! Vortreten!«

»Ja, hier! Guten Tag erst mal.«

Patsch! Knallte mir die Frau vom letzten Mal wortlos meinen Reisepass und die ganzen abgestempelten Dokumente hin.

»Nächster!«

Ich konnte es nicht fassen! Ich hielt sie in den Händen, die kostbaren Dokumente, die mich für fünf Tage in den Westen einreisen ließen!

Raphael stand schon oben auf der Dachterrasse, als ich mit meinem Trabi aufgeregt hupend vorfuhr. Ich winkte mit den Dokumenten und nahm immer zwei Stufen auf einmal.

»Es gibt noch Wunder …« Ich strahlte. »Sie lassen mich rüber!«

Er nahm mich in den Arm: »Ich habe es ja immer gewusst, dass du einen Draht zum lieben Gott hast!«

27

Thalheim, Juni 1985

Der Tag der Abreise kam. Ich war schrecklich aufgeregt. Jeder gab mir gute Ratschläge. Jeder wollte eine bestimmte Sache mitgebracht haben.

Raphael fuhr mich in unserem VW Golf nach Berlin, zum Bahnhof Friedrichstraße.

Ein graues, schäbiges Gebäude, der Grenzübergang in den Westen.

»Jetzt weiß ich, warum das Tränenpalast heißt ...«

»Die Leute, die hier wegfahren, kommen meist nicht wieder.« Raphael drückte meinen Arm. »Und die Menschen, die sie verabschieden, wissen das.«

Ich schmiegte mich fest an meinen Mann. »Dass ich aber wiederkomme, muss ich dir nicht extra beteuern, oder?«

»Nein. Uns kann nichts und niemand mehr trennen.« Ein letzter Kuss, eine letzte Umarmung, ein letztes »Ich liebe dich«.

Und schon stand ich in der Schlange derer, die durch die gekachelten Kontrollgänge mussten. Hier überkam mich doch ein Anflug von Wankelmut. Es war so beängstigend! Wie Sträflinge wurden wir einzeln vorgeführt. Würde ich das schaffen? So ganz allein in diese fremde Welt zu fahren?

Der junge Beamte, der uns an die Schalter dirigierte, würdigte mich keines Blickes und machte nur herrische Handbewegungen. Was, wenn sie mich nicht wieder zurückließen?

Dieser Gedanke traf mich wie ein Vorschlaghammer. Raphael hatte den Ausreiseantrag verweigert, und nun stand ich hier wie ein Schaf vor der Schlachtbank und konnte nicht zurück! Wie konnte ich nur fünf Kinder zu Hause lassen!

»Hallo! Schlafen Sie? Weiter!«

An einem gläsernen Schalter musste ich meine Papiere vorzeigen und meine Handtasche öffnen, dann wurde ich auf den Bahnsteig gelassen.

Eng zusammengepfercht warteten die Passagiere auf den Zug. Bewaffnete Polizeibeamte mit Schäferhunden rückten an und enterten die Waggons.

Die Hunde wurden durch die Zugabteile gejagt, danach auf die Gleise, unter den Zug. Spiegel wurden darunter geschoben.

Plötzlich gellte ein Pfiff. »Zügig einsteigen!«

In Windeseile strömten wir in den Zug. Wie in Trance verglich ich meine Platzkarte mit den Sitznummern und irrte durch die Gänge.

In meinem Abteil saßen bereits zwei ältere Damen, die einen unaufgeregten Eindruck machten.

»Junge Frau, wir machen das öfter, wir sind ja schon Rentnerinnen. Machen Sie sich mal locker. Wenn wir erst mal den Bahnhof Zoo erreicht und wieder verlassen haben, wird es gemütlich.«

Ich saß wie versteinert auf meinem Platz und wagte nicht zu atmen. Mein Gott!, dachte ich, was sind die beiden mutig. Die machen das öfter. Das würde ich nicht aushalten.

»So, jetzt können Sie weiteratmen.« Die beiden alten Damen lachten und öffneten ihre Handtaschen. »Dürfen wir Ihnen ein Butterbrot anbieten?«

»Käthe, die Frau braucht einen Schluck aus deinem Flachmann«, meinte die andere. »Trinken Sie, junge Frau. Dann geht es Ihnen gleich besser.«

Es wurde tatsächlich eine wunderschöne Fahrt. Kaum hatten wir westlichen Boden erreicht, war das Gras tatsächlich grüner, die Luft reiner und die Stimmung gelöster.

Mein Herz polterte vor Aufregung, als ich in Hannover auf dem Bahnsteig stand. Ich hatte Christa seit Manfreds Beerdigung nicht mehr gesehen, und das war jetzt viereinhalb Jahre her.

Aufgeregt hielt ich nach ihren blonden Haaren Ausschau.

Da schritt ein Ehepaar in meinem Alter auf mich zu, der Mann hatte Ähnlichkeit mit Manfred.

»Carina?«

»Georg?« Ich hatte meinen Schwager ja noch nie gesehen.

Wir schüttelten uns herzlich, wenn auch ein bisschen verlegen, die Hand. »Das ist Ines, meine Frau.«

»Jetzt weiß ich gar nicht, ob wir uns duzen oder siezen ...« Keine Ahnung, wie die das in der BRD so handhabten!

»Wir sagen natürlich Du.« Georg, Manfreds zehn Jahre jüngerer Bruder, griff beherzt nach meinem Pappköfferchen. »Da ist ja nichts drin!«

»Aber Georg!« Ines lachte ein bisschen betreten. »Da ist eben noch viel Platz für Mitbringsel!« Ich kam mir vor wie ein armes, kleines Würstchen. Auch meine Klamotten wirkten gegen Ines' coole Sachen eher gestrig.

»Wo ist Christa? Sie ist doch nicht wirklich krank?«

»Aber nein! Sie wartet zu Hause. Ich schlage aber vor, wir machen erst einen kleinen Stadtbummel?«

Die beiden nahmen mich in die Mitte und flanierten mit mir durch die riesige Fußgängerzone. Es war gut, dass sie mich festhielten, denn der Anblick dieser prächtigen Einkaufsmeile erschlug mich förmlich. Allein hätte ich hier eine Panikattacke bekommen!

Meine Augen waren groß wie Untertassen, ich konnte diese Fülle von Eindrücken gar nicht richtig aufnehmen. Wahrscheinlich benahm ich mich wie ein vierjähriges Kind, blieb dauernd stehen und staunte. Es war, als wäre ich auf einem anderen Planeten gelandet und die Menschen hier Außerirdische.

»Möchtest du …«

»Willst du …«

»Sollen wir zuerst …«

Ich reagierte nicht. Der Kopf wollte mir zerspringen!

»Hast du Lust auf eine Konditorei?«

»Alles ist so sauber«, stammelte ich. »Hier muss man ja nirgends Schlange stehen!«

Sie schleiften mich in ein riesiges Straßencafé, bestellten irgendwas, und ich starrte nur auf die vorüberziehenden Menschenmassen, die haushohen Werbeplakate. Es war, als hätte man einen Schwarz-Weiß-Fernseher auf Farbe umgestellt. Auch die Geräuschkulisse war eine völlig andere. Bei uns knatterten die Trabis und hinterließen schwarze Auspuffgase. Und hier glitten die tollsten Westautos herum. Und wie selbstbewusst sich diese Leute bewegten! Ganz ohne Angst. Keiner bemühte sich um Unauffälligkeit. Alle gingen mitten auf der Straße und sprachen laut miteinander.

Zwischen all den Schmetterlingen kam ich mir vor wie eine Motte. Ich war regelrecht verschüchtert.

»Georg, wir sollten sie nicht überfordern.«

»Ja, Carina. Ines hat recht. Wir fahren nach Hause. Christa wartet!«

»Wir wohnen ganz in der Nähe des Flughafens.«

»Na ja, so viel tut sich da auch wieder nicht, aber es gibt Direktflüge nach Mallorca!«

Mir schwindelte.

Vor einem gepflegten Mehrparteienhaus mit Garten hielt unser VW Passat. Oben auf der Terrasse winkte schon Christa.

Es wurde ein herzliches Wiedersehen. Endlich ein vertrautes Gesicht!

»Mädel, du siehst wundervoll aus! Die Liebe steht dir gut.« Christa strahlte mich an. »Weißt du noch, was ich dir damals an Manfreds Grab gesagt habe?«

»Dass auf dem Nachbargrab bestimmt Plastikblumen sind?«

»Dass ich dir einen ganz lieben Mann wünsche.«

»Ja. Welche Schwiegermutter sagt so liebe Dinge? Meine jedenfalls nicht!«

Wir lachten, und dann zog sie mich in ihre todschicke hellbeige Sitzecke und köpfte eine Flasche Champagner. So was Wundervolles hatte ich noch nie probiert! Ich zeigte Bilder von den Kindern, und alle staunten, wie groß sie schon geworden waren. Besonders begeistert waren sie von den Zwillingen. »Auch wenn das gar nicht meine Enkel sind: Ich liebe sie genau wie die anderen!« Christa wischte sich eine Träne aus dem Augenwinkel. »Wenn ich mal tot bin, erben die alle zu gleichen Teilen.«

»Aber Christa, du bist hoffentlich noch lange nicht tot!«

»Liebes, ich bin immerhin fast achtzig! – Mädchen, was du alles durchgemacht hast …«

Georg und Ines verabschiedeten sich, und Christa und ich erzählten bis tief in die Nacht. Zwischendurch unterbrach sie mich:

»Willst du nicht Raphael anrufen?«

»Natürlich. Gern.«

Vom Westen aus konnte man direkt durchwählen. Augenblicklich hatte ich meinen Mann in der Leitung.

»Und?«, fragte Raphael mit seiner sonoren Stimme. »Was sagst du zu diesem Land?«

Wir wurden sicher abgehört und hatten vereinbart, das genaue Gegenteil von dem zu sagen, was wir wirklich meinten.

»Scheußliches, oberflächliches Land mit unerträglichen Leuten«, sagte ich. »Widerliche, ausbeuterische Kapitalisten, unfreundlich und kein bisschen hilfsbereit. Ich zähle jetzt schon die Stunden, bis ich wieder nach Hause darf.«

In Wirklichkeit war mir heute zum ersten Mal bewusst geworden, wie brav wir DDR-Menschen doch in unserem großen Gefängnis waren. Wie zufrieden mit dem bisschen, das wir besaßen – und hier gab es alles im Überfluss!

»Aha«, meinte Raphael, und ich hörte das Glucksen in seiner Stimme. »Du Arme. Aber du hast das Opfer ja wegen der kranken Schwiegermutter gebracht. Grüß sie mal schön.«

Ich machte Christa ein Zeichen, dass sie nicht laut lachen sollte.

»Klar«, sagte ich. »Es geht ihr allerdings sehr schlecht. Keiner kümmert sich um sie. Wenn ich hier leben müsste – ich würde zugrunde gehen.«

Obwohl Christa sich rührend um mich kümmerte und mir alles bieten wollte, was die kurze Zeit erlaubte, schlief ich miserabel und hatte richtige Albträume. Es war einfach ein Kulturschock. Außerdem saß mir nach wie vor die Angst im Nacken, meine Kinder womöglich nicht wiederzusehen. Ich wollte unbedingt nach Hause! Nach drei Tagen hieß es bereits von Christa, Georg und Ines Abschied nehmen, denn ich wollte unbedingt noch Marie, Raphaels Halbschwester, in Stuttgart besuchen.

So kam es, dass ich einen der kostbaren fünf Tage im Zug verbrachte.

Kaum bei der lieben, älteren Halbschwester angekommen, erlitt ich einen Erschöpfungsanfall. Ich wurde regelrecht krank, hatte Fieber und Schüttelfrost.

Marie verfrachtete mich sofort ins Bett, wo ich bis weit in den nächsten Tag hinein schlief. Meine arme verwirrte Seele konnte das Ganze nicht anders verarbeiten.

Obwohl auch Marie darauf drängte, mir Stuttgart zu zeigen, die Wilhelma, das Schloss, die Fußgängerzone – ja sogar in die Oper wollte sie mich schleppen und hatte schon Karten gekauft –, bat ich darum, einfach nur mit ihr plaudern zu dürfen. Sie war doch das Einzige, was Raphael noch hatte!

Wegen ihres starken Schwäbelns kam ich mir vor wie eine Austauschschülerin in einem fremden Land. Andererseits war Marie so warmherzig und liebevoll, dass sie auch Spanisch oder Finnisch hätte reden können!

Die schrecklichen Machenschaften der Mutter waren unser Gesprächsthema Nummer eins.

»Es war oifach soo voll arrrg damals«, ging das schwäbische Maschinengewehr auch schon los. »Als da Vaddi durch de Kriegswirre in de Gägend um Schtettin verschlaage wurd und sich mit dieser Frau einglasse hat, gell, da henn mer glaubt, wir sin im falsche Film! Wenn du mich fragsch, hat diese Gätttruuud sich absichtlich von ihm schwängern lasse! Der Vaddi musste ja wieder in de Krieg, gell, und se wollde dä Käärrle auf diese Weise a sich binde. Där Vaddi war ja a bildscheener Kärle, in seiner schicke Uniform, und so oständig und gutmütig! Er war a höherer Offizier, Stabsarzt, gell. Und des Weiberleit hat immer so fromm tan und so chrischtlich, aber in Wirklichkeit war es reine Beräschnung, des kaascht laut sage, gell. Schock schwäre Not. Ja, und dann isch er abghaue, der Vaddi und hat de Muddi und mi im Stich glasse. Des hadder nie verwunde, weischt.«

Mir blieb der Mund offen stehen.

»All diese Vorwürfe hat Gertrud MIR gemacht!«

»Ja, des pascht zu ihr!«

»Hast du Raphael denn als Kind noch in Erinnerung?«

»Nur auf der Beärdigung von unserem Vaddi. Da isch er vier gwäse. Er musst während de Trauerfeier des *Ave Maria* singe. Sie hat ihn regelrescht vorgführt.« Marie suchte nach einem alten, verknitterten Schwarz-Weiß-Foto, auf dem die Geschwister Händchen hielten. Die fünfzehnjährige Marie und der vierjährige Raphael. Er sah aus wie der kleine Lord. Lange blonde Haare, weißer Kragen, schwarzer Samtanzug. Und sie so hager und mager in ihrem viel zu kurzen Rock und der schäbigen Bluse, aus der sie herausgewachsen war.

Mir stockte der Atem.

»Ich wollde mei kleinsch Brüderle wenigschtens kurz begriasse. Sei Muddi hat ihn von mir wegzerrt, mit so oina spricht ma net, gell. Wir waret ja ausbombt und haddet net viel. Aber meiner Muddi isch dieser einzige Schnappschuss glunge.«

»Und du hast ihn seitdem nie wiedergesehen?«

»Wenn ich's doch sag, gell! Aber seit er di hat, habbe mer wieder Kontakt.« Sie lächelte und drückte mir das Foto in die Hand. »Sei Muddi und des Kloschdr, des waret seine Gfängnismauern.«

»Und die DDR«, sagte ich. »Wir überlegen, einen Ausreiseantrag zu stellen. Aber das ist Wahnsinn, mit so einer großen Familie.«

»Gemeinsam werdet ihr des schaffe.« Marie nahm mich ganz fest in den Arm.

»Schaffe, schaffe, Häusle baue. Des sag mer Schwabe immer. Ihr werdet bei mir immer a Olaufschtelle han. Wenn ihr jemals rüberkommt, fallt ihr net ins Bodenlose, gell.«

Beladen mit Tonnen von Geschenken trat ich die Rückreise an. Mit einem halb vollen Pappköfferchen war ich losgefahren, mit vier riesengroßen Lederkoffern kehrte ich zurück. Alle hatten es gut gemeint und viel gekauft, aber ich musste es schleppen!

Nun stand ich an der Grenze und konnte es nicht bewältigen.

Natürlich wurde ich ausführlich gefilzt. Alle Koffer wurden einmal geleert, und jeder einzelne Gegenstand wurde angefasst, geprüft, ja sogar von Hunden beschnüffelt. Aber am Ende war nichts Verfängliches dabei, und ich durfte alles mitnehmen. Kassettenrekorder, Walkman, Fotoapparat, Parfüm, Kosmetika, Kaffeemaschine, Taschenrechner, Süßigkeiten, Jeans für alle in allen Größen, Turnschuhe einer bestimmten Marke – alles, was das Herz begehrte.

Dann durfte ich weiter, zurück nach Hause. Trotz der schweren Koffer fiel eine zentnerschwere Last von mir ab.

Zu Hause wurde ich mit Freude erwartet. Meine Jungs krähten begeistert, auch Sabine errötete vor Freude, und die mitgebrachten Geschenke lösten Begeisterungsstürme aus. Marie hatte das alte Foto für Raphael sogar rahmen lassen.

Ich überreichte es ihm, und er hatte wieder mal Tränen in den Augen.

Freudentränen!

28

Thalheim, März 1986

Am 31. März 1986 gingen wir zur Abteilung Inneres und gaben unseren schriftlichen Antrag auf Ausreise aus der DDR zwecks Familienzusammenführung ab. Hundertmal hatten wir hin und her überlegt, diese Entscheidung immer wieder verschoben und nun doch gefällt. Ja, wir machen es!

Um eine endgültige Ausreise zu beantragen, konnte man sich nur auf Verwandte ersten Grades berufen. Christa und Marie fielen also aus.

Es blieb also tatsächlich nur Gertrud, meine ungeliebte Schwiegermutter.

Und die war laut ärztlicher Bestätigung von Dr. Göbel inzwischen dement und brauchte ihren Sohn dringend. Ich dachte mir meinen Teil.

Der Zuständige für Ausreiseanträge lächelte ein schadenfrohes Lächeln, als er das ärztliche Attest in Händen hielt.

»So, Ihre Mutter also. Dement.« Auf seiner Stirn stand unsichtbar, aber nichtsdestoweniger deutlich zu lesen: Da können Sie lange warten.

»Ihre älteren beiden Kinder können allerdings nicht mit berücksichtigt werden«, sagte der Beamte zu mir. »Erstens sind sie schon volljährig, und zweitens stehen sie in keinem verwandtschaftlichen Verhältnis zu Gertrud von Ahrenberg.«

»Ich weiß.« Raphael bewahrte Haltung. »Wir sind darauf

eingestellt, erst mal nur mit unseren jüngeren Kindern auszureisen. Meine Mutter braucht uns.«

»Die Worte ›erst mal‹ habe ich überhört.« Der Schadenfrohe knallte einen Stempel auf unseren Antrag und heftete ihn in einem Ordner ab. »Sie hören von uns.«

»War das jetzt gut oder schlecht?«, flüsterte ich Raphael zu.

»Deine Großen können später selbst einen Ausreiseantrag stellen«, raunte er zurück.

Als wir wieder neutralen Boden erreicht hatten, nahm er mich in den Arm: »Dann können sie sich auf Familienzusammenführung berufen. Lass uns einen Schritt nach dem anderen tun. Da müssen wir jetzt durch, Carina.«

Das war mir bewusst. Fürs Erste mussten wir Gertruds Adresse angeben. Später würde uns der Weg dann hoffentlich nach Stuttgart führen. Auch wenn ich diese Sprache nie verstehen würde!

Und dann schienen die Dinge doch erstaunlich schnell ihren Lauf zu nehmen.

Gleich am nächsten Tag wurde meine Schwester Elke, die bei der Stadtbehörde arbeitete, in ihre Kaderabteilung bestellt und musste schriftlich bestätigen, den Kontakt zu uns abzubrechen.

Sie musste diese unmenschlichen Forderungen erfüllen, wenn sie nicht ihren eigenen Job, den ihres Mannes und die Studienplätze ihrer Kinder aufs Spiel setzen wollte. So ging unser mühsam aufgebauter Kontakt wieder verloren.

Einmal standen wir rein zufällig in der Konsum-Schlange hintereinander.

Ich hatte Tommi und die Zwillinge bei mir.

Elke vergaß ihre Zwangsauflagen und rief verzückt: »Gott, was sind die groß geworden!«

Dann fiel ihr ein, dass sie sich ja von mir losgesagt hatte, und stürmte ohne Einkäufe aus dem Laden.

Die Zwillinge fragten ganz erstaunt: »Wer war das, Mama?«

»Jemand, den ich mal kannte«, antwortete ich traurig. »Meine einzige Schwester.«

Ich durfte gar nicht darüber nachdenken, wie schrecklich das alles war.

Raphael war auch wieder in ein tiefes Loch gefallen. Der anstrengende Job ohne geistige Herausforderungen, das schlechte Gewissen seiner Mutter gegenüber, die laut Aussage von Klaus und Renate »Tag und Nacht seinen Namen rief«, zollten letztlich doch ihren Tribut.

Und ich verstand ihn auch.

Ich war doch selber Mutter! Wenn einer meiner Söhne sich von mir abgewandt hätte – ich wäre gestorben!

Im Sommer des Jahres 1986 fuhren wir mit den drei Jungs noch einmal in ein Ferienheim und hatten einen wunderschönen Urlaub.

»Vielleicht ist das ja unser letzter Sommer in der DDR?« Wir saßen leicht bekleidet am See und sahen unseren Jungs beim Spielen zu.

»Träum weiter, Schatz.« Raphael zog mich an sich und gab mir einen Kuss.

»Aber es könnte doch sein?!«

»Lass uns doch einfach den Moment genießen!«

Und das taten wir.

Wir liebten uns. Wir liebten unsere Kinder. Wir trotzten dem Rest der Welt. Wir lebten im Hier und Jetzt. Wenn wir wieder mal nur Wände auf uns zukommen sahen, suchten wir Zuflucht beieinander und spendeten uns Liebe und Zärtlichkeit.

Vier Wochen nach diesem Sommerurlaub stellte ich fest, dass ich wieder schwanger war.

Ich hatte nicht mehr besonders gewissenhaft verhütet. Wir waren beide über vierzig. Im Kindergarten unserer Zwillinge tauchten Leute in unserem Alter auf, die ihre Enkel abholten!

»Was machen wir jetzt?«, heulte ich verzweifelt. »Wir haben vor fünf Monaten die Ausreise in den Westen beantragt!«

Raphael nahm mich in den Arm. »Na und? Wir haben doch gerade erst angefangen, eine Familie zu gründen! Da hat auch noch ein Baby mehr Platz.«

Das fand ich ungeheuer stark von ihm. Er wuchs über sich hinaus. Früher hätte er gehadert und seine Mutter angerufen, und jetzt richtete er mich auf.

»Carina, ich freue mich sogar – riesig!« Seine Augen hatten wieder dieses Leuchten. »Wir schaffen das! Wenn Gott nicht auf unserer Seite wäre, würde er uns dann so reich beschenken?«

Von der Warte aus hatte ich das noch gar nicht gesehen. Ich hatte es eher für eine Panne gehalten …

»Du hast recht, Raphael. Ich war gerade ein bisschen kleingläubig!«

»›Warum bist du so kleingläubig, sagte Jesus zu Petrus, als dieser drohte zu ertrinken. Der Glaube versetzt Berge! Und da konnte Petrus auch über das Waser gehen!‹«

»Ach Raphael, du mit deinem unerschütterlichen Gottvertrauen …«

»Ich werde dir beistehen. Habe ich nicht inzwischen bewiesen, wie alltagstauglich ich bin?«

»Ja, das bist du, mein Liebster!« Ich schmiegte mich in seine Arme und war auf einmal sehr zuversichtlich.

Ja, das war doch ein reicher Segen. Wenn er uns auf so

ungewöhnliche Weise zuteilwurde, war das tatsächlich ein Zeichen dafür, dass Gott uns beschenken wollte und unserer Liebe seinen Segen gab.

Diese innere Einstellung ließ mich über mich selbst hinauswachsen. Aus der einst so verzagten Carina, die sich gegenüber der ganzen Welt schuldig fühlte, war eine starke Löwenmutter geworden.

Einige Tage später ging ich zur Untersuchung. Die Ärztin bestätigte, was wir schon wussten. »Schwanger. Sechste Woche.« Kopfschüttelnd kritzelte sie etwas auf einen Zettel, als würde sie mir ein Mittel gegen Ungeziefer verschreiben.

»Sie gehen jetzt zur Station zehn und lassen sich einen Termin geben.«

»Entschuldigung, Termin wofür?«

»Bitte?« Sie sah mich an, als wäre ich nicht ganz richtig im Kopf.

»Schwangerschaftsunterbrechung. Was denn sonst.«

Sie hatte schon auf ihre Sprechtaste gedrückt und wollte gerade »Nächster« rufen, als ihr die Gesichtszüge entglitten.

»Worauf warten Sie denn noch!«

»Ich werde das Kind nicht abtreiben!«

»Was haben Sie gesagt? Sie sind über vierzig und mit dem sechsten Kind schwanger! Sind Sie noch ganz bei Trost?«

»Ich denke, das ist meine Entscheidung. Und die meines Mannes, natürlich.«

»Das ist absolut unverantwortlich«, erboste sich die Ärztin. »Und wenn Sie mich fragen, asozial.«

»Das ist mir so was von egal«, antwortete ich hocherhobenen Hauptes.

»Ich werde dieses Kind sowieso nicht mehr in diesem Land bekommen.«

Doch es wurde Herbst, es wurde Winter, und in unserer Ausreiseangelegenheit tat sich gar nichts. Sie ließen uns schmoren.

Wir hatten es nicht anders erwartet. Viele Bürger warteten jahrelang darauf, dass ihr Antrag bearbeitet wurde. Das war auch eine Strategie der DDR: im Unklaren lassen, ignorieren, abstrafen.

Auch wir zweifelten immer wieder an der Richtigkeit unseres Vorhabens. Unsere Familie würde auseinandergerissen werden! Was würde aus uns werden? Wo würden wir landen? Marie hatte zwar gesagt, »Ihr fallt nicht ins Bodenlose«, aber wir würden wegen des engeren Verwandtschaftsgrades zuerst nach Trier müssen. Raphael wollte seine Mutter pflegen und in den Tod begleiten. Er hatte so vielen Menschen beigestanden, und bei seiner eigenen Mutter sollte das nicht möglich sein?

Wieder waren wir hin- und hergerissen zwischen Hoffnung, Pflichtgefühl, Zuversicht, Zweifeln, Ängsten und Schuldgefühlen. Im Osten nichts Neues!

Immer wieder saßen wir vor der Tür des Ministeriums für innere Angelegenheiten und warteten. Die Leute auf dem Gang taten das ebenfalls, schweigend, mit gesenktem Blick. Keiner sprach mit dem anderen. Es war gespenstisch! Man wusste nie, ob jemand von der Stasi darunter war, um einen auszuhorchen. Die Angst war ein ständiger Begleiter.

Aber diese Angst durfte uns nicht erdrücken. Für Raphael konnte drüben beruflich nur alles besser werden. Bei seiner Qualifikation würde er im Westen eine anspruchsvollere Arbeit bekommen.

Wir schrieben an Dr. Vogel in Berlin – der Anwalt, der bekannt dafür war, Ausreisewillige zu unterstützen und politische Gefangene freizukaufen. Wir schilderten unsere besondere Situation und baten um Hilfe. Doch unser Fall war trotz der späten Schwangerschaft und des Kinderreichtums, ganz zu schweigen von unserer Vorgeschichte, wohl nicht dringlich genug. Wir bekamen niemals eine Antwort.

Doch wir waren innerlich unfassbar stark, Raphael und ich!

Mein Bauch wuchs, und diesmal war die Schwangerschaft wirklich beschwerlich. Der Alltag mit den drei lebhaften Jungs ging mir nicht mehr so leicht von der Hand. Wieder beantragte ich eine Krankschreibung, die mir mein Hausarzt ohne Weiteres ausstellte.

»Sie sind aber verdammt mutig, Frau von Ahrenberg.«

Der gute alte Dr. Wefing drückte mir die Hände. »So eine starke Frau wie Sie habe ich selten gesehen.«

»Ach wissen Sie, man wächst mit seinen Aufgaben.« Ich lächelte zuversichtlich.

Der alte Hausarzt verschrieb mir Vitaminpräparate und verordnete mir Ruhe, aber ich wusste, dass das nicht möglich war. Der Alltag mit den Kindern ging ja weiter! Die Zwillinge waren inzwischen über drei Jahre alt und wollten herumtoben, alles ausprobieren, die Welt entdecken, brauchten viel Zuwendung, und hatten immer Hunger. Das Gleiche galt für Tommi, inzwischen elf, der sehr wissbegierig war. Seine Lehrerin, eine strenge Genossin, wusste sehr wohl von unserem Ausreiseantrag, unterstützte Tommi aber und riet ihm, im Westfernsehen eine Sendung anzuschauen: »Englisch für Anfänger«. Augenzwinkernd meinte sie, er werde die Sprache bestimmt bald brauchen können. Auch die anderen Hausbewohner unterstützten uns, wo es nur ging.

»Frau von Ahrenberg, während Ihres Arztbesuches können die Zwillinge ruhig zu uns kommen!«

»Lassen Sie die Einkäufe stehen, wir tragen sie Ihnen gern hinauf!«

Es war keine falsche Freundlichkeit, sondern echte Nachbarschaftshilfe.

Raphael nahm weiter schweigend sein Kreuz auf sich und machte seinen Job, der ihn oft an den Rand eines Bandscheibenvorfalls brachte, denn wegen meiner Krankschreibung lebten wir wieder von seinem bescheidenen Einkommen.

Nach und nach verkauften oder verschenkten wir Dinge, die uns zu wertvoll waren, um sie eines Tages einfach zurückzulassen.

So wanderte das Klavier zwei Etagen tiefer zu einer sehr netten Nachbarsfamilie.

Auch mein Trabi fand begeisterte Abnehmer, nämlich wie geplant meine beiden Großen.

So ging dieses turbulente Jahr mit einem lachenden und einem weinenden Auge zu Ende. Wir feierten Weihnachten mit den Kindern in dem Bewusstsein, dass es möglicherweise unser letztes gemeinsames Familienfest sein würde. Wir brachten den Nachbarn Weihnachtssterne und Selbstgebackenes hinunter. Ich hegte innerlich die Hoffnung, dass sie später auch mal nach meinen beiden Großen sehen würden. Denn wenn es so weit wäre, würde ich meinen zweiundzwanzigjährigen Max und meine neunzehnjährige Sabine zurücklassen müssen.

Ansonsten hieß es mal wieder warten und auf Gott vertrauen.

29

Thalheim, 26. Januar 1987

»Abteilung für Inneres. Kommen Sie heute noch vor zwölf mit Ihrem Mann zum Rat der Stadt.«

Dass dieses Telefonat keine freundliche Einladung war, sondern ein Befehl, sagte schon der Tonfall am anderen Ende der Leitung.

Hundertmal hatte ich mir vorgestellt, wie es sein würde, wenn dieser Anruf käme. Hundertmal hatte mein Herz vor Freude gebebt, auch wenn ich mir vor lauter Angst gleichzeitig fast in die Hose machte: Alles aufgeben, raus aus der Wohnung, weg aus meiner Heimatstadt, weg von den Großen.

»Raphael!«, rief ich weinend ins Telefon. »Es ist so weit! Ich habe Angst! Jetzt gibt es kein Zurück mehr!«

»Liebste, bleib stark! Ich hol dich ab! Wir schaffen das!«

Gott, wie ich das liebte! Mein Mann hatte die Kraft, die ich nicht mehr hatte.

»Wir wollten das! Und wir ziehen das jetzt durch! Überleg doch, was wir alles schon geschafft haben!«

Raphael umarmte mich, soweit das bei meiner Leibesfülle noch möglich war, legte mir fürsorglich Mantel und Schal um und führte mich durchs eiskalte Treppenhaus hinunter zu seinem Golf. Der Motor lief noch, damit ich es warm im Auto hatte. Auf dem Beifahrersitz lag eine Wolldecke, die er mir gleich über die Beine legte. Ich hatte keine warme Hose mehr, die mir passte und lief in kratzigen Wollstrumpfhosen herum. Mein Mann hatte den ersten Preis für den fürsorglichsten Ehemann verdient!

Hochschwanger watschelte ich kurz darauf an seiner Seite in die Behörde. Kurz vor zwölf. Gleich Mittagspause.

Mein Herz raste so, dass mein armes, ungeborenes Kind es als Presslufthammer spüren musste!

Wir wurden weder begrüßt, noch bot man uns einen Stuhl an. Wie die Sünder standen wir vor dem Schreibtisch des Sachbearbeiters.

Vor unseren Augen zerriss der Beamte sämtliche Schriftstücke, die wir zum Zwecke des Ausreiseantrages jemals ausgefüllt hatten.

Meine Beine gaben nach. In meinen Ohren rauschte es. Würden wir doch nicht ausreisen dürfen? War's das jetzt gewesen? Ich wusste nicht, was schlimmer wäre!

»Hier rein!« Mit dem Kinn wies er uns an, in ein Nebenzimmer zu gehen, ein fensterloser Raum, in dem ein Tisch und zwei Stühle standen.

»Ausfüllen!«

Dann ließ er uns allein. Eine nackte Glühbirne an der Decke spendete gerade genug Licht, um die vielen Seiten Kleingedrucktes zu entziffern, die auf dem Tisch lagen.

Immerhin prangte deutlich lesbar die Überschrift »Antrag auf Ausbürgerung aus der Staatsbürgerschaft der DDR« darüber. Ich atmete tief ein und aus. Also doch.

Mein armes Ungeborenes. Schon wieder so ein Stress.

Wir brauchten über zwei Stunden, schrieben emsig wie zwei Schüler, die unbedingt eine Nachprüfung bestehen müssen.

»Setzen Sie das Datum des heutigen Tages ein!«

Um vierzehn Uhr verließen wir das Amt. »Sie haben Zeit bis morgen, alle vorgeschriebenen Institutionen und Banken abzuarbeiten und die erforderlichen Bestätigungen beizubringen, dass Sie keine Schulden haben. Außerdem müssen Sie den Beweis erbringen, dass Ihr VW Golf wie angegeben ein Geschenk Ihres Schwagers über Genex war und nicht aus dem DDR-Kontingent stammt. Andernfalls muss der PKW in der DDR verbleiben.«

»Okay«, sagte Raphael. »Der Countdown läuft. Mit Gott. Carina, wir packen das.«

Während ich in der Wohnung alles Nötige für uns fünf zusammenpackte, raste mein Mann nach Ost-Berlin, um diese Bestätigungen einzuholen.

Dann ging alles ganz schnell. Bis Mitternacht des Folgetages mussten wir das Land mit der Urkunde »Ausbürgerung aus der Staatbürgerschaft der DDR« verlassen haben.

Am 27. Januar saßen wir ein letztes Mal in unserem gemütlichen Wohnzimmer als Großfamilie zusammen. Das Abendessen, das Sabine liebevoll für uns zubereitet hatte, wollte niemandem schmecken. Tapfer packte meine einzige Tochter uns alles als Reiseproviant ein.

»Ihr werdet das schon schaffen, Eltern. Eines Tages kommen wir nach. Wie schade, dass wir unser Geschwisterchen nicht kennenlernen werden ...«

Gott, war das traurig! Wir weinten alle. Vielleicht sehen wir uns nie wieder, dachte ich verzweifelt.

Max und Sabine bemühten sich, Zuversicht und Stärke auszustrahlen.

»Sobald ihr da drüben eine Bleibe gefunden habt, stellen wir einen Antrag auf Familienzusammenführung. Und ihr ruft jeden Sonntag um elf an!«

Natürlich hatten wir einen Code vereinbart: Wieder würden wir das genaue Gegenteil von dem sagen, was wir eigentlich meinten.

»Ach meine Großen, ich bin so unsagbar stolz auf euch!« Immer wieder umarmten wir einander unter Tränen. »Passt auf euch auf, macht keine Dummheiten! Wir haben euch Geld auf dem Konto gelassen, wir schicken euch Pakete, sobald wir können.«

Dann gingen wir noch von Tür zu Tür in unserem Mehrparteienhaus und nahmen von unseren Nachbarn Abschied.

»Gute Reise. Passt auf euch auf.«

»Wir schauen auf eure Großen. Macht euch keine Sorgen.«

Alle wünschten uns Glück.

»Sie müssen los, wenn Sie es bis Mitternacht bis zur Grenze schaffen wollen!«

»Warten Sie, wir packen mit an …« Schon gingen einige Männer mit runter und halfen Raphael und Max, unsere beiden Koffer aufs Dach zu schnallen. Dann war es so weit.

Es war fast zehn geworden.

Auf der Rückbank hatten wir für unsere drei Jungs ein Nachtlager bereitet: Decken, Kissen, Schmusetiere, Trinkflaschen. Für Tommi seinen geliebten Walkman mit »Fünf Freunde«-Kassetten. Für die Zwillinge Kassetten mit Einschlafmusik. Für meinen hochschwangeren Bauch eine Wärmflasche. Das Kind bewegte sich heftig, ich hatte Angst vor einer Frühgeburt.

»Augen zu und durch!«

»Mit Gott!«

»Haben wir alles? Wir können nicht umkehren.«

»Ihr müsst los!«

Am Auto verabschiedeten wir uns immer wieder von unseren Großen. Viele Arme winkten. Viele Augen weinten.

Ich schaute ein letztes Mal zurück. Es tat unendlich weh, meine Kinder auf unbestimmte Zeit, vielleicht sogar für immer, zu verlassen.

Der Kirchturm unserer ehemaligen Gemeinde ragte stumm in den Himmel. Kalte, abweisende Mauern hinter Schneegestöber. Der weiße Vorhang schloss sich sanft hinter diesem Kapitel. Ein letztes Mal fuhren wir durch unsere kleine Stadt, und nie zuvor war sie mir so märchenhaft schön vorgekommen.

Hier hatte ich mein ganzes Leben verbracht. Hier hatten Raphael und ich uns kennen- und lieben gelernt. Hier hatten wir unsägliche Kämpfe ausgestanden und so manche Schlacht gewonnen. Hier waren unsere Kinder zur Welt gekommen.

Es war, als hätte Thalheim zum Abschied ein weißes Festtagskleid angelegt. Die Reifen knirschten und hinterließen Spuren, die sofort wieder zugeschneit waren. Als hätte es uns nie gegeben.

Auf der Fahrt zur Grenze mussten wir noch einmal an einer DDR-Tankstelle für vierzig Ostmark tanken. Raphael bezahlte mit einem Hunderter, und der verschlafen dreinblickende Tankwart glaubte zu träumen, als er das Restgeld behalten durfte. Es war streng verboten, Ost-Geld aus der DDR auszuführen.

Raphael konzentrierte sich auf die letzten zwanzig Kilometer.

»Wir haben noch eine knappe halbe Stunde bis Mitternacht!«

Angespannt starrte ich auf die verschneite Autobahn und umklammerte die Halteschlaufe, wie damals meine Ex-Schwiegermutter Christa, als wir in meinem Trabi von Manfreds Beerdigung nach Hause gefahren waren.

Und sie war nun auch unser erstes Anlaufziel! Wir hatten uns bei ihr für sieben Uhr früh angekündigt, aber noch hatten wir DDR-Boden unter den Rädern.

Auf der Rückbank schliefen unsere drei Jungs.

Dann wurden sie vom gleißenden Licht des Grenzübergangs geweckt und rieben sich verschlafen die Augen.

»Sind wir da?«

»Pssst. Bitte jetzt nicht reden.«

Vor Anspannung biss ich mir die Unterlippe blutig.

»Papiere!«, schnarrte der Beamte und spähte in unser zum Bersten volles Auto.

Mehrere Grenzer kamen aus ihrem Häuschen, von hinten näherten sich zwei mit Hunden. Taschenlampen leuchteten ins Innere unseres Autos, der Kofferraum wurde gefilzt.

Raphael musste die Koffer vom Dachgepäckträger nehmen und öffnen.

»Führen Sie ostdeutsche Währung mit sich?«

»Keinen Pfennig.«

»Aussteigen, Kinderreisebett öffnen, Kinderrucksäcke öffnen ... – Was ist da drin?« Der Grenzer zeigte auf meinen Bauch.

»Ein Kind.«

Noch ein irritierter Blick ins Wageninnere des Autos: Wie viele denn noch?

Ich wurde in einen Raum geführt, in dem eine Beamtin meine Kleidung hochschob und meinen Bauch befühlte.

»Es bewegt sich.«

»Das vierte?«, fragte sie verstohlen.

»Das sechste«, flüsterte ich unter Tränen. »Zwei mussten zu Hause bleiben.«

Der Blick der Beamtin war nur eine Sekunde lang mitfühlend. Dann wieder sachlich kühl. »In Ordnung«, rief sie ihren Kollegen zu.

Das waren Minuten, die man in seinem Leben nicht mehr vergisst.

Alle Papiere waren in Ordnung, wir durften wieder einsteigen.

»Gute Fahrt.« Ein Beamter legte grüßend die Hand an die Mütze.

Im Schritttempo rollten wir auf die Schranke zu, die sich wie von Geisterhand öffnete. Raphael und ich nahmen uns an die Hand.

Ganz langsam und bewusst passierten wir die Grenzlinie.

»Kinder, wir sind drüben! Wir haben es geschafft!«

»Ich muss Pipi«, war die ernüchternde Antwort.

Während Raphael die drei müden Jungs auf dem nächsten Rastplatz zur Toilette begleitete, hielt ich Zwiesprache mit meinem ungeborenen Kind.

»Herzlich willkommen im Westen! Mögest du hier ein wundervolles Leben haben!«

Die drei Jungs trippelten mit ihren wippenden Zipfelmützen durchs Schneegestöber auf mich zu. Dahinter sah ich Raphaels lachendes Gesicht. Ein Bild, das ich nie vergessen sollte. Lieber Gott, lass ihn in Zukunft nur noch so lachen!, dachte ich. Und: Danke, lieber Gott, dass bis hierher alles so gut gegangen ist. Beschütz auch meine anderen Kinder, die nun hinter dem Eisernen Vorhang zurückgeblieben sind. Bitte bleib auch weiterhin bei uns.

Wieder hatte sich eine Tür hinter uns geschlossen – aber Gott würde eine neue dafür öffnen.

30

Hannover, 28. Januar 1987

»Hier ist es, warte mal, hier, jetzt rechts rein und die dritte Einfahrt! Ja, da steht der Wagen von Georg und Ines, ich erkenne es wieder!«

Es war Punkt sieben Uhr früh, als wir in Hannover bei Christa vorfuhren.

Sie hatte schon oben am Fenster ihrer gemütlichen Wohnung gestanden, und jetzt öffnete sich die Haustür. An jeder Hand einen verschlafenen Zwilling, quälte ich mich keuchend die Treppe hinauf.

Oma Christa stand strahlend in der hell erleuchteten Wohnungstür: »Willkommen in der Bundesrepublik!«

Der Duft nach Kaffee und frischen Brötchen kam uns entgegen. Der Frühstückstisch war liebevoll gedeckt.

»Ihr Lieben, ihr habt es geschafft! Carina, was für eine Riesenkugel schleppst du da mit dir herum! Werden das wieder Zwillinge?« Sie lachte.

»Laut letztem Ultraschall im Osten ist es nur ein Kind«, gab ich zurück.

Oma Christa umarmte ihren Enkel Tommi und dann Raphael. »Ich habe schon so viel von Ihnen gehört! Na großartig, wie Sie das alles gemeistert haben. Ich bin so froh für Carina, dass sie einen so tollen Mann gefunden hat. – Und ihr seid Matthias und Christian? Wie kann ich euch denn auseinanderhalten?«

Sie ging in die Hocke und betrachtete liebevoll die von der Reise zerknautschten Gesichter.

»Kinder, zieht die Schuhe aus und wascht euch die Hände ... Aber bitte nicht das schöne Gästehandtuch schmutzig machen.«

Christas Dreizimmerwohnung war ganz in Hellbeige gehalten, helle Teppiche zierten die Räume. Nicht gerade ideal für drei wilde Jungs, die gerade das Nutella-Glas entdeckt hatten – und erst recht nicht für einen plötzlichen Blasensprung, so mein Gedanke. Lieber Gott, lass das Kind noch ein bisschen drinbleiben!, betete ich inbrünstig. Wir muten der armen Christa auch so schon genug zu!

Gemeinsam mit Georg und Ines, die oben wohnten und eiligst heruntergekommen waren, frühstückten wir ausführlich und erzählten und erzählten. Wieder flossen Tränen, als wir vom Abschied von unseren Großen berichteten.

»Meine tapferen Enkel.« Christa wischte sich auch eine Träne weg. »Die schaffen das. Die sind schon erwachsen. Ich schicke jede Menge Pakete an die zwei, versprochen. Und wie geht es jetzt mit euch weiter?«

»Wir müssen uns auf jeden Fall noch heute im Auffanglager Gießen melden, sonst kriegen wir keine Papiere.«

Gestresst schaute ich auf die Uhr. Es war fast zehn. Mir fielen vor Müdigkeit fast die Augen zu. Die Kinder waren eher überdreht, und Raphael war einfach nur fix und fertig.

»Wisst ihr was, ihr Lieben?« Christa stand auf. »Mama und Papa legen sich jetzt ein, zwei Stündchen in mein Bett, es ist schon frisch überzogen ...«

»Aber nein, Christa, wir können doch nicht dein Schlafzimmer in Anspruch nehmen«, widersprach ich lahm.

Christa klatschte in die Hände. »Georg, was hältst du davon, Tommi den Flughafen Langenhagen zu zeigen? Ihr könnt oben auf der Aufsichtsplattform die Flugzeuge starten und landen sehen! – Und Ines und ich, wir nehmen so lange die Zwillinge mit nach oben, wir haben ein ganz tolles Bilderbuch ...«

»Ich liebe deine Schwiegermutter«, murmelte Raphael, als wir kurz darauf in ihrem beigefarbenen Bett lagen. Der Rest ging bereits in feinem Schnarchen unter.

Ich wickelte mich in Christas Seidenwäsche ein.

»Ich liebe meine Schwiegermutter auch«, murmelte ich. »Diese jedenfalls.«

Bevor ich an die andere denken konnte, die jetzt in Trier auf uns wartete, fiel ich in einen kurzen, erlösenden Schlaf.

Nach einem guten Mittagessen, das Christa uns auch noch gezaubert hatte, fuhren wir weiter, ausgestattet mit einem Fünfhunderter aus der Kramer'schen Familienkasse und mit schwiegermütterlichem Segen. Mit Tränen in den Augen winkte sie uns nach.

Gott, was liebe ich diese Frau!, dachte ich. Warum können wir nicht hierbleiben. Wie können zwei Frauen nur so verschieden sein. Beide haben doch früh den Mann verloren, und beide einen Sohn verloren. Aber Christa wirklich! Beide waren christlich eingestellt und glaubten an denselben Gott. Wieso war die eine überbordend vor Liebe und die andere böse und verbittert?

Raphael lenkte den überladenen Kleinwagen konzentriert Richtung Gießen. Seine Schläfen pulsierten. Auch er fürchtete sich vor dem, was kommen würde.

Während die Kinder hinten aufgeregt das Bilderbuch zerpflückten und Tommi von seinen Flughafenerlebnissen mit seinem bis dahin unbekannten Onkel Georg berichtete, wurde mir plötzlich schwindelig. Ich zwang mich, ganz tief ein- und wieder auszuatmen. Ich spürte, wie alles Blut aus meinem Gesicht wich. Kalter Schweiß stand mir auf der Stirn, und mein Magen drehte sich um.

»Was ist?«, fragte Raphael besorgt. Er fuhr bereits seit einer halben Stunde hinter einem riesigen Laster her, der Schneebrocken auf unsere Windschutzscheibe schleuderte.

Die Scheibenwischer quietschen jämmerlich und hinterließen graue Schlieren.

Draußen Nebelfelder. Eine unwirtliche, kahle Landschaft. Nichts wirkte einladend.

Hier wollte ich nicht leben! Ich wollte zurück zu meinen Kindern, nach Hause!!

Alle Farben, die ich in Erinnerung hatte, waren weg. Abweisende Industriegebäude, hässlich.

Von den Leitplanken tropfte schmutziges Eis.

»Mir ist schlecht.«

»Musst du dich übergeben?«

»Ich weiß nicht ... Wie konnten wir nur auf die Idee kommen, in dieses Land auszuwandern, Raphael? Sind wir wahnsinnig?«

Bei dem Versuch, den Laster zu überholen, gerieten wir ins Schlingern. Alles wirkte auf einmal so unheimlich und bedrohlich auf mich. Warum hatten sie uns an einem so unwirtlichen Januartag ausgewiesen?

»Gib das Bilderbuch her, du Eierloch!«

»Nein, ich hatte das!«

»Du kannst ja noch gar nicht lesen, du Zwerg!«

»Mamaaa! Der hat mich gehauen!«

»Wann sind wir endlich da?«

»Ich will nach Hause!«

»Bitte, Kinder, bitte könnt ihr Ruhe geben?«, rief Raphael. »Mami geht es nicht gut!«

Ich konzentrierte mich nur auf den nächsten Atemzug. Bitte nicht brechen jetzt!

Bitte lieber Gott, lass das jetzt keine Wehen sein. Bitte lass mich noch ein paar Tage durchhalten. Die Panik legte sich eiskalt auf mich wie der Schnee, der in dicken nassen Flocken unablässig vom Himmel fiel.

Das Kind war für Anfang März ausgerechnet, aber bei solchen Aufregungen …

»Raphael, ich habe solche Angst! Ich schaff es nicht! Ich kann doch das Kind nicht hier im Straßengraben kriegen!«

Mit einem besorgten Seitenblick auf mich legte er die Hand auf meine:

»Komm, lass uns beten.«

Trotz Abkehr von der Kirche hatten wir unseren Glauben an Gott nicht verloren. Und wie durch ein Wunder half das Gebet. Mein Körper entkrampfte sich, ich bekam wieder Luft, die Übelkeit ging weg, der Schwindel ließ nach. Die Panik schmolz dahin. Auch auf die Kinder wirkte es beruhigend. Schulter an Schulter lagen sie da und fuhren einer unbekannten Zukunft entgegen. Vertrauen pur stand in diesen drei unschuldigen Kindergesichtern. Längst hatte sich die Dunkelheit über uns gesenkt.

Um zwanzig Uhr dreißig erreichten wir endlich das Auffanglager Gießen.

»Wer klopfet an?

O zwei gar arme Leut!

Was wollet ihr?

So gebt uns Herberg heut!«, ging mir ein altes Adventslied durch den Kopf.

Die Rollläden waren bereits runtergelassen, die Tür verschlossen. Nur die Mülltonnen draußen vor dem hässlichen Gebäude an einer Durchgangsstraße quollen über und zeugten davon, dass hier Menschen wohnten.

»Aufmachen!«, rief Raphael und hämmerte gegen die Tür. »Wir sind doch angemeldet!«

Eine übellaunige Frau machte die Tür auf, der Geruch nach abgestandenem Essen kam uns entgegen.

»Kann doch kein Mensch wissen, dass Sie noch kommen!«

Mürrisch latschte sie vor uns her und hämmerte gegen eine verschlossene Durchreiche im leeren Speisesaal.

»Die Kinderreichen aus der DDR sind doch noch eingetroffen!«

Die Klappe wurde so abrupt aufgerissen, dass es mich körperlich schmerzte. Mir tat jedes Geräusch weh.

Die Kinder hockten verschüchtert an einem Tisch und konnten kaum die Köpfe oben halten.

»Gibt aber nur noch Reste!«

Ein Kanten trockenes Brot wurde durchgeschoben, abgepackter Streichkäse, drei Äpfel kullerten hinterher, und dann klirrte auch noch Besteck auf dem Metalltresen.

»Decken müsst ihr selber. Bedienung gibt's hier nicht.«

Diese lieblose Begrüßung löste eine neue Panikattacke in mir aus.

»Ich will nach Hause«, brach es aus mir heraus. »Zu meinen Kindern! O Gott, was haben wir nur getan!«

»Können wir bitte Tee haben?«

Raphael war schon in die Küche gegangen, wurde aber rüde wieder rausgeschmissen. »Hier hat nur das Personal Zutritt! Setzt euch und benehmt euch anständig!«

Das Heimweh schlug über mir zusammen wie eine riesige Woge der Verzweiflung. Ich war am Ende meiner Kräfte.

»Ich will nach Hause«, wimmerte ich unter Tränen.

Die Kinder starrten mich erschrocken an, als ich schluchzend in Raphaels Armen lag. »Ich will nach Hause«, wiederholte ich. »Bitte Raphael, bring uns wieder nach Hause! Was haben wir unseren Kindern nur angetan!«

»Carina, bitte reiß dich zusammen! Wir können nicht zurück. Es ist endgültig. Du musst damit leben!«

»Ich will nicht mehr leben«, heulte ich hemmungslos und brach zusammen.

»Ein Arzt«, brüllte Raphael. »Meine Frau ist hochschwanger!«

»Ja, das haben wir gern. Erst aus der DDR ausreisen und dann hier Ansprüche stellen.«

Die mürrische Frau rief auf der Krankenstation an. Es war inzwischen kurz vor zehn. »Sie können in die Notaufnahme gehen. Aber die Kinder bleiben hier!«

Sie zeigte uns das Zimmer, das für uns vorgesehen war. Vier Betten an den Wänden, ein Tisch, ein Schrank. Wie in einer Kaserne.

Wir konnten die weinenden Kinder unmöglich allein hier zurücklassen.

Schon wieder bündelte ich letzte Mutterreserven. Mein Ausbruch von vorhin beschämte mich.

»Raphael, ich schaffe das allein. Bitte bleib bei ihnen.«

»Herr bleibe bei uns, denn es will Abend werden«, hörte ich Raphael beten. »Und der Tag hat sich geneigt.«

Mit letzter Kraft schleppte ich mich hinter der mürrischen Frau her, die mir den Weg zur Krankenstation zeigte. Obwohl ich nichts gegessen hatte, stellte sich wieder Brechreiz ein. Ich musste stehen bleiben und würgen.

»Jetzt kommen Sie schon weiter!«, schnauzte die Frau mich an. »Wir haben hier schon sauber gemacht!«

Der Arzt zeigte sich mitfühlend und besorgt. Er hörte die Herztöne ab, maß mir den Blutdruck und legte mir die Hand auf die Stirn: »Das war alles wohl ein bisschen viel für Sie, was? Sie haben Fieber und sollten unbedingt schlafen.«

Wieder musste ich weinen und konnte gar nicht damit aufhören.

»Ich habe meine Kinder allein zu Hause gelassen! Sabine ist doch erst neunzehn! Und meine Kleinen in dieses abweisende Land geschleppt! Wir haben kein Zuhause mehr«, heulte ich verzweifelt. »Mein Mann ist diesem Wahnsinn auch nicht gewachsen, der war doch zweiundzwanzig Jahre im Kloster!«

Der Doktor sah mich besorgt an. »Sie reden im Fieber.«

Er glaubte mir nicht!

»Mit dem Baby ist so weit alles in Ordnung. Ich gebe Ihnen was gegen die Übelkeit.«

Er wies die diensthabende Schwester an, mir ein Bett zurechtzumachen. »Diese werdende Mutter bleibt über Nacht hier.«

O wie verlockend war es, mich in diese fürsorglichen Hände zu begeben.

Schlafen, einfach schlafen. Meinetwegen hundert Jahre.

Und dennoch wollte ich meine Männer in diesem schrecklichen Zimmer nicht allein lassen.

Mitgefangen, mitgehangen. Nach einer halben Stunde rappelte ich mich auf.

»Vielen Dank, Herr Doktor, es geht schon wieder. Meine Familie und ich haben das zusammen angefangen, und wir ziehen das jetzt auch zusammen durch.«

Auf eigene Verantwortung wurde ich von der Krankenstation entlassen.

Raphael hatte inzwischen die Betten zusammengeschoben und die Heizung voll aufgedreht. Auf der nun entstandenen Liegewiese saßen meine vier Männer in Unterwäsche und mampften etwas aus einer flachen weißen Pappschachtel, das köstlich roch. Ein nasser Kleiderberg hing zum Trocknen über der Heizung.

»Mama, probier das mal! Das ist Pizza!«

Sofort breitete sich ein wohliges Gefühl in meinem Innern aus, und ich bekam Appetit. »Gott, riecht das wunderbar! Wo hast du die denn her?!«

Vielleicht hatte der Arzt mir eine leichte Glücksdroge in die Infusion gemischt – oder waren es nur Liebe und Zuversicht, die mich gerade durchströmten?

»So was kann man hier telefonisch bestellen. Kleiner Tipp vom Finsterling in der Durchreiche.«

Raphael schob mir ein warmes Stück Pizza in den Mund, von dem flüssiger Käse tropfte. Ich schloss die Augen und kaute verzückt. So etwas hatte ich noch nie gegessen!

»Der Pizzabote wollte mir nur den Fünfhunderter nicht wechseln, aber als er die Zwillinge sah – und Tommi natürlich –, ist sein Herz genauso dahingeschmolzen wie dieser Käse. Ich habe ihm versprochen, das Geld morgen passend vorbeizubringen.«

Mit einem vollen Bauch fühlte sich doch gleich alles viel besser an. Wir kuschelten uns unter den kratzigen grauen Decken zusammen.

»Morgen früh erledige ich alle Behördengänge, damit wir unsere Aufenthaltsgenehmigung bekommen. Schau, hier auf dem Laufzettel steht in roten dicken Buchstaben: »Eilt, Ehefrau hochschwanger! Ich werde mich überall vordrängeln, und dann machen wir, dass wir wegkommen.«

»Raphael, du bist wundervoll.«

»Wundervoll ist eine frische Pizza.«

Ich lag so gut es ging auf dieser improvisierten Liegewiese und bettete meinen Kopf auf Raphaels Brust. Das gleichmäßige Schlagen seines Herzens beruhigte mich und mein Kind. Ich wollte nur noch schlafen, schlafen, schlafen.

»Und wie geht es dann weiter?«, fragte ich in die nächtliche Stille hinein.

Unsere Jungs waren inzwischen längst weggedämmert.

»Es gibt eine gute und eine schlechte Nachricht«, flüsterte Raphael.

»O je. Bitte zuerst die gute.«

»Wie es aussieht, haben wir bald eine möblierte kleine Wohnung, die uns nichts kostet.«

Mühsam hob ich meinen Kopf. »Das ist ja wundervoll! Und die schlechte?«

»Sie ist von meiner Mutter.«

31

Trier, 29. Januar 1987

Es war halb zehn Uhr abends.

»Meinst du, sie ist noch wach?«

»Bestimmt. Ich habe uns ja angekündigt. Sie hat den Schlüssel!«

Soeben waren wir in Trier vor dem Altersheim vorgefahren. Wieder ein abweisendes Gebäude, aus dem so gut wie kein Licht mehr drang.

»Kinder, ihr wart so wahnsinnig tapfer«, sagte ich lobend und drehte mich mühsam zu den drei Jungs auf der Rückbank um. »Jetzt haben wir es gleich geschafft. Die Oma wartet auf uns.«

»Ich will zu Oma Christa«, sagte Tommi leise. Die Zwillinge wollten auch sofort zu Oma Christa.

»Diesmal ist es die Oma Gertrud.«

»Die wollen wir nicht«, murmelte Tommi. »Die ist bescheuert.«

»Wir haben im Moment keine andere Wahl, okay?«

»Bereit?« Raphael stieg aus, und wir taten es ihm nach, um uns die Beine zu vertreten. Es war eiskalt. Zitternd standen wir auf dem Parkplatz. Ein Auto mit der Aufschrift »Caritas – Häusliche Pflege« stand vor dem Heim. Ich wollte mir in den Arm kneifen. Würde uns jetzt ein strafversetzter Pater aufmachen?

Nein, der stand neben mir. Raphael atmete tief durch. »Also los.« Er drückte auf die Klingel.

Eine Nachtschwester öffnete uns. Es handelte sich um ein gepflegtes, aber auch sehr katholisches Altersheim für Besserverdienende. Als sich meine Augen an das Dämmerlicht gewöhnt hatten, gewahrte ich an der einen Wand einen riesigen Gekreuzigten und an der anderen ein Harmonium. An der dritten Wand stand ein kleiner Altar, darauf das Bild eines älteren Herrn, umrahmt von Blumen und Kerzen. »Wir trauern um …« Hier wurden offensichtlich Andachten und Trauerfeiern abgehalten.

Der Aufzug setzte sich in Bewegung und heraus kam … Gertrud. Meine Schwiegermutter. Die B-Version. Im orangefarbenen Morgenmantel und mit Lockenwicklern im Haar.

Mit einem glockenhellen Schrei des Entzückens sank sie Raphael an die Brust.

»Mein lieber Junge, mein geliebtes Kind! Dass ich das noch erleben darf! Gott vergebe dir alle deine Sünden, und ich vergebe dir auch.«

»Hallo, Mutter. Da sind wir. Wir sind dir sehr dankbar, dass du das mit der Wohnung möglich gemacht hast, nicht wahr, Carina?«

»Ja, überaus dankbar. Guten Abend, Frau von Ahrenberg.«

Ohne mich auch nur im Geringsten zu beachten, riss sie die Zwillinge an sich.

»Ihr seid aber groß geworden! Kennt ihr die Oma noch? Ja guckemal! Sachmal! Nein diese Augen! Ganz der Papa! – Ich bin die liebe Oma! Wisst ihr noch? Die mit der Schokolade?«

Die beiden Kleinen versteckten sich verschüchtert hinter mir und lutschten mangels Schokolade am Daumen.

»Und du, Tommi, junger Mann? Hast du auch fleißig Klavier geübt? Tapp, tapp, tapp? Schubert? *Der fröhliche Landmann?*«

Zu meinem Entsetzen setzte sich die kleine alte Frau, die schon einen verwirrten Eindruck machte, ans Harmonium und spielte. Das Schlimme war: Sie spielte nicht nur. Sie sang auch noch. Und das fürchterlich: »Großer Gohott, wir lohoben dich! Herr, wir preisen deine Stärke!«

Ihr schrilles Frohlocken durchschnitt die Stille des katholischen Altenheims.

»Komm, sing mit!«, rief sie Raphael während des Spielens zu.

Raphael sang wie eine aufgezogene Puppe: »Vor dir neigt die Erde sich und bewundert deine Werke. Wie du warst vor aller Zeit …«

Erschrocken sah ich ihn von der Seite an. Er war völlig ergriffen, und in seinen warmen Bariton mischten sich deutlich hörbare Schluchzer.

»So bleibst duhu in Ehewigkeit!«, sang die Mutter schauerlich.

In dem Moment, als ich dachte, dass wir nun zur Schlüsselübergabe kämen, stimmte sie – wohlgemerkt einen Halbton höher – die zweite Strophe an: »Alles, wahas dich preisen kann, Cherubim und Seheraphim, stimmen dir ein Lohoblied an!«

Ja ja, dachte ich matt. Cherubim und Seraphim, wer auch immer ihr seid, wenn ihr jetzt vielleicht den Wohnungsschlüssel hättet?

»So, Mutter, das war wieder wunderbar. Aber wir sind alle sehr müde, durchgefroren und hungrig. Wenn du uns also für heute entschuldigen würdest«, sagte Raphael. Kann sein, dass ich ihn vorher heftig auf den Fuß getreten hatte. Die Mutter bat uns weder in ihr Zimmer, noch bot sie uns etwas zu essen an. Aber ihren Auftritt hatte sie gehabt.

»Hier ist der Schlüssel für eure Wohnung.« Sie zauberte ihn aus der Tasche ihres orangefarbenen Morgenmantels. »Alles ist da. Macht es euch gemütlich. Dort könnt ihr wohnen, solange ihr wollt.«

»Mutter, wir danken dir.«

Nun gut, für so ein Angebot nahmen wir in Kauf, dass sie uns nach so einer Reise in der dunklen Vorhalle stehen ließ.

Wir fanden die angegebene Adresse auch gleich.

Aber da stand kein gediegenes Wohnhaus, sondern eher eine Art ... ähm ... Stundenhotel.

Argwöhnisch betraten wir den dunklen stinkenden Hausflur neben einer Kneipe. Es roch nach Alkohol und Zigaretten. Aus der Juke Box dröhnte es »Griechischer Wein ... und wenn ich dann traurig werde, liegt es daran, dass ich immer träume von daheim, du musst verzeih'n ...« Ganz falsches Lied. Ich brach schon wieder in Tränen aus. In einer Absteige, in die vermutlich Prostituierte ihre Freier mitnahmen.

»Also los, meine Lieben, hier entlang«, sagte Raphael tapfer und sperrte die uns zugedachte Tür auf.

Das Schlafzimmer war grausig, extrem abgewohnt. Ein Ehebett, ein Zustellbett, alles mit vergilbter Frotteebettwäsche bezogen, ein Schrank, ein Tisch, ein Stuhl.

Nichts Gutes ahnend öffnete Raphael die andere Tür. Eine vor Dreck starrende Wohnküche mit zwei weiteren Bettgestellen, die aussahen wie lieblos aus dem Sperrmüll zusammengesucht.

»Hier bleiben wir nicht.«

Raphael ging hinunter in die schmuddelige Kneipe, in der dickbäuchige Typen mit fragwürdigen Damen am Tresen hingen.

»Wo ist hier ein Hotel?«

»Das ist doch ein Hotel«, lachten einige. »Wenn auch kein familientaugliches, hahaha!«

»Geben Sie mir ein Telefonbuch und ein Telefon.«

Raphael organisierte ein schlichtes Hotel, das ebenfalls im Rotlichtviertel der Stadt lag. Dort verbrachten wir die erste Nacht. Wieder bestellte Raphael Pizza, und nachdem er die Zimmer gleich in bar hatte zahlen müssen, sah es mit unserem Bargeld schon nicht mehr ganz so rosig aus. Aber wir hatten zumindest ein anständiges Dach überm Kopf.

Am nächsten Morgen hockten wir übernächtigt im Frühstücksraum, und die Kinder schaufelten verstört Cornflakes in sich rein.

»Was wird nur werden?«, fragte ich Raphael. »Maria und Josef hatten es irgendwie gemütlicher. Da standen Ochs und Esel, es kamen Hirten und dann noch drei Könige ...«

»Liebste, entspann dich. Ich hab alles im Griff.«

Ich hörte, wie er von der Hotelrezeption aus telefonierte.

»Nein, Mutter, das ist keine schöne Wohnung, das ist eine Zumutung! Carina erwartet jeden Moment ein Kind! – Was? Wir sollen dankbar sein? Mag sein, dass du auf der Flucht aus Pommern froh über so eine Unterkunft gewesen bist, aber ... – Nein, daran erinnere ich mich nicht! Mutter, wir schreiben das Jahr 1987! – Vielen Dank für deine Hilfe!«

Er knallte den Hörer auf.

Wieder spürte ich schmerzhafte Krämpfe. Und nun?

Raphaels Kiefer mahlten.

»Weit kommen wir nicht mehr. Hier in Trier gibt es nur noch eine einzige Option.«

»Und die wäre?«, stöhnte ich matt.

»Klaus und Renate.«

Jetzt mussten wir bei mir fremden Menschen zu Kreuze kriechen. Aber es blieb uns nichts anderes übrig.

Von Stolz und Würde stand nichts in unserem Drehbuch.

Ich riss mich zusammen: Eines Tages würden wir darüber lachen.

Die beiden wohnten in einem Haus am Stadtrand von Trier, in dem Klaus unten seine Arztpraxis hatte: Dr. Göbel, Allgemeinarzt. Renate arbeitete an der Rezeption. Das Wartezimmer war voll mit hustenden Leuten. Es roch nach nassen Mänteln.

Die Arztgemahlin staunte nicht schlecht, als wir mit Sack und Pack bei ihr einfielen. Sie erstarrte augenblicklich zu Eis und riss die Tür zum Sprechzimmer auf. Dort stand ein Skelett, das auch ziemlich überrascht dreinschaute.

»Klaus? Kommst du mal?«

Auch dem bärtigen, hochgewachsenen Arzt fiel bei unserem Anblick der Unterkiefer runter.

»Raphael!« Der Kittel spannte ihm über dem Bauch. »Was machst du denn hier?«

»Wie ihr seht, bin ich nicht alleine. Das ist Carina, meine Frau, und das sind unsere Kinder Tommi, Matthias und Christian. Die Geburt des vierten steht kurz bevor.«

Der Anblick meiner hochschwangeren Wenigkeit brachte Bewegung in die beiden. »Bitte, setzen Sie sich! Mein Gott, Sie sehen ja grauenhaft aus!« Er siezte mich förmlich.

Renate verscheuchte sofort ein paar Rentner aus dem

Wartezimmer und hängte das Schild »Geschlossen!« an die Tür.

Klaus maß mir immerhin den Blutdruck. »Wie geht's?«

»Nicht gut, um ehrlich zu sein. Die Bauchkrämpfe ...« Ich kämpfte schon wieder mit den Tränen. »Es tut mir wirklich leid, Sie hier belästigen zu müssen, aber wir wissen einfach keinen anderen Ausweg!« Ich weinte fürchterlich.

»Na, na, na. Reißen Sie sich mal zusammen. Für Reue ist es jetzt zu spät. Wir kümmern uns. Wir sind gute Katholiken.«

Er versorgte mich mit einer Infusion und rief sofort im Krankenhaus der Stadt Trier an, um mich anzumelden. »Habe hier akute Risikoschwangerschaft, neunter Monat, verbunden mit hochgradigem Stress, psychischer Ausnahmezustand ...«

Renate machte indessen eine Hundertachtzig-Grad-Wende. Es hing schließlich nicht nur ein dickes Kreuz im Wartezimmer, sondern eines auch um ihren in die Jahre gekommenen Hals.

»Ihr bleibt jetzt erst mal bei uns. Gertrud ist ja ausgezogen, ihr könnt ihr Zimmer haben, wir sind ja keine Unmenschen.«

Wie durch ein Wunder durften wir mit Sack und Pack bei ihnen einziehen. Sie räumten sogar ihr Schlafzimmer!

»Nicht doch, das müssen Sie nicht ...«

»Nein, keine Widerrede. Ab mit Ihnen in unser Schlafzimmer, die Jungs bekommen Gertruds Zimmer. Zack, zack, kommt mal mit, steht hier nicht so rum, Schuhe abtreten und Hände waschen.« Ihre Hilfsbereitschaft irritierte mich, andererseits war ich zutiefst dankbar, todmüde in das große Bett sinken zu dürfen.

Wäre nur der Befehlston der Göbels nicht gewesen!

Sie benahmen sich, als wären wir in einem Militärlazarett und waren von einer unglaublichen Ruppigkeit – vielleicht auch um ihre Unsicherheit und Verlegenheit zu überspielen?

Klaus' Händedruck war so fest, dass mein Ehering fast zerbrach. Die Jungs knuffte er auch etwas zu fest.

»Was, Männer? Das kriegen wir hin! Jetzt heißt es zusammenhalten. Hier wird nicht geheult!«

Renate war ebenso rüde, als sie die Jungs von ihren dreckigen Sachen befreite und diese in die Waschmaschine warf. Sie steckte meine Kleinen in die Badewanne, schrubbte sie ab und frottierte sie mit kratzigen Handtüchern, bis sie aussahen wie frisch gekochte Hummer. Die Zwillinge weinten und streckten die Hände nach mir aus, aber Renate schloss einfach die Tür ab.

»Die Mama wird jetzt nicht belästigt. Die muss ein Kind kriegen – das wievielte denn noch?«, hörte ich sie ärgerlich murmeln. »Den Seinen gibt's der Herr im Schlaf.«

Dann kam Tommi an die Reihe: »So, hier jetzt mal mit anpacken, das Sofa ausziehen, die Decken überziehen und anschließend die Laken draufmachen, aber alles ordentlich glattziehen und unterschlagen, kapiert?«

Die Göbels hatten keine Kinder und glaubten anscheinend, sie behandeln zu müssen wie Soldaten.

Bloß keine Zärteleien, bloß kein tröstendes Wort, bloß keine Scherze. Vielleicht waren Sie aber auch nur überfordert mit einer fünfköpfigen Familie.

Klaus nahm sich inzwischen meinen Raphael zur Brust. »So, mein Freund und Kupferstecher. Du meldest dich jetzt in Trier bei den und den Behörden, sprichst bei dem und dem katholischen Bundesbruder aus meiner schlagenden Verbindung vor, ob der einen Job für dich hat. Ansonsten meldest du dich bei der Caritas, da kannst du fürs erste Hilfsarbeiten leisten.«

Kurz darauf hörte ich Raphael davonfahren. Ich wollte so

gerne schlafen, aber unten weinten die Kinder, und Renate versuchte auf ihre Art Ruhe herzustellen.

»Ihr seid doch keine Mädchen! Reißt euch mal zusammen. Hier wird gegessen, was auf den Tisch kommt. Nein, wir haben kein Nutella! Anstatt dass ihr froh und dankbar seid, ein Dach über dem Kopf zu haben ...«

Mühsam rappelte ich mich hoch. Ich konnte unmöglich im Göbel'schen Ehebett liegen und nichts tun, während sie so mit meinen Kindern umsprang.

»Was wollen Sie denn schon wieder hier«, bellte sie mich an. »Sie sollen doch schlafen, beim Herrgott!«

»Bei dem Lärm kann ich nicht schlafen.«

»Also, Klappe, Männer, keinen Mucks! Wir kommen schon klar.«

»Mami, wir wollen zu dir!«

»Nichts da, die Mami braucht jetzt Ruhe!«

»Ich könnte doch inzwischen schon mal nach einer Wohnung suchen«, schlug ich schüchtern vor. »Wenn Sie ein Telefon hätten und vielleicht eine Zeitung, dann fallen wir Ihnen auch nicht länger zur Last.«

»Ach Gott, was tut man nicht alles aus Barmherzigkeit!«

Großzügig schob sie mir beides hin. »Die Mami telefoniert jetzt im Wohnzimmer, und ihr bleibt hier in der Küche. Wehe, ihr macht hier was kaputt!«

Sie hatte natürlich nicht nur kein Nutella, sondern auch kein Bilderbuch und keine Malstifte wie Christa. Aber es gab einen Fernseher, der meine Jungs augenblicklich ablenkte.

Und ich beeilte mich, die Wohnungsannoncen zu studieren.

Nach einer Dusche im Göbel'schen Badezimmer hatte ich mich umgezogen, um vor dieser Renate halbwegs meine

Würde zu bewahren. Mein einziges anderes Umstandskleid war zwar durch den Koffer etwas zerknittert, aber sauber und adrett.

Während ich telefonierte, kam Renate neugierig ins Wohnzimmer.

»Was ist das denn für ein Material?«

Sie befühlte den Stoff meines Kleides. »Na ja, wenn Sie erst mal ein paar Jahre hier sind, können Sie sich auch was Besseres leisten. Ich selbst trage nur Kaschmir.«

Als sie mich aufforderte, an ihrem Pulloverkragen zu fühlen, mit dem ich sie gern erwürgt hätte, meldete sich eine weibliche Stimme mit türkischem Akzent.

»Ja, Wohnung frei! Drei Zimmer, teilmöbliert! Wir selbst wohnen unten. Ja wir haben auch Kinder! Ja, sofort beziehbar, nicht teuer!« Sie klang freundlich und verbindlich.

Ich ließ mir ihren Namen buchstabieren – »Öztürk, Abdullah und Aishe« – und flehte sie an, die Wohnung in den nächsten Stunden nicht anderweitig zu vergeben.

Kaum war Raphael wieder da, fuhren wir mit den Kindern hin.

Die Öztürks stellten sich als reizende Leute in unserem Alter heraus. Sie betrieben einen Obst- und Gemüsehandel. »Oh, Sie müssen Vitamine essen«, strahlte mich Abdullah an und drückte uns Äpfel und Orangen in die Hand. Die Kinder kamen auch gleich herbeigesprungen und zeigten unseren Jungs ihre Spielsachen.

Ich wünschte mir nichts mehr, als hier sofort einziehen zu können. Vorher konnte ich mein Kind unmöglich kriegen, und das spürte es auch. Es verhielt sich wieder ruhig und ließ zu, dass ich letzte Kraftreserven bündelte. Während ich mich mit Aishe unterhielt – sie und ihr Mann waren vor zehn Jahren aus Westanatolien hergekommen und hatten auch so einige Hürden zu überwinden –, verhandelte Raphael mit Abdullah die Mietbedingungen. Verständlicherweise bestand er auf einer Kaution.

»Sie können einziehen, sobald wir die Kaution haben – drei Monatsmieten im Voraus.«

»Raphael, wir müssen das irgendwie schaffen!«, flehte ich ihn an, als wir mit den Kindern wieder auf der Straße standen. »Wer könnte uns dieses Geld leihen? Klaus und Renate? Oder deine Mutter?«

Regen oder Traufe?

»Meine Mutter.« Raphaels Kiefer mahlten. »Wir fahren jetzt zu ihr und bitten sie um das Geld.«

»Ja hat sie das denn?«

»Ich weiß nur, dass sie eine anständige Witwenrente auf dem Konto hat.«

Was blieb uns anderes übrig, als erneut in diesem Altersheim aufzuschlagen?

Raphaels Mutter empfing uns – also Raphael und die Jungs – ebenso überschwänglich wie bei unserer Ankunft, so als hätte sie uns noch gar nicht gesehen. Auch die Sache mit der dreckigen Absteige schien sie schon ganz vergessen zu haben. Wieder mussten wir ihr am Harmonium lauschen und Raphael mehrere Kirchenlieder mitsingen, bevor sie überhaupt auf unsere Nöte einging.

»Ach so, Junge, du brauchst Geld?«

»Ja, Mutter, und zwar dringend. Ich gebe es dir zurück, sobald ich kann.«

»Ja, dann kommt mal mit und schaut, was die Oma für euch hat.« Sie winkte Raphael und unseren drei Söhnen. »Vielleicht hat sie ja Schokolade …«

Ich wollte ermattet in der Halle warten, aber Raphael zog mich mit in den Aufzug.

»Will die mit?«, fragte Gertrud, als wäre ich eine Wildfremde.

»Mutter, das ist meine Frau. Wir gehören zusammen.«

»Diese Person ist ja schon wieder schwanger.«

»Ja, Mutter, und zwar von mir.«

»Das glaubst du ja selbst nicht.«

Ich zwang mich, dieses Gerede zu überhören.

Nur noch ein bisschen durchhalten, Carina!, beschwor ich mich. Spätestens morgen oder übermorgen sind wir bei Abdullah und Aishe. Erst muss das Kamel durchs Nadelöhr, bevor es ins Himmelreich eingeht.

Auf ihrem Stockwerk stellte Gertrud ihren Raphael und die Jungs stolz den anderen Mitbewohnern vor, indem sie an alle Türen klopfte.

»Schauen Sie mal! DAS ist mein wundervoller Sohn. Er ist katholischer Priester. Da staunen Sie, was? Ja, und das sind alles seine Söhne!«

Jetzt staunten die Leute allerdings.

Sie zeigte auf mich, die ich mich im Hintergrund hielt: »Ja, und DAS geht auch noch auf seine Narrenkappe.«

»Mutter, bitte, können wir jetzt ...«

Im Weitergehen sagte sie mehr zu sich selbst: »Aber was soll man machen.«

Kaum auf ihrem Zimmer, kam die nächste Showeinlage.

Sie zeigte zwar Bereitschaft, das Geld rauszurücken, aber vorher musste sie noch singen und tanzen. So oft fand sich kein Publikum, das bereit war, ihr zuzuhören.

»Kennt ihr das? *Brüderchen, komm tanz mit mir*? Raphael, hast du es ihnen beigebracht?«

»Mutter ... ein andermal!«

»Mit den Händchen klipp, klipp, klapp! Mit den Füßchen tripp, tripp, trapp. Einmal hin, einmal her«, sang die Alte schrill und drehte sich dabei selbstverliebt im Kreis. »Rundherum, das ist nicht schwer.«

Die Zwillinge starrten sie mit einer Mischung aus Faszination und Furcht an. Tommi zeigte mir heimlich einen Vogel. Wir hatten ihm schon erklärt, dass die Oma vielleicht ein bisschen dement sei.

Endlich war sie bereit, mit Raphael zur Bank zu gehen, aber das ging erst morgen.

Also zurück marsch, marsch zu Klaus und Renate. Wir würden keine Freunde werden, aber ich war ihnen dankbar – trotz allem.

Zwei Tage später konnten wir in die noch spärlich möblierte Wohnung umziehen.

Raphael eilte immer wieder davon, um Besorgungen zu machen. Ich kaufte Lebensmittel ein, aber als wir abends zum ersten Mal mit den Kindern am Tisch saßen, bemerkten wir, dass wir gar kein Besteck hatten.

Wieder halfen Abdullah und Aishe und schleppten außerdem noch Möbel aus ihrer eigenen Wohnung herauf.

Für Raphael begann jetzt ein Wahnsinns-Ämter-Marathon: Einwohnermeldeamt, Arbeitsamt, Urkunden und Zeugnisse beglaubigen lassen, Führerscheine umtauschen, Auto ummelden ...

Während die freundliche Aishe auf die Kinder aufpasste, fuhr er mich zu dem katholischen Krankenhaus, in dem Klaus mich schon angemeldet hatte. Es wurde von Ordensschwestern geleitet, und auch meine Hebamme würde eine Nonne sein. Mich wunderte gar nichts mehr.

»Sie bleiben jetzt hier, alles andere wäre unverantwortlich«, bestimmte der Frauenarzt, der mich untersucht hatte. »Das Kind kann jeden Tag kommen.«

»Aber Herr Doktor, ich kann meinen Mann und die Kinder in der neuen Umgebung doch nicht alleine lassen!«

»Doch, das können Sie!«

Der Doktor sprach ein Machtwort. »Ich habe schon von meinem Kollegen Dr. Göbel gehört, dass Sie unzertrennlich sind, aber Sie kriegen jetzt ein Kind! Den Rest schafft Ihr Mann alleine.«

Also musste ich mich fügen ... und durfte endlich Verantwortung abgeben.

Es tat sehr gut, einfach nur in einem sauberen, stillen Krankenhausbett zu liegen.

Außer den Rosenkränzen – glorreich, schmerzensreich und segensreich –, die von einer Vorbeternonne namens Schwester Herlind dreimal täglich über Lautsprecher in die Krankenzimmer übertragen wurden, erreichte mich nichts Verstörendes mehr.

Zum Glück ahnte ich da noch nicht, dass Oma Gertrud täglich in der neuen Wohnung aufschlug. Sie hatte ja einiges dafür bezahlt, und nachdem »die da«, nämlich ich, aus ihrem Blickfeld verschwunden war, fühlte sie sich als neues Familienoberhaupt.

Wie mir die Kinder und auch Aishe und Abdullah später erzählten, mischte sie alles auf und zwang auch die türkischen Nachbarn, ihrem Singen und Tanzen zu lauschen und zu applaudieren. Mit den Fingerchen tick, tick, tick ... aber an die Stirn!

»Alles arme Flüchtlinge«, sagte sie, auch die türkische Familie miteinbeziehend. »Alle aus dem fernen Pommern.«

Sie war der festen Überzeugung, dass Raphael zu ihr zurückgekehrt sei, um für den Rest ihres Lebens mit ihr und den Kindern zusammenzuwohnen. Mich hatte sie entweder vergessen oder ausgeblendet.

Ihre Demenz äußerte sich auch darin, dass sie im Speisesaal ihres Altersheims Essensreste hortete und Raphael und den Kindern auf den Tisch kippte.

»Mama, da waren angebissene Brote und angefressene Würstchen dabei!«, berichtete mir Tommi später. »Die hat sie aus der Erbsensuppe ihrer Mitbewohner gefischt.«

Wie gut, dass ich das nicht erleben musste. Aber durch die Kinder erfuhr ich zwangsläufig davon, konnte aber leider nicht darüber lachen. Glücklicherweise schlug die Mutter nicht bei mir im Krankenhaus auf, sonst wäre es mit meiner Selbstbeherrschung vorbei gewesen.

Tommi war dank Göbel'scher Beziehungen sofort im katholischen Gymnasium aufgenommen worden. Nach der Schule kam er mich allein besuchen. Er hatte noch keine Freunde und fühlte sich fremd. »Zu Hause« bei Oma Gertrud und Raphael wollte er auch nicht sein. Er hatte Sehnsucht nach seinen Geschwistern Max und Sabine, nach seinen Freunden. Ich tröstete ihn, und irgendwann schlief er bei mir ein.

Die Schwestern reagierten zum Glück verständnisvoll. In der DDR wäre das unmöglich gewesen: ein Zwölfjähriger auf der Entbindungsstation, im Bett seiner Mutter.

Hier herrschte im Gegensatz zum Osten kein so militärischer Ton, man wurde wirklich menschlich und respektvoll behandelt.

Trotzdem überkam mich immer wieder das heulende Elend, denn natürlich hatte ich große Sehnsucht nach meinen beiden Großen und unserer früheren gemütlichen Wohnung.

Warum hatten wir das bloß alles aufgegeben? Was hatte ich meinen Kindern angetan?

Ich heulte mir die Augen aus.

32

Trier, 11. März 1987

Endlich war es so weit. Unser Kind wollte auf die Welt kommen. Es hatte sich zum Glück noch die Zeit genommen, die es brauchte – auch dank der Zeit, die ich so wohlbehütet im Krankenhaus verbringen durfte.

Raphael kam schon früh in die Klinik, um mir beizustehen. Es war die erste Geburt, die er miterlebte. Bei den Zwillingen war er ja selbst als Unfallpatient in der Klinik gelegen. Diese waren bei Aishe und Abdullah bestens aufgehoben, und Tommi würde nach der Schule ebenfalls auf sie aufpassen.

Schon am Nachmittag erblickte unser Töchterchen das Licht der Welt. Wie meine anderen Kinder, hatte ich sie auf natürlichem Wege geboren, ohne Schmerzmittel. Mein sechstes Kind!

Caroline war gesund, kräftig und wunderschön.

»Sie ist wirklich das hübscheste Baby auf der Welt!« Raphael strahlte. Nun hatte er auch noch eine Tochter!

Raphael holte die Jungs. Verzückt betrachteten sie das neue Wesen, das ich unter so schweren Umständen unter dem Herzen getragen hatte.

Gemeinsam riefen wir Max und Sabine an: »Ihr habt ein gesundes Schwesterchen!« Wir weinten alle vor Sehnsucht.

Dann durfte ich mit der kleinen Caroline nach Hause.

Raphael hatte die Wohnung halbwegs gemütlich eingerichtet,

und Aishe und Abdullah hatten Babybettchen, Kinderwagen und einige Kleidungsstücke von ihrer Jüngsten spendiert. Wir waren unendlich dankbar für die Sachen.

Und dann kam der unvermeidliche »Besuch der alten Dame«: Gertrud wollte ihr jüngstes Enkelkind sehen.

Sie herzte und küsste es und stellte wieder fest, wie viel Ähnlichkeit es doch mit ihrem wunderschönen Raphael hatte. Dann sang sie mit viel Tremolo: »Schlafe, Prinzessin, schlaf ein!«

»Schön, Mutter. Danke dir. Wirklich lieb von dir.«

»Die Oma hat natürlich auch heute wieder Spendierhosen an.« Gertrud zog einen Umschlag aus der Tasche und legte ihn auf den Tisch.

»Mach auf!«

Raphael staunte nicht schlecht. Es waren zehn Hundertmarkscheine.

»Tausend Mark, Mutter, das ist wirklich großzügig von dir!«

»Das zahle ich euch in drei Raten aus!« Blitzschnell hatte die Mutter siebenhundert Mark wieder an sich gerafft. »Man erlebt ja oft, dass Flüchtlinge das Geld für Alkohol und Zigaretten ausgeben.«

Sie schaute mich an.

»Bringen Sie mir Quittungen über das, was Sie kaufen, dann zahle ich Ihnen die zweite Rate aus.«

Wir waren sprachlos.

Die Mutter mochte dement sein, aber es steckte so viel herablassende Kälte in diesen Worten, dass mir die Muttermilch sauer wurde.

»Wissen Sie was? Behalten Sie Ihr Geld.«

Ich schob ihr die dreihundert Mark wieder hin. »Und wenn

ich putzen oder betteln gehe ... wir sind auf Ihr Geld nicht angewiesen!«

Raphael brachte seine zürnende Mutter aus der Wohnung.

»Undank ist der Welten Lohn«, hörte ich sie draußen lamentieren. »Was will diese unverschämte Person denn noch! Erst nimmt sie mir meinen Sohn weg, und dann ist ihr mein Geld nicht gut genug! Soll sie doch wieder zu den Polacken rübergehen!«

Sie war wirklich hochgradig verwirrt.

»Mutter, so was müssen wir uns von dir nicht sagen lassen. Wenn du meine Frau nicht anständig behandelst, werden wir den Kontakt zu dir erneut abbrechen!«

Unten schrie und heulte die Frau: »WIR hatten keine großzügige Oma, die uns mit tausend Mark überschüttete! ICH war mit dir ganz allein! WIR haben Kartoffelschalen gelutscht!«

Ich saß mit Carolinchen und den verstörten Zwillingen oben und war wieder mal sprachlos. Tommi sagte erschüttert: »Soll sie sich ihr Geld doch sonst wohin stecken!«

Als Raphael wieder heraufkam, entschuldigte er sich vielmals bei mir.

»Sie ist dement, aber sie ist auch böse. Ich kenne viele demente alte Leute, aber die sind reizend. Wir brauchen ihr Geld nicht. Ich werde schon eine Arbeit finden.«

Die Dame beim Arbeitsamt gab Raphael zu verstehen, dass er für vieles, was sie ihm hätte anbieten können, überqualifiziert sei.

Er hatte sich bereits an der Schule, auf die unser Tommi ging, als Lehrer für Griechisch und Latein beworben, war aber aufgrund unserer Vorgeschichte abgelehnt worden.

»Ich kann Ihnen gern mal einen Priester vorbeischicken, damit Sie sich aussprechen können«, sagte der erzkatholische Direktor gönnerhaft. »Aber ich kann Sie nicht auf meine Schüler loslassen.«

Auch im Archivwesen hatte sich Raphael vergeblich beworben.

Es war eine schwere und gleichzeitig schöne Zeit – wie nach der Geburt der Zwillinge: Glück und Leid lagen wieder ganz dicht beieinander.

Einerseits genossen wir das Leben mit unserer kleinen Tochter, die ein ganz braves, zufriedenes Baby war und schon bald durchschlief. Sie spürte, dass sie von allen geliebt wurde, und gab uns viel Kraft. Auch die Zwillinge punkteten sofort wieder mit ihrem Charme. Sie fanden einen Kindergartenplatz und machten allen, denen sie begegneten, nur Freude. Tommi, unser Großer, brachte schon bald gute Noten heim und engagierte sich sehr für seine Mitschüler.

Aber es plagten uns das Heimweh, die Sehnsucht nach unseren Großen, der chronische Geldmangel und die Arbeitslosigkeit. Und damit die Perspektivlosigkeit. Das kannten wir von der DDR nicht.

Es wurde Sommer, und Tommis große Ferien standen vor der Tür.

»Ach Raphael, wir hätten jetzt sechs Wochen Zeit! Zeit, unsere Großen zu besuchen! Ich komme um vor Sehnsucht!«

Wieder einmal telefonierte ich mit Max und Sabine. Max war jetzt dreiundzwanzig und Sabine zwanzig Jahre alt. Max hatte eine Freundin, Sandra, die wesentlich älter war als er und schon zwei Kinder hatte. Sie waren zu ihm in unsere Dachterrassenwohnung gezogen. »Mama, ich glaube, ich habe einfach eine Familie gebraucht ...«

Mir zog sich das Herz sehnsüchtig zusammen. »Natürlich, mein Großer. Viel Glück wünsche ich dir!« Unsere geliebte Wohnung ... Aber ich gönnte es meinem Ältesten von Herzen. Wer, wenn nicht ich, hatte Verständnis für Max' Situation und Lebensmodell?

Sabine war inzwischen zu meinen Eltern gezogen.

»Mama, deinen Eltern geht es gar nicht gut! Beide liegen im Krankenhaus«, ließ meine Tochter mich wissen. »Ich schaue jeden Tag nach ihnen, und sie fragen nach dir ... Auch deine Schwester Elke. Sie alle sind so traurig, dass sie mein neues Schwesterchen nicht sehen können!« Wieder flossen viele Tränen.

Plötzlich hatte ich eine Idee. »Und wenn ihr eine Besuchsgenehmigung für uns beantragt? Wegen schwerer Krankheit meiner Eltern? Dr. Wefing stellt bestimmt ein ärztliches Attest aus, aus dem die Dringlichkeit hervorgeht.«

»Mama, probieren können wir es. Aber ihr habt gerade erst rübergemacht! Mach dir keine allzu großen Hoffnungen!«

»Die Hoffnung stirbt zuletzt.«

Seufzend legte ich auf. Lieber Gott, bitte lass es klappen, betete ich inständig. Bitte lass uns in den Ferien nach Hause fahren!

Herr ich bin nicht würdig, dass du eingehst unter mein Dach, aber sprich nur ein Wort, so wird meine Seele gesund.

Und der Herr erhörte mein Flehen. Wir bekamen eine zweiwöchige Besuchsgenehmigung!!

Ich jubelte so sehr, dass Raphael mich durch die Wohnung schwenkte: »Ich sage ja, du hast einen besonderen Draht zum lieben Gott!«

»Wir müssen unseren Golf gegen ein größeres Gefährt eintauschen. Da passen wir nicht alle rein.«

Gesagt getan. Ein Gebrauchtwagenhändler nahm unseren recht neuwertigen Golf mit Kusshand und gab uns einen japanischen Kleinbus der Marke Subaru dafür.

»Wie cool!« Tommi freute sich. »Der hat Schiebetüren auf beiden Seiten!«

»Auf die Rückbank passen die drei Jungs, und die Mittelbank nehmen wir raus und stellen Caroline im Kinderwagen hinein!«

Auf unserer ersten Probefahrt stimmten wir ein fröhliches Lied an: »Hab mein Wagen vollgeladen ...«

»Wie gut, dass Oma nicht dabei ist«, befand Tommi.

Nicht umsonst ging das Lied folgendermaßen weiter: »Hab mein Wagen vollgeladen voll mit alten Weibsen. Als wir in die Stadt reinkamen, fingen sie an zu keifen! Drum lad ich all mein Lebetage, nie alte Weibsen auf mein Wage ...«, krähten sie vergnügt.

Raphael sandte mir einen gequälten Blick. Obwohl ich am liebsten laut mitgesungen hätte, sagte ich mahnend:

»Bitte, Jungs. Sie ist Papas Mutter. Und sie hat uns sehr unterstützt. «

»Sie hat uns sehr unterdrückt«, gab Tommi zum Besten.

Da mussten sogar Raphael und ich lachen.

Die Vorfreude auf ein Wiedersehen mit unseren Lieben gab uns ganz viel Kraft und nahm uns die Angst, es hier in der BRD nicht schaffen zu können. Selbst das Einkaufen im Supermarkt überforderte mich komplett! Das Angebot war riesig, doch wir mussten kleinlich Preise vergleichen, hatten wir doch höchst sparsam zu leben. Dinge wie Nutella, die meine Jungs in den Einkaufswagen legten, nahm ich heimlich wieder heraus. Dafür bekamen wir von unseren türkischen Vermietern immer mehr Obst, als wir bei ihnen im Geschäft eigentlich bezahlten. Wir bunkerten so einiges – als Mitbringsel für unsere Lieben.

»Dass sie uns einfach so einreisen lassen! Der liebe Gott hat ein Wunder getan.« Zu Hause nahm ich die Besuchserlaubnis noch einmal in die Hand. »Wissen die denn nicht, dass wir erst vor einem halben Jahr übersiedelt sind?«

»Schon seltsam«, meinte Raphael, der die Einkäufe in dem kleinen Kühlschrank verstaute. »Normalerweise vertreiben sie einen für immer aus dem Paradies!«

Plötzlich entfuhr mir ein Entsetzensschrei. »Raphael! Sie haben unseren Namen falsch geschrieben!« Mir wurde heiß und kalt. »Da steht nicht von Ahrenberg, da steht von Armberg!«

»Ach du Scheiße«, entfuhr meinem Mann ein ganz und gar unchristlicher Fluch.

»Unter diesem Namen hat ihr Computer anscheinend nichts Verdächtiges ausgeworfen!«

»Dann können wir es wohl vergessen.« Tommi sank in sich zusammen und fing an zu weinen. »Ich will zu Max und Sabine! Warum geht denn alles in meinem Leben schief?«

»Tommi, schau mich an!« Ich nahm den Jungen fest in den Arm. »Wir versuchen es auf jeden Fall! Mehr, als uns an der Grenze zurückschicken, können sie doch nicht!«

Wir wagten es einfach.

Am 20. August 1987 – Carolinchen war gerade fünf Monate alt und hockte pausbackig in ihrem türkischen Kinderwagen –, rollten wir tapfer auf die innerdeutsche Grenze zu. Diesmal in umgekehrte Richtung.

Tommi und die Zwillinge beteten. »Lieber Gott, lass uns bitte in die DDR einreisen, wir wollen auch immer ganz brav sein und sogar Oma Gertrud lieb haben ...«

Die Grenzer kapierten zum Glück gar nichts. Sie hielten uns für Wessis und fragten nur ganz dämlich, wo Trier sei.

»Trier ist die Keimzelle des Kommunismus«, dozierte Raphael streng. »Karl Marx ist dort geboren. Das müsstet ihr Genossen doch wissen.«

»Oh.« Einer kratzte sich am Kopf. »Hier steht von Armberg und in den Pässen steht von Ahrenberg ...«

»Und ihr wisst noch nicht mal, dass euer Genosse Honecker demnächst in Trier auf Staatsbesuch ist?«, verkündete Raphael. »Ich glaube, das muss ich melden. Wer ist Euer Vorgesetzter?«

Die jungen Grenzer waren so beschämt und irritiert von Raphaels Autorität – hier kam der ehemalige Universitätsdozent zum Vorschein –, dass sie uns problemlos passieren ließen.

Hand in Hand überfuhren wir die Grenzlinie.

»Wieso atmen wir eigentlich so auf, als hätten wir gerade die DDR verlassen?« Raphael grinste. »Wir sind gerade wieder drin!«

»Ja, aber nur als Besucher!«

»Wie bei Monopoly: Gehen Sie ins Gefängnis. Aber nur als Besucher. Ziehen Sie die viertausend Mark nicht ein, sondern tauschen Sie sie um.«

Als wir am Abend in Thalheim einfuhren, fingen wir vor Rührung alle an zu weinen. Sogar Carolinchen machte mit, obwohl sie hier noch nie gewesen war.

»Schaut mal!«, schrie ich aufgeregt. »Schaut mal, wer da an der Tankstelle steht!«

Schon weit vor unserer Straße stand eine schlanke Gestalt am Straßenrand und winkte, winkte, winkte!

»Das ist Max!«

Er hüpfte auf der Stelle vor Freude, riss unsere Schiebetür auf und warf sich mitten in seine Geschwisterschar. Wir heulten und heulten.

»Max! Junge, du bist so erwachsen geworden!«

»Finde ich nicht! Er liegt auf dem Boden und kitzelt uns die Füße«, quietschte Tommi. Die Zwillinge quietschten ebenfalls vor Freude, und Carolinchen staunte ihren ältesten Bruder an.

»Boah, ist die dick, Mann!« Max kniff das Schwesterchen in die Wange.

»Alles Muttermilch«, prahlte Raphael. »Deine Mutter ist immer noch voll im Saft!«

»He Alter, du hast ja Sprüche drauf inzwischen ... Wenn das mal nicht der Papst hört!«

Wir alberten in unserem Auto herum und knutschten uns ab.

»Lasst uns mal gleich ins Krankenhaus zu deinen Eltern fahren, zu Hause wartet Sandra mit den Kindern. Ihr pennt natürlich bei uns, keine Frage. Sandra hat die Betten schon bezogen.«

Ich grinste in mich hinein. Sozusagen Schwiegermutteralarm!

Ich schwor mir, sowohl meinen Sohn als auch meine Wohnung bedingungslos freizugeben und niemals, auch nicht unter Drogen oder mit einer Knarre im Nacken, mit meinem Sohn weinend im Bett zu liegen.

Im Krankenhaus angekommen, fiel uns Sabine um den Hals.

»Ich kann's nicht glauben, dass ihr wirklich da seid! Meine Eltern!«, rief sie unter Tränen aus. Ich drückte sie gerührt an mich. Dass sie auch Raphael damit meinte, freute mich umso mehr. Carolinchen wurde geherzt und gedrückt, und die

Zwillinge wollten ihre heißgeliebte große Schwester gar nicht mehr loslassen.

Ärzte, Schwestern und Patienten umrundeten uns kopfschüttelnd.

Und dann kam mir meine Schwester Elke entgegen und breitete die Arme aus!

Sie, die sich schriftlich verpflichtet hatte, den Kontakt zu uns abzubrechen, nachdem wir den Ausreiseantrag gestellt hatten, brachte vor Rührung kein Wort heraus.

»Es tut mir so leid, Carina, dass ich dich verleugnet habe!«

»Ja, das hat Petrus mit Jesus auch gemacht. Ist schon vergessen.«

Die Eltern waren deutlich gealtert, beide inzwischen Pflegefälle.

Wir packten unsere Geschenke aus, besonders gut kam das frische Obst an.

»Wie, das gibt es alles bei euch?«

»Ja, das liegt überall in den Regalen. Unsere Vermieter beschenken uns großzügig damit.«

»Das sind türkische Gemüsehändler«, gab Tommi weltmännisch von sich.

»Und am liebsten essen wir Pizza vom Italiener«, krähten die Zwillinge. »Und Nutella!«

Plötzlich überkam mich auch ein wenig Stolz. Wir waren schon richtige Wessis geworden!

Ich fing einen bewundernden Blick von Elke auf.

»Du warst ja lange das schwarze Schaf der Familie,« sagte sie, als wir uns später in der Damentoilette unter vier Augen trafen. »Aber jetzt lass dir sagen: Ich bewundere deinen Mut und beneide dich um deinen Mann.«

Bingo! Heimlich ballte ich triumphierend die Faust.

Wir verbrachten zwei wundervolle Wochen in unserer alten Heimatstadt Thalheim. Die jungen Leute überließen uns selbstverständlich das Schlafzimmer, Tommi und die Zwillinge übernachteten im ehemaligen Kinderzimmer, und die jungen Leute schlugen ihr Nachtlager einfach auf der Dachterrasse auf.

Sandra und ihre Kinder waren sehr nett, und ich hatte zum Glück gleich einen guten Draht zu der jungen Frau.

Es sprach sich in der Stadt herum, dass wir zu Besuch waren, und nicht nur unsere Nachbarn, sondern auch eine vor Neugier platzende Dorothea schaute bei uns vorbei. Sie hatte eine ganz neue Frisur.

»Wie habt ihr es geschafft, so schnell eine Besuchserlaubnis zu kriegen?«

»Carina hat eben einen Draht zum lieben Gott«, sagte Raphael grinsend.

Und dann ließ Dorothea eine Bombe platzen: »Ich lebe jetzt mit Günther zusammen.«

»Mit welchem Günther?«

»Na, Günther Perniok!«

»Und die stämmige Eva Maria?«

»Das hat nicht mehr gepasst.«

Da waren wir aber platt.

Auf einmal zählte das alles nicht mehr, was so lange als höchster Wert und christliches Glaubensgut gegolten hatte.

Aber was sollten wir den Zeigefinger heben …

Dennoch staunten wir nicht schlecht. Wie hatten sie uns damals behandelt – wie Aussätzige! Der gute Pfarrer Perniok hatte damals wörtlich zu uns gesagt: »Mein Gott, ist das alles furchtbar mit diesem Gerede. Könnt ihr nicht wenigstens aus der Stadt verschwinden.« So sehr hatte er sich für uns geschämt. Jetzt lebte er ebenfalls ohne Priesteramt und mit Frau – aber weiter in der Stadt und schämte sich kein bisschen! Trotz allem wünschten wir Dorothea viel Glück für ihr weiteres Leben. Die Tage in der Heimatstadt und die vielen versöhnlichen Gespräche gaben uns so viel Kraft, dass wir hofften, eine Weile davon zehren zu können.

Beim Abschied flossen natürlich wieder viele Tränen, und diesmal stand die halbe Straße Spalier.

»Die Wessis fahren heim! Wir beneiden euch!«

»Sie beneiden uns«, sagte ich zu Raphael. »Also reißen wir uns jetzt zusammen und schauen nach vorn.«

»Ich freu mich auf Pizza und Nutella«, meinte Tommi. Die Zwillinge waren sofort seiner Meinung, und selbst Caroline strampelte frohgemut mit den Beinchen.

»Wir schaffen das.«

Zurück in Trier gab es gute Nachrichten!

»Carina, ich habe ein Jobangebot von der Universitätsbibliothek Köln erhalten!«

Seine Doktorarbeit über die Zahlensymbolik des Kreuzes in den Passionen von Bach hatte inzwischen Kreise gezogen.

»Siehst du? Kaum haben wir aufgehört zu jammern, öffnen sich die Türen!«

Und obwohl wir in Trier gerade erst zarte Wurzeln geschlagen hatten, packten wir unseren Kram wieder zusammen und zogen um.

33

Köln, September 1987

Das bedeutete: neue Nachbarn in einer netten rechtsrheinischen Vorstadt, eine neue Schule für Tommi, ein neuer Kindergarten für die Zwillinge. Das Haus, das wir dank eines großzügigen Vorschusses auf Raphaels Gehalt anmieten konnten, war geräumig und hatte einen kleinen Garten.

Unsere süße Caroline bezog ein eigenes Mädchenzimmer, die Zwillinge teilten sich eines, und Tommi bekam endlich eine eigene sturmfreie Bude.

Ich war nicht länger die graue Maus, die dankbar für Almosen sein musste und im Supermarkt verlegen Waren aus dem Wagen nahm.

Allmählich wuchs mein Selbstbewusstsein. Ich war die Frau eines angesehenen Universitätsmitarbeiters und leistete mir einen Kaschmirpullover. Na gut, aus dem Second-Hand-Shop, aber ich wollte ein Zeichen setzen. Die Leute grüßten respektvoll, und schon bald wurden unsere Jungs von ihren neuen Freunden zum Spielen eingeladen.

Unsere Vergangenheit sah man uns nicht mehr an: weder dass wir Flüchtlinge aus der DDR noch Abtrünnige der katholischen Kirche waren. Und wir banden unsere Geschichte auch niemandem auf die Nase!

Doch mit der Zeit wurde das Bedürfnis immer stärker, wieder eine Glaubensheimat zu finden, den Kindern eine richtige christliche Erziehung angedeihen zu lassen. So kam es, dass wir doch wieder Kontakt zur Kirche suchten und Caroline zur Taufe anmeldeten.

Außerdem war das eine großartige Möglichkeit, unsere Großen zu uns in den Westen einzuladen! Wir bestimmten Max und Sabine zu Taufpaten und schickten ihnen diese Bescheinigung. Wie durch ein Wunder durften die beiden für fünf Tage zu uns nach Köln kommen!

Nur die Taufe sollte letztendlich doch nicht stattfinden.

Wie sich herausstellte, hatte Raphael unserem Pfarrer bei einem Vieraugengespräch von seiner Vergangenheit berichtet.

»Warum hast du das getan, Raphael?«, fragte ich entsetzt.

»Weil ich nicht anders konnte.«

»Wollten wir hier nicht ganz neu anfangen?«

»Ich kann doch mein neues Leben in einer Gemeinde nicht mit einer Lüge beginnen! Außerdem besteht ja das Beichtgeheimnis.«

Ehrlich und aufrichtig wie er war, aber natürlich auch geprägt von einem halben Leben mit Beichten, Reue zeigen und Buße erbitten, hatte sich Raphael dem Pfarrer anvertraut. Darüber hinaus hatte er bestimmt sein schlechtes Gewissen erleichtern wollen, das ihn immer wieder einholte.

Mit der Folge, dass uns auch dieser Pfarrer zu verstehen gab, wir könnten zwar gerne in Zukunft an den Gottesdiensten teilnehmen, hätten aber bitte mit der Familie hinten zu sitzen. Auch zur Kommunion dürften wir nicht gehen.

Auf dieses Angebot hatten wir dankend verzichtet.

Dafür fiel das Wiedersehen mit unseren Großen umso fröhlicher aus – eine nicht enden wollende Spätsommerparty in unserem Garten! Es war ein Traum. Wir zeigten ihnen Köln, bewunderten den Dom, bummelten mit ihnen durch die Hohe Straße und die Schildergasse. Sie durften sich neu einkleiden und natürlich auch Mitbringsel für die Daheimgebliebenen kaufen.

Beide mussten und wollten zurück: Max hatte seine Sandra und die Kinder, Sabine kümmerte sich dankenswerterweise um meine Eltern.

»Wenn es an der Zeit ist, werdet auch ihr eines Tages einen Ausreiseantrag stellen!«, tröstete ich sie beim Abschied. »Sorg, aber sorge nicht zu viel, es kommt ja doch, wie Gott es haben will!«

Und es kam ja auch, wie Gott es haben wollte: Zwei Jahre später sollte die Mauer fallen!

Aber noch war es nicht so weit.

Ein weiteres Jahr verging, und es wurde dringend Zeit, mal richtig auszumisten.

»Du Raphael, was meinst du? Wollen wir nicht endlich Platz schaffen und Carolines Babysachen entsorgen? Die finden bestimmt noch begeisterte Abnehmer in dem Second-Hand-Shop, aus dem ich meinen Kaschmirpulli habe?«

»Du meinst den in Köln-Ehrenfeld? Gute Idee!«

Raphael half mir, alles in den Bus zu packen: »Laufstall, Lauflernstühlchen, Badewanne, Wickeltisch ... das macht doch alles noch einen gut erhaltenen Eindruck!«

Wir fuhren gemeinsam hin. Es tat mir gut, mal auf die andere Rheinseite zu kommen und das internationale Flair dieses aufstrebenden Viertels an der Venloer Straße zu genießen.

Mit den Besitzern des Second-Hand-Shops – auch Türken –

kamen wir ganz nett ins Gespräch. Wir erzählten von Aishe und Abdullah aus Trier, und dass sie unsere ersten Vermieter im Westen gewesen waren.

»Damals hatten wir wirklich überhaupt kein Geld und waren sehr froh über diese Sachen«, plauderte ich aufgekratzt. »In der Not frisst der Teufel Fliegen. Wissen Sie was, wir überlassen Ihnen das gratis. Bestimmt kann ein junges Pärchen die Sachen gebrauchen.«

Auf dem Rückweg sah Raphael mich kopfschüttelnd an: »Warum hast du das gesagt?«

»Was?«

»In der Not frisst der Teufel Fliegen!«

Ich schlug mir die Hand vor den Mund. »O Gott! War das beleidigend?«

»Ich würde sagen, das war rassistisch«, schmunzelte Raphael.

Mir schoss die Röte ins Gesicht. »O Gott! Das wollte ich überhaupt nicht, ich wollte nur klarmachen, dass wir damals auch kein Geld hatten, uns was Neues zu kaufen ...«

»Ich selbst trage nur Kaschmir«, sagte Raphael trocken. »Eines Tages können Sie sich auch was Besseres leisten«, zitierte er Renate Göbel.

Ich schlug mir die Hand vor den Mund.

»Raphael, jetzt schäme ich mich! Aber vielleicht haben sie das Sprichwort mit dem Teufel und den Fliegen überhaupt nicht verstanden?«

»Bei Allah«, sagte Raphael mit heiligem Ernst. »Die können Deutsch.« Dann knuffte er mich versöhnlich in die Seite:

»Carina, ich weiß, dass du es nicht so gemeint hast. Aber ausgerechnet wir Immigranten aus dem armen Osten sollten mit solchen Aussagen vorsichtig sein.«

Er tätschelte mir das Bein und sah mich von der Seite an.

»Schau auf den Dom«, schmunzelte er. »Kleine Sünden straft der liebe Gott sofort.«

Es vergingen gerade mal sechs Wochen und dann …
»Frau Doktor, ich habe einen schrecklichen Verdacht.«
»Jetzt legen Sie sich erst mal hin. Lassen Sie uns einen Ultraschall machen.«
Die junge Ärztin fuhr mit ihrem hochmodernen Gerät über meinen Bauch.
»Ja, da haben wir die kleine Frucht. Herzlichen Glückwunsch, Sie sind schwanger!«
Ich fing an zu heulen. »Das kann doch gar nicht sein, ich bin doch bald schon dreiundvierzig!«
»Na und?« Die junge Ärztin strahlte mich an. »Sie sind kerngesund. Und war nicht sogar schon die heilige Elisabeth mit Johannes dem Täufer schwanger, obwohl sie schon weit über vierzig war?«
Ich schlug mir die Hände vors Gesicht. Bibelfest war die auch noch!
»Aber Frau Doktor, ich habe die Spirale!«, heulte ich.
»Moment!« Sie fuhr so lange mit ihrem Ultraschallkopf über meinen Bauch, bis sie das Ding entdeckt hatte. »Tja, es gab schon Kinder, die mit der Spirale in der Hand auf die Welt gekommen sind!«
»Ich kann doch jetzt nicht noch ein Kind bekommen«, schluchzte ich. »Ich hab doch schon sechs, und mein ältester Sohn ist vierundzwanzig!«
Sie half mir auf.
»Selbstverständlich stelle ich Ihnen eine Überweisung zur Schwangerschaftsunterbrechung aus. Aber überlegen Sie es sich noch ein bisschen. Was ist denn mit Ihrem Mann?«

Diesmal hatte ich einen. Ich musste ihn weder verheimlichen noch an der polnischen Grenze suchen gehen.

»Er hat gerade erst beruflich wieder Fuß gefasst und gibt alles, um unsere Familie zu ernähren ...«

»Wo sechs satt werden, werden auch sieben satt.«

»Frau Doktor, ich schaffe das einfach nicht mehr. Wenn Sie wüssten, was ich alles schon erlebt habe! Sie könnten meine Tochter sein!«

»Deswegen überlasse ich die Entscheidung ganz allein Ihnen. Hier ist die Adresse meines Kollegen in der Klinik. Eine Schwangerschaftsunterbrechung wird kein Problem sein. Aber ich rate Ihnen eines: So emotional wie Sie gerade reagieren: Bitte sprechen Sie mit einer Person Ihres Vertrauens. Und dann treffen Sie eine Entscheidung. Ganz in Ruhe. Einverstanden?«

Ich fuhr nach Hause. Eine neutrale Person. Hm. Da schied Raphael wohl auch erst mal aus.

In meiner Not rief ich bei der Telefonseelsorge an. Da konnte man sich seinen Kummer gratis von der Seele reden, und es wurde einem geduldig zugehört.

So etwas Feines gab es hier im Westen! Warum sollte ich das nicht nutzen?

»Guten Abend, ich habe so was noch nie gemacht, ich weiß jetzt auch nicht, mit wem ich spreche, aber mein Mann ist nicht da, und ich bin in großer Not ...«

»Dafür sind wir da«, antwortete eine überraschend junge Frauenstimme. »Raus mit der Sprache, ich höre Ihnen zu.«

»Wissen Sie, ich bin ungewollt schwanger, aber das bin ich eigentlich schon seit Jahren. Meine ersten drei Kinder waren ja noch halbwegs geplant, aber meine letzten drei Kinder sind einfach irgendwie passiert, und jedes Mal war es eine Katastrophe ...«, weinte ich bitterlich.

Am anderen Ende der Leitung herrschte Stille.

»Hallo? Sind Sie noch da?«, schniefte ich.

Irgendwie hatte ich den Eindruck, dass die Frau von der Telefonseelsorge ein Lachen unterdrücken musste.

»Sie gehören wohl auch zu den Frauen, die schwanger werden, sobald der Mann die Hose übers Bett hängt.«

Ja, DAS war mal eine qualifizierte Aussage!

Wortlos legte ich auf und starrte an die Wand.

So fand mich dann auch Raphael vor, der ahnungslos von einem anstrengenden Tag an der Uni nach Hause kam.

»Sag mal, heulst du?«

»Nein, ich lach mich kaputt! Raphael, ich bin schwanger!«

»Das ist jetzt nicht dein Ernst.«

»Doch, verdammt! Mein heiliger Ernst!«

»Ach Carina, das ist jetzt aber …« Raphael raufte sich die Haare. Er hatte gerade Ärger mit einem Kollegen, der seinen Posten selber gern gehabt hätte, und stand ziemlich unter Strom. »Hast du denn nicht verhütet?«

»Doch! Aber was ist eigentlich mit dir?« Jetzt war ich aber sauer. »DU hast nicht verhütet, Herr Theologe!«

»Carina, bitte. Mit Schuldzuweisungen kommen wir jetzt auch nicht weiter!«

»DU hast damit angefangen!«

»Weil DU deinen gebärfreudigen Körper inzwischen kennen dürftest!« Raphael holte sich ein kaltes Bier aus dem Kühlschrank.

»Trinkst du etwa aus der Flasche?!«

»Ja, weil ich mich wie ein Idiot fühle!« Er knallte die Flasche auf den Tisch. »Carina, ich bin wirklich überfordert und musste mir eben haltlose Anschuldigungen von einem intriganten

Kollegen anhören. Und jetzt fühle ich mich erst recht ein bisschen hintergangen.«

»WAS?«, schrie ich zurück. »Ich hab dir das Kind also untergejubelt, ja? Du redest schon genau so wie deine MUTTER!«

Ein Wort gab das andere. Wir stritten, wie wir noch nie im Leben gestritten hatten.

Kind Nummer sieben brachte uns auf die Palme.

»DU hast keine Verantwortung für unser Liebesleben übernommen!«

»Nein DU! Warum lässt du mich auch nicht in Ruhe!« Ich schnaufte. »Andere Männer in deinem Alter sind längst fertig mit solchen Sachen!«

»Du weißt genau, dass ich immer noch ein starkes Nachholbedürfnis habe! Sei doch froh, dass ich dich immer noch begehre!«

»Und deswegen soll ich jetzt ein siebtes Kind kriegen!?«

»Musst du ja nicht.«

»Sondern?«

»Es gibt ja Mittel und Wege!«

»Raphael, ist das dein Ernst? Das ist doch Sünde!«

»Nein. Ist es nicht.« Raphael nahm einen großen Schluck Bier.

Endlich kamen wir beide wieder runter. Er nahm meine Hand: »Gott ist kein strafender Gott. Er wird uns nicht böse sein, wenn wir dieses Geschenk in Liebe zurückschicken.«

»Raphael!« Ich sah ihn unter Tränen an. »Unser Kind ist kein Irrläufer von der Post!«

»Wir haben unsere Elternpflicht getan«, sagte Raphael ruhig. »Wir tun sie immer noch. Aber irgendwann muss auch mal Schluss sein. Mach einen Termin für die Schwangerschaftsunterbrechung. Ich steh dir bei.«

Eine Woche später fuhr mich Raphael in die Klinik.

»Du schaffst das. Ich muss in die Uni, aber in drei Tagen bist du wieder zu Hause.«

»Und du sagst, es ist keine Sünde?!«

»Gott ist nicht so kleinlich. Der hat ganz andere Sachen zu tun.«

Ich nahm mein Köfferchen und bezog mein Zimmer in der freundlichen Klinik. Im Aufenthaltsraum, in dem ich mir noch einen Kaffee aus dem Automaten zog, saßen viele abtreibungswillige Frauen und unterhielten sich über ihre Beschwerden und Nöte.

Ich war hier eindeutig die Älteste und kam wohl deshalb auch sofort dran.

Ich hatte natürlich gesagt, dass ich einen Stall voller Kinder zu Hause hatte, die alle auf mich warteten.

Kurz darauf wurde ich in meinem Nachthemd, das hinten nur mit einer Schleife zugebunden war, auf einem Rollbett in den kleinen Operationssaal gefahren. Der Arzt gab mir die Hand und kam auch gleich zur Sache. Er wies auf eine Zeichnung an der Wand.

»Schauen Sie, ich werde mithilfe dieses kleinen Skalpells diese kleine Frucht dort entfernen. Sie bekommen jetzt eine örtliche Betäubung, und wir nehmen dann die Ausschabung vor. Sie werden nach dem Dämmerschlaf Blutungen bekommen und vermutlich auch Bauchschmerzen, aber wir werden Sie gut mit Schmerzmitteln versorgen, und dann können Sie in drei Tagen wieder nach Hause zu Ihrer Kinderschar. Haben Sie das verstanden?«

Ich schluckte. »Ja.«

»Gut, dann spreizen Sie bitte die Beine und legen Sie die Fersen in diese Halterungen. Wenn ich Sie jetzt untersuche, unterbreche ich gleichzeitig die Schwangerschaft. Das ist wie Pflasterabziehen. Einmal Luft anhalten, Augen zu und … sind Sie bereit?«

Plötzlich spürte ich eine innere Kraft und Zuversicht, sah Raphaels Lächeln vor mir.

»Wissen Sie was«, sagte ich und manövrierte mich in meinem geblümten Nachthemd wieder in die Senkrechte. »Ich kriege das Kind doch. Danke für Ihre Bemühungen, aber ich fahre jetzt nach Hause.«

Ein Lächeln breitete sich auf dem Gesicht des Arztes aus. Es war, als ginge die Sonne auf.

»Das freut mich!«, sagte er. »Es wird alles gut werden! Brauchen Sie ein Taxi?«

»Ja bitte. In zehn Minuten. Und vielen Dank, Herr Doktor.«

Wir schüttelten einander so herzlich die Hand, als hätten wir gerade gemeinsam einen tollen Plan ausgeheckt. Und das hatten wir ja auch! Kind Nummer sieben war herzlich willkommen.

Ich ging hocherhobenen Hauptes mit meinem hinten offenen Nachthemd an den wartenden Frauen vorbei in mein Zimmer, zog mich an, griff nach meinem Köfferchen und schritt erneut an den Patientinnen vorbei Richtung Ausgang.

»Die macht's nicht«, hörte ich einige sagen. »Die geht einfach nach Hause!«

»Ja, wenn sie eines hat, ist es ja schön für sie!«

Ja, genau!, dachte ich. Ich habe ein Zuhause. Ich habe einen Mann, der mich liebt. Ich habe wundervolle Kinder. Wir haben eine Zukunft. Endlich.

Kurz darauf stand ich wieder vor unserer Haustür.

Raphael öffnete und schien gar nicht erstaunt zu sein, mich zu sehen.

»Nein?« Sein Gesicht hellte sich auf. Darauf lag genau dieses Lächeln, das ich im entscheidenden Moment vor mir gesehen hatte.

»Nein.«

Er breitete die Arme aus. »Wir schaffen das.«

»Ja. Wenn nicht wir, wer dann?«

Kurz darauf fuhren wir wieder in der Venloer Straße vor dem Second-Hand-Shop vor.

»Wir wollten fragen, ob die Sachen noch da sind, die wir vor Kurzem gebracht haben.«

Sie waren alle noch da.

Der clevere Händler luchste mir hundert Mark dafür ab. »Das ist ein echtes Schnäppchen, aber weil Sie's sind, mache ich Ihnen diesen Freundschaftspreis«, strahlte er, als er uns half, Laufstall, Babybett, Babybadewanne, Lauflernstühlchen und Wickeltisch wieder ins Auto zu laden. »Ich mach damit kein Geschäft. Aber in der Not frisst der Teufel Fliegen!«

34

Köln, Frühjahr 1989

Je länger wir in der Stadt lebten, umso mehr litten die Zwillinge unter Allergien: Ihnen tränten die Augen, ihre Nebenhöhlen waren verstopft, sie bekamen schwer Luft. Besonders Christian musste ich deswegen oft vorzeitig aus dem Kindergarten abholen.

Ich hatte alle Hände voll zu tun mit den Kindern und meiner siebten Schwangerschaft.

Wir hatten keinerlei Hilfe im Haushalt, keine Oma in der Nähe, und die Sehnsucht nach meinen Großen belastete mich immer wieder.

Dann kam eines Tages Raphael nach Hause, und ich sah ihm sofort an, dass etwas Schreckliches passiert war.

»Alle wissen Bescheid.« Er warf sich aufs Sofa und vergrub das Gesicht in den Händen. Seine Schultern zuckten. Erschrocken schickte ich die Kinder in den Garten, sie sollten ihren Vater nicht weinen sehen.

»Wer weiß was, Liebster?«

»Alle. Meine Vergangenheit als Priester.«

»Hat es was mit diesem Kollegen zu tun? Mit diesem Josef Wagner?«, fragte ich nichts Gutes ahnend. Der war nicht nur Raphaels Kollege, sondern auch Mitglied der Gemeinde, der wir uns in der Hoffnung auf echtes, gelebtes Christentum zugewandt hatten. Er war mir von Anfang an nicht sympathisch gewesen – so ein selbstgefälliger, falscher Heiliger, der eifrig die Kollekte einsammelt und die Fürbitten vorliest. Es schüttelte mich, wenn ich an diesen Menschen dachte!

»Ja.«

Wieder einmal hatte es da wohl jemand mit dem Beichtgeheimnis nicht so genau genommen – ein gefundenes Fressen für Raphaels Widersacher, der an der Universität schon lange auf dessen Position scharf war. Anfangs hatte er noch freundlich getan und meinem Mann alle Unterstützung angeboten – aber je beliebter Raphael bei den Studenten und Studentinnen wurde, umso mehr wendete sich das Blatt.

Raphael hatte sich völlig in sich vergraben und konnte kaum sprechen.

»Liebster, aber ist das denn wirklich so schlimm? Du unterrichtest ja keine Theologie, sondern bist in der Bibliothek tätig, beschäftigst dich damit, welche Fachliteratur angeschafft werden soll und so. Wen interessiert da deine Vergangenheit als Ordensmann?«

»Ich bin freigestellt.«

Diese Nachricht traf mich wie eine Keule. Ich war Mitte vierzig, mit dem siebten Kind schwanger, Caroline war gerade mal zwei, meine Zwillinge chronisch krank, Tommi kam langsam in die Pubertät – und mein Mann, der Alleinverdiener unserer Großfamilie, war freigestellt?

»Sie wollen erst mal Nachforschungen anstellen. Es gab Gerüchte.«

»Aber Liebster, warum hast du mir das denn nicht früher erzählt?«

Aufgewühlt strich ich meinem Mann über den Rücken.

»Weil ich dich nicht noch mehr belasten wollte, Carina!« Er

schaute mich gequält an. »Josef Wagner behauptet sogar, mich des Öfteren mit einer sehr hübschen Studentin gesehen zu haben – was stimmt, sie schreibt gerade ihre Diplomarbeit, und ich beschaffe ihr die entsprechende Sekundärliteratur. Nur dass er unterstellt, dass mit mir was nicht stimmen kann, schließlich hätte ich schon als Pater im Orden der Brüder Jesu einer Frau zwei Kinder gemacht. Er hat mich als ganz perfiden Triebtäter hingestellt … das ganze hässliche Programm. Dass du gerade wieder ein Kind erwartest, spielt ihm zusätzlich in die Hände.«

Das mit der hübschen Studentin war mir auch neu, aber ich wusste, dass da nichts lief! »Raphael, ich glaube fest an dich«, versuchte ich meinen armen Mann aufzurichten. »Was hast du jetzt vor?«

»Ich weiß es nicht!« Verzweifelt warf er die Hände in die Luft. »Es stimmt ja! Die Studentin hat sich ein bisschen in mich verknallt! Dabei habe ich ihr bestimmt keine ermutigenden Signale gesendet! Aber Josef Wagner wird weiterhin Gerüchte streuen, insofern sieht es nicht gut für mich aus.«

Plötzlich riss Tommi die Terrassentür auf:

»Mama, Papa, kommt schnell, Christian hat wieder einen asthmatischen Anfall!«

Wir stürmten hinaus in den Garten, wo sich unser sechsjähriger Sohn röchelnd krümmte. Jetzt, wo Pollenflug war, litt er ganz besonders und schien tatsächlich kaum noch Luft zu bekommen.

Wie von der Tarantel gestochen rissen wir ihn hoch, packten alle Kinder in den Bus und rasten zum Krankenhaus.

Als wenn wir noch nicht genug Stress hätten, stellte der behandelnde Arzt fest, dass beide Zwillinge nicht nur chronisches Asthma, sondern auch Neurodermitis hatten und eine dringende Luftveränderung bräuchten:

»In solchen Fällen rate ich immer dazu, viel Zeit an der Nordsee zu verbringen.«

Dann kam alles Schlag auf Schlag.

Wir waren kaum wieder mit den Zwillingen zu Hause, als ich eine Fehlgeburt erlitt. Unser siebtes Kind sollte nicht bei uns bleiben.

Während ich noch im Krankenhaus lag und versuchte, mit alldem fertigzuwerden, bekam Raphael eine Vorladung vom Universitätsdekan, der außerdem Kardinal von Köln war. Schöne Grüße von Josef Wagner.

Was sollte er machen? Alleinlassen konnte er die Kinder nicht!

Also packte er Tommi, Christian, Matthias und die kleine Caroline ins Auto und schärfte ihnen ein, sich gut zu benehmen, den heiligen Mann ehrfürchtig zu begrüßen.

Der Kardinal staunte nicht schlecht. Raphaels Ruf war ihm vorausgeeilt, und so wirkte es wie eine trotzige Provokation, dass er, der abtrünnige Pater und in Verruf geratene Mitarbeiter der theologischen Fakultät, gleich seine ganze Kinderschar mitbrachte.

Seine Erklärung »Entschuldigung, aber ich wusste nicht wohin mit ihnen, meine Frau liegt mit einer Fehlgeburt im Krankenhaus« ebnete auch nicht gerade den Boden für eine weitere berufliche Zusammenarbeit.

Der Kardinal, so berichtete mir Raphael später, erwies sich zwar insofern als echter Christ, als er alle freundlich hereinbat und sie segnete – »Lasset die Kindlein zu mir kommen, denn ihrer ist das Himmelreich!« –, aber das eigentliche Problem, Raphaels drohende Arbeitslosigkeit, konnte oder wollte er auch nicht lösen.

Mit einem »Gehet hin in Frieden, der Segen des Herrn sei allzeit mit euch und eurer Mutter, ich werde für die Seele des verlorenen Kindleins beten«, entließ er nicht nur meine Familie, sondern auch Raphael endgültig.

35

Köln, Sommer 1989

Raphael schrieb Bewerbungen über Bewerbungen. Überall streckte er seine Fühler aus, aber letztlich war es seine wunderbare Halbschwester Marie, die ihm einen neuen Job verschaffte.

Marie war inzwischen als Psychologin pensioniert, wusste aber von einer interdisziplinären Studie, die an der Uniklinik Stuttgart in Auftrag gegeben worden war.

»Bruderherz, du bisch für des Pilotprojäkt genau der Richtige«, schwäbelte sie aufgeregt ins Telefon. »Du müschtest halt pendle, gell! Aber die Züge brauchet nur vier Stündle, des isch a Klacks!«

Inzwischen waren wir zu allem bereit. »Pendle, gell!«, hörte sich doch ganz nett an. Und »vier Stündle« Ruhe im Intercity klangen für Raphael geradezu verlockend.

Ich war so weit wiederhergestellt, dass ich zu Hause meine Frau stehen konnte.

Raphael erklärte mir, was es mit dem Projekt auf sich hatte. Es war eine Studie mit AIDS-Patienten, die nach amerikanischem Vorbild untersuchen sollte, wie sich psychische Faktoren auf das Immunsystem auswirken.

Raphael Aufgabe würde darin bestehen, Patienten zu begleiten, die aufgrund ihrer Immunschwächekrankheit an Leukämie erkrankt waren und sich einer Knochenmarktransplantation unterziehen mussten. Dafür wurde ihr altes Knochenmark durch die Zellgifte der Chemo erst zerstört, um dann durch neues, gesundes von einem Spender wiederaufgebaut zu werden. Raphael sollte ihnen helfen, die Hoffnung nicht aufzugeben und positiv zu denken. Er sollte sie mental stärken und mit ihnen beten. Es handelte sich also im weitesten Sinne um eine seelsorgerische Tätigkeit.

Ausgerechnet Raphael, dem selbstzerstörerisches Denken nicht fremd war, bekam nun Verantwortung für Menschen, denen es noch viel schlechter ging. Für diese Patienten ging es um Leben oder Tod. Ob sie Schuldgefühle hatten, weil sie sich mit dem HIV-Virus infiziert hatten? Ob sie sich Vorwürfe machten? Die katholische Kirche wies diesen Patienten ganz klar eine Mitschuld an ihrer Krankheit zu, was natürlich alles andere als förderlich für deren Gesundheit war.

Marie erklärte ihrem Halbbruder, dass drei Dinge für die Schwerstkranken jetzt ganz besonders wichtig waren: Begreifen, ja, ich bin krank. Anerkennen, dass es so ist. Und Selbstbewusstsein aufbauen, sich auf die eigenen Stärken besinnen: Ich werde das schaffen!

Der Tipp war Gold wert – es klappte!

Raphael stürzte sich mit Feuereifer in die Arbeit. Fünf Tage die Woche war er nun in Stuttgart und durfte dankenswerterweise bei seiner Halbschwester umsonst wohnen und essen. Er verdiente wieder anständig und bekam die Fahrtkosten erstattet. Was waren wir dankbar und froh!

In dieser Zeit war ich also von montags bis freitags mit Tommi, Christian, Matthias und der kleinen Caroline allein. Da Raphael mit dem Zug unterwegs war, hatte ich zum Glück den Subaru für Besorgungen, Arztbesuche und andere Wege.

Es war oft schwer, aber die Kinder und ich waren eine eingeschworene Gemeinschaft. Trotz ihrer chronischen Krankheit waren die Zwillinge fröhliche Rabauken.

Es wurde Herbst, und sie kamen in die Schule. Selten konnten beide gleichzeitig herumtollen, Fahrradfahren und Fußballspielen endeten meist mindestens bei einem mit schlimmen Hustenanfällen, und oft genug musste ich mit den beiden zum Arzt. Zwangsläufig kam die zweieinhalbjährige Caroline auch immer mit. Tommi, nun fast vierzehn, hätte gut allein zu Hause bleiben können, aber er ließ es sich in dieser schweren Zeit nicht nehmen, mich zu unterstützen. Immer war er mit dabei, blieb bei Caroline im Wartezimmer und war einfach ein vorbildlicher Bruder und Sohn.

Wenn Raphael dann am Freitagabend am Kölner Hauptbahnhof aus dem Zug stieg, liefen wir ihm als Großfamilie stets fröhlich entgegen. Wir hielten zusammen wie Pech und Schwefel.

Aus heutiger Sicht war es eine unfassbar schwere, aber auch großartige, innige Zeit: Wenn jemand Christenliebe lebte und erfuhr, dann wir. Auch ganz ohne Kirche.

In unserer alten Heimat dagegen war der Teufel los. Der Zusammenbruch der DDR kündigte sich an. Jeden Tag passierte etwas neues Aufregendes, Beängstigendes. Gebannt saßen wir abends vor dem Fernseher. Es brodelte im Hexenkessel. Wir machten uns große Sorgen um Max und Sabine.

Max war fertiger Kfz-Mechaniker und stellvertretender Leiter einer Autowerkstatt. Weil er so ein hilfsbereiter Kerl war und stets den Schalk im Nacken hatte, war er sehr beliebt. Dennoch hatte er mit Sandra und den Kindern schon vor längerer Zeit die Ausreise beantragt. Sabine traute sich nicht. Sie befürchtete, die Repressalien nicht durchzustehen. Außerdem hatte sie sich gemeinsam mit ihrer Tante Elke immer noch um unsere Eltern zu kümmern. Sie hatte ihre Kochlehre beendet und leitete inzwischen die Krankenhauskantine. So konnte sie für ihre Großeltern immer etwas Besonderes abzweigen – sei es nun frisches Obst oder eine Süßigkeit.

Was für ein Glück, dass ich meine beiden Großen regelmäßig anrufen konnte. Denn so gern ich im Westen lebte – Heimweh hatte ich nach wie vor. Und jetzt kam noch die Sorge wegen der politischen Lage dazu: Max ging jeden Abend demonstrieren!

»Max, bitte pass auf dich auf, die sind bewaffnet und die fackeln auch nicht lange!«

»Mama, ich kann doch nicht Däumchen drehend zu Hause sitzen, während hier ein politisches System implodiert. Natürlich gehe ich auf die Straße. Nur die Feiglinge bleiben daheim.«

»Aber Max, was, wenn dir was passiert ...«

»Mama, wir schreiben Geschichte, du wirst schon sehen ... Was war denn das? Hat bei dir gerade eine Bombe eingeschlagen?«

Er wollte einen Scherz machen, aber irgendwas flog mir hier wirklich gerade um die Ohren.

»Mama, hörst du das denn nicht«?, schrie Tommi plötzlich. »Matthias ist am Kotzen!«

»Max, ich muss dringend auflegen! Pass auf dich auf, versprich mir das!«

Mit zitternden Knien rannte ich die Treppe hinauf. Alle meine Söhne stressen mich gerade um die Wette.

Tommi hielt sich die Nase zu: »Christian hat ins Bett gemacht!«

Ich schob ihn beiseite und eilte zu den Zwillingen. »Um Gottes willen, was ist passiert?«

»Mami, mir ist so schlecht, ich glaube ich muss sterben!«

»Mein Kopf zerspringt, Mama, ich muss brechen!«

Ich kam kaum mit dem Eimerleeren hinterher. Eine Magen-Darm-Grippe, auch das noch! Wie in Trance hielt ich ihnen die Köpfe. Tommi war sofort an meiner Seite.

»Was kann ich tun?«

»Bring nasse Handtücher!« Gemeinsam machten wir den Jungs Wadenwickel, deren Körper sich mit Fieber gegen den Virus wehrten. Trotzdem kletterte ihre Körpertemperatur immer höher.

»Matthias 39,2 und Christian 38,9!«

Dann fing auch noch Caroline an zu heulen. Ich war am Ende meiner Kräfte!

Gegen Morgen wusste ich mir keinen Rat mehr.

»Wir bringen sie ins Krankenhaus!«

Die Diagnose: »Verdacht auf Meningitis« ließ mich kraftlos auf einen Stuhl sinken – Caroline auf dem Schoß, die schlaftrunken an ihrem Kuscheltier nuckelte. Tommi ging an diesem Tag nicht zur Schule. Stattdessen holte er mir Kaffee aus dem Automaten und zwang mich, ein halbes Brötchen zu essen.

»Beide Jungs bleiben hier, und Sie, Frau von Ahrenberg, können gern ein Bett in ihrem Zimmer bekommen. Allerdings ohne die Kleine.«

»Was machen wir nur?«, fragte ich verzweifelt.

»Du brauchst Hilfe, Mami. Ich kann schließlich nicht wochenlang in der Schule fehlen.« Tommi hatte mit Caroline stundenlang auf dem Flur gewartet.

»Herr Doktor, können Sie mir die Lebensbedrohlichkeit der Krankheit meiner Kinder schriftlich bestätigen?«, fragte ich in meiner Not.

Der Arzt erledigte das sofort. Noch am selben Tag erreichte Sabine das Telegramm.

»Dein Kommen dringend erforderlich, deine Brüder lebensbedrohlich erkrankt. Vater beruflich verhindert, brauche sofort Hilfe!«

Das ärztliche Attest lag dabei. Sabine schaffte es wie durch ein Wunder, schon nach zwei Tagen die Ausreisegenehmigung für einen dringenden Krankenbesuch zu bekommen und setzte sich sofort in den Zug.

Raphael, der alles am Telefon erfuhr, sagte wieder seinen berühmten Satz:

»Carina, ich wusste, du hast einen besonderen Draht zum lieben Gott!«

Am darauffolgenden Freitagabend fuhren fast zeitgleich die Züge am Kölner Hauptbahnhof ein.

Raphael kam aus Stuttgart, Sabine aus Ost-Berlin.

Sabine herzte und küsste ihre kleine Schwester Caroline, die sich an sie schmiegte. Und Raphael und ich drückten unsere große Tochter unter Tränen. Wir hielten mal wieder als Familie zusammen.

»Welche Prüfungen wird Gott uns noch auferlegen?«, fragte ich bang.

»Das Leben ist ein Kampf! Also siege!«

Raphael war durch seine Tätigkeit gut aufgestellt. Es stärkte ihn, dass er beruflich andere Leute tröstete. Und Maries Einfluss wirkte sich außerdem positiv aus.

Im Galopp rannten wir in die Tiefgarage unterm Dom, um gemeinsam ins Kinderkrankenhaus zu fahren. Eigentlich war schon keine Besuchszeit mehr, doch wir hofften, sie würden für uns eine Ausnahme machen.

»Wie lange kannst du bleiben?«, fragte ich meine Große, während wir hektisch nach unserem Kleinbus suchten.

»Mami, Raphael – soll ich euch mal was sagen? Ich bleibe jetzt für immer.«

»WAS?«

»Ja! Ich hab alle meine Zeugnisse und Dokumente mit!«

»Ist das wirklich wahr?« Mitten in der Tiefgarage gab es erneut eine riesenemotionale Szene. Die Leute umrundeten uns hupend und kopfschüttelnd.

»Da! Da ist unser Subaru!«, rief Tommi.

»Das hast du dir so spontan überlegt?«

Raphael warf ihre Tasche in den Kofferraum und stellte sein Rollköfferchen dazu.

»Ich habe gar nicht überlegt.« Sabine saß schon neben Caroline und schnallte sich und ihre kleine Schwester an. »Es war doch ein Wink des Schicksals, oder nicht?«

»Wenn die Not aufs Höchste steigt, Gott der Herr die Hand uns reicht«, zitierte Raphael aus seiner Lieblingsoper *Hänsel und Gretel*.

»Und was wird aus den Eltern?« Ich drehte mich besorgt zu meinen beiden Töchtern um. Sollte ich tatsächlich beide behalten dürfen?

»Elke ist bei ihnen. Ich muss jetzt auch mal an mich denken. Das Leben in der DDR ist nicht mehr zu ertragen.«

»Weißt du was, Tochter? Das hast du genau richtig gemacht.« Wieder und wieder drehte ich mich zu meinen Schätzen um. »Willkommen in der Bundesrepublik! Blumenstrauß kommt später!«

Ich wollte den Moment festhalten, gleichzeitig aber so schnell wie möglich zu den Zwillingen. Wir rasten los.

»Die DDR wird sowieso nicht mehr lange bestehen«,

berichtete Sabine. »Die Leute reisen scharenweise über Ungarn aus. Und bestimmt werden es Max, Sandra und die Kinder auch bald schaffen! Die wollen die Botschaft besetzen!«

»Um Gottes willen, wenn das mal gut geht!«

»Wie sagt der Kölner?«, gab Tommi von der Rückbank aus zum Besten, »Et hätt noch immer joht jejange.«

»Versteh ich nicht«, sagte Sabine. »Aber wie geht's den Zwillingen?«

»Wenn sie dich sehen, bestimmt gleich viel besser! Raphael, so gib doch Gas, grüner wird die Ampel nicht mehr …«

»Guck mal Sabine, das ist die Philharmonie!«

Wir wussten gar nicht, was wir zuerst besprechen sollten, alles ging wild durcheinander.

»Das ist eine supermoderne Klinik«, berichtete Tommi. »Und der Kinderarzt ist voll cool.«

»Sie sind dort wirklich in den besten Händen«, konnte ich nur bestätigen.

Raphael fuhr inzwischen wie ein Berserker und wurde ein paarmal geblitzt.

»Ich bin sowieso schon ein Sünder«, meinte er stoisch. »Jetzt eben auch noch ein Verkehrssünder.«

Wir eilten über den Parkplatz. Im Aufzugspiegel sahen wir unsere aufgewühlten Gesichter, rot vom Weinen – aber auch voller Hoffnung. Ich reichte noch schnell eine Packung Taschentücher herum. »Los jetzt, zusammenreißen, Leute. Die Jungs haben nur strahlende Gesichter verdient!«

Die beiden waren zum Glück bereits auf dem Weg der Besserung und saßen senkrecht im Bett vor Freude, als sie Sabine sahen.

»Na ihr zwei? Die Überraschung ist ja wohl gelungen!«

»Wann musst du wieder hinter deine Mauer?«

»NIE mehr!«

Wir kamen aus dem Erzählen und Umarmen gar nicht mehr heraus.

»Wann dürfen wir nach Hause?«

»Wenn ihr weiterhin so gute Fortschritte macht, schon bald.« Der Kinderarzt war selbst ergriffen. »So eine Familie ist doch die beste Medizin!«

Abends saßen wir gemeinsam in unserem Kölner Häuschen vor dem Fernseher und verfolgten gebannt die Ereignisse.

Sabine bezog fürs Erste das Zimmer der Zwillinge, und als diese eine Woche später aus dem Krankenhaus entlassen wurden, hatte ich Caroline ins Elternschlafzimmer umquartiert.

Mein Mann war werktags sowieso nicht da, und mein Töchterchen freute sich, bei Mama schlafen zu dürfen.

Sabine begann sofort mit der Jobsuche.

Nachdem die Behördengänge erledigt waren, bewarb sie sich in der Kantine des WDR-Funkhauses als Köchin – und wurde genommen!

»Da probt immer das Rundfunkorchester und der Rundfunkchor. In der Pause wollen die Frikadellen. Die kann ich zum Glück.« Sabine grinste. »Besonders die dicken Bässe verdrücken in der Pause gleich zwei. Mit Senf. Da wird das Timbre schärfer, sagen die. Nur die eine junge Sängerin aus dem Alt, die immer Tagebuch schreibt und sich dabei kaputtlacht, tauscht ihre Essensmarken immer in Magerjoghurt um – und nach sechs in ein Bier.«

Wieder war der Jubel groß, und wir hatten allen Grund, Gott zu danken. Und dann geschah das Wunder schlechthin: Am 9. November 1989 fiel die Mauer.

Mit großen Augen verfolgten wir das Geschehen am Bildschirm. Wir trauten unseren Augen nicht!

»Da! Da ist Max! Schaut nur, das ist er!«

»MAX!«, schrien wir in den Fernseher. Unser Großer stand auf der Berliner Mauer und zog gerade Sandra und die Kinder hoch.

Als hätte er uns gehört, winkte er plötzlich lachend mit beiden Händen in die Kamera.

Wieder lagen wir uns weinend in den Armen, und nun waren es nur noch Freudentränen

»Es gibt einen Gott«, schluchzte ich immer wieder, »Gott ist nicht katholisch, aber er hat uns über all die Jahre nicht vergessen!«

Wenige Tage später fuhren wir alle nach Gießen in das uns bekannte Auffanglager, in dem nun auch Max und seine Sandra mit den Kindern angekommen waren. Wir ersparten ihnen die schreckliche Kantine und luden sie in ein Restaurant ein. Endlich konnte ich alle meine Kinder auf einmal in den Armen halten! Statt in dem Kasernenzimmer schliefen wir im Hotel. Raphael war mit Recht stolz, das seiner großen Familie inzwischen bieten zu können.

Wir halfen den Neuankömmlingen bei den Behördengängen, so gut wir konnten.

»Ihr müsst jetzt ein Bundesland angeben, in dem ihr fürs Erste wohnen wollt. Eine erste Anlaufstelle, damit sie euch registrieren können.«

Unser Häuschen in Köln war beim besten Willen zu klein.

Und wieder war es Christa, die den frischgebackenen Westbürgern als Erste auf die Beine half!

Als Max' leibliche Großmutter überließ sie der jungen Familie sofort ihre Wohnung in Hannover. Wunderbare Christa!

Inzwischen leicht gehbehindert, zog sie in die Wohnung von Georg und Ines hinauf.

Außerdem bekam Max einen Fünfhundertmarkschein von ihr, um neben dem Begrüßungsgeld von je hundert Mark etwas in Händen zu haben.

36

Köln, April 1991

Das Projekt in Stuttgart neigte sich dem Ende zu. Marie war uns eine große Hilfe gewesen und hatte Wort gehalten: »Wenn ihr rüberkommt, fallt ihr nicht ins Bodenlose.« Finanziell standen wir fürs Erste wieder ganz gut da, und Raphael hatte sich in diesem anspruchsvollen Projekt bewiesen. Doch was nun? Bei all dem Trubel nach dem Mauerfall und der Ankunft unserer Großen kamen wir kaum dazu, über unsere eigene Zukunft nachzudenken.

Es musste eine Lösung her!

Raphael kehrte nach Köln zurück, wo er erfolglos Bewerbungen schrieb. Die Zeit wurde knapp, und den Zwillingen ging es wieder schlechter – bestimmt weil sie den Stress spürten.

Nach erneuten Asthmaanfällen landeten wir zum x-ten Mal in der Notaufnahme.

»Sie sollten unbedingt am Meer leben«, beharrte der Kinderarzt. »Ich kann Ihnen die Nordsee nur empfehlen!«

Doch was sollten wir an der Nordsee?

Während der Osterferien fuhren wir mit den vier Jüngsten nach Holland, mieteten ein Ferienhaus und machten ausgedehnte Spaziergänge, um wieder zur Ruhe zu kommen.

»Was soll nur aus uns werden? Wie wird unsere Zukunft aussehen?«

Wir ließen uns den Wind um die Nase wehen und lüfteten Herz und Hirn gründlich durch.

Die klare Luft tat den Zwillingen wahnsinnig gut. Aber beruflich war hier für Raphael natürlich nichts zu machen.

Ich sehnte mich immer mehr nach meiner alten Heimat zurück.

Alle strömten von Ost nach West – und wie immer in unserem Leben beschlossen wir gegen den Strom zu schwimmen. Wieso nicht in die alte Heimat zurückgehen und dort Aufbauarbeit leisten?

Und das kam so:

Wieder eilte uns das Schicksal zu Hilfe, wieder in Form eines Anrufs von Marie.

Wir waren gerade wieder zu Hause in Köln, wo die Waschmaschine auf Hochtouren lief und ich über die Schuhe meiner Sprösslinge stolperte, als sie anrief: »Carina, setz di nieder, normalerweis derf i des gar net sage, aber i glaub, i hätt a perfekte Aufgab für mein Brüderle!«

Weil ich so aufgeregt war, hatte ich mal wieder Schwierigkeiten mit ihrem Schwäbisch. Deshalb überließ ich prompt Raphael den Hörer – der hatte da inzwischen Übung!

Lange hörte ich, wie sie ihrem Halbbruder etwas vorschwärmte, und dessen Gesicht hellte sich immer mehr auf.

Als er endlich auflegte, nahm er mich lachend in den Arm.

»Carina, wir ziehen ans Meer.«

»An die Nordsee? Da kommen wir doch gerade her?«

»Darf es auch die Ostsee sein?«

In Raphaels Augen funkelte es wie damals, als ich ihn kennengelernt hatte.

»Was hältst du von dem schönen Ort Heiligendamm?«

»Dass es bei dir aber auch immer so heilig zugehen muss ...«

Abwartend verschränkte ich die Arme vor der Brust. »Heiligendamm ist mir allerdings ein Begriff.«

»Die weiße Stadt am Meer!« Raphael rieb sich voller Tatendrang die Hände.

»Das berühmte Ostseebad, wo bis jetzt nur Parteibonzen Urlaub gemacht haben?« Schelmisch zog ich die Augenbrauen hoch. »Da stehen jetzt sicher eine Menge Häuser leer.«

»Ja.« Raphael strahlte. »Die Bonzen sind weg, und dort soll in Zukunft ein ganz neuer, frischer Wind wehen.«

»Da sind wir genau richtig!«

Es fiel mir wahrhaftig nicht schwer, mir vorzustellen dort zu leben. Wir waren zwar noch nie da gewesen, aber dieses Heilseebad mit dem milden Klima war nicht umsonst der Stolz der DDR gewesen.

Raphael breitete die Arme aus. »Carina, bist du bereit für einen kompletten Neuanfang?«

»Mit dir gehe ich bis ans Ende der Welt.«

Ich kuschelte mich an meinen Mann, der es genoss, die Spannung zu steigern.

»Marie sagt, sie wollen die alte Kurklinik in ein Psychologisches Zentrum umfunktionieren. Sie wollen so schnell wie möglich sowohl Investoren als auch Touristen anlocken, und deshalb brauchen sie Fachkräfte – sowohl in der Gastronomie als auch in der psychologischen Betreuung.«

Er machte seine Halbschwester nach: »Mir waret scho so aufgrägt, ob's auch klabbe tät mit de Bewärbung, also han i oifach glei eine gschriebe un dei Unterschrift gfälscht. Brüderle, i hoff, i komm net in d' Höll, gell! Aber se hen scho Schtühl grückt und an Saal lär gräumt – du kannsch direkt a Probeseminar abhalde!«

Da war ich aber baff. Diese Marie!

»Und mit welchem Seminar willst du denen jetzt beweisen, dass du der Richtige bist?«

Raphael sprühte vor Ideen.

»Carina. Eigentlich hat uns das Leben doch sämtliche Themen schon vorgegeben. Für uns gab es nicht nur eine Wende, sondern viele. Diese Wende will verarbeitet werden!« Er hielt mich auf Armeslänge von sich ab und funkelte mich verschwörerisch an. »Wie findest du …« – er malte Gänsefüßen in die Luft – »… ›Was ich wirklich will und nicht, was andere für mich wollen. Neue berufliche und private Wege wagen.‹«

»Raphael, das ist genau deins!«

»Das ist unseres!«

Wir umarmten uns, und mich durchströmte plötzlich ganz neue Zuversicht. Mit diesem Mann an meiner Seite würde ich alles schaffen!

Gesagt, getan. Jetzt waren wir nicht mehr zu bremsen.

Raphael scheuchte die Großen aus dem Haus, erkämpfte sich seinen Platz am Schreibtisch zurück und bereitete sein Seminar vor. Schon nach wenigen Wochen fuhren wir mit den jüngeren Kindern hin. Es verschlug mir fast den Atem, als wir an einem strahlenden Frühlingstag an diesem beeindruckenden Kurort am Ostseestrand ankamen.

Die klassizistischen Bauten an der Strandpromenade waren ja noch alle erhalten.

Im alten Kurhotel mit angrenzender psychosomatischer Klinik stellte man gerade ein neues Team zusammen.

»Hier könnte sich Sabine als Diätköchin bewerben!«

»Es liegt auf der Hand, dass nach der Wende viele Menschen mit körperlichen und seelischen Problemen Ruhe und Kraft tanken wollen. Ein großartiger Ort für einen Neubeginn!«

Der Direktor des neuen Seminarhotels war begeistert von

uns. Unsere Geschichte schreckte ihn nicht etwa ab, sondern brachte ihn zum Strahlen:

»Genau solche Menschen mit so einer Lebenserfahrung habe ich gesucht. Wann können Sie anfangen?«

Während die Kinder im weitläufigen Garten des Hotels tobten, besprachen wir unsere Pläne und Ideen.

Ich fühlte mich plötzlich wieder zehn Jahre jünger!

Raphaels Probeseminar wurde ein voller Erfolg. Seine Teilnehmer, die Raphael respektvoll »Teilgeber« nannte, waren hingerissen von seinem Charisma, von seiner Wertschätzung, von seiner Bildung und Herzensbildung. Die Beurteilungsbögen enthielten höchste Punktzahlen. Sofort bekam Raphael Angebote für weitere Seminare.

Sein nächster Workshop hatte den schönen Titel: »Die Kunst des Nein-Sagens.«

»Raphael, wie kommst du nur auf solche Themen?« Ich wollte ihn ein bisschen aufziehen. »Sag bloß, du hast inzwischen gelernt, Nein zu sagen!«

Lachend zog er mich an sich und gab mir einen spielerischen Klaps auf den Po.

»Dir gegenüber anscheinend immer noch nicht!«

Er hatte sich alles schon genau überlegt. »Hör zu, wie klingt das? Überschrift: Die Kunst des Nein-Sagens. Mit dem Untertitel ...« – wieder malte er Gänsefüßchen in die Luft – »Lassen Sie zu oft andere entscheiden, wie Sie Ihr Leben verbringen?«

»Nein, du ganz bestimmt nicht!« Ich zog eine Grimasse, doch er ignorierte mich.

»Möchten Sie endlich nach eigenen Vorstellungen handeln und raus aus der Jasager-Falle?« Triumphierend blickte er mich an.

»Raphael!« Ich klatschte in die Hände vor Begeisterung. »Dieser Text ist brillant! Sie werden dir die Bude einrennen!«

Seine Gedanken eilten schon wieder voraus, und er schrieb folgende Worte in die Luft:

»Nein-Sagen-Lernen braucht Geduld, Mut und etwas Übung – vor allem aber den berühmten ersten Schritt. Und für all das bekommen Sie jede Menge praxistaugliches Rüstzeug mit auf den Weg!«

»Ja, genau so wird ein Schuh draus!«, freute ich mich. »Wenn das einer glaubhaft vermitteln kann, dann du! Du solltest dein ganzes Leben erzählen.«

»Du kannst ja ein Buch daraus machen«, schlug Raphael halb im Scherz vor.

»Wart ab, bis ich Zeit dafür finde.«

Ich lächelte wie eine Sphinx.

»Die Idee ist gar nicht so schlecht.«

37

Heiligendamm, Sommer 1991

Mithilfe einer umtriebigen Immobilienmaklerin fanden wir eine alte Villa. Sie war von Parteibonzen als Feriendomizil genutzt worden und stand jetzt tatsächlich leer. Fünf Minuten zu Fuß vom Meer entfernt! Sie schien nur auf uns gewartet zu haben!

Ich hüpfte auf der Stelle wie ein kleines Kind und konnte mein Glück kaum fassen. Auf einmal fügte sich alles ... und dann kam es noch besser.

Als Christa von unseren Plänen erfuhr, überschrieb sie unseren drei Großen bereits zu Lebzeiten ihr Erbteil. »Was sollt ihr warten, bis ich tot bin? Ihr braucht die Kohle jetzt! Nichts macht mich glücklicher, als euch auf die Spur zu helfen!«

Ich weiß nicht, ob ich schon einmal erwähnt habe, dass ich ganz fest an einen Gott glaube!?

Bald darauf berief er seine Magd, Gertrud Maria von Ahrenberg, zu sich in den Himmel. Dort sollte sie auf einer Wolke sitzen, Klavier spielen und Hosianna singen.

Das passte zu ihr, und von nun an hatten wir das Gefühl, dass sie ihre Hand gütig mit im Spiel hatte. Auf jeden Fall schien sie Raphael auf dem Sterbebett nichts mehr übel zu nehmen, denn sie setzte ihn als Alleinerben ein.

Das alles ermöglichte uns, die Villa sogar zu kaufen!

Raphael machte Seminare mit dem Titel: »Da sein. Sterbebegleitung von Menschen mit Demenz« und »Versöhnen, verzeihen, loslassen«.

Mein Mann war kaum wiederzuerkennen.

Sein Seminar »Die Kunst des Nein-Sagens« musste er unzählige Male wiederholen. Es kamen Teilnehmer aus ganz Deutschland, aber besonders viele aus der ehemaligen DDR, die wieder lernen mussten, auf eigenen Füßen zu stehen.

Raphael bot noch viele weitere Seminare an: Seminare für Trauernde, Seminare für verwaiste Eltern, Seminare für Schwerkranke und deren Angehörige, Seminare für alleinerziehende Väter. Letzteres fand ich besonders lustig – hatte er sich doch wirklich als solcher bewiesen, während ich berufstätig, krank oder einfach fertig war!

Längst hatte sich in Heiligendamm herumgesprochen, dass »die Neuen« ehemalige Ossis waren. Endlich passierte, was wir nicht mehr zu hoffen gewagt hatten: Wir wurden integriert!

Plötzlich hatten wir Freunde! Wir waren beliebt und respektiert, keiner zerriss sich das Maul über uns – ganz im Gegenteil, wir waren nur positiv im Gespräch.

»Alle hauen in den Westen ab, und ihr kommt zurück und krempelt die Ärmel hoch. Das finden wir klasse!«

Die Zeit verging. Unsere Zwillinge erholten sich und wurden nie wieder krank. Caroline entwickelte sich ebenfalls prächtig, genoss die Zuwendung aller Mitarbeiter und Patienten der Klinik, bekam einen Kindergartenplatz und ging später hier zur Schule. Sie war der erklärte Liebling aller Lehrerinnen, Lehrer und Mitschüler.

Auch Tommi fühlte sich auf dem hiesigen Gymnasium sofort wohl.

Heiligendamm zog Menschen aus aller Welt an. Viele Investoren ließen sich hier nieder, und bald hatte die Stadt ein internationales Flair. Viele Sprachen wurden hier gesprochen, und unsere Kinder konnten wunderbar davon profitieren.

Sie boten sich in den Ferien als Touristenführer an und veranstalteten geführte Wanderungen.

Sabine hatte durch ihre Zusatzausbildung zur Diätköchin beste Chancen und bekam wie von mir erträumt eine leitende Stelle in der angrenzenden Klinik.

Und Raphael war sowieso in seinem Element – endlich!

Nachdem all unsere Kinder ihren Weg gefunden hatten und sowohl beruflich als auch privat glücklich waren, nahm auch ich mir endlich Zeit für mich selbst.

Und machte eine Coachingausbildung.

Mein erstes Seminar richtete sich speziell an Frauen: »Ärger, Zorn und Wut – kann uns das befreien?«

Es war ein Riesenerfolg! Teilnehmerinnen aus den alten und neuen Bundesländern rannten mir die Bude ein. Es wurde gelacht und geweint, und am Ende lagen wir uns mit Selbsterkenntnis in den Armen.

»Endlich Nein sagen! Wie befreiend!«

Eine jede hatte ihre eigene Geschichte, und wir brachten uns großen Respekt entgegen. Genau das, was wir alle so lange vermisst hatten!

Und eines Tages leitete Raphael sein erstes Seminar für ehemalige Priester: »Mündige Männer. Ein Leben nach der Kirche.« Es war ausverkauft.

Ich stand vor dem Saal und kontrollierte die Anwesenheitsliste, als ein sympathisch aussehender Mann um die vierzig in dunkler Kleidung an meinen Tisch trat und seinen Namen nannte.

»Ich bin in letzter Sekunde noch reingerutscht«, freute er sich. »Ich weiß gar nicht, wer der Referent ist!«

Ich machte ein Häkchen und bat ihn freundlich hineinzugehen, Herr von Ahrenberg würde gleich beginnen.

»Von Ahrenberg«, sagte er mehr zu sich selbst. »Da kannte ich auch mal einen. Er war mein Lehrer, damals im Priesterseminar.«

Ich musste schmunzeln. »Er wird sich freuen, Sie zu sehen.«

Der Mann stutzte. »Sagen Sie bloß, er ist es?!«

»Na, so viele Raphaels mit dem klingenden Namen von Ahrenberg gibt es nun auch wieder nicht, oder?«

In dem Moment trat Raphael neben mich.

»Raphael«, rief ich. »Schau mal, wer hier ist!«

Es war einer der jungen Männer, die ihn damals auf Waldspaziergängen davon überzeugen wollten, zur Kirche zurückzukehren. Während ich mit fünf Kindern zu Hause saß.

»O Gott, ist mir das jetzt peinlich …« Der Mann wandte sich ab. Sogar von hinten konnte ich sehen, wie ihm die Röte ins Gesicht schoss.

»Ich wollte Sie in die Kirche zurückholen, und nun bin ich selbst ausgetreten …«

Raphael genoss diesen Moment, das sah ich ihm an, und auch ich reckte in Gedanken die Siegerfaust.

»Wie sagen wir alten Lateiner? *Errare humanum est!*«

Raphael legte seinem ehemaligen Schüler die Hand auf die Schulter, und gemeinsam betraten sie den Saal.

Ich hörte den begeisterten Applaus, als er von seinen Teilnehmern begrüßt wurde.

Und eines Tages wagten wir unser erstes gemeinsames Seminar. Wir wollten einfach unser Leben erzählen und anderen damit Mut machen.

Den Begleittext für die Broschüre hatten wir gemeinsam verfasst und lasen ihn gerade den Kindern vor.

Es war ein schöner Sommerabend. Wir saßen in unseren Strandkörben, und eine warme Brise strich uns um die Beine. Die Zwillinge stocherten in der Glut unseres Grillfeuers, Sabine stellte die Teller zusammen und Tommi und Caroline hörten aufmerksam zu.

»Also. Seid ihr bereit?«

Ich schaute aufgeregt in die Runde und räusperte mich. Dann trug ich vor:

»Warum scheuen wir uns, Entscheidungen zu treffen? Warum sind wir so zögerlich, tun uns so schwer damit, etwas zu wagen? Die Angst, etwas falsch zu machen oder andere zu verletzen, hindert uns daran, das Leben selbst in die Hand zu nehmen. Ein Schiff ist geschützter, wenn es im Hafen bleibt. Aber dafür werden Schiffe nicht gebaut! Wenn wir unser Schiff aufs große Meer hinaussegeln lassen, also mutig aus der Masse der Mitläufer hervorstechen, uns zu uns selbst bekennen, werden wir Freundschaft, Liebe und wahren Lebenssinn erfahren – das Leben führen, das zu uns passt. Und nur dann werden wir der Welt das geben können, was allein wir zu geben vermögen.«

»Klingt geil.« Tommi schaute aufs Meer hinaus.

»Und wie wollen wir dieses Seminar nennen?«, fragte Raphael.

Die Kinder sahen mich erwartungsvoll an.

»Trau dich, es ist dein Leben!«, sagte ich.

Nachwort der Protagonistin

Als ich vor einigen Jahren begann, unsere Geschichte aufzuschreiben, tat ich das erst mal für uns selbst und die Kinder. Nichts sollte in Vergessenheit geraten. Und es war weiß Gott viel passiert. Es hatte viel Traurigkeit, viel Leid, viele Schuldgefühle, aber auch immer sehr viel Liebe gegeben. Trotzdem ist unsere Geschichte mehr als nur eine traditionelle Liebesgeschichte: Es geht hier nicht nur um die Liebe zweier Menschen, nein, es geht auch um die Liebe zur Heimat und um die Liebe zu Gott. Und nichts in der Bibel ist schöner, wichtiger, wahrer und größer als das »Hohe Lied der Liebe«.

Irgendwann im November 2017 sah ich Hera Lind in »Riverboat«. Ich kannte sie natürlich und war gespannt, was sie zu erzählen hatte. Wie immer war es sehr interessant und so sympathisch! Am Ende ihrer Ausführungen machte sie auf ihre Tatsachenromane aufmerksam und sagte, dass sie sich über Einsendungen wahrer und glaubwürdiger Geschichten freuen würde. Da war es dann geschehen! Raphael und ich besprachen uns und mailten meinen fertiggestellten Text dann an den Diana-Verlag zu Händen von Hera Lind. Nachdem monatelang keine Reaktion kam, hatten wir die Sache eigentlich schon abgehakt. Bis dann im Januar 2019 eine E-Mail von Hera Lind eintraf: »Jetzt erst bin ich dazu gekommen, Ihre Geschichte vollständig zu lesen, und Sie finden mich gerade beeindruckt, berührt, stundenlang nicht ansprechbar und in Tränen. Ich würde sagen, eine gute Voraussetzung, Ihre Geschichte auch einem großen Publikum anzubieten.« Damit begann ein reger, fast täglicher E-Mail-Kontakt mit vielen Fragen an uns. Hera Lind orientiert sich in ihren Tatsachenromanen an den wirklichen Geschehnissen – und davon konnte ich ihr eine Menge bieten.

Sie schrieb, und wir haben gelesen. Manchmal – so sagte sie selbst – gingen die Pferde mit ihr durch, und da haben wir versucht, sie ein wenig zu bremsen. Das alles geschah beiderseits sehr respektvoll und mit einer großen Achtung voreinander. Neben der Traurigkeit von damals, die uns beim Lesen immer wieder einholte, gab es auch viel zu lachen im Text von Hera Lind, und wir stellten fest, dass wir denselben Humor haben. Jetzt liegt alles als Buch vor. Hera Lind ist es gelungen, aus Elementen unserer nichtalltäglichen Lebensgeschichte einen wunderbar spannenden, unterhaltsamen und lebensbejahenden Roman zu machen, der – so hoffen wir – für viele Leserinnen auch eine Botschaft ist: »Trau dich, es ist dein Leben!«

Wie es uns heute geht? Wir sind beide älter geworden, weiser und von Jahr zu Jahr glücklicher. Unsere Liebe ist nicht auf der Strecke geblieben, sie wurde in all der Zeit nur noch tiefer und inniger. Es hat sich wirklich alles gelohnt.

Irgendwann lösten sich auch unsere Schuldgefühle endlich in Luft auf. Es gibt keine Schuld, wenn es um ehrliche und wahre Gefühle geht, und Gott ist doch kein strafender Gott. (Gott sei Dank!) Die Institution Kirche hat uns das Leben oft schwer gemacht, aber wir brauchen sie auch nicht mehr. Unser Glaube ist stärker denn je. Für uns selbst haben wir festgestellt, dass wir kein Gebäude, keine zum Teil weltfremden Autoritäten brauchen, die uns sagen, was gut und böse ist. In unserem

Leben sind uns viele Menschen begegnet, die von Religion oder Christentum wenig wussten, vielleicht sogar noch nie eine Kirche von innen gesehen haben. Aber gerade von ihnen ist uns so viel Liebe, Wärme und Herzensgüte entgegengebracht worden! Raphael nennt sie unter uns immer »anonyme Christen«.

Mit unseren sechs Kindern verbrachten wir wunderbare Jahre. Wir haben alles miteinander bewältigt und uns gegenseitig Kraft gegeben. Wir konnten ihnen allen eine gute Schulbildung ermöglichen, und sie haben ihren Beruf gefunden, zum Teil studiert und Familien gegründet. Heute leben sie in den unterschiedlichsten Gegenden in Deutschland. Während ich diese Zeilen schreibe, erwarten wir täglich unseren siebten Enkelsohn, und darauf freuen wir uns sehr. In einer so großen Familie gibt es viele Anlässe zum Feiern und dadurch regelmäßige Wiedersehen. Ansonsten wird irgendwo, wo es schön ist, ein großes Ferienhaus gemietet, und wir verbringen ein langes Wochenende miteinander.

In unsere Heimatstadt fahren Raphael und ich noch sehr oft. Nicht nur um das Grab meiner Eltern zu besuchen, sondern auch um Verwandte, Freunde und Bekannte zu treffen und schöne Gespräche zu führen. Wir freuen uns jedes Mal aufs Neue, wie schön unsere Stadt geworden ist.

Seit drei Jahren bin ich an Krebs erkrankt und bekomme seitdem eine gezielte und regelmäßige Chemotherapie. Das war noch einmal ein schwerer Schicksalsschlag für unsere ganze Familie – nicht nur für mich. Durch die Liebe meines großartigen Mannes und meiner wunderbaren Kinder ist es mir sehr schnell gelungen, diese Krankheit zu akzeptieren und positiv damit umzugehen. Die Tage, an denen es mir nicht so richtig gut geht, sind wenige.

Ich bin ein glücklicher Mensch, weil so viel Liebe in meinem und unserem Leben ist. Das ist wunderbar.

Es ist, was es ist ...

Es ist Unsinn, sagt die Vernunft.
Es ist, was es ist, sagt die Liebe.

Es ist unklug, sagt die Berechnung.
Es ist nichts als Schmerz, sagt die Angst.
Es ist aussichtslos, sagt die Einsicht.
Es ist was es ist, sagt die Liebe.

Es ist lächerlich, sagt der Stolz.
Es ist Leichtsinn, sagt die Vorsicht.
Es ist unmöglich, sagt die Erfahrung.
Es ist, was es ist, sagt die Liebe.

ERICH FRIED

Anmerkung des Verlages
Im August 2019 erlag Carina von Ahrenberg ihrem Krebsleiden und verstarb friedlich im Kreise ihrer Lieben.

Nachwort der Autorin

Die wunderbare Einsendung von Carina von Ahrenberg erreichte mich im November 2018, irgendwo zwischen Mexiko und Guatemala, wo ich wie so oft während der kalten Jahreszeit in warmen Gefilden auf Schiffen meine Lesungen und Schreibseminare für die Passagiere abhalte und gleichzeitig nach neuen Tatsachenroman-Stoffen suche.

Waren es früher meistens prall gefüllte Aktenordner mit Zusendungen, die ich auf solche Reisen mitschleppte, so erreichte mich diese außergewöhnliche Liebesgeschichte per E-Mail. Sie hatte lange unter den vielen anderen Einsendungen geschlummert, aber schon nach den ersten Zeilen stellte sich wieder dieser magische Moment ein, »wenn der Funke überspringt«. Auf Anhieb wusste ich, diese Geschichte will ich realisieren, sie wird mein nächster Tatsachenroman! Ich suche immer nach außergewöhnlich spannenden Geschichten voller Liebe mit einer starken Protagonistin, die mutig ihren eigenen Weg geht, und hier hatte ich sie! Hingerissen konnte ich gar nicht aufhören zu lesen, und ich nahm von Bord aus sofort Kontakt zu Carina und Raphael auf. Sie schrieben mir postwendend zurück, dass sie sich sehr freuten und schon gar nicht mehr daran geglaubt hätten, von mir jemals Antwort zu bekommen.

Da ich alle Einsendungen selbst sorgfältig lese, kann es eine Zeitlang dauern, bis alle Absender von mir eine Reaktion bekommen. Und diesmal war ich einfach nur berührt, bewegt, begeistert und mitgerissen!

Selbst aus einem streng katholischen Elternhaus stammend, habe ich in den späten Siebzigerjahren Theologie studiert und mich als engagierte Studentin natürlich auch mit dem Zölibat kritisch auseinandergesetzt. Deshalb faszinierte mich das Thema auf Anhieb.

Besonders, weil Carina bereits eine erfahrene Frau und Mutter dreier Kinder ist, als ihr die Liebe zu Pater Raphael »passiert«. Sie kämpft nicht nur gegen ihr eigenes schlechtes Gewissen, nicht nur um ihren Ruf in der Kleinstadt, in der Gemeinde, in ihrer eigenen Familie, sondern auch gegen eine egozentrische Schwiegermutter, die ihren Sohn von allen Frauen dieser Welt fernhalten will. Es ist ein Kampf gegen zwei riesige Windmühlenflügel: die Institution Kirche auf der einen Seite, der Staat der DDR auf der anderen. Keiner gönnt ihr diese Liebe, und doch fühlt sie, dass sie das Richtige für sie ist, und geht unbeirrbar und tapfer ihren Weg.

So viel Mut und unerschütterliche Liebe ist außergewöhnlich, und ich war beim Lesen von Carinas Geschichte oft den Tränen nahe.

Im Januar 2019 begann ich mit dem Schreiben, ohne Carina und Raphael von Ahrenberg je persönlich begegnet zu sein. Das ist ebenfalls ungewöhnlich, denn nach inzwischen siebzehn Tatsachenromanen hat es sich bewährt, die Protagonistinnen kennenzulernen, um Fragen und Hintergründe der Geschichte persönlich zu klären. Carina jedoch kämpfte gerade tapfer gegen den Krebs und befand sich zwischen verschiedenen Chemo-Zyklen, sodass unser Kontakt ausschließlich per Mail stattfand. Immer wieder schrieb sie mir, dass die gemeinsame Arbeit an ihrer Lebensgeschichte ihr Kraft verleihe und ihr die Lebensfreude zurückgebe. Jeden Abend schickte ich ihr und ihrem Mann Raphael ein neues geschriebenes Kapitel, und am nächsten Morgen fand ich bereits ihre Antwort im Postfach. Oft waren es nur Kleinigkeiten, die ich verbessern sollte. Fast immer schwang Begeisterung und Freude in ihren Zeilen mit: »R. und ich haben wieder laut gelacht«, »Heute mussten wir weinen«, »Gerade sind R. und ich bei der Szene, wo wir uns zum ersten Mal geküsst haben, das haben wir dann gleich heute noch mal nachgeholt«, »R. kann es gar nicht fassen, was er mir damals durch sein Zaudern und Zögern angetan hat, aber er musste ja in kurzer Zeit so viel nachholen, wofür andere Männer jahrelang Zeit hatten …«.

Bei dieser Gelegenheit möchte ich nicht nur Carina, sondern auch Raphael meinen größten Respekt aussprechen. Er hatte nie die Chance, sich auf eine Familie vorzubereiten, und dann musste er plötzlich mit fünf, später mit sechs Kindern zurechtkommen! Schon »normale« Patchwork-Familienväter sind vor riesige Herausforderungen gestellt, aber Pater Raphael sprang buchstäblich ins kalte Wasser und hatte so viel Gegenwind. Am meisten hat ihn wohl sein eigenes Schuldgefühl gequält, deshalb haben wir auch den Titel »Vergib uns unsere Schuld« gewählt. Auch er hat unfassbar viel Mut und Stärke bewiesen, und es ist auch sein Lebensbuch, auch wenn dies auf den ersten Blick die Geschichte von Carina ist.

So schickte ich eines Tages meinen Sohn Felix, der beruflich in der Nähe war, mit einem Blumenstrauß vorbei, und prompt kam eine Whatsapp mit dem Foto der Blumen und einem Selfie von Carina und Raphael zurück: Sie hatten sich riesig gefreut.

Irgendwann im Frühling, das Manuskript war bereits fertig und von allen Seiten abgesegnet, gab Carina grünes Licht für ein Treffen. Sie fühlte sich gut und freute sich auf den Kurztrip nach München.

So begegneten wir uns zum ersten Mal, als das letzte Wort schon geschrieben war. Das Treffen verlief so herzlich, als würden wir uns schon ewig kennen. Bei einem gemütlichen Abendessen erzählten mir Carina und Raphael mit leuchtenden Augen von ihrer großen Familie, ihren Kindern und Enkeln und zeigten Fotos aus allen Epochen ihrer Geschichte. Dabei hielten sie einander immer wieder an den Händen. Eine Liebe, die nie vergeht, ging es mir durch den Kopf. Carina erwähnte, dass die Arbeit am Buch ihr über die schwere Krankheit hinweggeholfen habe. Obwohl ihre Werte auf dem Papier eher schlecht waren, fühlte sie sich wie durch ein Wunder beschwerdefrei. Sie strahlte Lebensfreude und Optimismus aus, und ihr liebevoll heiteres Wesen übertrug sich nicht nur auf Raphael, sondern auch auf mich. Ganz beschwingt verabschiedeten wir uns.

Als die Druckfahnen schon fertig waren und der Sommer mit vielen freundschaftlichen Whatsapp-Nachrichten, Urlaubsfotos und der Geburt eines weiteren Enkels fast vorbei war, erreichte mich an einem Spätsommerabend an einem stillen Waldsee in Österreich die Nachricht, dass es Carina sehr schlecht gehe. Sie wolle mich noch einmal sprechen. Mit schwacher Stimme sagte sie, dass sie es wohl nicht schaffen werde, das Erscheinen unseres Buches noch zu erleben, dass ihr Lebenswerk aber vollendet und sie mit sich, ihren Lieben und ihrer Geschichte ganz und gar im Reinen sei.

Es folgten noch einige berührende Nachrichten von ihren Kindern – »Sie geht den letzten schweren Weg und es ist trotz dieser schweren Tage auch so viel Gutes passiert … Der Kontakt zu Ihnen tat ihr so gut, und sie hatte Sie in ihr Herz geschlossen« –, bis Carina dann wenige Tage später, Ende August 2019, für immer die Augen schloss.

Es ist tröstlich zu wissen, dass sie eine große Familie hatte, die bis zuletzt bei ihr war, und dass ihre große Lebensliebe Raphael bei ihrem letzten Atemzug ihre Hand gehalten und ihr den Segen gegeben hat. Ihr starker Glaube hat ihr die Kraft verliehen, in Würde hinüberzugehen, und alle, die sie liebten, konnten sie in Frieden gehen lassen.

So bleibt mir nur, mich in Respekt vor ihr zu verneigen und mich ein letztes Mal bei ihr und Raphael im Namen aller meiner Leserinnen und aller aus dem betreuenden Team des Diana Verlages, an erster Stelle meine Cheflektorin Britta Hansen, für diesen wunderbaren Stoff und die freundschaftliche Zusammenarbeit zu bedanken.

Wenn Sie, liebe Leserin, auch eine außergewöhnliche Lebensgeschichte haben und sie mir schicken wollen, so senden Sie bitte eine E-Mail an heralind@a1.net

Ich lese sie alle selbst respektvoll und diskret und beantworte sie sicher, auch wenn es eine Zeitlang dauern sollte. Ich freue mich auf Ihre Lebensgeschichte, und wer weiß, vielleicht sind SIE es, die eines Tages an dieser Stelle das »Nachwort der Protagonistin« schreibt. Danke für Ihre Treue und alles Liebe für Sie und Ihre Lieben!

Herzlich
Hera Lind

Salzburg, im Oktober 2019

Von Hera Lind sind im Diana Verlag bisher erschienen:

Die Champagner-Diät
Schleuderprogramm
Herzgesteuert
Die Erfolgsmasche
Der Mann, der wirklich liebte
Himmel und Hölle
Der Überraschungsmann
Wenn nur dein Lächeln bleibt
Männer sind wie Schuhe
Gefangen in Afrika
Verwechseljahre
Drachenkinder
Verwandt in alle Ewigkeit
Tausendundein Tag
Eine Handvoll Heldinnen
Die Frau, die zu sehr liebte
Kuckucksnest
Die Sehnsuchtsfalle
Drei Männer und kein Halleluja
Mein Mann, seine Frauen und ich
Der Prinz aus dem Paradies
Hinter den Türen
Die Frau, die frei sein wollte
Über alle Grenzen
Vergib uns unsere Schuld
Die Hölle war der Preis

LESEPROBE

Der Traum vom Westen zerbricht in einer kalten Winternacht

Der neue große Tatsachenroman von Hera Lind über eine starke Frau, die trotz der Schreckensjahre im DDR-Frauengefängnis Hoheneck die Hoffnung und den Glauben an die Liebe zu ihrem Mann nicht verliert.

ISBN 978-3-453-36076-1
Auch als E-Book erhältlich

DIANA

1

Ostberlin, in der Nacht zum 1. April 1973

Nebenan schnarchte mein künftiger Schwiegervater.

»Was ist denn nun mit Eileen?«, flüsterte ich neugierig.

Auch Schwiegermutters gleichmäßige, tiefe Atemzüge drangen durch die dünnen Wände bis zu meinem Verlobten und mir herüber. Bevor mein liebster Ed einschlafen konnte, kuschelte ich mich ganz dicht an ihn. Eds Schnauzbart kitzelte, als ich ihm einen Gutenachtkuss gab. Sofort durchströmte mich sein mir so vertrauter Duft.

»Dein Vater hat beim Abendessen gefragt, wann eure Diplomarbeit endlich fertig ist, und das möchte ich ehrlich gesagt auch mal wissen!«

Neugierig stützte ich mich auf den Ellbogen und blies meinem Liebsten eine widerspenstige Strähne aus der Stirn. Er trug lange Haare, was damals in der DDR nicht allzu gern gesehen wurde, aber Ed war alles andere als staatskonform. Aus Protest lief mein zukünftig Angetrauter in einer amerikanischen Originalkutte aus dem Ami-Shop in Hamburg herum, die ihm seine Tante Irene geschickt hatte. Ed verweigerte das Tragen von FDJ-Hemden, das Schwenken von Fahnen und Transparenten bei verordneten Aufmärschen und Kundgebungen. Er fand alles in der DDR scheiße, verlogen und lächerlich. Ich dachte zwar genauso, aber im Gegensatz zu mir sagte mein mutiger Mann das auch laut.

»Eileen?« Er klang, als hätte er schon geschlafen. »Was soll mit ihr sein?«

»Ach komm, Ed! Mir kannst du es doch sagen! Oder denkst du immer noch, ich bin eifersüchtig?« Ich gab ihm einen zärtlichen Stups. »Bin ich echt schon lange nicht mehr!«

Ed und Eileen waren »nur« gute Freunde, sie studierten beide im letzten Semester Architektur an der Kunsthochschule Berlin-Weißensee und schrieben ihre Diplomarbeit zusammen, aber in jüngster Zeit schienen sie nichts zu tun, was sie in der Hinsicht weiterbrachte. Mein geliebter Freigeist Ed zeichnete sich nicht gerade durch übertriebenes Strebertum aus, was ich umso mehr an ihm liebte. Die wiederholte Frage seines Vaters, was denn nun mit der Diplomarbeit sei, war durchaus berechtigt. Wenn er keine Lust auf das Studium hatte, trampte er durch die DDR mit allem, was fuhr: mit Pferdefuhrwerken, aber auch mit Lastern voller Äpfel oder Kohlköpfe. Dann konnte er stundenlang Landschaften skizzieren, alte Gebäude fotografieren oder Schopenhauer und Kleist lesen und in seiner Traumwelt versinken. Aber WENN er arbeitete, war er brillant. Seine Entwürfe konnten sich durchaus sehen lassen und wiesen ein hohes Maß an Kreativität auf. In der DDR Ende der 60er-, Anfang der 70er-Jahre wurde diese Art Begabung, gepaart mit einer gehörigen Portion Eigensinn zwar gerade noch geduldet, aber dafür umso genauer beäugt. Mein Ed war eben etwas Besonderes.

»Ed, ich will wissen, was mit Eileen ist! Ich hab sie ewig nicht mehr gesehen«, bohrte ich nach. Eileen rebellierte genauso gegen das System wie Ed.

»Psst, Peasy!« Ed legte den Arm unter meinen Kopf und zog mein Ohr ganz dicht an seine Lippen.

»Ich sag's dir, aber flipp jetzt nicht aus, okay?«

In mir zog sich alles zusammen. Da war irgendwas im Busch.

»Ist sie schwanger?« Mein Herz klopfte. Ed zog missbilligend eine Braue hoch. »Das sollte ein Scherz sein!«, setzte ich hastig nach.

Warum war er auf einmal so ernst? Er nahm meine Hand in seine und hielt sie ganz fest. In seinen dunklen Augen lag etwas Geheimnisvolles. Er hatte mich doch nicht … Er würde doch nicht …?

»Peasy, was ich dir jetzt sage, muss absolut unter uns bleiben, versprichst du mir das?« Sein Blick war ernst. Sehr ernst.

Plötzlich durchzog es mich heiß. Etwas wirklich Dramatisches musste passiert sein. Aber doch hoffentlich nicht DAS EINE. Ich liebte meinen Ed vorbehaltlos. Wir hatten doch keine Geheimnisse voreinander?

»Versprochen«, raunte ich tonlos und versuchte tapfer zu sein.

Und dann ließ Ed die Bombe platzen. »Kreisch jetzt nicht los, okay? Sie ist in den Westen abgehauen.«

Mein Herz machte einen dumpfen Schlag. Vor Erleichterung, vor Entsetzen, vor Respekt, vor Überraschung. Ruckartig setzte ich mich auf.

»Sie ist weg? Für immer?«

Die gelbbraun gestrichenen Wände unseres Zimmers kamen auf mich zu. Draußen ratterte eine Straßenbahn vorbei, und der orientalisch anmutende Vorhang, den Ed als »Meisterdekorateur« irgendwo aufgetrieben hatte, um das triste Grau unseres Lebens aufzulockern, wehte wie von Geisterhand vor dem Fenster hin und her.

Ich kreischte nicht. Ich schluckte trocken und würgte an einem Kloß.

Ed gab mir Gelegenheit, die Nachricht zu verdauen, und strich beruhigend über meinen Rücken. Schon immer war ich eifersüchtig auf alle Frauen gewesen, die in Eds Nähe sein durften. Und erst recht auf diese selbstbewusste coole ausgeflippte Eileen!

»Wusstest du davon?«

»Nein, Peasy, natürlich nicht!«

»Aber wie hat sie das hingekriegt?« Meine Stimme wurde schrill.

Ich spürte Eds Hand auf meinem Mund. »Bitte beruhige dich, Peasy. Du weißt, die Wände haben Ohren!« Tatsächlich hatte Schwiegervater Georg aufgehört zu schnarchen.

Kraftlos ließ ich mich nach hinten plumpsen und starrte wie betäubt an die Decke.

Eileen. In den Westen. Abgehauen. Mein Herz klopfte so heftig, dass der Kragen meines Nachthemds über der Halsschlagader hüpfte. Sollte ich mich jetzt für sie freuen? Oder doch eher für mich? Ich wollte auch in den Westen, verdammt! Wer von uns Studenten wollte das nicht?

Aber allein darüber nachzudenken war schon utopisch!

Ed legte sich auf mich, als wollte er mir mit seiner Körperwärme neues Leben einhauchen. Er nahm meine Handgelenke und presste sie ins Laken. »Sie hat mich angerufen«, raunte er mir ins Ohr. »Sie ist in Westberlin. Wenn du zum Fenster rausschaust, kannst du sie fast sehen.«

Lange konnte ich keinen klaren Gedanken fassen. Ich lag einfach da, spürte den Herzschlag meines Liebsten und roch den Duft seiner Haare, die mir ins Gesicht gefallen waren und mich kitzelten.

Endlich hatte ich die Nachricht verdaut. »Wie zum Teufel hat sie das geschafft? Gibt es Hintermänner …?«

»Das konnte sie mir am Telefon natürlich nicht sagen.« Ed stützte sich auf und sah mir ernst in die Augen. »Nur so verschlüsselt: Klaas hat damit zu tun.«

Wieder zuckte ich zusammen. »Klaas? DER Klaas? Der dicke Cousin mit den roten Haaren und dem Methusalem-Bart?«

»Ja, verdammt!« Ed musste sich ein Lachen verkneifen. »Häng doch gleich ein Fahndungsplakat an die Litfaßsäule, Schätzchen!«

»Ich kann's nicht fassen!« Ächzend drehte ich mich auf den Bauch und vergrub das Gesicht im mit Frottee bezogenen Kopfkissen. Der »Vetter aus Dingsda«, wie wir ihn spaßeshalber nannten, schickte Eileen immer Westpakete und kam ab und zu vorbei, um uns vom Schlaraffenland vorzuschwärmen. Er tat immer so cool, und ich wusste gar nicht, ob ich ihn mochte. Aber ihm war das Unfassbare gelungen, was wir beide kaum zu denken, geschweige denn auszusprechen wagten, nämlich Eileen auf welche Weise auch immer in den Westen zu schmuggeln!

»Ich kann dir gar nicht sagen, wie froh ich bin, dass sie sie nicht an der Mauer abgeknallt haben!« Ed strich mir beruhigend über den Rücken. »Oder dass sie nicht im Knast gelandet ist.«

»Die ist ja wahnsinnig«, flüsterte ich halb begeistert, halb neidisch, und hieb auf das Kopfkissen ein. »Dass die sich das getraut hat!«

Wir warteten, bis Georg wieder tief und gleichmäßig schnarchte. Dann wisperte Ed geheimnisvoll: »Sie sagt, sie war am Wochenende zum Skifahren in der Schweiz und hat dabei schon einen tollen Typen kennengelernt.«

Wie von der Tarantel gestochen, schnellte ich hoch. »Du

verarschst mich doch.« Plötzlich musste ich lachen. »Stimmt's, Ed, du bindest mir schon die ganze Zeit einen Bären auf.« Mit einem Blick auf den Radiowecker gluckste ich: »Seit einer Minute ist der erste April!« Ich nahm das Kopfkissen und zog es ihm über den Kopf. »Du Mistkerl, das sieht dir ähnlich, und ich bin drauf reingefallen!«

Ed hielt das Kopfkissen wie einen Schutzschild zwischen uns. Georg hatte wieder aufgehört zu schnarchen, und mir wurde mehr und mehr bewusst, was Ed da gerade kundgetan hatte. Ich geriet ins Zweifeln.

»Sie ist wirklich ... Du hast mich nicht ...«

»Behalt's um Himmels willen für dich, Peasy.«

Ja, wem sollte ich das wohl erzählen? Selbst an meiner Berufsfachschule für Bekleidung in der Warschauer Straße traute ich niemandem über den Weg. Es wimmelte überall von Spitzeln, die einen aushorchten, und ich war auf der Karriereleiter sowieso schon auf die unterste Stufe verbannt worden. Tiefer fallen konnte ich gar nicht mehr! (Das glaubte ich zumindest. Wie naiv von mir!) Meine Träume hatte ich in diesem Land alle längst begraben müssen.

»Dann schreibst du deine Diplomarbeit jetzt allein zu Ende?« Neugierig musterte ich Ed, der sich inzwischen eine Zigarette angesteckt hatte und unser Zimmer vollpaffte. »Oder gibst du dein Studium etwa auf?«

Ed war wirklich alles zuzutrauen. Er liebte wilde Kellerpartys mit West-Whisky aus Tante Irenes Hamburger Paketen ebenso wie das tagelange Abtauchen irgendwo im Nirgendwo.

»Nee, den Gefallen tue ich denen nicht. Die werden mich jetzt erst recht auf dem Kieker haben.« Im schwachen Schein der Straßenlaterne sah er aus wie eine griechische Statue – so schön, aber auch so zerbrechlich. Trotzdem musste ich ihn das fragen.

»Ed, hast du mit Eileens Flucht irgendwas zu tun? Wusstest du davon?!«

»Nein, ich hatte echt keine Ahnung, das musst du mir glauben. Aber sie wissen, dass Eileen und ich Studienfreunde waren.« Er biss sich auf die Unterlippe. »Sie werden mich von nun an also besonders beobachten. Und dich auch.« Ed legte den Finger auf meine Lippen, weil ich noch etwas erwidern wollte und zwar lauter, als es für uns beide gut war.

»Wir müssen jetzt umso vorsichtiger sein!« Eine Zigarettenlänge lang sagte keiner von uns ein Wort. Durch die Wände drangen immer noch Georgs Atemzüge. Ed stieß eine letzte Rauchwolke aus. »Auch meine Eltern dürfen von Eileens Flucht nichts erfahren. Besonders für Vaters Karriere wäre das Wissen darum nicht ungefährlich. Er müsste es bei seinen obersten Bonzen pflichtgemäß melden!«

Georg war ebenfalls Architekt. Er hatte in unserer Straße am Märkischen Ufer durchgesetzt, dass die schönen Altberliner Bauten an der Spree nicht abgerissen wurden, so wie es die Bonzen gern gehabt hätten. Nach deren sozialistischer Stadtplanung sollten dort seelenlose Plattenbauten entstehen. Stattdessen hatte sich Georg unter großen Anstrengungen für die Sanierung der heruntergekommenen Gebäude eingesetzt. Auch das Haus, in dem wir wohnten, hatte vor dessen Instandsetzung unter dem Zahn der Zeit geächzt. Es fehlte ja an allen Ecken und Enden Geld und Material. Aber mein Schwiegervater hatte es in seiner Funktion als Denkmalpfleger geschafft, diese Wohnungen innen modern zu gestalten, die Fassaden aus dem 18. und 19. Jahrhundert aber stilgetreu zu erhalten.

»Ich sehe mir morgen mal Eileens Bude an«, flüsterte Ed in

die mitternächtliche Stille hinein. »Schließlich liegen unsere Unterlagen noch bei ihr auf dem Schreibtisch.«

»Bitte? Bist du wahnsinnig?« Ich schnellte hoch. »Hast du nicht gerade gesagt, wir müssen vorsichtig sein? Du kannst dich jetzt doch nicht mal in die Nähe ihres Hauses wagen!«

»Pssst!« Ed legte seine warme Hand an meine Wange. »Peasy, du musst mir vertrauen! Wenn mich jemand beobachtet oder sogar anspricht, werde ich sagen, dass ich mit Eileen zum Arbeiten verabredet war und mich wundere, warum ich sie nicht antreffe.«

Eigentlich war das der einzig logische Schachzug, um unverdächtig zu bleiben. Ed war eben immer cool. Dennoch machte ich mir Sorgen.

Ich kannte das alte heruntergekommene Mietshaus, in dem Eileen gewohnt hatte. Sie war, genau wie wir, keine, die sich um eine Plattenbauwohnung gerissen hätte. Abgesehen davon, dass sie auch niemals eine bekommen hätte. Ed hatte immer wieder davon geschwärmt, was er aus diesem einst prächtigen Altbau machen könnte, wenn er zur Sanierung freigegeben wäre. Mit seinen großen, hohen Räumen wäre es ein wahrer Palast geworden.

»Bleib da weg, Ed!« Ich spürte, wie mir heiß wurde. Nicht dass sie meinen wagemutigen Ed wegen dieser Aktion zur Nationalen Volksarmee einziehen würden. »Das ist zu gefährlich! Warte lieber noch ein paar Wochen!«

»Nein, Peasy. Das Gegenteil ist zu gefährlich: Wenn ich mich jetzt nicht mehr bei ihr blicken lasse. Dann denken die, ich weiß Bescheid. Das macht mich erst recht verdächtig.« Wir benutzten beide nie das Wort »Stasi«. Er küsste mich innig und grinste mich verschmitzt an. »Und jetzt lass uns das Thema wechseln, ja? Ich will dich nur noch genießen!«

Seine Hände wanderten über meinen Körper, und ich merkte, wie ich mich endlich entspannte. An Schlafen war sowieso nicht mehr zu denken.

Eileen war weg. Gut für sie und gut für mich.

Ed!, dachte ich, während ich seine zärtlichen und doch zielführenden Berührungen genoss. Du gehörst mir. Nur mir. Du hast gesagt, ich kann dir vertrauen. Und das tue ich.

Anschließend ließ ich mich fallen.

2

Ostberlin, April 1973

»Hilfst du mir in der Küche, Liebes?«

Thea, meine Schwiegermutter, sah mich bittend an, als Georg am nächsten Abend schon wieder mit strenger Stimme das Thema Diplomarbeit ansprach.

»Junge, wann willst du endlich mal zu Potte kommen? Nicht dass ich euch nicht gern bei uns hätte, aber du solltest irgendwann mal auf eigenen Beinen stehen! Ihr wollt doch sicher auch mal Kinder, oder nicht?«

Ed verdrehte die Augen und sandte mir auf meinen fragenden Blick hin nur ein stummes »Es gibt Neuigkeiten, aber später!«

»Peasy steht ja auch bald auf eigenen Beinen, nicht wahr, Liebes?«, sprang meine Schwiegermutter uns bei. »Wann ist noch mal deine Abschlussprüfung an der Modeschule?«

»Nächstes Jahr im Januar.«

Thea stapelte die Teller aufeinander, und ich legte die Servietten zusammen.

»Gehen wir rüber.« Ihr Blick besagte: »Männergespräch!«

Die sanierte Altbauwohnung, in der wir zu viert lebten, war zwar ganz schön eng für uns, aber an eine eigene Wohnung für uns, die noch nicht geheiratet hatten, war erst mal nicht zu denken, so ein Wohnraummangel herrschte in der DDR. Zu meiner Mutter Gerti in die Provinz nach Oranienburg zu ziehen war keine Option für uns. Wir liebten Berlin und ihre kulturellen Möglichkeiten.

Die Schwiegereltern hatten sich gefreut, »so eine liebreizende Tochter« dazuzubekommen. Womöglich hofften sie, ich könnte ihren rebellischen Ed ein bisschen bändigen. Dabei war ich genauso rebellisch wie er. Nur dass mich meine gutbürgerliche Erziehung gelehrt hatte, vieles für mich zu behalten und höflich und bescheiden zu sein, wie es sich für Töchter, die Ende der 40er-Jahre geboren worden waren, auch in der DDR noch gehörte.

Am liebsten hätte ich mit Thea jetzt über banale Dinge geredet – aber welches Thema war eigentlich noch unverfänglich genug, außer vielleicht das Wetter?

»Wie geht es deinem Patenkind?« Thea ließ heißes Wasser in das Spülbecken laufen und krempelte sich die Blusenärmel hoch. Sie hatte sich eine Küchenschürze umgebunden und zog die medizinischen Gummihandschuhe an, die sie heimlich in der Charité hatte mitgehen lassen, wo sie als OP-Schwester arbeitete. Das war eigentlich Diebstahl von Staatseigentum, aber damit nahm es Thea nicht so genau.

Ein süßes Ziehen überkam mich. »Lilli?« Ich schluckte trocken. »Gut, glaube ich.« Ich nahm das alte Tafelsilber vom Tablett und ließ es etwas ungeschickt auf die Spüle klirren.

»Glaubst du?« Thea musterte mich von der Seite. »Ich denke, ihr habt die Kleine vor Kurzem noch bei deiner Schwester besucht?«

Ich wusste nicht, wohin mit meinen Händen. Dieses Thema war alles andere als banal.

»Ihr möchtet bestimmt auch bald Kinder, Ed und du?« Thea warf mir einen aufmunternden Blick zu. »Schließlich seid ihr jetzt beide vierundzwanzig. In eurem Alter haben andere schon mehrere Kinder!« Sie lachte.

»Wir lassen uns noch etwas Zeit«, sagte ich ausweichend.

»Und deine Schwester hat immer noch keinen Mann? Wisst ihr denn, von wem das Kind ist?«

»Nein.« Beklommen begann ich die heißen, noch tropfenden Teller abzutrocknen. »Lilli ist schon mit vier Wochen in die Krippe gekommen. Als ganz kleines Würmchen.« Mir tat das immer noch weh.

Thea verzog das Gesicht zu einer Grimasse. »Wenigstens in der Kinderbetreuung ist unser Staat ›vorbildlich‹. Keine junge Mutter wird von der Werktätigkeit abgehalten. Als was arbeitet deine Schwester noch mal?«

»Kristina?« Ich räusperte mich. »Sie ist Grundschullehrerin.«

Thea stellte mit Schwung neue Teller auf die Spüle. »Ich durfte auch gleich wieder in meinem Beruf als Krankenschwester arbeiten, als Ed vier Wochen alt war. Um die Kinderbetreuung hat man sich ja damals schon mit ideologischer Gründlichkeit gekümmert.« Mit ironischem Unterton fuhr sie fort. »Ich habe ihn jeden Morgen um sechs in der Kinderkrippe abgegeben und genau zwölf Stunden später, um Punkt achtzehn Uhr, an der Tür zurückbekommen. Wie ein Paket. Einfach perfekt organisiert – der ganze Staat, das ganze Leben.«

Sie wies mit dem Kinn in Richtung Esszimmer, in dem immer noch Georgs sonore Stimme zu hören war, der meinem armen Ed bezüglich seines Diploms Druck machte.

»Junge, deine Exzesse müssen doch auch irgendwann mal ein Ende haben«, hörte ich meinen Schwiegervater dröhnen. »Du reizt deine Professoren bis aufs Letzte, wenn du die Diplomarbeit immer noch nicht abgibst! Sei doch froh, dass du überhaupt an der Kunsthochschule Weißensee studieren durftest!«

»Vater, jetzt mach mal halblang«, verteidigte sich Ed. »Dass Eileen nicht mehr im Boot ist, dafür kann ich doch nichts!« Ich spitzte die Ohren, doch Thea plauderte ahnungslos weiter.

»Georg will doch auch endlich Großvater werden, deshalb macht er seinem Sohn jetzt Beine! Ihr wärt bestimmt wunderbare junge Eltern.«

Ich rang mir ein schiefes Lächeln ab. »Wo kommen die Radieschen hin?«

»Ach, die sind nix mehr. Wirf sie weg.« Thea nahm sie mir beherzt aus der Hand und entsorgte sie in dem weißen Treteimer. »Dafür habe ich nach meiner Arbeit eine Stunde Schlange gestanden. Von wegen ›Heute frisches Gemüse‹!«

»Ja, unser toller sozialistischer Staat. Im Prinzip gibt es alles zu kaufen, hat Honecker doch neulich gesagt. Und ich frage mich: Wo ist das Kaufhaus Prinzip?«

Wir lachten. »Das darfst du aber nicht laut sagen«, kicherte Thea und wechselte schnell wieder das Thema. »Wie alt ist deine kleine Lilli gleich wieder? Vier?«

Hatte sie »deine kleine Lilli« gesagt? Nervös legte ich die restlichen Wurst- und Käsescheiben zurück in das Fettpapier und räumte sie in den Kühlschrank. Es tat gut, Thea einen Moment lang den Rücken zuzukehren.

»Du meinst mein Patenkind. Ja, stimmt. Sie plaudert, singt und tanzt ...« Ich unterbrach mich. »Sie ist ... ziemlich süß.« Ich wischte mir mit dem rechten Ärmel meines Pullovers über die Augen. Ihre Zärtlichkeiten waren so ungestüm, dass ich sie Tage später noch spürte.

»Du magst die Kleine sehr, nicht wahr?« Theas weibliches Gespür ließ mir die Knie weich werden. »Dann solltest du wirklich selbst bald Mutter werden, kleine Peasy. Jetzt, wo es mit dem Tanzen nichts mehr wird.«

Ich schluckte. »Soll ich die Quarkspeise draußen stehen lassen?«

»Nein, die isst heute keiner mehr.« Thea spülte die Reste weg. Ich sah sie in dicken Klecksen im Ausguss versickern. Genauso fühlte sich gerade mein Hals an. Der Kloß wollte einfach nicht weichen. Ich wollte in diesem Land einfach nicht Mutter werden! Die würden mir das Kind ja doch nach vier Wochen wegnehmen und in so eine Krippe stecken wie Lilli! Nachdem sie mir bereits alle meine Träume genommen hatten.

Thea hielt die tropfenden Hände hoch und sah mich prüfend an. »Hier, die kannst du auch schon abtrocknen.« Sie warf mir ein Küchenhandtuch zu. Anscheinend spürte sie, dass ich emotional aufgewühlt war.

Dankbar, meine Hände beschäftigen zu können, griff ich nach dem nassen Teller.

»Kristina macht das toll als alleinerziehende Mutter.« Ich versuchte ein Lächeln. »Als solche wurde ihr eine kleine Plattenbauwohnung zugeteilt. Zwei Zimmer mit Bad, gleich in der Nähe vom Kinderhort. Die Kleine kriegt dort auch zu essen und ...« Ich verstummte. »Hast du Ed wirklich jeden Morgen um Punkt sechs an der Tür abgegeben wie ein Paket?«

Thea zuckte nur mit den Schultern. »Sie haben ihn mir förmlich entrissen. Jedes Kind bekam die gleiche Kleidung angezogen, keines sollte besser oder schlechter angezogen sein. Sie haben das Kind dann auch gleich gewogen und gewickelt, das ging zack, zack, da haben wir Mütter überhaupt kein Mitspracherecht gehabt.« Fast entschuldigend verzog sie das Gesicht. »Aber was sollte ich machen? Um Punkt sieben musste ich bei der Arbeit antreten.«

»Ja, in diesem Staat wird nicht lange rumgezärtelt«, murmelte ich. »Bevor ich meine lang ersehnte Ballettausbildung anfangen durfte, musste ich schon als Vierzehnjährige neben dem Schulbesuch jeden Morgen um sechs Uhr in einer Maschinenfabrik arbeiten, um meinen Anteil zum Aufbau des Sozialismus beizutragen. Dafür musste ich um fünf Uhr früh, im Winter bei eisiger Kälte, mit einem Zug, der noch von einer Dampflok gezogen wurde, eine Stunde dorthin fahren und abends wieder nach Hause zurück.«

»Aber du hast es durchgehalten.« Thea schenkte mir einen anerkennenden Blick. »Was uns nicht umhaut, macht uns stark.«

»Vier Jahre lang. Immer in der Hoffnung, endlich tanzen zu dürfen.«

Unwillkürlich schossen mir die Tränen in die Augen. Verärgert wischte ich sie weg.

»Aber deinem kleinen Patenkind wird es bestimmt einmal besser gehen. Die Zeiten ändern sich.« Thea wollte mir etwas Nettes sagen, sie war so lieb!

»Ja.« Ich wollte so gern das Thema wechseln.

Sie schien das zu spüren.

»Woher kommt eigentlich dein Spitzname? Wie wurde aus Gisa Peasy?«

»Im Balletttraining an der Oper haben sie mich ›Easy Peasy‹ genannt«, gab ich bereitwillig Auskunft. »Weil ich für die Tänzer so leicht zu heben war. Wie eine Feder. Ich war schon immer ein Fliegengewicht. Ja, mir war, als könnte ich fliegen.« Meine Stimme wackelte bedenklich.

Thea ließ die Spülbürste sinken.

»Und, fehlt es dir sehr, Liebes, das Leben an der Staatsoper, das Ballett?«

»Das Tanzen war mein Lebenstraum. Und wird es immer bleiben.« Um nicht auf der Stelle loszuheulen, ging ich in die klassische Haltung. Meine Füße nahmen automatisch die fünfte Position ein, und am liebsten hätte ich ein paar leichtfüßige Sprünge gemacht. Aber ich war ja keine Tänzerin mehr. Ich machte jetzt eine Lehre zur Theaterschneiderin, musste nach dem Abitur wieder ganz von vorn anfangen. Wenn ich Glück hatte, würde ich im nächsten Januar meine Gesellenprüfung bestehen. Im Ballettschuhe-Nähen. Zum Tanzen würde ich nie wieder eine Chance bekommen. Nicht in diesem Staat.

Selmas langer Weg in die Freiheit

Hera Lind, *Die Frau, die frei sein wollte*
ISBN 978-3-453-35928-4 · Auch als E-Book

Selma kommt Anfang der 1960er-Jahre als Gastarbeiterkind mit ihren Eltern und Geschwistern aus der Türkei nach Köln. Sie schwebt im siebten Himmel, als sie sich mit siebzehn mit ihrer großen Liebe Ismet verloben darf. Doch ein zufälliges Zusammentreffen mit Orhan wird ihr zum Verhängnis. Arglos steigt Selma in das Auto des ihr fast unbekannten Mannes – was dann passiert, ist ein einziger Albtraum. Sie verliert ihre Ehre und ihre Freiheit, und das Glück mit Ismet zerplatzt für immer. Sie gehört nun Orhan. Aber Selma gibt nicht auf...

Leseprobe unter diana-verlag.de

DIANA

Liebe und Mut, Verrat und Flucht – eine Schwester hält zu ihrem Bruder

Hera Lind, *Über alle Grenzen – Roman nach einer wahren Geschichte*
ISBN 978-3-453-36075-4 · Auch als E-Book

Voller Begeisterung zieht die bayrische Familie Alexander in den späten 1950er-Jahren vom Chiemsee nach Thüringen, wo der Vater Direktor im Erfurter Zoo wird. Ein Paradies für die Kinder Lotte, Bruno und deren Schwestern. Doch dann wird die Mauer gebaut, und es gibt kein Zurück. Obwohl der musikalisch hochtalentierte Bruno gerade frisch verheiratet und Vater geworden ist, flieht er Hals über Kopf in den Westen. Er ist frei, hinterlässt aber eine geschockte Familie, deren Leben nun vollends aus den Fugen gerät. Besonders als Bruno den Vater anfleht, seiner Frau und dem Baby zur Flucht zu verhelfen ...

Leseprobe unter diana-verlag.de

DIANA